NIVLANDS
·一意之行·

新世界出版社
NEW WORLD PRESS

图书在版编目（CIP）数据

九州幻想. 一意之行 / 潘海天主编. -- 北京 ：新世界出版社，2011.2
ISBN 978-7-5104-1625-5

Ⅰ．①九… Ⅱ．①潘… Ⅲ．①中篇小说—作品集—中国—当代②短篇小说—作品集—中国—当代 Ⅳ．①I247.5

中国版本图书馆CIP数据核字(2011)第011027号

九州幻想·一意之行

作　　者	潘海天 主编
责任编辑	熊　嵩
封面设计	陈微微
责任印制	李一鸣　黄厚清
出版发行	新世界出版社
社　　址	北京西城区百万庄大街24号（100037）
发 行 部	（010）6899 5968　（010）6899 8733（传真）
总 编 室	（010）6899 5424　（010）6832 6679（传真）

http://www.nwp.cn
http://www.newworld-press.com

版 权 部：+8610 6899 6306
版权部电子信箱：frank@nwp.com.cn

印　　刷	北京画中画印刷有限公司
经　　销	新华书店
开　　本	700×1000　1/16
字　　数	200千字　印张：18
版　　次	2011年02月第1版　2011年02月第1次印刷
书　　号	ISBN 978-7-5104-1625-5
定　　价	22.00元

版权所有，侵权必究

凡购本社图书，如有缺页、倒页、脱页等印装错误，可随时退换。
客服电话：（010）6899 8638

兔子洞里到底是什么？

文/阿豚

What the Bleep!?Down the rabbit hole.

这是2006年一部美国电影的原名，译名为《兔子洞里到底是什么？》，它是一部糅合了量子力学、神学、心理学、弦论和唯心主义的奇怪电影。碰巧，按照我们一贯的神经刀风格，您拿到这本2010年11月及12月合刊之时，应该是2011年的2月，也就是兔年春节了，故此拿这个开头，略谈一番我们在兔年将会做什么。

活着？这个目标太终极意义了，它可以是最低级的，也可能是最高级的。拿大刘的《三体III》来说，地球人最后要求的，也不过就是活着；三体人从一开始所要求的，也是活着。直到最后，千百年乃至千百万年之后，不过还是两个字：活着。

在活着之余，2011年我们还打算做这样几件有趣的事情：

事儿甲，改版。

如您过去所见，我们坚持以真人摄影加后期特效为封面，坚持了2009~2010两年，两年啦，斗转星移，沧海桑田，审美疲劳，不可不改。本期合刊是一个预览，2011年第一期还会进一步调整。您对此有何感觉？

事儿乙，比例。

《九州幻想》上的"九州"部分将大幅上调比例。

经过一段较为漫长时期的积累和锤炼，"九州"的新主题策划即将出炉，大角、斩鞍、水泡、唐缺、小青的大中篇新文逐渐登场。

幻想方面的重头戏有碎石《周天》系列、燕垒生《燕垒怪谈之》专栏，您对此有何感觉？

事儿三，万物。

俗话说，三生万物。数年前我做过一本夭折的杂志，《幻王》，总共出过4本。2010年的夏天，我想我要做一本新玩意儿，它叫做《万物之魇》。在2010年年底的高校活动"寻桶记"中，我和骑桶人在北京、天津、西安、珠海（由潘今二位代劳）、武汉等地透露了这个消息。《万物之魇》是纯幻想丛书，每期约三五篇小说，字数达到25万以上，我对来稿的要求只有三点：好看，好看，还他妈是好看。

首本名为《万物之魇·临》，预计2011年2月上市，您对此有何感觉？

事儿丁，图书。

出版作者们的长篇，对写作是一个很大的鼓舞，也是标志性事件。潜规矩是，你得出过书，才能叫作家。此前都只能叫作者，再诚实点儿，叫写手。比如我认识一个叫骆灵左的作者，截至本文成稿，十年来他都只是个业余写手。2011年，除了九州的老面孔作家之外，我们还会推出数位新作家，比如刚才说到的那位，还有马鹿·D·多古拉、E伯爵……有人告诉我她们不是新人作者了，您对此有何感觉？

事儿戊，周边。

周边部三人组，刘洋、老鱼和大宽，他们面容冷峻，手指灵巧，心狠手辣，宰客不皱眉头，砍价毫无底线，周边部交给这样的人，大家都很放心。

所谓周边部，其工作主要内容是在楼梯口抽烟，抽烟之余则端坐电脑面前，把刚才讨论的灵光一现转化为电脑图样，再制造成真金白银的实体，徽章、笔记本、衣服、打火机、茶杯垫、抱枕、充气玩偶今何在（啊？）、大角手办（手工涂白发）、河络探险套装（老鱼无需缩骨直接穿戴）……您不许对此没有任何感觉！

事儿已,网络。

自从美猴王今何在回了嘉定国,我们的网络就不再卡了。以上说了五点(伸出五指),这么多的动态,到哪里才能及时获知更新进度呢?

这位兄台你的提问真是到点子上了!

众所周知,九幻的网络资源杂而挺乱,别担心,请记住我们的顶级域名:

(编辑小欠在旁边用东北话提醒:俺们屯有仨顶级域名,贴哪个?)

我们的顶级域名是:www.9zfun.com

最后,为了表示对刘慈欣《三体》系列的敬意——和《阿凡达》一样,《三体》系列也是一个关于拆迁和反拆迁的社会小说,特奉上拙劣致敬改编缩写童话一则:

在广阔无垠的草原上,生活着一群可爱的小兔子。它们住在一个不冷也不热,不深也不浅,不干也不湿的大洞穴里。

跟别的地方的小兔子们不一样,小兔子们从来没离开过大洞穴,洞穴是半掩的结构,每天有12个小时能晒到阳光,所照之地有青草生长,还有甜美泉水,故此兔子们其乐也无穷。

终于有一天,有几只聪明的小兔子琢磨:你说外头那么辽阔的草原,还有别的兔子吗?有一些兔子把兔子们的各种文化写在草纸上,让它们随风飘扬。未几,有只兔子接到了外面传来的草纸:警告!我们是三窟家族!不要回信!不要让我们锁定你们的位置!

当是时也,大洞穴家族这只兔子正悲叹兔群内部倾轧斗争,于是怀着某种复杂的情愫,它回复了草纸。三窟家族降临。

大洞穴家族逐渐明白三窟家族因环境恶劣,此番前来是要夺洞的,奈何三窟家族密探已经渗入大洞穴,只知道名曰"狡兔"而无法揪出,全洞居民在狡兔的刺探下无所遁形。这就催生了面壁计划。

其中逻辑最为严密的逻辑兔终于制定了一个钳制方案,史称威慑纪元。逻辑兔的逻辑基础便是"黑暗草原"理论。

什么是"黑暗草原"理论?第一:吃草是兔子的第一目标。第二:草原上的草是有限的。

群众第一反应是:这不废话嘛。细细一想,方知可怕。

此前的大洞穴家族,就像一只傻兔子,在一堆鲜嫩的青草边大叫:我在这里!我在这里!其结果就是从远方传来一声枪响……根据这个理论,在三窟家族威胁之下,逻辑兔告诉它们:它已经做好了机关,一旦三窟家族强逼,双方的洞窟都将对整个草原广播。它成功了。

最后,兔子们朝生暮死一代又一代,在僵持中,格局被打破了,它们共同面临着黑暗草原上更高级的文明,它们都只是可怜的小兔子,它们听见远方传来的枪声,和虚空中一句"给我一张拆迁通知单",随着那片薄薄的二维纸片飘来,一切似乎都要结束了,这里将建立新的楼盘。

正所谓:

虎尾已随旧岁去,兔头又乘春风来。

岁月文明皆可在,作者读者都发财。

秘密 异想天开 古典风潮 文学 及其他
ODYSSEY OF CHINA

Contents
目录

001
九州·丧乱之瞳（终章）/唐缺

040
九州·千帆·冬末之卷/塔巴塔巴

078
羽族贲朝军制考/塔巴塔巴

088
述猺·瘴雨蛮烟/闪木

142
九州·入寐/夜雨千灯

152
在你朝南看的那个上午/星河

165
四叶草/迟卉

182
契约/利亚特·铜须

196
盗贼特拉维斯卡尔潘泰库特利的其他故事/崔鹏志

222
播种/万象峰年

261
老鱼有话说+老妖出没/老鱼

263
河络图纸/加菲

264
天启都市报/加菲

267
老妖大爆炸/水泡

268
九州大手/冥灵

270
允文允武/苏冰

272
战九州英雄考/恰好

274
南淮一页/可可欠

九州

千帆·冬末之章
塔巴的视角开始往河络的方向迁徙,《天河水》里那个脱线的马苇再次登场。

述繇·瘴雨蛮烟
一次艰难的旅程,南越州的风土跃然纸上,述繇系列开启,下一部将带给读者南浩瀚洋的鲛族故事。

九州小说/设定构想/周边八卦投稿信箱:
恰好:Lbfqiahao@live.cn 老鱼:Oldfish9@live.cn

丧乱之瞳 [终章]

【文】唐缺　　【图】李涛

CHAPTER 10
-- 谜之渊

[一] 海水。
四面八方都是无穷无尽的幽暗海水，包围着、挤压着、冲击着，让风笑颜头晕目眩。对于一个习惯了在天空中自由驰骋的羽人而言，生平第一次入海，比人类更能感受到那种无能为力的恐惧和幽闭。

但她仍然努力坚持着完成自己的职责，用秘术制造出气泡，包住三人的头脸，帮助呼吸。除此之外，她始终注视着云湛。不过云湛的状况看来还不错，一直目光炯炯地寻找着海底城的踪迹。等到气泡耗尽，三人就返身回到海面，让风笑颜稍微休息，再继续寻找。这样高强度的劳作让她头疼得快要炸开，但此时此刻，唯有拼命这一条路。

在第五次下潜并达到某一个深度时，一块黑黢黢的巨大岩石吸引了萝漪的注意。她用事先约定好的手势竖起三根指头，表示"这地方有问题"，云湛会意，操纵浮漂向着那个方向飘去。果然，岩石的外表有斧凿痕迹。

萝漪脱离浮漂，围着岩石游了一圈，翘起了拇指。就是这里！云湛连忙拉住不会游水的风笑颜，带着她靠近。萝漪在这短短的时间里已经试验了七八种不同的秘术，终于，当她又换用了一种秘术后，岩石上的某一部分发出咯噔一声，接着一道

隐蔽的石门开启了。

萝漪打个手势，云湛拽着风笑颜，紧跟在她身后游了进去。这之后是一条冗长的水道，长到让人怀疑根本没有尽头，但风笑颜却因此明白了那份笔记里后半段的水路颠簸从何而来。这根本就像是一条在多山多水的地方很常见的地下暗河。暗河的尽头会是什么样的呢？

答案其实并没有太多的意外，因为此地的大致风貌已经被当年的旅行家描绘过一次，并且被风笑颜一次次在心中勾画着。现在真正进入了这座海底城，她反而有些失望。因为这里太静谧了，没有半分肃杀的场景，而她本来希望着看到一场两败俱伤的大血拼呢。

眼前真的就像一个寻常的山谷村庄，四围环"山"，谷地中央的平坦地带坐落着几十座房屋，附近的梯田里种植着各种作物。而抬起头来，头顶上是宛若灰蒙蒙的天空，但风笑颜知道，那里没有天空，只有天空色的穹顶和穹顶之上的海水。如果看久了，那样一成不变的天色的确很可疑，但如果生活在这里的人们从来没有见过真正的蓝天白云，那倒也不会露出破绽。

"你怎么了？"云湛问萝漪，"似乎应该受到邪魂吞噬全身发抖的人是我，为什么你会替我发抖？"

风笑颜一看，果然萝漪神情奇异，身子在微微颤抖。不过这是一刹那的事情，萝漪很快恢复了平静。

"我只是一下子想明白了这是什么地方而已，"萝漪说，"果然辰月的先辈没有让人失望，竟然能找到这里。"

"这到底是什么地方？"

"这本来是一座河络的避难之地，"萝漪平淡地说，"就在那个河络被人类追赶得无处可逃的年代。有一批火山河络，利用这里天然形成的海底火山，经过了几代人的改造，才建成了这座海底之城。我离开我的部落之前，曾在部落文献里看到过关于它的记载，但连河络们都并不清楚这里的具体方位，只知道在滁潦海中。没想到，辰月的先辈们竟然能把它发掘出来。"

"那原来居住在这里的河络呢？难道……"风笑颜没有继续说下去。她能够想象到，在辰月教面前，几百个河络的生命，原本是无足轻重的。而刚才萝漪那一瞬间的失态，大概也是因为想清楚了这些同族的命运吧。

我一直都把她当成危险的、最好不要接近的辰月教主，风笑颜想，但其实她还是个河络，在某些微不足道的时刻，她还会想起自己的出身之地。

"可是后来的村民又是怎么回事呢？"云湛问，"既然这里是个绝密的地点，为什么会让一群不相干的人住在这里，而且还住了那么久？"

"因为海底城本身也是需要人工维护的，"萝漪出神地望着类似天空颜色的穹顶，"我虽然没能亲身经历，但可以猜测当时那些先辈们的想法。海底的城市是脆弱的，必须要有人在其中营建，一方面维护外壳，一方面照料内部的环境，尤其得让这座城能够经受得住法器库开启时的折腾。所以他们一定会抓来很多强壮的普通人，让他们被迫一代代居住在这里。当然了，为了让他们不至于生起反叛之心，最好的方式是先消去他们的记忆，再给他们灌输另一种能让他们从此变得服服帖帖的东西……"

"原来丧乱之神是这么来的，"云湛长出了一口气，"那并不是曲江离自己编出来的故事，而是他无意中得到的、由你们辰月教的那些迷恋法器的人捏造的谎言。因为他们自己都牺牲自己的眼睛制作了法器，所以全都成为了独眼人，索性捏造出这样一个和眼睛有关的邪恶神话。"

萝漪轻声念诵着："天神以神力创世，而后陷入疲惫的安眠，一万年后醒来，大地已经万物繁荣，天神对奴仆墟渊说：我的仆人，天地已成，你当替我巡视大地，且看生灵是否值得沐浴神之恩泽。如是，可赐福于他们；如否，则可清除之，令大地恢复洁净。"

"墟渊于是光降凡间。他的左眼带着慈悲的神光，右眼带着惩罚的火焰。"

"墟渊说，吾眼所见，皆为渎神之罪恶，不可救赎。于是他毁去左眼之慈悲，仅余右眼之惩罚，将谨遵神主之命，以丧乱之名毁灭人世，澄清天地。"

"可怜的是后来的那些曲江离的信徒、以及这个村里被挑选为信徒的无辜人们，"风笑颜的腔调听来很不忍，"其实他们已经完全没有必要失去眼睛了，所有的法器早已制作完毕。但他们仍然在愚昧的信仰下，白白残损肢体……"

她的声音低了下来，云湛知道她又想起了自己的母亲。他拍拍风笑颜的肩膀表示安慰，后者却大惊失色："你怎么了？怎么手掌又冷又热的？"

"说明我现在精神亢奋，"云湛飞快地岔开话题，伸手指向前方，"看，已经能看清楚村子了。我没有认错的话，那是曲江离和他的手下。好家伙，真带了不少人呢，快和出来迎接的村民差不多了。"

前方无疑就是笔记里提到过的那块"聚会用的空地"，从现在掌握的情况来看，这块空地一定是故意留出来的，专门用于"神使"们接受村中人的膜拜。这些村民世世代代居住在这里，按照神的旨意维护着这片小小的世界，并一代又一代地耐心等待着神的降临。过去的千年间，他们的祖祖辈辈一定都是在失望中闭上双眼的，但到了五十七年前，一切都发生了改变。神的子民并没有被神抛弃，他们又重新获得了神的恩宠。

所以他们都无比地激动，黑压压跪成一片，而独眼人们以掌控者的姿态坦然接

受着跪拜。这些人身上都带着强大的精神力量，或许已经是曲江离的全部精锐了。

"我们盼望神明回来已经很久了；我们世世代代都永远是神的子民；二十年前闯入的妖魔还在，我们无能为力，只能期望神能消灭他们。"风笑颜利用秘术监听着远处村民们七嘴八舌的说话。

"所谓二十年前闯入的妖魔，应该就是背叛曲江离的那群人了，"萝漪思索着，"他们果真来到了这里，而且一直守护着。"

"我明白了，笔记里提到的那只怪物，一定就是他们驯养来对付这些独眼人的，而后来击杀独眼人的藤蔓，也是受到了他们的操控。"风笑颜恍然大悟。

"可是那只巨兽呢？"云湛左顾右盼，"既然敌人已经出现，它为什么还不过来袭击？"

"已经袭击过了，"萝漪伸手一指，"好像被某种看不见的细丝缠住了，正倒在树林边。"

这只怪兽的确长得非常奇特，如旅行家所形容的，长三丈高一丈，差不多和两头六角牦牛一样大小，而且形貌凶恶之极。不过现在它被秘术捆绑住，完全不能动弹了。但它仍然在竭力挣扎咆哮，声音极有威势。

看来独眼人们的注意力大多放在这头怪兽身上，三个人借机悄悄靠近。他们看到了曲江离，也就是化身为"丧乱之神"的元凶。他仍然戴着那张惨白的面具，双眼也藏在面具上的水晶之中，看不清眼神。但可以想象，他的目光中一定燃烧着充满渴望的熊熊烈焰，等待着法器库的开启。

"法器库会在什么地方？"风笑颜问。

云湛观察着周围的地势，寻找着法器库可能的隐匿之处。不过还没等他找到，地面忽然开始了轻微的颤抖，接着颤抖不断加剧，连不远处的农房都有些摇晃起来。本来聚集在一起的人群迅速散开，把那块空地留了出来。云湛一下反应过来，原来这块空地也并非只是为了集会而设，它就是法器库开启的方向！

"时间到了！"萝漪轻声说。

空地的地面上出现了细微的裂缝，随即猛然开裂，露出一个黑黢黢的四方大洞。独眼人们兴奋异常，曲江离却很镇定，轻轻摆摆手，阻止他们涌向那个大洞。

"为什么不进去？"风笑颜不解。

"因为妖魔还在这里呢，他怎么能轻举妄动，"云湛努努嘴，"喏，他们来了。"

风笑颜回头一看，突然间两眼瞪得圆圆的，浑身的血液就像凝固了一样。她不敢相信地揉揉眼睛，忘情地想要站起来迎上去，幸好云湛手快，一把按住她，不让她动。

"现在先别露面！"他警告说。

"可是……那是我父亲啊！那是我父亲！"风笑颜用尽了全身的力气，才能强压住自己大声尖叫的冲动。

她看到了一个羽人。正当曲江离制止住手下们冲进法器库的行动时，从不远处的民居中悄无声息地走出一个人。他并没有凝出羽翼，但却像没有重量一样，就那么轻飘飘地飞升而出，缓缓地升到半空中，再悠然落下。

虽然从来没有亲眼见到过自己的父亲，甚至连画像都没见过，但风笑颜只看一眼就认定，这一定是龙斯跃，她的父亲。他和自己的脸型很像，只是带有一种男性特有的潇洒气质，是一个相当英俊的羽人。而且可能是由于利用了法器的作用，他看起来出奇地年轻。风笑颜可以想象龙斯跃二十年前是怎样的风流倜傥，获得风家姐妹的青睐倒也不足为奇。

我的父亲，他还活着……我的亲生父亲！风笑颜不知不觉已经热泪盈眶，到了此时，她才意识到，一个活着的父亲或母亲对自己有着多么重要的意义。童年时代的记忆再次涌上心头，瞎了一只眼有如老妇的母亲形象，早已给她刻下了抹不去的悲惨印痕。

"控制住自己的情绪，现在露头不是最佳时机。"云湛握住风笑颜的手。这只温暖有力的大手让风笑颜稍微镇定了一点。她艰难地点点头，不再乱动，这时候她又感到云湛的手好像在一瞬间变得冰凉，但他很快及时把手松开了。

她把注意力集中到焦点区域。不只是龙斯跃，在他的身后，紧跟着出现了其他的十个人。风笑颜数了两遍，连父亲在内一共十一人，有男有女，然而——并没有任何一个长得和自己比较近似的，或者和十七年前那个有若鬼魅的老妇人有一丁点相像的女人。也就是说，孪生姐妹中的妹妹风栖云并不在这里。

村人们迅速退去，但在离开前，他们毫无保留地把自己仇恨的目光投向了那十一个人。曲江离纹丝不动，他的信徒们则迅速摆开阵势，和这十一个人对峙着。

风笑颜的呼吸急促起来，她知道，自己即将听到一场与二十年前的真相有关的对话，而这也是她最为关心的。父亲龙斯跃究竟是什么人，究竟做过些什么，答案就藏在二十年前那场惊心动魄的事件之中。

果然，曲江离看着龙斯跃飘然靠近，隔了很久，才冷冰冰地开口说："龙斯跃，这二十年间，我最大的心愿就是你贵体无恙，能够好好地活着等到我回来。我很高兴，你没有让我失望。"

"可惜我很失望，虽然这也在意料之中，"龙斯跃摇摇头，"如果不是连衡那个叛徒贪欲作祟，半途上劫走了你，你现在尸体都化成灰了。但是连衡这个人，阴险毒辣、谨小慎微都不缺，唯独缺了成大事的气魄胆略，所以他迟早死在你手

里。"不知道是否因为二十年来都守护着这座法器库的缘故,他的东陆语似乎说得并不很纯熟,有些生硬,腔调也慢吞吞的。但令风笑颜陶醉的是,父亲的嗓音也十分好听。

曲江离哼了一声:"我是辰月的叛徒,你是我的叛徒,连衡又是你的叛徒,这一连串的背叛倒也足够精彩。不过连衡如你所说,是个过于谨小慎微的人,他虽然得到了法器库的位置,却忌惮着我的手下,一直想要逼迫我教给他召集信徒的方法,想要把他们全都杀死之后,再去独自占领法器库。正因为这种忌惮,他才始终没有杀我,最终让我找到了机会回到这里。"

说完这番话,曲江离背着手,慢慢踱到开裂的黑洞前。他挥了挥手,手下的信徒们纷纷点起火把扔进洞里,龙斯跃并没有阻拦。风笑颜很是吃惊,萝漪对她说:"放心吧,这点火烧不坏法器的。法器库十九年没有开启,这是熏里面的秽气呢。"

"秽气未散,半个对时内还进不去,"远处的曲江离对龙斯跃说,"我们还有一些时间叙叙旧。一别二十年,我真是很想念你呢。"

他嘴里说着,手上已经做出了动作,龙斯跃脚底踩着的地面忽然泛出红光,一股灼热的岩浆从地下涌出。但龙斯跃并没有躲闪,眼看岩浆就要吞没他的足踝,风笑颜差点没尖叫出来,却看见岩浆的颜色已经迅速黯淡下去,而龙斯跃的双足隐隐冒出白气。原来在千钧一发之际,他使用冰系法术迅速冷凝岩浆,化解了这次攻势。

曲江离仍然只是手指轻弹,却已经骤然变招。一团紫气从他手里释放出去,把龙斯跃全身围住,那是一种吸取生命力的谷玄秘术,但龙斯跃不知使用了什么咒术,紫气很快被驱散。

曲江离冷笑一声,再度换招,龙斯跃头顶雷声炸响,几道电光凶猛地劈了下来。这次龙斯跃既没有闪避也没有阻挡,任由电光打在身上,但他却显得安然无恙,倒是脚下的土地迸裂开来,一片苔草被烧焦了。看来他是不动声色地把雷电全部引到了身外,借助脚下的土地加以化解。

两人电光火石之间交换了三招,曲江离显然并没有用足全力,但龙斯跃化解起来却也轻松随意。云湛回想起萝漪在曲江离手下吃过的大亏,心里算计着,龙斯跃不应该有那么厉害,除非……

"看来你口口声声说背叛我是为了阻止法器库的开启,有一些像是放屁啊,"曲江离的语调充满嘲讽,还隐隐带着愤怒,"你的实力我还不清楚么?不靠着法器的提升,刚才我那三下,任何一下都能要了你的命。"

"如果我把命都让给你了,那还怎么守护法器库呢?"龙斯跃反唇相讥,"历代以来,君主们之所以觉得天驱危险,除了他们对信仰的坚守之外,还在于他们为了信仰而不惜采取任何手段。"

曲江离并没有丝毫吃惊:"你果然是个天驱武士。十九年前,其实你还是开启了法器库,取出了其中的部分法器。而其他的这些人,也和你一样使用了法器吗?"

龙斯跃身后的十个人保持着沉默,表现出默认的姿态。龙斯跃说:"所以我们这十一个人,就和你手下一百人没什么区别了。你觉得你会有胜算吗?"

"只要我一个人能胜过你们这十一人,就足够了。"曲江离淡淡地说。

[一] "他真的能一个人对抗十一个人吗?"风笑颜紧张地问。

"他不能,法器或许可能,"萝漪回答,"这十一个人没有完全控制法器的本事,不能完全发挥出法器的力量,而曲江离却找到了克制的办法,对抗二十二个人也不是不可行。"

仿佛是为了印证萝漪刚说的话,曲江离运气许久后,摊开双掌,左掌心燃起一团颜色怪异的白色火焰,右掌心则是一个氤氲转动的气状黑色球体。与此同时,他一直挂在胸前的项坠开始发亮了。

"说明他开始催动法器的力量了,"萝漪说,"所以这个挂坠必须保护住他的精神不被侵蚀。"

"到底为什么要用法器?"风笑颜又问,"如果连自己的精神都会被吞噬,那使用法器究竟有什么意义?"

"你看看曲江离的力量,就能明白了,"萝漪死死盯着场中,"任何人看了都很难不动心。"

说话时,双方的比拼已经开始。曲江离右掌的黑色球体不断扩大,忽然间扣到了左掌的白色火焰上。刹那间,火焰的颜色竟然变得乌黑,而曲江离大喝一声,火光暴涨,十余道黑色烈焰激射而出,袭向龙斯跃和他的同伴们。

毒焰就像一条条扭动的黑蛇,瞬间将众人缠绕起来。奇怪的是,龙斯跃出现时显得身形飘逸,此时躲闪火焰却左支右绌,动作很是僵硬,其他人也大同小异,竟然轻易就被火焰烧到了身上。好在他们秘术功底都很深厚,很快以各种秘术隔绝了火焰,没有被烧伤。

但曲江离以两种秘术混合而出的黑焰始终无法被扑灭,一直在空中盘旋不止。龙斯跃等人就像全身抹了蛇药的人身入万蛇之窟,虽然暂时不会遭毒牙啃噬,但被群蛇环伺,想来也应该足够难受。但他们还是表现得相当镇静,一面与黑焰相抗,

一面伺机反击。

一个中年女子首先发难。她以奇特的姿势跪伏在地上,十指发力,竟然深深插入了土地中。随着这一插,以她的十指为起点,十道波纹状的隆起出现在地表,就像是有钻地的动物紧贴着地皮,向曲江离高速移去。

曲江离伸出左足,在身前的地上划了一道直线。那些"波纹"刚刚钻到直线前方,似乎是受到了阻碍,立即钻破地面,激射而起。泥土和砂石像被赋予了生命,带着呼啸的声响直撞向曲江离的身体,每一粒都带着极大的破坏力,足以钻透一张牛皮。

但曲江离没有闪避,任由利箭一样的砂石击打在身上,砂石轻松地钻透了他的身体,却既没有声响,也不见血光。

"残影术!"萝漪低呼,"那只是一个幻影。"

话音未落,曲江离的真身已经出现在了中年女子身前。中年女子刚要抬手抵挡,曲江离的身形却再次移动,来到了她的背后。女子的脖子上慢慢现出一道淡淡的印痕,并且不断扩大,突然之间,印痕开始无法阻止地变成宽阔的裂缝。

然后女子的头颅落在了地上,黑色的血液从脖颈处汩汩流出。而曲江离的手上,一根细如蛛丝的透明丝线忽隐忽现,那是一根用秘术凝结的冰线。

"人的身体总有肉体的极限,"萝漪说,"武士有速度和力度的极限,秘术师有精神力的极限。但人们总是要追求更大的力量,如果肉体不能承受,能否使用其他的事物来承受呢?这就是法器的起源了。法器能帮助凡人提升精神力,帮助他们施展出超越极限的强大秘术,但这一切也要视他们本身的秘术功底而定。打个比方说,有合适的地基,总能建好房子。但地基挖得深,房子才能盖得高。"

云湛点点头:"我明白了。之前我一直在想,为什么我遇到的独眼人秘术虽强,却并没有强到超乎我见识的地步,而曲江离又那么离谱。那也是由自身的精神力基础而来的。"

"曲江离还不一样,他已经疯狂到把法器嵌入自己的身体了,自然和旁人不同。他曾经有一些很强大的追随者,但我猜测,一部分由于使用法器过度,已经被废掉了,还有一部分则在二十年前的事变中被龙斯跃设计除掉了,"萝漪说,"而现在的这些独眼人水准未必够,一方面可能浪费了本来取出的数量很有限的法器,另一方面他们的精神力量很难保证不被迅速反噬,所以绝大多数人都没有获得曲江离赐给的法器。他需要更多的法器,以便吸引更强的追随者,把法器交给他们才能物尽其用。"

此时曲江离已经又击倒了两名当年的背叛者,而且都是痛下杀手毫不留情。但正当他看着地上三具死尸、胸中充满复仇的快意时,无意中一回头,却发现自己带来的手下却也已经倒下了一大半，在地上翻滚挣扎，痛苦不堪，身上的黑色火焰烧灼着肉体。剩下的则纷纷躲闪，显得十分狼狈。

龙斯跃抄着手站在一旁，仍然被黑焰围绕着："你忘了一件事。如果我们对付不了这样的火焰，你的手下更加对付不了。你和二十年前还是没什么变化，作茧自缚。"

曲江离的脸藏在面具里看不见，但能听出来，他的声音依然镇定平稳："我说过了，只要我能清除你们所有人就足够了。马上进去！"

最后一句话是对还幸存的独眼人说的。得到命令的信徒们立即行动，但龙斯跃这一次并没有去阻止他们。他终于熄灭了身上的火焰，开始凝神准备应付曲江离新一轮的狂暴攻击。

云湛捏了一下萝漪的手心，意思是"看准时机，准备动手"，萝漪会意地点点头。

曲江离凝立不动，所有人都紧张地等待着，不知道他接下来的举动。九州的秘术通常对应于十二主星的星辰力，有着种种截然不同而威力奇大的效果。一般的秘术师一生能修炼一两种不同系的秘术已经很难得，但有了法器的支持，谁也无法预料曲江离会使用什么样的秘术。风笑颜更是紧张得满手心都是汗，生怕自己的父亲没办法应对。

然而这个戴着面具的怪人的选择还是出乎所有人的意料。他五指虚抓，一大块泥土从地上飞起，落入他的手心。正当风笑颜以为他是要效仿刚才那名中年女子的攻击方式，曲江离却催动秘术，把泥土揉在了一起。一道金光闪过，泥土的形状变得细长，同时呈现出金属的色泽，变成了一把长剑。

他扬起长剑，身形晃动间逼近了龙斯跃，挥剑向他劈去。剑气纵横中，云湛瞠目结舌地发现，曲江离的剑法精妙狠辣，不亚于任何九州第一流的剑术大师。

魔武双修？

风笑颜对此没什么见识，云湛和萝漪却相顾骇然。武术和秘术，有着几乎完全相悖的修炼方式，两者兼修难于登天，一般人最多不过是以某一项为主，另一项作为辅助。但已经展露过高深秘术的曲江离，此刻竟然能运剑如风，实在是过于诡异了。

显然龙斯跃也没有想到曲江离会玩出这一招，而秘术师本来就应当远距离与人对战，一下子遇到近身搏击的武学招式，有些招架不及，勉强闪避了几下，身上已经连吃三剑，好在都没有伤及要害。

龙斯跃的同伴们赶忙上前助阵，曲江离大吼一声，长剑上泛出红光，竟然是把秘术贯注到了剑身上。宝剑挥过处，燃烧的火焰带起灼热气浪，让人更加难以防

御。

激斗中曲江离举剑向天，剑身上炽焰暴涨，一片流星般的火雨疾飞而出，逼得众人狼狈躲闪。他随即再回剑，在半空中划出一道圆弧，但这一次却并没有火焰飞出，取而代之的是——风刃。

尖锐的破空响声后，除了龙斯跃躲避及时外，其他人都被风刃击中。那些无形无色却又坚硬如刀的疾风，在他们的胸腹、头颈处割出致命的伤口。

只剩下龙斯跃一个敌人了。曲江离得意之极，双手握剑，开始聚集旋风，准备给龙斯跃避无可避的致命一击。他的胸中充满了即将胜利的喜悦，在那短短的一刹那，放松了警惕，然而正当他的风刃阵即将放出时，却忽然感到背心微微一痛。凭借着敏捷的身法，他在这一瞬间不可思议地做出了一个闪身的动作，躲开了后心要害，咔的一声，一支利箭穿透了他的左臂。

"是谁？"曲江离一声暴喝，恼怒地回过身来，眼前出现的赫然是两个老熟人：云湛和木叶萝漪。云湛的手里握着正在颤动的羽族强弓，这一箭正是他射出来的。而曲江离所不知道的是，这一箭能无声无息地射中他，除了他得意忘形之下疏于防范外，最重要的在于，还有一个至今没有露面的人，消去了云湛出箭时的声音。

"二位是？"龙斯跃看着这两个突然冒出来的陌生人，发问道。

"现在不适合做问答，解决了老怪物再说，你知道我们是友非敌就好了。"云湛回答。

"我说过，你的命运就是不断地失败，"萝漪始终朝向曲江离，双手都已经准备好了"枯竭"，看来是决意以自己杀伤力最大的秘术和对手力拼，"你看，你的手下都已经完蛋了。"

曲江离悚然回头，只听见法器库里隐隐传出不断回响的惨叫声和呻吟声，却没有见到任何一个人出来。他突然明白过来，伸手指着龙斯跃："你……你……"

"上一次法器库开启之后，我就趁着关闭前在里面做了点布置，"龙斯跃微笑着说，"我希望确保里面的法器永远不会再被人占有。"

面具下的脸虽然看不到，但长袍下的身体却在微微颤抖，可想而知曲江离已经愤怒到了极致。他甚至连一句话也不想说，以寒冰冻气冰冻住伤口，既能暂时止血又可以缓解疼痛，随即风刃狂卷，打算把眼前的三个敌人都绞成碎块。

但这样的选择其实正中云湛下怀。之前他一直担心着曲江离所使用的秘术无色无声难以防范，风刃虽然声势奇大，却存在着重大缺陷，那就是尖利的破空之声，这样的招式云湛丝毫也不陌生。许多年前云灭训练他的时候，会蒙上他的双眼，然后用没有掰掉箭头的利箭一箭一箭射过去。

"不要光躲，光躲没用，"云灭一边射箭一边说，"我要求你每躲过十箭，至少还我一箭，否则今晚没饭吃。"

年少的云湛满头大汗，竭力用耳朵捕捉着云灭故意露出的破绽，然后开弓射去。不过在眼下，肉眼看不到的风刃可以用耳朵辨别来路，但即便用双目捕捉，他也找不到曲江离身形上的破绽。曲江离近乎完美地诠释了魔武双修的真谛，一面秘术攻势凶猛，一面又像一个身法敏捷的武士一样不断走位，这让寻常武士面对秘术师时的优势荡然无存。

萝漪和龙斯跃身法不及云湛，只能不断利用秘术硬挡。但他们身上也同时体现出了秘术师远距离攻击的好处，反而能不断给曲江离制造一些麻烦。只是曲江离借助法器的支持，即便被秘术击中，也能轻松化解，并没有受到什么伤害。

还是需要射中他一箭，云湛一面躲闪风刃，一面努力寻找着可乘之机。如果他能稍微再慢上一点，只需要慢一点……

但与云湛期望的相反，曲江离反而加强了攻势。云湛听到裂开的地穴里不断传出轰鸣声，忽然间明白过来，法器库的开启时间所剩不多了。曲江离再不抓紧时间，只怕又得等上十九年了。他恍惚间想起了自己少年时，当时的辰月教主苏玄月也是那样苦苦等待着十多年才到来的时机，但由于云灭的出现而错过了。这一次，还会重演相同的一幕吗？

但曲江离不是苏玄月，他的执着似乎更甚。杀红了眼之后，他已经把自己的力量发挥到了极限，空气中仿佛有万箭齐发，云湛步伐再快，身上也留下了不少的擦伤。而萝漪和龙斯跃并不比他强到哪里。

突然之间，曲江离猛地变招，风刃消失无踪，而空气中好像出现了无形的墙壁。这是将空气挤压在一起的秘术，虽然没有风刃那么刚猛，但由于动作缓慢，反而令人难以捕风捉影。三个人还没反应过来，就和曲江离一起，被无形而坚似铜铁的空气挤入了地穴中。

风笑颜大叫一声，不顾一切地跑到了洞穴边，也跟着跳了进去。至于这一英勇举动到底是因为担心父亲更多一点，还是担心云湛更多一点，她已经没时间去掂量了。

[二] 首先看到的是遍地的焦尸，那是刚才被龙斯跃十九年前布下的陷阱所诱杀的独眼人，但比起其他的东西，这些尸体似乎都不算什么了。

法器库比云湛想象中还要大一些，它虽然并不甚宽，却像一条看不见止境的地下甬道，窄而长地向远处延伸出去，那一件件的法器就安放在甬道的两侧，其间的

怪异程度超乎他的预期。眼前的一切光怪陆离，让人恍如置身于一场噩梦中。

色彩。斑驳陆离的怪异色彩。法器库的四壁都用特殊的玉石筑成，可以吸收逸散的星辰力，这使得整个法器库笼罩在一团橘黄色的光晕中，而每一样法器更是都在闪耀着不同的光泽，被不同的物质容纳其中。一个通体血红的玉镯被冰冻在一块巨大的寒冰中，闪动着灼灼的光芒，似乎要把冰块熔化；一个拳头大小的水晶酒樽中盛满了无色的液体，一根淡蓝色的丝带如同游鱼一般不安分地游动着；一个灼热的岩浆池中，某一样看不清形状的黑色物体上下沉浮；几十根细密的金属丝牢牢缠绕着一本看似寻常的书，发黄的纸页间隐隐有令人毛骨悚然的呜咽声传出……法器库就像是一个陈列馆，不同的法器在闪烁，在震动，在鸣叫，令这个并不十分大的地下石窟充满了嘈杂的嗡嗡声。

"法器是很难保持平静的，"萝漪低声说，"所以一定要用特殊的秘术束缚住。"

甚至还有相互制衡的法器。云湛看到一只碧绿的竹哨，被一把锈迹斑斑的大锁牢牢锁住。竹哨和大锁都在剧烈震颤，好像两个比拼功力的绝顶高手，却又谁也制不住谁，只能陷入无止境的僵局。但它们无法做到像曲江离找到的两件法器那样在安静中克制，如果戴在身上的话，或许会两败俱伤，同时损毁。

云湛忽然产生了一个奇怪的联想：每一件法器都像是一个活生生的灵魂，虽然被束缚千年，却无时无刻不在努力挣脱。而这个法器库，与其称之为仓库，不如说是一个陈列噩梦的长廊，它就像孩子们经常做的那种恐怖的噩梦：一条在阴暗中无穷无尽的长廊，长廊两侧全都是阴森的乱舞群魔，你根本无法知道你会在长廊的哪一段突然惊醒。

他还注意到，有很多用以压制法器的容器已经空了，那些无疑是被历次进入法器库的人们取走了的法器。他尤其看到一个极小的色泽暗淡的瓷瓶，歪倒在一张石桌上，已经空了，但仔细辨识，这个不起眼的瓷瓶竟然是用整块星流石雕刻而成的，可想而知其中所镇压的曾经是多么难以制服的法器。云湛立即想到萝漪曾告诉他的："曲江离在胸口镶嵌了一个极其微小的小瓷片。"

看来曲江离也是个很有眼力的人，云湛想。

曲江离似乎也被这里的景象所吸引。虽然这已经是他第三次进入法器库，他仍然流连着、陶醉着，几乎忘记了向三个敌人发起进攻。但这样的遗忘是短暂的，轰鸣的石窟在提醒着他抓紧时间。

"让你们死在这里，也算是便宜你们了，"他冷笑着，"和法器作伴去吧！"

他的面孔变成了深碧色，浑身骨骼格格作响，不知道又要施展怎样凶狠的秘术。云湛瞄住了他的咽喉，但曲江离站立的姿势毫无破绽，这一箭始终不敢射出去。

然而就在曲江离即将出手的一刹那，意外的变故发生了，他之前一直用秘术冻住的、被云湛所射穿的伤口，不知怎么的解冻了。非但如此，伤口处的血液开始加速流转，顷刻间血如泉涌，在地上流成一片。

曲江离惊怒交集，又想要止血，又想继续攻击，这瞬间的迟疑逃不过云湛的眼睛。他也不再去使用连珠五箭、连珠七箭之类的花巧，而是把全身的力量都贯注在手中那唯一的一根箭上。嗖的一声，弓如满月，利箭带着云湛孤注一掷的决心飞了出去，正中曲江离的胸口。

而几乎是在同时，萝漪的杀招"枯竭"也击中了曲江离的身体。他被箭支和秘术的冲力打得横飞出去，脸上的面具片片碎裂，胸前的吊坠也叮当掉落在地上。

云湛却先回过头，往角落里看去。风笑颜轻巧地钻了出来，满脸得色。

"一点小秘术，可以促进液体的流动，"她笑嘻嘻地说，"这叫做四两拨千斤。"

"你这四两倒真是起大作用了，"云湛摸摸她脑袋，"快出去吧，法器库快要关闭了，晚了出不去了。老怪物日思夜想着法器库，就让他永远呆在这儿陪着这些法器吧。"

龙斯跃当先领头，萝漪和风笑颜都赶忙紧随着出去，云湛断后。此时法器库的震动越来越剧烈，地面的洞口慢慢开始缩小。风笑颜气喘吁吁爬到了地面上，扭头一看，却不见云湛的身影。

"喂，那个傻小子干吗去了？"她急忙问萝漪。

萝漪也傻眼了："他不是跟在我们后面的么？"

两人忙回到洞口，法器库的入口已经在不断收缩，眼看只能容两三个人进出，再缩小的话，恐怕连一个人都出不来了。风笑颜冲着洞口喊了几嗓子，但在轰隆隆的声音中，即便云湛有回音也听不到。

会不会刚才曲江离是在装死，然后垂死挣扎伤了云湛？风笑颜被这个突如其来的念头吓坏了，她咬咬牙，就想要跳下去看个究竟。龙斯跃赶忙拉住她："不能回去！洞口马上封闭了！"

这是父女两人见面以来，第一次发生接触，虽然龙斯跃还不知道她的身份。风笑颜心里一热，脚步稍微犹豫了一下。就这么短暂的一迟疑，忽然一团黑影从地下疾冲出来，把她结结实实撞翻在地。紧接着，一声震天动地的巨响，法器库的入口完全合拢了。

这一撞力道不小，风笑颜被撞岔气了。她好半天才缓过来，一抬头，正看见气喘吁吁的云湛，登时满腔的关心化为怒火："你这个缺心眼的白痴！想要在地下装

乌龟玩吗？"

云湛喘着粗气："不是，我本来紧跟在你们后面的，可是我突然看见了老怪物的脸……那就说什么也得把他弄上来了。"

原来云湛耽搁那么久，是为了把曲江离也拉上来。风笑颜慢慢站起来，看着曲江离，他已经身受重伤，无法动弹，面具也完全碎裂，露出了一张苍老的脸。

"不对啊，他不是为了装扮丧乱之神，挖掉了自己的一只眼睛吗？"风笑颜大惊小怪地叫起来，"可是现在他的两只眼睛都是完好的啊！"

"是啊，我就是看到这两只眼睛，才过去仔细瞧了他两眼的，"云湛小心地替曲江离涂上伤药，显然是想要延缓他的死亡以便问话，"然后我就发觉这张脸非常熟悉。"

"熟悉？"

"接着我终于想明白我是在什么地方见到过这张脸的了，"云湛说，"我在天启城里，曾经和一个当年追捕过公孙蠹的老御前侍卫聊过天。他给我看过他留下来的通缉访牒，访牒上有公孙蠹的画像。"

"啥？你说什么？"

"没错，说起来不可思议，但是货真价实的，这个成天戴着面具的老怪物，不是曲江离，而是公孙蠹。一直以来，都是他在冒充曲江离。是他召集了那些失散的独眼人，是他策划了那一系列杀人挖眼的报复，是他回到了这里，企图霸占辰月法器库。"

"这么说来，这是个满嘴正义公理，其实一肚子贪欲心机的家伙？"风笑颜喃喃地说。萝漪好像早有预感，并不太吃惊，龙斯跃则显得完全不知所措。

"我也听说过公孙蠹的名字，但是，他怎么会是曲江离呢？不可能的啊！"他说，"我和他面对面打过不止一次交道。"

"这二十年发生了很多你想象不到的事，"风笑颜柔声对自己的父亲说，"我们让他自己亲口说吧。"

"你们说得对，也说得不对，"躺在地上的公孙蠹突然开口说，"我的确是公孙蠹，这一点不假。但我并没有冒充曲江离。"

云湛不解："我不大明白你的意思。"

"在这一年里，我既是公孙蠹，也是曲江离，"公孙蠹用低沉的声音说，"只不过是在公孙蠹的身体里，驻扎着曲江离的灵魂而已。"

"你在说什么？你要死了所以脑子糊涂了吧？"风笑颜忍不住说。

"我的脑子糊涂了很多很多年啦，到死的时候也该清醒清醒了，"公孙蠹嘿嘿一笑，"刚才这位羽人的一箭，把我胸口那个项坠射断了，曲江离的灵魂也因此离开了。这一年的时间里，我清醒地知道发生的一切事情，但却完全无法控制自己的身体，这还是第一次回复自己的神智。"

"可是，真的存在灵魂这种东西吗？"萝猗皱起了眉头，"我们辰月教试图证明灵魂的存在或者不存在也已经有很长时间了，从来没有人成功过。"

"灵魂只是一种比喻的说法，"公孙蠹回答，"那其实是一种邪咒，一种在临死前封存自己的记忆和意识并扰乱他人精神的邪咒。中了这种邪咒后，我就始终带着曲江离的记忆，并以曲江离的方式进行思维，可以说，曲江离虽然死了，却利用我再造了他的灵魂。"

云湛有点明白了："你是说，曲江离在临死前算计了你？"

他忽然对公孙蠹生起一丝同情，慢慢扶起他，让他靠着一棵树坐下。公孙蠹喘息一阵，开始讲述："你调查过我，对吗？那你也许对我的为人略有耳闻。很多时候，为了抓到我要抓的人，定到我想定的罪，我都是不择手段，为此受到了很多非议，却始终我行我素。"

"我早就听说过，"云湛点点头，"所以我才去调查了你的死亡事件，并且得出结论，你用你无辜的侄儿做了替死鬼。"

公孙蠹神色黯然，过了很久才说话："不错，我对不起他。但在那个时候，我只有一个想法，就是无论如何要留下这条命，以便把丧乱之神的真相彻底查出来。"

"是一位旅行家拜托你查的，是吗？"

"是的，他是齐王的朋友，"公孙蠹说，"我一听他诉说完事情经过，就知道这当中包含着一些极危险的组织，而当察觉他们把黑手伸向齐王时，更是惊诧于那种不顾生死的可怕力量。可惜我没能够救到他们，但按照事前约定，取得了全部的笔记手稿。但我没有时间了，独眼人和皇帝，两股势力都想要我的命，我要想继续调查下去，唯一的选择就是假死。但你必须清楚，我绝不是怕死……"

"你当然不是怕死，"云湛冷冷地说，"你不过是认为你的性命比别人的更有价值，所以要用别人的命去给你铺路，以便完成你的伟大事业而已。"

公孙蠹叹了口气，继续说下去："自从卷入这件事，我就开始物色替身，后来找到我的侄子。他的辈分低，年龄和我相当，身材容貌近似，而且来自深山，旁人要追查也不容易。所以我把他带回了天启，暗中迷晕他，记住了他的所有伤疤。安排逃亡的那一天，路线是我选定的，但我却事先故意走漏了风声，并提前在悬崖下等候。当马车摔下来后，我迅速找到残骸和尸体，毁去了尸体的脸。从此以后，我作为一个死人，在这个世界上消失了。"

听到公孙蠹的这句"从此以后，我作为一个死人，在这个世界上消失了"，风

笑颜忍不住偷眼向龙斯跃看去。由于进入海底城以来，不断发生新的事故，她始终没能和龙斯跃说上一句话。眼下公孙蠹讲的她其实并不感兴趣，但看龙斯跃听得专注，只能无奈地叹口气，也跟着听下去。

"这之后的十五年中，我慢慢摸清了那些独眼人的动向，也基本掌握了之前发生过的一些事变。在齐王遇害的五年前，也就是从现在开始往前数二十年，独眼人中产生了分化，据说是曲江离对下属过于严苛毒辣，所以有人故意挑唆背叛，导致曲江离被伏击后失踪。但他们相信曲江离一定还活着，所以始终都在寻找他，不过总不得要领。"

"要论找人，谁能比得过你呢？"云湛不知道是在夸奖还是挖苦。

"我从手记里注意到，那个叫连衡的人大有问题，并且怀疑他既然能假死一次，就很可能再来第二次。于是我开始满九州地寻找他，这个过程持续了足足十多年，直到去年，我终于成功了，并且在连衡的藏身之处发现了一直被囚禁的曲江离。我监视了好几天，发现连衡的目的是独霸法器库，为此用尽各种酷刑，持续不断地折磨他，而曲江离显得很有心计，每隔一段时间就会透露一丁点，保证连衡不会失去耐心而杀掉他，但他所说的都很零碎，始终不能让连衡得窥全貌。

"我本来打算出手把他们都杀死，但想到那个法器库只要存在一天，就始终是个巨大的威胁，何况还有很多曲江离的信徒活着，总得想个法子把他们一网打尽。于是我就打定主意，按兵不动，等连衡一点点把所有信息都逼问出来之后，再来个黑吃黑。但我并没有料到，曲江离在身体被束缚的情况下，精神游丝却异常敏感，早就注意到了我的存在，并且感受到了我头脑里的那种疯狂的执着，而我虽然年纪大了，因为多年习武，体魄也非常强健，他决意利用我。"

"也就是控制你的头脑，换取你的身体，对吗？"云湛问。

公孙蠹咳嗽一声，嘴角咳出了鲜血："我上当了。曲江离的身体早就在长期的酷刑中被毁掉，一旦脱离那些穿过身体的尸虿线，很快就会因为流血过多衰竭而死，所以他虽然已经找到了摆脱尸虿线的方法，却没有急于逃跑，一直都在物色替身，而我就是主动送上门的猎物。那一天夜里，他察知到我又在监视他们，于是突然发难，杀死了连衡，自己逃出去。在此之前，他已经悄悄运用邪术，把自己的精神力量储存在了那个挂坠里。

"我悄悄跟踪他，自以为能抓住他，却不知他也是故意让我跟上的，目的就是先发制人。当来到一片荒僻的坟坡时，他假装伤势过重倒在地上，当我上前查看时，被他用尽全部的力气反过来偷袭成功，接着，他的精神就像烈性毒药，强行侵入我的头脑，并且控制了我的身体，把他胸口的法器取出嵌到我身上。曲江离死了，我就这样成为了一个傀儡，成为了新的丧乱之神，带着曲江离生前的思维和欲望，为他召唤信徒、诛杀叛逆，并为了重回法器库做准备，直到刚才……"

"这是一个绝妙的讽刺，不是吗？"风笑颜忽然插嘴说，"你费尽心机想要留下自己的命以完成你的正义事业，甚至不惜为此害死了你的亲人，但到了最后，正是因为你的存在，才让邪恶获得了新生。如果没有你的话，也许曲江离会直接死去，也许他只能随便找一个瘦弱的路人将就使唤，令他的力量大打折扣……但是你活着，你牺牲他人去维护你的正义，终于成全了曲江离。"

公孙蠹没有回答，但脸上的悔意一望而知。他一阵剧烈的咳嗽后，喃喃地说："不过好在我自知自己的行动非常危险，早就留好了后着，在大内仓库里偷藏了一份资料。更巧的是，就在我找到连衡之前，我遇上了一个当年曲江离的女信徒的后代。那位信徒在二十年前那场内讧中丧生，因此他也在寻找真相，寻找他母亲死亡的原因。"

"崔松雪！"风笑颜叫出了声，"我想起来了，我师父说过的，崔松雪的娘就是二十年前死去的！"

公孙蠹点点头："看来你们也找到崔松雪了，并且得到了我转交给他的笔记。总算我还没有把事情弄到完全不可收拾的地步。"

"崔松雪是个了不起的人，"云湛说，"他也循着笔记找到了法器库，我没有猜错的话，也许他还挖掉了自己的眼睛以获取独眼人的信任。如果不是他冒死给我传书，我到现在也不会知道这件事，今天也就不会站在这里。"

"他和我一样坚定，但他却使用了正确的方式，"公孙蠹长叹一声，"所以他成为了英雄，而我则是天大的罪人。"

公孙蠹已经很虚弱了。他的双眼疲惫地合上，在无法形容的痛悔中等待着死亡的降临。云湛叹息一声，不知道该怎么评价这个人。诚如风笑颜所言，如果不是他无比强烈的摧毁丧乱之神的意愿，曲江离反而无法延续他的欲望——至少不会得到这么一具武艺高强的躯体。但如果不是他，丧乱之神的真相将会在十五年前就淹没在三皇子的鲜血中，永远不为世人所知。他定了定神，轻声发问："既然你承受了曲江离的记忆，能不能讲讲当年他全家被陷害是怎么回事？"

"曲家是被宁南汤氏勾结官府所构陷的，"公孙蠹的呼吸越来越微弱，也越来越急促，"他们无意中收到了一份古本书籍，在里面找到了夹带的笔记，是当年修建法器库的辰月长老们编造丧乱之神神话的手记，同时还牵涉到法器库的建造细节。这份手记的内容被汤氏安插的奸细看见了，他们敏锐地发现其中可能蕴藏的巨大价值，要求曲家转卖给他们。但曲家也觉得奇货可居，执意不肯，于是……"

云湛还有很多问题想问，比如让他非常好奇的一点：曲江离究竟是个什么人？他曾经那么快乐逍遥，把笔记上丧乱之神的创造肆无忌惮地拿去和一个民间说书人

商量，会不会原本也是个单纯可爱的年轻人呢？而一家老小的冤案、走投无路的绝境，是不是也因此激发出他灵魂深处的凶戾和残忍呢？他之所以加入辰月教以寻找法器库，仅仅是因为要完成他的复仇大业，还是一开始就存在着更多的贪欲和野心？

但这些问题永远不会有答案了。公孙蠹呼出了他生命中的最后一口气，带着无尽的悔恨离开了人世。这位世人心目中的正义化身，在他人生之路的最后一个驿站却成为了邪恶的傀儡，险些造成无法收拾的巨大灾难，功过是非还真是很难评价。

人们各怀心事，思索着公孙蠹给他们带来的震动，直到龙斯跃打破沉默："对不起，我一直都还没能顾得上问一下各位的身份。今天真是多亏你们相助。"

风笑颜慢慢走上前，和龙斯跃面对面站立。龙斯跃好像到现在才看清楚对方的脸，不由得惊呆了："你……你是……你是……"

"父亲！"风笑颜忽然双膝一软，跪在了地上。

[四] 父女久别重逢是什么样的？云湛想着，是不是应该很感人，让一头犀牛都能热泪盈眶？如果让小说家来描绘这一幕场景的话，怎么也得加上一些诸如撒腿狂奔、深情拥抱、泣不成声的激烈桥段，然后让龙斯跃用无比深情的口吻说："乖女儿，这些年你受苦了啊！"

而风笑颜也应当用更加深情的语调回应："不，只要能再见到爹爹的面，女儿受再多的苦也值得！"

云湛觉得自己光是这么想想都觉得鼻头发酸，但目光扫过去，真实世界中发生的一幕好像完全不是那么回事。这一对二十年来首次相逢的父女，此刻的情景非常怪异，就好像一艘船撞上了冰山，碰出的不是火花，而是冰渣子。

龙斯跃向后退出了一步："你……你是我的女儿？"他的表情很吃惊，却没有半点欢喜的意味，好像眼前跪着的并不是骨肉至亲，而是追了他几十年的债主。

"我……我是。"风笑颜也听出了龙斯跃语气里的惊疑和毫无欢愉，这让她有些不知所措。她顿了顿，小声补充了一句："我、我叫风笑颜。"

这时候龙斯跃似乎才意识过来，父女重逢应该是一个欢天喜地的场面，于是他的脸上挤出一个僵硬的笑容，扶起了风笑颜："太好了！没想到离开人间二十年，我……我已经有了一个女儿了。这真是……真是天大的喜事！"

"知道什么叫'笑得比哭还难看'吗？"萝漪悄声对云湛说。

"这对父女有点文章。情形不对。"云湛回答。

岂止是情形不对，简直是别扭到了极点。父女俩的手握在一起，龙斯跃却好像根本找不出什么话可说，而他本来应该有很多问题：你这些年怎么过的？你怎么会和这些怪客一起来到这里？而且最最重要的一个问题在于，你娘在哪里？她还好吗？

但他一个问题都没有问。龙斯跃的冷漠让风笑颜一肚子的问题也提不出来。这样尴尬的气氛甚至让她有扭头就走的冲动，可找了二十年的父亲就站在眼前，要离开又实在舍不得。也许是在这里呆了二十年，所以不大会和人交流了？风笑颜这样安慰自己，决定无论如何也得找到点话头，看父亲失魂落魄的样子，也许先不要提敏感话题了，找点别的来说？

"您……您是个天驱？"她随口问。

龙斯跃点点头："没错。我当年假装追随曲江离，并不是贪图法器，而正是为了阻止这一切。二十年前那场内斗，就是我策动的，当然我因此还没来得及被逼挖眼，保住了我的左眼。但即便要失去一只眼睛，我还是会那么做。那是我们天驱当有的风骨。"

这番话总算让风笑颜有了一丝安慰。无论怎样，父亲总是个好人。她还想再找点其他话题继续和父亲增进感情，背后突然传来扑通一声，回头看去，那是云湛摔倒在了地上。

"糟糕啦！"站在一旁的萝漪脸色煞白，"他体内的邪魂，怕是要发作了。"

云湛看来的确是无法忍耐了。事实上，从萝漪帮助他抽离体内的暗月月力之时起，被压制了二十多年的邪魂就开始蠢蠢欲动。此后的过程中，云湛一直都在运功强行压制，努力不让风笑颜看出来，只有萝漪察觉到了一点。但在法器库里的时候，当他用尽全部的精力射出那致命一箭后，邪魂找到了破堤而出的缺口。就在风笑颜努力想办法和父亲交流时，邪魂终于占据了上风。

风笑颜上前想要扶起云湛，萝漪一把拦住她："别碰！危险！"

云湛已经在这时候抬起头来，那副尊容吓得风笑颜反而退出去几步。他的双眼已经呈血红色，脸上布满了狰狞的表情，喉咙里像野兽一样发出低低的咆哮声。而他的皮肤上已经开始布满流转的黑气，肌肉也可怖地鼓胀起来，让这个体型瘦削的羽人顿时像个人类壮汉一样身躯巨大。

"快走开！走远点！"云湛用最后残存的神智大吼一声。接着他身上的黑气开始向外扩散。风笑颜无比惊恐地发现，云湛脚下踩着的土地也变成了深黑色。

突然之间，距离风笑颜数步之遥的萝漪向着风笑颜放出一个秘术，她的身体当即被震飞。就在她刚刚被震离的那个地方，云湛的身形已经移了过去，并且五指成爪，正抓在落脚之地。

风笑颜死里逃生，却还顾不上喘息，因为云湛身上的邪魂之力已经开始全面释

放了。他就像一个无比危险的火药桶，谁也不敢稍微碰那么一下。风笑颜想起了不久前自己向云湛询问时的对话。

"你体内的邪魂，到底是怎么回事？"风笑颜问，"真的是死人的灵魂吗？"

"没什么，不过是个象征性的说法，所谓邪魂，其实是吸取的精神力量，"云湛看来很不想提这个话题，但他也知道风笑颜的性格，不说肯定会被纠缠不休，"事情是这样的，辰月教曾经有一柄能吸人魂魄的魂印兵器，叫做苍银之月，据说几百年间杀人无数，并且吸取的精神越多威力就越强大。

"但后来这根法杖由于杀孽太重，被一位秘术师牺牲性命强行封印，杖上的魂印石被毁掉了，里面的邪灵无法再发挥作用。于是当时的辰月教主想到了一个主意，虽然无法再依附于物，但可以把邪灵转化到活人的身上。他本来想将邪灵附到他儿子身上，但万没想到成人的精神已经成熟，二者无法共容。于是在那个紧要的关头，他一下子想到了，初生婴儿也许能行，而很碰巧的，附近正好有那么一个初生的婴儿，那就是我了。"

风笑颜恍然大悟，过了一会儿又问："可是，如果有一天，暗月之力压制不住邪魂的力量了，该怎么办呢？"

"大概我的精神会被挤压到爆亡。"云湛轻松地说。

但现在的场景一点也不轻松。云湛完全失去了神智，苍银之月数百年来吸取的精神力犹如决堤的洪水汹涌流出，使他浑身上下笼罩着各种不同的奇异光亮。萝漪和龙斯跃尝试了各种秘术，都完全不能让他平静下来。反倒是他偶尔一两次无意识的攻击，会展现出绝大的威力，令人难以防范。

要是曲江离还活着，说不定能挡住他，风笑颜甚至冒出这么一个莫名其妙的念头。

"现在我们该怎么办？"她带着哭腔问木叶萝漪。

萝漪抬眼望天，表示"听天由命"，眼看云湛的身体越来越鼓胀，恐怕在精神力释放光之前，肉体就会承受不住而炸裂了。风笑颜飞快地在头脑里搜索着她所会的那些极度偏门的秘术，其中诸如催眠术、致幻术之类的也许会有用，问题在于以她的那点功夫，根本不可能靠近施术。

云湛忽然间发出一声山呼海啸般的长啸，身边围绕的光影晃动起来，一瞬间幻化为无数的人形。风笑颜看到一个白衣老者挥舞着手中的法杖，看到一个满身鲜血的年轻武士招式散乱地挥舞着刀，看见一个女人跪在地上、哀叫着"求求你饶了我"，看到一个断了右臂的中年人用左手挥起长剑自刎……各种各样的幻影不断出现，接着又不断消失，仿佛一个个色彩斑斓的肥皂泡，升空后随即碎裂。

风笑颜猛然间意识到，那是被苍银之月夺去灵魂的人们的最后意识！现在，它

九州·丧乱之瞳 [终章]

021.

们都被一一释放出来了，展示着辰月教曾经带给世间的罪恶。临死的人们哭号着、挣扎着、哀求着、反抗着，发出嘈杂纷乱的声响，而邪魂的力量也渐渐到达了顶点。云湛似乎每一次随意地挥手，都能带起一股强劲的气浪，其间和萝澌硬碰硬一次，竟然把全力施为的萝澌都震退了十来步。萝澌一口鲜血喷了出来，费力地就地一滚，躲开了下一击。

这一下交手更加激发了云湛的凶性。他的视线投向了下一个目标，那是风笑颜。风笑颜大惊失色，却无处躲藏，眼看云湛身形一晃，已经欺近到了她身前，青筋暴露的右手疾伸，竟然是要把她的喉咙生生捏碎。而萝澌此刻正被震得五脏六腑似乎都移位了，也没有能力再救她一次了。

风笑颜别无退路，只能闭目等死。自从在宁南凶宅无意间唤醒了那些怪婴之后，她就做好了送命的准备，可怎么也没想到最后会死在云湛的手里。但不知怎么的，看着云湛伸出的五指，她却有一种说不出的平静，仿佛能被云湛杀死是一件值得欣慰的事。

反正人生终究是一场凄苦接着一场幻梦，她苦涩地想，就这么结束了也好。

咔嚓一声。

风笑颜以为这是自己的脖子被扭断的声音，但很快发觉不对。她睁开眼睛，立刻觉得浑身的血液都要凝固了。

龙斯跃，她的父亲龙斯跃在间不容发的一瞬间挡在了她的身前。龙斯跃的身材比她高大，云湛的这一抓，直接穿透了龙斯跃的左胸，从心脏部位穿出。

父亲舍命救了风笑颜。于是父亲死了。分离二十年，到现在见面才不过一两个对时、连话都没说上几句的父亲。死了。

云湛收回了沾满血迹的手，龙斯跃僵直地倒在地上。风笑颜一时间觉得头脑里一片空白，不知道是应该抱住父亲的尸体痛哭一场，还是不顾一切地去找云湛拼命。但她马上又想到，这两个举动似乎都没什么意义。

痛苦、哀伤、自责、愤怒……各种情绪在胸腔中搅在一起，好似一锅沸腾的油汤。风笑颜的身子摇摇晃晃，一口气喘不上来，眼前金星直冒，感到自己快要晕过去了。

然后她就真的晕了过去，不过晕倒的原因并非出自自身的承受问题。当她倒下后，露出了一直被她的身体挡住的矮小河络木叶萝澌。萝澌正举着一根手指头，显然是在风笑颜的身上施放了某种能令她昏倒的秘术。

"好了，她已经晕过去了，"萝澌很莫名其妙地对着身前的虚空说道，"我不知道你是谁，但我知道你有能力阻止这个发了疯的家伙。救他一命吧。"

萝澌话音未落，正在手舞足蹈的云湛的脚底陡然出现了一个陷坑，云湛的身子向下滑落，被卡在了陷坑的泥土里。接着几根粗大的绿色藤蔓从地底钻出，缠绕在云湛身上。云湛在无意识中用力挣扎，藤蔓无法承受他的巨力，很快被扯断。但这些藤蔓十分特异，扯断之后立即再生，并且从断口长出新的分支，被云湛打断的藤蔓越多，生长反而越密。云湛很快陷在丛生的藤蔓中，无法动弹了。

这时候又一根藤蔓钻了出来，但颜色却是深紫色，尖端还带有一朵白色的花朵，看来诡异非常。这根藤蔓像准备捕食的蛇一样，高高抬起尖端，盘绕到云湛的后脑，突然间向前疾伸，噗地一声，刺入了云湛的后脑。

萝漪"啊"的一声轻呼，但其后的场景更加恐怖，藤蔓的尖端赫然从云湛的前额钻了出来！鲜血从那朵白花上流淌下来，但花的颜色却还是洁白如新，看来并不会受到血液的沾染。

云湛停止了挣扎，慢慢安静下来，眼神里的那种完全失去理智的狂暴好像在一点点减弱，皮肤上的黑气也开始变淡。与此同时，那朵白花的色泽却越来越深，那不是被鲜血所染，而是直接吸取某些东西到内部。萝漪松了口气，明白邪魂都在慢慢被这朵白花吸干，这也就意味着，云湛得救了。

白花最终变成了深黑色，藤蔓轻轻一抖，立即干燥枯萎，化为无数碎片掉落下来。云湛被拖出陷坑，放在地上，呼吸平稳地陷入了沉睡中。奇怪的是，他从后脑到前额被刺出来两个洞，却并没有流太多的血，而且伤口以极快的速度在愈合。萝漪甚至不必使用秘术止血，就很轻松地替他包扎好了伤口。

"从此以后，你的身体里就应该没有什么隐患了吧？"她轻声对云湛说，"我们辰月教欠你的，总算能还一部分了。"

她又回过身，看着倒在地上的龙斯跃。他的胸口穿了一个大洞，却只流出少量发黑的血液，和那个最早被曲江离切掉头颅的中年女子情形相仿。

"我一直都感受到一股奇怪的精神力波动，"萝漪依旧对着身前的虚空，好似在自言自语，"而从那个女人的断头处流出来的黑血，我已经能基本作出判断了。同时操纵那么多尸体，难度可真够大的，难怪他们说话和动作都显得那么僵硬呢。龙斯跃和其他的这些人……在二十年前就已经死了吧？"

[五] 被钻了两个洞的脑袋虽然止住了血，还是疼得厉害，不过云湛强忍着疼痛，刚苏醒过来就来到龙斯跃的尸体旁，仔细查验。

"真的是早就死掉的尸体，"他长吁了一口气，"不然我就变成这小姑娘的杀父仇人了，还不得被她剁成肉渣啊……我说，她没什么事儿吧，怎么一直昏迷不醒？"

"我给她加了一个昏睡咒,"萝漪说,"我感觉,我们这位不愿意露面的朋友,好像很不喜欢面对风笑颜。虽然我不明白这是为什么,但如果想要和他谈谈,也许我们只能让风笑颜继续睡下去。"

云湛一面龇牙咧嘴地忍着疼,一面思索着眼前发生的奇变。自从进入海底城以来就和他们并肩作战对抗曲江离的龙斯跃,竟然会是一具被秘术操纵的死去多时的尸体,而他的所有同伴也和他一样。这无疑和当年的三皇子篡位一样,都是操纵尸体的御尸术在起作用。但操纵一群尸体列队并不难,要操纵十个人各自作出各自的动作,把自己施放的秘术隐藏在尸体的动作中,尤其是对抗着曲江离这样的高手,这位幕后操纵者的实力,恐怕不是一般的尸舞者可以比拟的。

"你为什么那么不喜欢风笑颜?"云湛推想了很久后,谨慎地开口,"她不大可能会有什么事得罪你,那么,你排斥她,仅仅是因为她的身份了。你是和她父亲龙斯跃有仇,还是和她母亲风宿云有仇?"

对方始终没有开口说一句话,但云湛肯定这个人一直在听。他环顾四周,村民们都躲得远远地向这边窥视,目光中充满切齿仇恨。他们亲眼目睹了救星的死亡,却也不敢上前进行报复,但他们的仇恨之火也许会像他们的虔诚信仰一样,一代代传下去。

现在也顾不上去考虑那些人啦,云湛站在空地中央,高声说:"你是双胞胎姐妹中的妹妹风栖云是不是?风宿云抢了你老公,你就决意报复,暗害了自己已经怀孕的姐姐,却让风长青误认为她才是妹妹。"

对方并没有回答,但地面却开始轻微的震动,似乎是一种愤怒的表达。云湛更坚定了自己的猜想:"然后你顶替了姐姐的身份,假意协助自己的丈夫暗算了曲江离,获得法器库的藏匿地点。但你的目的并不是毁灭法器库,正相反,你其实和曲江离、连衡之流一样,充满了贪欲,你想要霸占法器为自己所用。"

不只是地面,周围的林地也仿佛有大风刮过,树叶开始轻抖。云湛叹了口气:"被我说中了,对吗?你跟随着你骗来的或者说强抢来的丈夫,一路找到了这里,等到了法器库开启的时候,你才露出了你的真面目,你利用法器的力量杀害了他们所有人。

"但是和曲江离的问题一样,法器库每次开启的时间是很有限的,而每取出一件法器,都会耗费大量时间与精力。所以你并不满足,何况你也始终担心着曲江离在十九年后会卷土重来,所以你保留了那些尸体,想要在十九年后利用他们的掩护,给曲江离致命一击。只不过,我们三个的到来帮你省了很多力气。

"曲江离、公孙矗、龙斯跃、连衡……这些人各怀不同的目的,被命运纠结到一起,彼此算计争斗,但到了最后,唯一达到目的的却是你。比起他们,你真是太聪明了。"

　　林地里的树枝都摇曳起来，发出令人不安的声响。云湛的右手悬在箭壶上，随时准备开弓战斗，但郁闷的在于，连敌人究竟藏身于何处都不知道。他斜眼看着萝漪，却发现萝漪并没有进入临战状态，反而一脸沉思地坐在地上，不由得有些纳闷。

　　他正准备给萝漪一个暗示，却忽然觉得那些树木摇晃的姿态有些不正常。现在其实并没有什么风，树木却如同遭遇了大风一样，树干似乎要要断了。他意识到了些什么，但还没来得及逃开，离他最近的十余株大树猛然间连根拔起，像投石车抛出的巨石一样向他横撞过来。

　　这些树干体态粗长，横飞过来的时候几乎挡住了所有的逃路，云湛别无选择，只能向上高高跃起。巨木从他脚底擦过，又飞出数丈才跌落到地上。

　　但这些树木仅仅是诱饵。眼看云湛跳在半空中，已经无力转换方向了，从地下骤然又伸出了几根藤蔓。但这一次并非先前那种粗藤，而是细长坚韧，迅若毒蛇。别说云湛已经没有暗月之力来凝出羽翼了，就算有，也根本来不及做出反应。

　　几乎只是几个瞬间，云湛身上就被这种比麻绳还结实的细藤捆得死死的。更多的藤蔓伸出，结成了网状，云湛就像一个正在生长的葫芦，被吊在了半空中。而就在他悬吊之处的正下方，无数尖锐的石笋冒了出来。看得出来，只要那些藤蔓一松，云湛就只能摔下去被穿在石笋上，好似蛮族人爱吃的烤羊肉串。

　　"云湛，你服不服？"一个冷冰冰的女人的语声响了起来，但声音显得很发散，让人无法判断方位。

　　好汉不吃眼前亏，云湛想着，郁郁地开了口："服了。"

　　"你要是再胡说八道，我就把你扔下去，"对方继续说，"好歹刚才也是我救了你的性命。"

　　云湛哼了一声："我哪点胡说八道了？我刚才说的错了么？"

　　"你当然错了。"萝漪插嘴说。她仍然在一旁按兵不动，而且看见云湛身处险境也并不慌张。

　　"你不过来帮忙还净说风凉话！"云湛气不打一处来。

　　萝漪摇着头："云湛，你想想，被曲江离操纵的公孙蠹虽然厉害，但我们都还能勉强相抗。刚才这几下，你有一丁点反抗的余地么？人家有这么大的本事，还需要留下那些尸体做诱饵才能对付曲江离？"

　　云湛一愣，回想着那些大树连根拔起后撞向自己的威势，回想着这些困住自己的灵活而坚韧的藤蔓，叹了口气："你说得对。我的猜测不成立，但她留下这些尸体，总还是有目的的吧。"

"当然有目的,但这世上并不是所有的目的都是坏的,"萝漪仍然悠悠闲闲看着云湛吊在半空中摇来晃去的狼狈模样,"你是不是自从吃过我一次亏之后,就觉得天下的女人都是一肚子坏水?"

"我没有,"云湛大摇其头,"你早就说过,人类或羽人和你们河络不能通婚,所以在我眼里你不是女人,充其量把你看做一只狡诈的狐狸。"

"过奖了!"萝漪哈哈大笑,"可是我说这番话的意思,你明白了么?"

云湛想了想,点点头,语气中有一种如释重负:"我总算想通了。想要霸占法器库的不是她,而是她死去的老公龙斯跃。她所做的一切……其实一直都是为了维护丈夫的名誉而已啊。"

这句话刚一说出口,身下那些石笋立即缩回了地下。接着全身一松,藤蔓都松开了,云湛一下子掉了下去。他身手倒是灵活,半空中翻个筋斗,稳稳地双足落地。

"如果是这样的话,你当初又为什么要害你姐姐呢?"云湛问,"难道是你姐姐要做什么对你们不利的事情,逼得你不得不动手?"

对方又陷入了沉默,什么话都没有说,但云湛却发现,本来已经平静下来的树林又产生了波动——看来他的话又说错了。他的疑虑更深,把风笑颜向他讲过的一切在脑子里又重新过了一遍,试图寻找到其中的疑点。他原本一直纠结于曲江离、龙斯跃和公孙蠡这三个人,并没有把太多心思放在风笑颜的身世问题上。眼下陡然发现,原来那对孪生兄妹才是二十年前种种谜团的最终答案,这个始料未及的变故反而让他激发起一股运用自己的智慧揭穿真相的欲望。

他思索着这两姐妹的恩怨由来:姐姐风宿云是个温文尔雅的女子,妹妹风栖云则很不安分,专门结交邪道里的朋友,为此和家里闹翻了;龙斯跃打上门来要娶风宿云,但实际上,他认错人了,这个风流情种本来爱上的是风栖云;风栖云曾和独眼人交往甚密,她的姐夫龙斯跃也为了法器库的事而假意拜在曲江离堂下,实则是对天驱和曲江离两头欺骗……事情到了这里,都还算明朗。

但接下来发生的事情却始终没有得到一个明晰的答案。那个九个月后突然出现的怀孕女子、也就是风笑颜的母亲,究竟是谁?而到底是谁布置了森林的机关,让她落到了这样的田地?

还有后来这个发了疯的女人不断在墙上刻画的名字:"龙斯跃,风宿云。"她反复书写着夫妻俩的名字,又意味着什么呢?这代表着一种怀念,还是一种刻骨的仇恨?似乎二者都讲得通。

云湛沉默着,推想着。他发现无论自己猜测是姐姐陷害了妹妹,还是妹妹陷害了姐姐,都会出现一些讲不通的情况,或者与姐妹俩的性格相矛盾的情况。最关键的在于，一个能下毒手对付自己亲姐妹的人，和一个在法器库苦守了二十年、并为了龙斯跃的声誉不惜忍辱负重的人，这二者很难画上等号。

那如果还有第三种情况呢？云湛忽然觉得心里有一道电光闪过，把一些过去一直没有看到的死角照亮了。他深吸一口气，高声说："你是姐姐风宿云，发疯的是妹妹风栖云。但她发疯并不是你的责任，因为她先设置机关陷害你，没想到最后算计到了她自己。"

说完之后，云湛忐忑不安地等待着。树林出奇地平静，也不知对方听了他这番话究竟作何反应。过了良久，地面又是一阵轰隆，云湛绝望地想：我又猜错了？

地面裂开了，出现了一个和方才的法器库入口差不多大小的黑洞，无数卷曲的藤蔓从地下涌出，在半空中妖异地舞动着。这些藤蔓乱糟糟地挤在一起，蠕蠕而动，就像是放大了上千倍的毒虫，让人看了不寒而栗。

几根最为粗大的长藤挤到了最前端，托起一个巨大的蚕茧一样的灰色物体。萝漪不知何时已经站到了云湛身边，和他一样，带着古怪的预感看着那深灰色的茧。

一声轻响，这个巨茧从中间裂开了，云湛扬起头，死死盯着巨茧的中央。在那里，有着一个奇异的状若人形的东西，它有着女人的头颅和躯干，却没有通常意义上的四肢。本来该生着手脚的地方，伸出了四根触手，和茧壳相连。那颗女人的头颅，有着一张堪称美丽的面容，而且很像风笑颜。把她的脸型和龙斯跃的眉目结合起来，基本上就是风笑颜的脸了。只是女人损了一目，左眼处是一个空洞，配着俏丽的脸，就有些让人不寒而栗了。

"你猜对了，"女人的头颅开口对云湛说，"我就是风宿云。你刚才说，我妹妹发疯了？"

"是的，在那天夜里之后，她生下了这个女孩，此后就发疯了，三年后死去。"云湛回答。

风宿云闭上双眼，云湛看到两行眼泪顺着她的脸颊流了下来。他捡着要紧的部分，把己方三人如何卷入这个事件、又如何一路找到法器库的方位大致向风宿云说了一番。说话时，风宿云一直看着昏迷在地上的风笑颜，表情很复杂，尤其听到风栖云凄惨的死状时，一脸的不忍。等云湛讲完，她又问："这个女孩子，一时半会儿不会醒过来吧？"

"我给她施加了昏睡咒，不到我唤醒她起不来，"萝漪说，"就是为了方便你说话。"

"那样最好，"风宿云的脸上写满酸楚，"宁可让她恨我、把我当成一个坏人，也不要让她在期盼了二十年后，才发现她的父母原来都是……"

她顿了顿，好像是在思考自己应该怎么措辞，最后她对云湛说："刚才你应该

听到了我丈夫和曲江离的对话。他告诉曲江离，他是一个天驱。而你过去也是个天驱，对于天驱的信仰，肯定很了解吧？"

"我了解，"云湛点点头，"因为我舍不得为了这个信仰而放弃一些其他的东西，所以我才退出了。"

"你是个聪明人，"风宿云叹息一声，"而我就是两样都舍不得放弃，才造成了今天的局面。"

云湛的心一下子抽紧了："你……你也是一个天驱？"

"没错，我是，"风宿云说，"二十年前，我丈夫来到雁都，寻找一个与他接头的人，但没有找到，因为那个人是个叛徒，已经被人除掉了。除奸者还肩负着监视我丈夫、弄清他底细的重任……那个除奸者就是我了。"

[六] 我和我妹妹，从小性格就南辕北辙。我比较温和，我妹妹却脾气暴躁，绝不安分。只是到了后来我也不比她好多少。她大张旗鼓地和丧乱之神的信徒们结交，误入歧途，以至于和家族闹翻，愤而出走；我却背着所有人偷偷加入天驱，而天驱在旁人的心目中，未必就比丧乱之神好得了多少。只是我妹妹被人责骂，我却还总是摆出一副温良贤淑的模样，有时想想，真是心中有愧。

唉，不提这些了，说正题吧。那一年，天驱察知有不少秘术师开始秘密集会，其中有部分人竟然挖去了自己的一只眼睛，听起来相当邪门。我们怀疑这可能是很久没有听到消息的辰月教在捣鬼，于是着手调查。这一查，查出了雁都的一名天驱是叛徒，背地里和独眼人相互勾结。

我奉命除掉了他，并在他身上发现了一封信函，那是一个没有具名的人写给他的，但从称呼来看，此人也是天驱。信里并没有提任何具体事物，所以我无法判断此人到底是他的寻常之交还是与他一样都是叛徒，只能一直监视着死者的住所，等待接头人露面。

就是在那个时候，我丈夫来到了雁都城，却在七夕之夜见到了我妹妹。那时候我妹妹有一个与丧乱之神信徒们的重要集会，也赶回了雁都城，无意中在街市上和他邂逅。虽然只是一照面的工夫，我丈夫对她一见倾心。

我的丈夫龙斯跃……是一个天生的多情种子，立马找周围人打听她。但当时我妹妹离开雁都的事情很多人都知道，人们听了他的描述，把我妹妹当成了我。所以他打上门来，想要提亲。

我族谱上的堂兄风长青、也就是那时候的风氏族长，听说了龙斯跃和云家的仇怨，对这个人十分看重，希望能招为己用，所以找我商量，希望我能答应。我完全手足无措,甚至连该怎么拒绝都不知道,稀里糊涂就被堂兄拉着,"先去见见人再说"。

结果那一见之下,我就忍不住心动了。他的眼睛很亮,就像能看到人的心里去。我本来准备了一些理由拒婚的,看到他的眼睛,不知怎么的就说不出口了,何况我们羽族的婚姻,本来也大多由长辈或家族主事人做主。最后我终于没能拒婚,答应了下来。我嫁给了龙斯跃,成为他的妻子。这桩婚姻虽然事出突然……但我从来没有后悔过。

啊,你想问风云两家分别发生的血案吧,这我还真知道,那也是我费了好大劲连打听带猜才弄明白的。我的丈夫之所以会卷进来,也是由云家的血案引起的。

我已经说过了,二十年前,正是法器库临近开启的时刻,曲江离自然要做好准备,网罗人才。我丈夫虽然并没有得到天驱的命令,却有一个在雁都的伙伴向他透露了一点情况,他敏感地觉察到其中有文章,很可能隐藏着什么诱人的宝物,所以也在悄悄注意,甚至偷窃了另一名天驱的密信以察知真相。他这个人,表面上看起来潇洒倜傥,其实心里充满欲望,对高强的秘术有着无比的渴求。一个能吸引那么多一流秘术师加盟的组织,不可能不让他心动。可是我当时半点都没能看出来,反而以为他是一个满怀信仰、不惜献身的天驱。

云家的惨案就是这么发生的。当时我丈夫急于加入到组织中去,和一个云家的秘术师打得火热,却被对方无意间看到了他的天驱指环,于是设计想要除掉他。

于是这位秘术师约他喝酒,他也隐约嗅到了点苗头,干脆拉了十多个云家子弟一块去,想让对方有所顾忌。但没想到秘术师不管不顾,还是下手了,杀人用的就是一件挺厉害的法器,一旦催动,可以把方圆一两丈内的东西都绞成碎块。

但论到反应和实战,他可不是我丈夫的对手,我丈夫在他法器发动的一瞬间突然闪身制住了他,并用他的身体为自己做掩护。结果云家的人都死了,我丈夫毫发无伤,还带走了那件法器。但此事一出,他也没法再在云家待下去,而这一条线索也断掉了,他决定去往雁都,和那位伙伴汇合。而这件法器的获得,也让他开始明白了吸引秘术师们的是什么。

之后我丈夫来到雁都,娶了我,却始终没找到那位伙伴——因为那个人已经被我杀了。成亲两天后,我们出门去了,号称游山玩水,我丈夫却不断背着我和各种人联络。他的秘术比我高明,人也很警醒,我好容易才找到机会,发现他想干什么。我当然很情愿相信他也是为了消灭这个组织才这么做的,但出于稳妥起见,即便他是我的丈夫,我也不能暴露我的任务。

事实证明我的小心是正确的。在回到雁都的前几天,我发现我丈夫显得格外紧张,知道一定有什么重要的事发生,于是冒险跟踪他,却发现这一次和他见面的竟

然是我妹妹。

他们显然也是在我婚后第一次见面，彼此都有些不知所措。到这时候我丈夫才知道他提错了亲，而我妹妹更是愤怒非常，和他大吵了一架。他们俩并不知道，那时候我就躲在附近，听着我妹妹哭诉着从小到大在风家所受的种种不公正待遇，哭诉她其实也对我丈夫一见钟情、没想到到了最后连男人都会被家族硬生生抢走，心里百味杂陈。我开始有了不祥的预感，在我们三人之间，或许会有悲剧发生。

我装作什么都不知道，我们俩气氛沉闷地回到了雁都，却没想到我妹妹竟然悄悄尾随而至。她的心里充满了怨恨，既想要让我们夫妻在风家呆不下去，又想要报复整个风家，终于想出了一个毒计。

她故意散布谣言，吹嘘我丈夫的秘术天下无双，声称风家已经敌不过云家了，所以才找来他救命。这番言论自然挑唆了一些沉不住气的年轻人，约好了找他挑战。我丈夫自然不愿意无谓地惹事，虽然无可奈何应承下来，本来打算到那里去和他们好好说说，我妹妹却事先安排了偷袭。她雇佣了一个天罗，设下天罗杀阵，用天罗刀丝把那些年轻人切成碎块，正好和云家那些人的死状一样。等我丈夫到了，她立刻高声喊出来，把人都招到了现场，让我丈夫百口莫辩。

这之后我们只能离开了风家，而我丈夫之前已经铺垫好了加入到独眼人中的道路，他很大方地把那件法器归还了独眼人，迅速得到了他们的信任。而他也告诉我，他的目的就是为了揭穿整个真相，毁灭这个组织，不再让那些危险的法器流于世上。我也真蠢，那时候还是那么坚定地相信他。

尴尬的事情在于，我妹妹也在这个组织里，我偶尔碰见她，总是十分尴尬，所以尽量避开她。但我没有想到，她竟然和我丈夫有了私情，不过这一点直到她试图杀害我的时候我才知道。

后来发生的事情你们大致也能猜到一些，我雄心勃勃的丈夫开始悄悄策反、分化、煽动背叛，并始终告诉我，这是为了削弱曲江离的势力。尤其是他暗中挑动的那场内乱，的确令曲江离损失了不少得力手下。我更加信任他了，也就任由他一点点聚拢起自己的势力。

而我妹妹的眼睛也是在那时候丢掉的。我丈夫通过归还那件法器获得了足够的信任，但她始终不能进入到内部。她是个出奇倔强的人，竟然挖掉了自己的眼睛——而这正是曲江离挑选身边人的最重要的关键。他认为，只有连眼睛都舍得放弃的人，才算付出了足够代价，有资格为他所用。我妹妹舍弃了眼睛，却在之后的火并中失踪了。

到了距离法器库开启只剩三个月的时候，我丈夫终于走出了最重要的一步，和自己的亲信一起暗算并囚禁了曲江离。但是他没有料到，螳螂捕蝉黄雀在后，连衡不显山不露水，先是假死骗过了所有人，然后抢走了曲江离。不过连衡也因此受了重伤，所以十九年前那次法器库开启，他没能赶上。

我丈夫无可奈何，也只能按原定计划，挑人去往法器库。他本来不想带我，但法器库藏在海底，而且也不知道开启时会不会有什么机关护卫，我很不放心他，执意要跟去，他勉强依从了。

然而就在出发前不久，我接到妹妹的信，约我回雁都一见。我们在风家的跑马溪见面，我妹妹依然冷冰冰的，却令人惊奇地挺着大肚子。她上来就给我一记当头棒喝，到了这时候我才知道，她和我丈夫相好已经有将近一年了，她肚子里的孩子就是我丈夫的。

正当我在震惊中完全不知所措时，我妹妹拔出一把匕首突然往自己残损的左眼上狠狠插下去，我吓得大叫一声。而紧接着，她用暗月秘术向我发起袭击，令我陷入幻术中，试图把我引向她早已布置好的陷阱。但就在这个时候，她肚子里的胎儿动了一下，大大干扰了她的精神力，我抓住这个机会，以明月秘术反击以消除幻境，但在生死关头，没能控制住力量，结果击中了她，令她踏入了自己布置的陷阱里，胸口中了一箭。

我站在原地，心里又惊又怒，还掺杂着强烈的嫉妒，不知道是应该上去杀死她以绝后患，还是无论如何先救了她再说。这时候我听到附近有人赶来，不知道眼前的场景该怎么解释，心想反正来人也能救她的命，于是就赶紧离开了。

沿路上我回想着妹妹的举动，忽然间满头冷汗，想明白了她想干什么。她莫名其妙往自己的盲目上划一刀，只可能有唯一的一个目的，那就是冒充我！因为我双目完好而她损了一目，总是巨大的差别，在她自己的眼睛无法恢复的情况下，只能制造我受伤的假象了。而如果要伪装一个新近被挖出眼睛的我，那个伤口必须是新的。

我甚至能猜到，假如她按计划杀了我之后，会把自己生下的孩子藏起来，若无其事回到我丈夫身边，然后告诉他："是我的妹妹风栖云因为嫉妒我而袭击了我，伤了我的眼睛。"然后她会一直以我的身份活下去。只是机关算尽，一点小小的意外反而让她成为了受害者。

至于我，犹豫了很久之后，决定不把这件事告诉我丈夫。我知道这么做不大对，他应该知道他有一个孩子快要出生才对，但我实在不愿意说出来。这无论对我，还是对我们家族，都是一个耻辱。我决定把秘密永远埋藏在心里。

[七] 风宿云很平静地讲述着这一切，只有提到妹妹和丈夫通奸的事实时，才稍微有一点情绪的波动。云湛想着这两男一女之间解不开的爱恨纠葛，禁不住摇

了摇头。

"那么后来的事情,我们也可以想象了,"萝漪说,"你跟随着丈夫,和一些志同道合的背叛者找到了法器库,在此过程中,你丈夫一直声称此行的目的是摧毁法器库,或者永远封闭法器库,让里面的法器永远不再现世。于是你们都相信了他的话,竭尽全力协助他来到这里,等到了十九年前那次法器库的开启之日。然后……你丈夫下手杀害了除你之外的所有人。"

风宿云木然点点头:"是的。当其他人都在苦思如何摧毁那么多的法器的时候,他却凭借着自己过人的头脑,先取下了一件法器。有了法器,他的实力就比旁人高出很多,加上突然出手,别人完全没有防备,很快都被他杀害。只有我,他还舍不得杀,但也已经杀红了眼,他声色俱厉地警告我,要么听他的,和他一起分享这笔财富,要么他只能连我也一起杀。我苦苦劝他罢手,劝他快离开这里,惹得他发火了,挥手打了我一掌。虽然用力并不大,我还是整个人被击飞出去,结果撞碎了一个密封的陶罐,里面装着的泥土遇到空气立即化为尘土,露出其中一颗小小的绿色种子。

"我不知道这颗种子究竟能产生什么样的效用,更不知道依靠它能不能对付我丈夫,但在那个时候,我已经完全没有选择的余地。于是我抓起那颗种子,忍着痛把它强行嵌入了我自己的左眼……"

云湛看着那个裂开的茧,再看看地下源源不断冒出的威力无穷的藤蔓,再回想之前由于风宿云的愤怒而开始摇摆不休的树林,脸色有些发白:"难道整个这一片的土地……"

"是的,"风宿云点点头,"我脚下的根须,已经遍布了这个海底世界的每一处土地,在这里我无所不能,即便是曲江离带再多的人来,也不可能是我的对手。十五年前,曾有几个曲江离的忠实信徒冒死找到这里,我很轻松就打发掉了他们,还把另一个看来并无恶意的闯入者送了出去。"

"这么说起来,我们费尽千辛万苦跑到这里来,其实压根就是多此一举了?"云湛喃喃地说,同时又从这番话印证了那本笔记所提到的旅行家的亲身经历。

"不,你们来到这里,其实可以帮我很大的忙,"风宿云幽幽地说,"我在这里二十年从来没有现身,我一直用秘术保留着他们的尸体,其实也是这个目的。我希望有人能……把这件事报告给天驱,告诉他们,天驱武士龙斯跃不辱使命,摧毁了丧乱之神,封锁了辰月法器库。"

云湛十分意外:"为什么?他难道不是个货真价实的天驱的叛逆么?"

"可他也是我的丈夫,既然我完成了这个使命,和他本人完成也就没什么区别了,"风宿云的眼中涌出了泪花,"而且他用他的生命付出了代价了,就算他已经赎罪了好吗？"

萝漪缓缓地说："我明白了。不管他做过什么，你始终都还爱着他。"

"他是我的丈夫，"风宿云坚定地说，"哪怕他十恶不赦，哪怕他和全九州为敌，他总还是我的丈夫。"

"爱情这种东西真是不可理喻，"云湛叹息着，"好吧，我答应你……小心！"

这一声喊是对着萝漪而去的，因为一直被人们所忽略的那只奇特的怪物不知何时挣脱束缚站了起来，咆哮着冲了过来。萝漪还没来得及使用秘术护体，风宿云的一根长藤卷过，把怪物再次捆住。怪物发出震天动地的怒吼，徒劳地撕咬着坚硬的藤蔓，那一对属于野兽的双目中竟然能看出刻骨的仇恨来。

"这只怪物是怎么回事？"云湛问。

风宿云苦笑一声："这是一只耳鼠。"

"耳鼠？是那种身子小小的、可以用耳朵滑翔的小玩意儿么？形状倒是有点像，但怎么可能长那么大？"

"它本来是我妹妹养的宠物，那一天晚上，我妹妹中箭之后，我匆匆逃离，这只耳鼠竟然跟上来了。我开始还以为它抛弃了自己的主人，想要寻求我的喂养，看它可怜兮兮的样子，就把它带在身边了。在法器库里，它不知道被哪样法器所侵蚀，变成了这副样子。而此后，它就变得狂暴起来，不停地想要袭击我。我原本以为那是法器改变了它温驯的性格，后来才想明白，不是的，其实它跟上我，就是一直想要找机会报复我，法器给了它力量，令它不再伪装了。"

"一只小小的耳鼠也那么有情有义啊，"云湛摇摇头，"和风栖云一样，虽然她确实过于偏激毒辣了，好歹对自己的女儿，还是舐犊情深的。"

"说到我妹妹……她的法器后来你们找到了吗？"风宿云问。

"没有，不过风笑颜向我提到过，风家曾经遭到云家夜袭，意外地引发出了一场毒烟，而毒烟的来源正是风笑颜当年的居所，"云湛说，"所以我们不妨猜测，风栖云在那个探望女儿的夜晚把这件法器藏到了女儿的屋里，后来独眼人们曾夜闯风家寻找它，但他们没有想到法器会藏在那个地方，只是白白送掉了风长青的性命。十七年后，它在云家放的那场大火中被毁掉了，永绝后患。"

说话时，风宿云放开了那只巨型的耳鼠，耳鼠仇恨地在喉咙里发出咕咙声，转身跑开了。而耳鼠刚刚离开，一直躲藏在屋里的村民们战战兢兢地开门出来。风宿云想躲都来不及，很快被激动万分的村民们包围了起来。

"原来您才是真正的神！"他们看着这个用自己的见识完全无法理解的生物，发出敬畏的膜拜声，"求神庇佑我们！"

风宿云看着村民们,很有些不知所措,云湛笑了笑,冲她挤挤眼睛:"你看,现在你成为真神了,信仰这种东西,有时候好有时候坏,看你怎么用了。他们的未来,以及他们子孙的未来,都靠你决定了,你一定能改变他们的命运的。"

风宿云沉默了半晌:"可是我的命运呢?谁又能改变我的命运?我现在这个样子,也许还能活几十年甚至几百年,永远不能离开这个深深的海底,永远孤独下去。"

"我会找时间来探望你的,我保证,"云湛说,"这世上能让我佩服的人寥寥无几,你就是一个。我甚至可以帮你编个故事,把当年发生的事情编圆了,让风笑颜以为你才是她的母亲……"

"我不要!"风宿云大喊一声,吓得跪在地上的村民们叩头如捣蒜,"她不是我的女儿,她是我妹妹的女儿,我不要再见到她!永远都不要再见!"

云湛满脸不忍,却也说不出话来。他来到方才地穴裂开的位置,蹲下身去,仿佛要看透厚厚的地面,看到那些十九年才能出现一次的恐怖的秘密。仅仅是刚才在生死搏斗中的惊鸿一瞥,他也能感受到那些法器的惊人的诱惑,感受到法器中勃勃跳动的无法遏制的欲望。汤家、曲家、三皇子、崔松雪、云浩林、曲江离、龙斯跃、公孙蠹、公孙克……那么多有关的无关的人为了它而丢掉了性命,而到了最后,法器库的奥秘却掌握在了一个本来对它全然不感兴趣的女子手里。为了丈夫的名誉,她不惜把自己变成了一个半人半植物的怪物,虽然拥有着法器的恐怖力量,却将会在这里忍受着孤寂的煎熬,忍受着永远无法消弭的心灵的伤害,直到生命终结。

命运的安排何其不公,却又何其玄妙啊,云湛感慨地想着。他背对着风宿云,缓缓地问:"我还有最后一个问题,风栖云恨的是你,可为什么要把你和你丈夫的名字都刻在墙上?你能理解她当时是怎么想的吗?"

"很容易解释,"风宿云回答,"那是她内心里对于和我丈夫在一起长相厮守的执着渴望。"

"但她明明写的是你的名字啊。"

"不,那就是她的名字,"风宿云给出了一个出乎意料的答案,"大约是在她头脑错乱了之后,某些记忆反而更清晰,所以记起了自己原来的名字吧。"

"这到底是怎么回事?你们到底谁是风宿云,谁是风栖云?"

"其实呢,如果按我们出生时的名字来算,她才是姐姐风宿云,而我是妹妹风栖云。我们从小一起长大,"她陷入了久远的回忆中,"到了四岁的时候,我们已经开始懂点事了,每一次争吵,家里人总会让她让着我,因为她是姐姐,姐姐应该让妹妹。她当然不高兴啦,因为我们是孪生姐妹,所谓谁大谁小,其实根本没有意义。我妹妹是个绝不愿意受委屈的人，所以有一次，当我无意中闯祸摔碎了我父亲最喜欢的烟斗的时候，她对我说，她可以替我承担这一次的责骂，但她再也不愿意做姐姐了。我当时怕得要命，想都没想就答应了她，所以我们从四岁开始，就互换了身份。从出生的顺序上来说，其实我才是妹妹，但是这么多年扮演风宿云，早就习惯了。她在我心目中，也始终是那个任性的妹妹了。

"所以我也不怪她，我是姐姐，无论怎么样都应该原谅妹妹，何况她受的苦不比我少。你们就把一切罪过都推到我身上吧，告诉那个女孩，她有一个很好很好的父亲，和一个很好很好的母亲，这样让她在想到自己死去的父母时，也能有一些慰藉……"

尾 声

石秋瞳靠在船舷上，半睡半醒间不断被噩梦所折磨。船外海浪的涛声在梦境中被放大成席卷一切的海啸，又或者是海底喷发的火山岩浆，又或者是成群的海兽海怪，使云湛一会儿化为浮尸，一会儿被烧成灰烬，一会儿被撕咬成白骨，让她总是稍微睡一会儿就惊醒过来。

终于在最后一个噩梦——云湛被海底的潜流拖进了深不见底的海沟，压得比一张纸片还薄——醒来时，她看见了活生生的云湛。这一次不是梦了。云湛满身疲惫，头上还缠着布条，看来头部受了伤，但嘴角的那丝坏笑始终没有改变。

她心里激动万分，差点就想要扑过去，但最后只是慢吞吞站起来，淡淡地问："都解决了？"

云湛没有回答，而是反问她："战争已经不会发生了，你为什么还不带着水师回去？"

"因为我仍然不放心唐国，需要在这里继续警戒……"石秋瞳说到这里，忽然停住了，再开口时声音低了很多，"其实是因为这里离法器库比较近，我能够尽早听到你回来的消息。"

云湛微微一笑，握住她的手，拉着她在甲板上席地并肩而坐，任由谷玄退去后的灿烂星月沐浴在身上。他把法器库里发生的一切向石秋瞳说了一遍，石秋瞳侧头看他："你的脑袋……真的没事了？"

"当然还有点痛，但那只是皮肉伤了，"云湛说，"风宿云……真是一个了不起的女人哪！"

"她的确是，"石秋瞳点点头，"如果同样的事情发生在我身上，我也许会……连龙斯跃和风栖云一起杀死。"

"所以回来的这一路上,我想到了很多,"云湛说,"这个女人虽然是个天驱,但她所做的一切,并不是为了天驱,而是为了她的丈夫,并且是背叛了她的丈夫。这样的感情也许在旁人看来不可思议甚至可笑,但它却超越了信仰的力量。或者说,那样的爱情,本身就是最坚定的信仰吧。"

"所以……"石秋瞳等着云湛给出结论。

"我决定回到天驱了,"云湛说,"我不见得会因为自己是个天驱武士而感到多么的光荣,但也不会以之为耻了。因为真正的信仰属于我的内心,无论我是天驱还是其他的什么,都不能改变。我出生之前父亲就被杀了,是一位天驱救了我的母亲,也救了我,我还欠天驱很多东西,而我除了欠钱之外,欠任何东西都不高兴。我会回到天驱,为他们做一些事,还清我所欠的。希望你能等我。"

"等你?等你什么?"石秋瞳的声音有些颤抖。她抬起头,正看见云湛的双眼。在过去的十年里,这双狡黠的眼睛无论何时看向她都是躲躲闪闪,饱含着歉疚、不舍、烦乱、委屈等等复杂的情绪。但现在,这双眼睛如天空般澄明,深深地与她对视,带有一种她从未见过的热情与坚定。

"等我回来,"云湛一字一顿地说,"我要娶你。"

石秋瞳在那一刹那间觉得自己身在云端,飘飘然浑似失去了重量。她的心跳骤然加快,感到脸烫得像着了火一样,云湛的话更是像从云里飘下来的一样,恍惚间有种不真实感——难道我还在梦里没有醒过来?

"你还记得吗?" 云湛在她耳边说,"当我们在南淮城里发现木叶萝漪的踪迹的时候,你曾建议我去找天驱同伴。当时你心里想的是靠天驱来制止辰月,可我冲口而出的话却是:'有我保护你就够了。'那也许是一场席卷九州的大灾难啊,可是我的第一反应只想到保护你,也许这种念头很不天驱、很不英雄,但它却是我真实的内心,永远无法否定的真实的内心。人可以欺骗别人,却不能欺骗自己。

"我不想再给我们背上太多的包袱,套上太多的枷锁,生活不是囚牢。风宿云的丈夫是一个野心家,是一个叛徒,她亲手毁掉了他的事业,亲手夺去了他的生命,可她依然爱着龙斯跃,它们并不矛盾,我们又何必自己制造矛盾?也许有一天我会和你的父亲刀兵相见,也许有一天我会亲手割下他的脑袋,但无论怎么样……我要娶你。就算有一天我可能死在你的手里,我还是要娶你。"

石秋瞳没有回答。但她已经觉得船舷外的海浪声是那么悦耳动听,胜过她这一生中听过的所有的乐曲,让她有对着渐渐亮起来的天空放声大喊的冲动。

"再等我一年,也许两三年,我为天驱再做一些事,还清我所欠的,然后我就会回来娶你,"云湛凝视着从湛蓝的海水下缓缓升起的红日,"你愿意等我吗?"

石秋瞳轻轻把头靠在云湛的肩上,用梦呓一样的语调轻声呢喃:"你知道的。"

我已经等了快十年了，再来一个十年，我也会等下去。我等着你。"

几天之后，衍国水师回到了宛州。这一场终究没能打起来的大战让人们议论纷纭，各种各样的猜测与流言满天飞舞。但无论如何，对于普通百姓来说，能不打仗就是最好的结局。

"为什么不跟着我回南淮呢？"云湛问风笑颜，"其实我觉得你虽然不如我聪明，也比一般人脑子灵活点，也许可以做我的助手。"

"明知故问，"风笑颜扮个鬼脸，"我呆在南淮干什么，插在你们俩中间做一盏亮闪闪的油灯吗？"

"虽然我很穷，但一定要我养两个的话，我也不是不能考虑。"云湛一本正经地说。

"得了吧，"风笑颜吐吐舌头，"我还不知道你？口是心非的东西。我要是真过来扑你，你一转身就能逃到北荒去……别再做一脸你遗弃了我的歉疚状了，别以为女人离了你们就没法活，姑奶奶到哪儿都能活得很开心，而且肯定能找到一个比你帅十倍的男人！"

"那样的男人还没生下来呢，"云湛咕哝着，但心情也轻松了许多，"那你打算去哪儿？"

"回宁南，去看看我娘的坟墓，"风笑颜说，"她虽然做了坏事，咎由自取，总还是我的生身母亲。"

云湛愣住了："你……你全都听见了？"

"别忘了，我虽然打架不行，玩弄小把戏却比谁都在行，"风笑颜轻笑一声，"昏迷咒对我不管用的，我只是装晕而已。"

"那你……"

"我没什么，"风笑颜飞快地说，"他们是他们，我是我。既然我姨妈可以坚决地爱着一个背叛了她的男人，要我接受一对已经死去那么多年的父母，没那么困难吧？"

"我相信你啦，真心话，"云湛由衷地说，"有空的话，别忘了回南淮看看。"

风笑颜好像被风迷了眼，漫不经心地揉揉眼角，忽然换出嘲讽的口吻："喂，我觉得那个辰月教主也对你有点意思呢。她离开的时候，虽然没有回头，但是我看得出来她的脚底下心不在焉的，差点绊一跤。你能相信辰月教主走路被绊一跤吗？"

"我们羽人和河络不能通婚，所以这种大玩笑就别开了。"云湛严肃地说。

"切,我听南淮城的说书先生讲过一个《成人礼》的小段子,故事里的夸父和蛮族人都能相恋,精神恋爱嘛……好了我不说了,不说了还不成吗?"

云湛替风笑颜牵着马,把她送到了官道上,风笑颜一只脚踩上马镫,却又放了下来,脸上犹豫不定。过了很久,她像是终于下了决心,又走到云湛面前。云湛很惊讶地发现,她的神情有些严肃。

"你老是说我脑子没长全,说我什么情况下都喜欢傻笑,那么没心没肺,而且遇到什么事都能扔下。你知道为什么吗?"风笑颜问。

云湛摇摇头,风笑颜浅浅地一笑:"在我三岁那年,我娘死了,我爹不知所踪,我在风家一个人孤苦伶仃,想要报仇都不知道该找谁。我娘死后的几个月里,是我的人生最灰暗的时候。有一天晚上,我偷偷溜出门,想到我母亲那间被烧掉的小屋的废墟去,却又迷路了。我在偌大的风家院子里四处转悠,终于忍不住悲从中来,哭了起来。"

云湛忽然浑身一震,有些难以置信地看着风笑颜,风笑颜继续说:"就在这时候,我身边钻出一个大概七八岁的男孩。他自己个子也小小的呢,说起话来可气派得不行,他对我说……"

"别说了!"云湛一拍额头,"我有点印象了!你就是当时那个小女孩?"

"那会儿你不认识我,我可认识你呢,"风笑颜笑嘻嘻地说,"人人都知道,大名鼎鼎的风蔚然,是族长风长青的养子,偏偏是个不能飞的无翼民,成天吊儿郎当惹人嘲笑。几个月前我们碰面时,你一提你曾用过风蔚然的名字,我就认出你来了。没想到你还是和小时候一样没出息,不过么……'

她凝视着云湛,很郑重地说:"谢谢你!"

风笑颜伸出双臂,轻轻拥抱了一下云湛,跳上马,头也不回地打马离开。马蹄在官道上敲出一溜欢快的尘烟,云湛看着她的背影渐渐远去,忽然间觉得自己的眼眶也有一点点湿润的感觉。十七年前早已被他遗忘的往事又从布满灰尘的角落里慢慢浮现。

"喂,那么晚了,一个人在这儿哭什么呢?"云湛、或者说八岁的风蔚然低头看着这个哭泣的小女孩。

"不用你管!"小女孩冷淡地回答,迅速抹干了脸上的泪水。

"还挺倔,"风蔚然不顾对方的躲闪,硬是摸了摸她的脑袋,"被院子里的小孩欺负了?被爹娘教训了?被风长青那个老王八蛋处罚了?"

"我说了不用你管!"女孩撅着嘴,但显然已经被"风长青那个老王八蛋"的称呼逗乐了,清秀的脸庞虽然极力绷着,还是露出一丝笑意。

"没关系啦，想开一点，那个老王八蛋事儿最多，谁都难免在他手里遭点罪，"风蔚然说，"你知道吗？明天我就要被风长青送到宁南城，去给云家做人质，这已经是我在风家的最后一天了。"

女孩呆呆地看着他："做人质……你不难过吗？"

"有什么好难过的，这就是人生啊，"八岁的小屁孩摆出一脸假模假式的沧桑，"我从小死了娘，不久前又死了爹，现在还得去替老王八蛋做人质，还不是一样得活下去？"

小女孩低下头，轻声说："原来你和我一样啊……"

风蔚然并没有听到这句话，仍然在自顾自地说下去，脸上带着满不在乎的懒散笑容："生活永远是该死的，但是生活该死，我们不该死，我们总得开开心心地活下去。尤其是，当别人都希望看到你难过的样子的时候，你就乖乖地让他们看到你难过了，岂不是很伤自尊的一件事？"

小女孩仍然没有说话，但已经不再哭泣，而是咬着手指头站在那里，似乎在思考着风蔚然的话。风蔚然蹲下身子，拍拍她肩膀："好了，别哭了，回屋去吧。记住我说的，天底下的事没什么大不了的，有机会的话，就多笑笑。别人想要看你哭的时候，你尤其要笑。"

女孩沉默了许久，忽然用力点点头，向云湛绽放出一个灿烂的笑颜。她转过身，摇摇摆摆地向远处跑去，小小的身影很快消失在黑暗中。

"这小妞……笑得还真好看。"风蔚然咕哝着，随便找了块平地坐下来。刚才的那一番话勾起了他的心事。年仅八岁的孩子想着从未见过面的难产而亡的母亲，想着在重病中苟延残喘、却仍然难逃一死的父亲，想着即将在云家开始的人质生涯，想着从小到大所经历的冷漠人世，想着前路迢迢的未来，不知不觉间就掉下了眼泪。他并不知道，命运在那一刻悄悄拉起了一根长线，将他和那个不知名的小女孩在十七年之后连在了一起。

千帆·冬末之卷

【文】塔巴塔巴

天启城位于东陆的中央,在九州三陆中的位置还算靠南,再往南一点过了万宜关再出百里峡就是湿热的宛州了,所以历年的冬天都不会有冰天雪地的寒冷,特别是一过了新年之后,便几乎再也没有飘雪的天气。偶尔海上吹来的潮湿空气特别强烈,翻过了黯岚山,必然会在更高大的雷眼山和锁河山的交汇处停下脚步,几个兜转间寻不到出路,便渐渐化作水汽降到帝都百姓的头上。这便是冻雨。

　　那雨水在空中时还是一粒粒清晰可辨的水滴,等落到地面时已经冻成硬梆梆的一颗颗冰点,砸在地上并不会渗透下去,在天启的大街小巷沟渠庭院内结成一层薄薄的冰。这样的天气其实比雪天还要冷些。宽阔的大路上覆了冰,一般的行人马匹都大受影响,许多人没事的话索性不出门,终日一家人围在火盆边瑟瑟发抖。可

是对于守城的禁军内三营和满朝的文武大臣而言,这样的天气路况却逃避不得。好在大家各有各的办法。兵士们在城墙和楼梯上都铺了厚厚的干草,防止失足滑落;禁军也不愧是大贲朝的天之骄子,每个一线的士兵都多发了一件棉套衣,专门贴身穿着,让那冰冷刺骨的钢铠离身体尽量地远些——虽然看上去臃肿许多,但效果很是不错。大臣们却不敢如法炮制,穿成一只只狗熊的模样上朝——那样的话,岂不是顺便讥讽了当今圣上是狗熊头子?幸好他们也只需在列队上朝的时候,在室外走上很短的时间,平日里不在室内的话,就在马车里。他们给挽马的马掌上打了钝头冰钉,再用铁索围着车轮缠了几箍,这样马车就可以勉强行走在这光滑不堪的路面上。

幸好这样的日子一年最多也不过七八天光景。在这样的天气里,天启城南的许多商铺就不再开门营业。只有几家金字招牌大店子为了声誉起见,赚个风雨无阻的名声,派几个年轻的伙计守在柜台后面,围着炭火通红的火盆,时不时地瞄一眼门外行人稀落的大街。每当有行人在门外摔得四脚朝天,几个小伙子才会一齐伸长了脖子向外头看去,哄笑一阵然后赶忙缩回去躲避冷风。

作为一家百年老店和天启城最大的兵器铺,"百兵斋"也是为数不多继续营业的铺子之一。

那是一个冰冻时节即将过去的日子,同别家的大铺子一样,百兵斋的掌柜和老伙计都没有露面,只有几个年轻伙计在守着门脸,看着那些摆做样品的锃明瓦亮的刀枪剑戟。傍晚时分,就在伙计们正商量着是不是该早些打烊的时候,一辆毫不起眼的双座马车吱吱呀呀地停在店门口。一个小伙计缩着脖子从柜台后走出来,恋恋不舍地走到门前,替车上下来的两个客人撑开半掩的门帘,口里还是照例的殷勤:"客官您老慢些走,这地上可滑。"

走在头里的客人裹着宽大的灰色罩袍,头也隐在厚重的兜帽里,看不清面目,只是看着身材纤细,不是半大的少年就应该是女子。不过小伙计也没有多少猜度的时间,他的殷勤问候刚刚开了个头就被打了回去。

"看清楚点,谁老了!"那客人清脆脆地一声呵斥,伸手就要扯下头上的兜帽,却被后面的同伴赶忙捏住手腕。

小伙计年龄不大,见机倒快,一听是年轻女孩的声音,赶忙说道:"姑娘息怒,姑娘息怒,小的眼花没看清姑娘花容月貌,罪该万死罪该万死。"一边又回头冲柜台里喊道,"出来迎客啦,有贵客到!"

几个伙计鱼贯而出,虽然心里肯定老不情愿离开温暖的火盆,可脸上都堆满了笑意,各个都是训练有素的模样。不过那罩袍里的姑娘似乎不吃这一套,闪身就退到同伴身后去了,再没有言语。同伴是个相貌和蔼的中年男子,衣着打扮看上去像是读书人，不过袖口腰腿间衣襟利落，少了点宽袍大袖的文气。他右手里拿着一个两尺多长的青布包裹，对着各位伙计摆摆手说："不用麻烦各位了，把你们掌柜请出来吧。"

一个年龄稍长的伙计凑上来说道："掌柜的今天没在店上，我们许二当家的在后院。敢问客官是要订兵器还是盔甲？我这就给您通传。"

那客人微微一笑，"是许嘉在？你告诉他淮南王越来访，请他出来小叙。"

那伙计心里转了一圈，似乎没听过这个"淮南王越"的名字。不过看气派似乎来头不小，他还是忙不迭地安排这两位客人落座看茶，同时吩咐那个小伙计去后院，请二当家的过来。

在伙计们眼里，王越应该是个好脾气的人，安安分分地坐在雅间里铺了熊皮垫子的靠椅上，对伙计们的殷勤也是连连称谢；那个看不清面目的姑娘却不安分得很，在店子里四处走动，时不时地从罩袍中伸出一只雪白的小手来摸摸那些兵器锋刃。那手生得纤细而小巧，却又不像那些大家闺秀的玉手一样柔弱无骨，游走锋刃间似乎还透着敏捷而灵巧的气息。外堂里的伙计们都伸直了脖子仔细端详，个个都在猜度，那兜帽下面是个怎样美丽的女子。

那姑娘似乎对弓箭和软甲最有兴趣。她走在弓箭架前，拿起一把短弓，轻轻拉了一下，弓弦纹丝未动。跟在她旁边的伙计从她手里接过弓来，解释道："这弓看起来小，却有四十石的力气，一般人是拉不开的。不过它足有一百二十步的射程，威力可是不小。按照大贲朝法典，民间用弓威力不能超过一百四十步，所以说以它的体积，威力已经做到极致。"

那姑娘不屑地哼了一声："那有什么稀奇，从前我家的短弓能射三百步，小孩子都拉得开。"那伙计听了只是不停赔笑，心里自然大是不信。

没走两步，姑娘又转到软甲的柜台前。她伸手摸着一个稻草假人身上穿的软甲，扯了几扯，金属环撞击之下，一阵哗啦啦地响。那伙计殷勤地介绍："这一排都是软甲，您手里扯的这个是精铁打造的连环锁子甲，由四万个精铁小环编织而成，寻常的刀剑是伤不得的。它是软甲里最重的，防护效果却最好。只要在配上护心镜和几块板甲片，就是千军万马的战场，也能走上几遭。"

这样的介绍，虽然回避了锁子甲不能防弓箭和枪矛穿刺的弱点，大体上还是不过分的。可是姑娘却丝毫没有一点尊重的意思，还是随手扯得它哗哗作响，"这样的软甲，没上战场，压也把人压死了。"

伙计微微一笑，"它看起来重，其实只有十五斤不到，套在长袍里完全看不出来。哪个男人撑不起十几斤的盔甲呢？我们也不跟羽人做生意。"

那姑娘站定了没说话。

伙计怕惹了姑娘生气，赶忙说："姑娘您稍微退后一下，小的给您看看它的好处。"说着，他抄起货架上一把试验盔甲用的钢刀。

那刀并不是真正的百炼刀，但毕竟是纯钢打造，日日打磨之下也是锋锐无比。伙计挥动钢刀，用力砍在锁子甲上，一时间火星四溅。伙计来回砍了几刀，才收住手，跟姑娘说道："您看看，这锁甲是不是连个白印都没落下？"

姑娘走到近前，扯起锁甲的裙角看了看，果然是毫发无伤。伙计面有得色，将刀放回货架。姑娘却扭过头来，"小伙计，这盔甲让我砍两刀怎么样？"

伙计看了看她的小手，心里合计，恐怕这姑娘是挥不动钢刀的。还没等他回答，姑娘却撩起罩袍的裙角，从靴子里拔出一把小巧精致的弯刀来。

伙计心里一阵暗笑，心说果然是姑娘家，这样的小刀多半是样子货，哪里能跟真正的钢刀相提并论。他大方地应道："姑娘自便。"

没等他说完，姑娘已经绰着小刀朝锁甲的胸前划去。

哗啦啦一阵金属断裂声响过，在众目睽睽之下，那锁甲当胸裂开，几千个细小铁环如流沙一般倾泻在地上，四溅开来。旁边的伙计张大嘴巴，愣在当场，不知如何是好。

"笨蛋，还不快打扫？"这时，柜台后传来一声呵斥。百兵斋的二当家许嘉掀帘走了出来。

远处的王越站起身，遥遥一揖："许兄，别来无恙啊。"

许嘉顾不得呵斥伙计，三步并两步走上前去，一把扶住王越的手肘："使不得，使不得，王先生大驾光临，小弟有失远迎，罪过啊罪过。"

二人寒暄几句，分宾主落座。许嘉看到那个姑娘还在大堂里游荡，饶有兴致地看伙计们收拾那具破碎的锁甲，悄悄向王越探过身去，"那位是……？"

王越凑在他耳边，低声说了几个字。

许嘉蓦然变色，马上就要站起身来，肩膀却被王越牢牢按住，只听得王越说："她的身份并不是大事，我此次前来，是有一事求教。"

许嘉深吸一口气，定神问道："禁军武选司剑术教头向我一个小小的废铁贩子求教，不知我能帮上什么忙呢？"

王越一笑："你的老本行，替我鉴定一把剑。"

许嘉正色道："王先生所托，许嘉一定尽力而为。不过王先生也知道，七年前云中打箭炉一别之后，我就只是一个卖剑的商人，相剑的手艺，怕是荒疏已久了。"

王越笑眯眯地拍拍他的肩膀："别紧张，别紧张。你看了再说。"说着，他拿过旁边桌上的那个青布包裹，一层层地解开，最后露出一把青灰色的短剑。

那剑连鞘一共长二尺七寸左右，剑柄上缠着细细的麻布，上面还有些蝌蚪似的纹路，手感略粗糙；尾端并没有寻常短剑上常见的尾坠，只是简单地做了一个直径略大的圆环，这样的款式在中州兵器中并不常见，倒是对重量要求比较苛刻的羽人兵器中比较多见；剑鞘也并非中州宛州兵器中多见的鱼皮或者动物皮革，而是木制，摸上去觉得质地细密坚韧，却又轻薄无比，是许嘉从未见过的材质，上面还雕着细碎繁复的蔓草纹。

许嘉皱了眉头，从桌上拿起剑，借着窗口中透过的傍晚的天光细细端详，同旁边的王越说："这是羽人的刺剑，剑鞘是我从未见过的。"

王越点点头，"的确，许兄往下看。"

许嘉一点点将剑从鞘中抽了出来。果然是一把羽人刺剑，剑身只宽两指不到，纤细狭长，只在剑尖以下三寸开了薄薄的锋刃，整柄剑拿在手上轻若无物。许嘉左手持剑，右手中指和食指轻轻抚过青灰色的遍布暗淡花纹的剑身，沉默了半晌，叹了口气："王先生，这是火山花纹钢。我许嘉相剑二十年，火山花纹钢也只见过不到十次。据我所知，整个东陆能出产火山花纹钢的地方只有三处：雷眼山地火谷，清余岭地下深处的一个无名洞窟，还有澜州擎梁山试练峰。前两处都是火山河络的兵器场，后一个是羽人的禁地。而且，我见过的火山花纹钢兵器中，也从未有过这样奇异的花纹。这次，恐怕我帮不了王先生了。"

王越皱了皱眉："许兄都看不出来历，你们大当家恐怕也无能为力了吧。"

许嘉点点头："实话实说：相剑眼光，大当家不如我。"

王越凝神看着他："那么说：整个天启都没人能看出这把剑的来历么？"

许嘉踌躇了一阵，最后轻轻叹了一声，说道："随我来吧，我领你见一个人。"

王越和姑娘随着许嘉的脚步，穿过百兵斋的后堂，七拐八拐，折到一个幽暗的小巷里。那巷子修建得极其狭窄，三个人只能前后排成一列，依次前行。天已经渐渐地黑了，许嘉并没有掌灯，他们身边也没有一个伙计跟随，冷风吹来，阴恻恻地冷。

小巷的尽头是一堵爬满红褐色苔藓的旧墙，许嘉走到墙边，朝左手边一按，一扇木门应声而开。原来那门藏在苔藓下边，跟墙体几乎融为一体，如果不是熟悉的人，完全看不出来。姑娘跟在许嘉身后钻进木门，一股烟火气扑面而来，她呛得猛然咳嗽几声，弯下腰去。王越跟在她身后进来，体贴地在她背上轻轻拍了几拍，轻声说道："此处已无外人，殿下可以露出面目。"

姑娘急不可耐地直起身，一把扯掉头上的兜帽，炉火照耀下，白玉似的脸庞也

映出通红的光芒。她脸色雪白，眉目的颜色却浅淡，鼻梁秀挺，一头淡金色的长发扎在脑后，松松地披过肩头，从罩袍的颈部露出一段金色的发梢来。姑娘的容貌生得清澈，却没有一点淑女名媛的风度，几下咳嗽几乎把鼻涕眼泪都溅出来，正撇着嘴，一副不耐烦的神情。

旁边的许嘉撩起衣襟，准备跪倒，发现手肘又被王越托住。这位号称大贲朝剑术第一的国家公职人员在他身边温和地说："别跪了，怀宁公主殿下最烦的就是别人跪她。"

这位姑娘正是大贲朝古往今来第一位羽人公主，苇·克朗·艾格瑞特殿下。

许嘉勉强收住身形，只向苇公主殿下深深一躬："请殿下落座。"

公主满不在乎地挥挥手，"这位大叔，你把我们带到这里，到底是要找谁哇？"

这时，炉火边有人哈哈笑了两声，"你们瞎了吗？没看见这里有人？"

苇公主吓了一跳，定睛看去，却发现一截枯树桩似的东西正向他们转过身来，裂开一个大树杈子朝他们挥动。她吓了一大跳，情不自禁地往后缩缩，"这……这是什么东西？"

枯树桩很不满，咕哝了一声道："什么东西？你居然敢对我百变查亮这么无理！"

公主也全然不是善茬，一个充分显示羽人身体素质的大跳就落到枯树桩跟前，一把揪住树杈子用力一掰。出乎她意料的是，那个树杈子看起来细小，却十分结实，完全掰不动。那个枯树桩发出了得意的刺耳的笑声，居然还循循善诱地说："掰啊，用点力，小妞。"公主手下可不含糊，寒光一闪，小刀在手，抡圆了就是一刀。咔嚓一声，树杈子应声而断。树桩仿佛吃了疼，恼怒地大吼了一声，向旁边倒下，骨碌碌向公主脚底滚来。不过这时候许嘉已经跑了过来，一把抱住树桩，哀求地说："师兄，师兄别闹了，这可是大贲朝的怀宁公主殿下！"

树桩似乎吓了一跳，大声道："公主？是公主？有没有官兵？快放我下来！"

许嘉把它放在地上，却又很不放心地牢牢按住："师兄，咱们不闹了。公主和王先生是来求你做事的。"

树桩也很不放心地问："都是官府的人么？有没有官兵？"

公主恶狠狠地说："有的是，已经有五千官兵把这里包围了！"

树桩听了这样危言耸听的恐吓，反而生出了一些怀疑。"有那么多么？"

公主想了想："四千，至少有四千。"

树桩还是有点不信："真的有么？"

公主"哇呀"一声大吼："我就是官兵！"话音未落就扑上来，搂头就是一刀。还没等树桩子做出闪避或反击的动作,那柄晶莹的弯刀和公主洁白的手腕就停在半空,一动不能动。王越不知道什么时候站在了公主身边,轻轻地捏住了她的手腕。

树桩不知是胆大还是胆小,不知怎地敏捷地挪动了两下就凑到公主身前,几乎在触到刀尖的位置停下来,仔细端详了一下,大惊小怪地喊道:"天哪!这是什么!"

公主的手腕在王越的引导下,乖乖地收刀入鞘,嘴里还是不依不饶:"你个烂树桩,知道个屁。"

树桩此时却不跟她纠缠,坚持问道:"你这个刀,是哪里来的?"

公主恶狠狠地说:"是我每天砍十个烂树桩赢的。"

树桩还待追问,许嘉已经一脸苦笑地挡在中间,"师兄,都是误会,这二位没有恶意。"说罢,他又转过身,向王越解释道:"还没来得及介绍,这是我的师兄,云中青云塔铸造坊当年的主事,回火查亮。"

树桩咳嗽了一声。

许嘉赶忙补充道:"现在叫做百变查亮。"

王越笑声爽朗,"四年前青云塔大火,传说是一位天才河络铸造师不顾禁忌将地火引入塔中,不慎引发火灾。此后这位铸造师逃离云中,不知所终,前几年宛州花石堂还传来大夫环的非正式口讯,希望大贲朝协助追缉此人,不知百变查亮先生跟此事有何关系呢?"

树桩此时已经坠入恐惧的深渊,浑身颤抖着,不知如何是好。

王越接着说:"不过查亮大师请放心,王越只是个拿公家俸禄的闲人,不问这些官家事务。今天的事,过了就忘了。"

许嘉赶忙补充道:"这个我保证。王先生不是朝廷的人,只在禁军里挂闲差,不问这些俗事的。"

树桩还有些惶惑地问:"那,那边的恶女人怎么办?"

公主此时却不知怎的收敛了脾气,笑嘻嘻地说:"说我吗?我可是什么都不知道哇。"

树桩叹了口气:"唉,事已至此,恐怕我也没别的选择了。"说罢,只听得咔嚓一声,树桩的顶部裂开一道口子,繁密的年轮向两边分开,里面露出一个河络小巧的脑袋来。

这位天下独一无二的拥有树桩将风的天才河络铸造师花了颇久的时间,才费力地从将风中钻出身来,虬曲的胡须还卡在木桩的缝隙里。他一边解套,一边客气地道歉:"对不起,对不起,我太久没出来了,对不起。"

等他完全跳出来，四人在地上厚厚的羊毛地毯上落座之后，王越又把刺剑拿出来，让这位曾经的铸造大师品鉴。

查亮大师一摆手，却要先看看公主那把小弯刀。

公主大方地把刀递过去，百变查亮接过来，拿在手中仔细端详。

那是一把全长不到六寸的小刀，反曲刃，却不似一般反曲刀那样粗壮凶悍，刀刃长不到三寸，窄细而轻薄，刀身上有疏淡的流水纹，刀尖和刃身几处闪着蓝莹莹的光芒，即使在通红的炉火映衬下，也丝毫没有一点的暖意。刀柄是骨质，但却不似常见的动物骨骼，细腻柔滑，密实却轻盈，精心打磨之下触感很好。

百变查亮赞叹道："这是擎梁山试练峰的作品。只有试练峰熔岩瀑布的地火，白莲河源头七页冰川的融水，加上火山河络天才铸造师的手，才能打造出这样完美的小刀。"

公主点点头，"这的确是我从澜州带来的。"

王越笑道："好大的来头。"

公主恶狠狠瞪了他一眼，"谁知道它这么宝贝，不过是拿细甲换的而已。"

王越不明就里地问："细甲，什么细甲？"

公主大刺刺地挥手，"算了，忽略吧，阿桩你继续。"

被称为阿桩的百变查亮继续着他的学术分析报告："大家首先看它的刀柄，有人能看出材质么？不能，我相信你们都不能。这是个很专业的问题。要知道东陆制刀业分三种流派——你们一定会说：分华族、河络和羽族。错！是分宛州河络、山谷河络和地下河络。其他种族的金属冶炼工业完全是模仿和抄袭的产物。这三种流派对柄材有许多不同的喜好。宛州河络更多采用复合材料，比如软木外用胶贴合麻布或者经过处理的动物皮质——那是因为宛州缺乏足够的优质天然材料，材料来源比较多元；山谷河络更多采用天然植物，比如著名的十三香檀木，除了经久耐用以外，还可以发出七种异香，实在是一等一的定情信物；而地下河络制刀柄材主要是动物骨质和角质，比如耳鼠骨——可能你们也就知道这个。大家看这把刀的刀柄，手感细腻柔滑，敲击之下声音清脆纯净，不出意料的话应该是某种优等骨质。但它的分量又这么轻盈，有极大的可能是某种禽类的骨质。这其实是一件很矛盾的事情，地下河络用飞鸟的骨头做刀柄。联系到它火山花纹钢的刃材，我们不得不说：最有可能的情况就是某个高级火山河络铸造师被请到擎梁山试练峰，用那里的火焰和冰川融水，加上某种澜州鸟类的骨骼，做成了这把刀。好了，这个刀柄的事，咱们暂时放下，一会儿再回来讨论，你们想知道火山花纹钢上的流水纹是怎么打造出来的么？"

对面三个人一起摇头。

查亮哀求地望着他们："你们真的不想听吗？"

三个人坚定地说："不想。"

查亮发出了一声专业技术人员常见的叹息，哀伤地说："那你们想知道什么？"

裹剑的青布再次层层剥开，露出剑鞘上繁复的蔓草纹路。查亮本来伸手要摸，忽然看见剑柄上的圆环，闪电般缩回手来，眼角露出一丝惊诧的神色。

公主轻蔑地笑了："怕什么，阿桩，怕它咬你吗？"

查亮摇摇头："小姑娘，你可知道它的厉害？"

公主努努嘴："一柄剑喽，法戒器喽。"

王越接过话头："内务府和禁军的秘道士都看过，认得剑鞘上的岁正蔓草纹和剑柄上的亘白之缚。似乎它还蕴含着魂印之力，但不像是星焚术的作品。"

查亮不屑地嗤笑一声："那些不信真神的妖术士愚昧无知，河络铸造的武器博大精深，岂是他们能看懂的。"说着，他鼓起勇气指指那个剑柄尾端的圆环，"知道这是什么吗？"

王越摇摇头，"不知道，法戒器铸魂已经超出了任何人的知识范围，别的就更不懂了。"

查亮微微点头，"这是老实话。法戒器铸魂即使是我回火查亮，一辈子也没见过几次。魂印器上带有寰化之眼，我也是第一次才看到——不，应该说第一次知道还有这种可能。"

余下三人马上以敬畏的眼神审视了一下那个平淡无奇的圆环。

公主问道："这么厉害的剑一定是你们河络造的喽，那你还没见过，你不是很了不起吗？"

查亮撇撇嘴："这玩意儿十有八九是北邙山里那些老古董造的，跟我们才思敏捷的宛州河络两码事。不过岁正、亘白叠用，又有羽人秘术的风格……唉，秘术的事我不懂。"

好久没说话的许嘉为了证明他的存在，终于问了一句："剑上附了寰化之眼的秘术，有什么用处？"

查亮皱着鼻子说："抛开魂印器的事不谈，如果只是一件附着寰化之眼的法戒器，执器者可不受任何幻术影响，如果执器者恰好能与它产生共鸣，或许能夜中视物，或许能窥探人心。"

公主听闻不禁大为惊诧，一把就将那剑抢在手里，"这么厉害！这回回去我就奏请父王，把这剑赏赐给我算了。"

王越摇摇头:"殿下不要玩闹,这是魂印器,虽然附着的秘术似乎都中正平和,但里头潜伏的精神力正邪莫辨,要是万一出了差错,伤到殿下,这罪责我可背不起。"

查亮敲敲面前的小桌:"各位,请注意,有我查亮在,没有什么搞不清楚的。"

许嘉充满信任地看着他,还是追问了一句:"你有绝对把握?"

查亮充满自信地与他对视,脸上浮现出笃定的笑容。

隆冬时节的天启是一座灰色的城市,冻雨之后,满城树木光秃秃的枝桠上都挂了一层晶莹剔透的冰凌,阳光一照,颇有些璀璨缤纷的好看。不过,路上缩着脖子的行人无心欣赏这斑斓的景致,都在低头看路,生怕脚下一个闪失,摔烂了屁股。有心看景的,除了几个越冷越风骚的文人,就是那些富贵人家的孩子,裹在厚厚的皮裘里,从暖和的大屋里跳出来,叽叽喳喳地吵闹一阵,便被冷风吹得小脸通红,忙不迭逃回去。

王越、公主和许嘉跟着查亮爬到房顶上,被冷风吹得口眼歪斜。百兵斋的二当家还替河络背了一个方方正正的皮背囊,看样子分量不轻。相对而言,公主是比较扛冻的,虽然小脸通红,但表情满不在乎——毕竟是在澜州乡下长大,那里的气候比天启冷得多。这栋房子结构颇有点奇怪,看上去毫无疑问是天启民房里最常见的抬梁木建构,硬山顶,屋顶上覆着厚厚的青瓦;可是房顶正面向阳的那一坡,却又开了一个六七尺见方的平台,能容七八个成年人站在上面。或许只有河络才有这种奇思妙想,对房子做出这样的改造。而且,不知道这样的平台有何用途。

四人都在房顶上站稳了,查亮就从王越手里接过短剑,放在手心里摩挲了几下,眼睛眯成一条缝。那三人不知道他葫芦里卖的是什么药,都老老实实地看着。查亮从怀里摸出一个小小的水晶瓶子,迎着阳光举起来,晃了几晃,大家都可以看到瓶子里是一些非常细的灰色粉末。查亮把短剑放在脚下,小心地调整了几下,然后伸出拇指对准太阳的方向,眯起眼睛瞄了半天,然后再俯下身调整短剑的姿态,似乎是要剑尖对准正西方,丝毫不差。然后他拔掉水晶瓶的瓶塞,放到鼻下深深嗅了嗅,脸上露出迷醉的神情。那三人目不转睛地看着,不知道他这个仪式有什么目的。查亮仰起头向天空看了看,好像在确认什么似的点点头,然后对许嘉说:"把包打开。"

许嘉解下背囊,解开系带,发现里面只有一个大陶罐。

查亮捧着罐子拧了几下,把盖子打开,非常体贴地对大家说:"这里面是热水,哪个冷了可以喝点暖暖身子。"说罢,他又摸出那个水晶瓶,拧开瓶塞,向罐子里洒了一些灰色的粉末，再把罐子晃了几晃，让粉末均匀溶解。这还没完，他甚至还把粉末洒了一些在地上的短剑表面。说来也奇怪，房顶上北风凛冽，那些粉末似乎分量奇重而且很有黏性，洒在短剑上一点都不会被风吹走。

公主忍不住问道："这是什么东西？能喝能闻，还能用在剑上？"

查亮看了看她，挠挠头，似乎在想如何用一些简单的语句把这个东西解释给这个羽人姑娘。最后他还是说道："这个很复杂，当鼻烟用可以提神醒脑，当汤料用可以舒筋活血，如果做显影，可以放在任何一件法戒器上，受到不同星辰力的影响，会呈现出不同的明暗度和颜色。我这么说你明白么？"

公主眼珠转了几转，没有回话，不知道明白了没有。

王越谨慎地问道："那么它是什么材料提炼出来的呢？"

查亮无奈地回答："我说了你也不知道。"

"已经知道了它是三段法戒器附魂的作品，还要用这粉末干什么？"

查亮以一个工程技术人员特有的严谨回答道："只有定性分析是不够的，如果想彻底研究清楚，必须有严格的定量分析。比如每种星辰力的强弱度，特性分析和交叉作用指数。中州人永远造不出像样的器物，就是因为你们缺乏这种一丝不苟的方法和态度。"

公主不满地嘟囔了一声："我可是羽人呢。"

查亮毫不留情面地说："羽人？还不如中州人呢。"

公主不服气地哼了一声，不过显然对维护羽人的荣誉也没有太大的兴趣——她并不像大多数羽人那样，视荣誉重过生命。

许嘉问道："那它的显影效果，要多久才能出来呢？"

查亮心里估算了一下，不太确定地说："这个要看它蕴含的星辰力的强度和属性，如果有两种以上，还要看它的交叉作用。以这把剑的复杂程度而言，估计要五到六个对时吧。"

许嘉吓了一跳："啊？那我们要一直坐在这里等？"

查亮瞪大眼睛："是你们说要跟我一起验剑的。我没要你们上来啊。"

三个人面面相觑，最后还是许嘉说："要不然我们到屋里等，轮流派人上来看？"

查亮肯定地说："我们在北邙山里验剑，也从来没人一直守着。"

这栋房子其实还在百兵斋的院落里，就在后院仓库的一个角落。大贲朝对民间武器的管制有严格的规定，至少在中州范围内，百兵斋这样的兵器铺都要经过严格的审查才能营业。审查的内容除了兵器的制式不得超过官家规定的范围之外，还包

括武器的生产、采购、仓储、运输等一系列流程。在帝都天启，这样的规定更是执行得一丝不苟。百兵斋的前铺后仓都被高高的围墙裹在其中，墙头上更是插满了破烂的矛头剑尖，除了飞鸟，闲杂人等是万不可能越墙而入的。

　　许嘉向来谨慎，其他几个人先下了楼梯，他还留在房顶上吹了几声口哨，周围不知哪些角落里马上传来几声口哨的回响。然后他才从容地攀下楼梯。王越还拍了拍他肩膀，开玩笑地说："你们这个兵器铺子不简单啊，是不是开了什么秘密的堂口？"

　　虽然知道老朋友的性子，许嘉还是以合法商人面对公职人员时特有的严谨态度回答："您放心，都是有许可的，京兆府、武选司和军训铺都备了案。"

　　等待的时间总是流逝得特别慢。王越和许嘉喝了一会儿茶，许嘉就到前面铺面拿了一副玉石棋子的围棋回来，在羊毛地毯上架起木头棋盘，与王越厮杀起来。苇公主殿下在屋里百无聊赖地走来走去，四处摸索查亮做的小玩意儿。开始的时候查亮还寸步不离地跟着她，生怕她弄坏了什么东西，可是小姑娘的腿脚轻灵，动不动一个大跳就窜上房梁。查亮最后彻底放弃了，嘴里念念有词，什么命里有时终须有之类的，回到自己床铺上，裹上毯子开始蒙头大睡。

　　天黑得很快，许嘉在屋里掌起了灯。他已经上房顶查看了三四次，每次都不出所料地没有发现任何值得注意的变化。苇公主殿下则早已把屋子里的东西都玩遍，开始在夜幕的掩护下溜进百兵斋的院子，睁着一双猫头鹰般炯炯有神的大眼睛，四处探险。其间几次触发了库房的报警系统，引起暗哨的注意，幸好每次都有许嘉出面，才不至于酿成危险。这样的情形让许嘉下棋的时候完全不能专心，两三个对时的工夫，已经输给王越两局。

　　王越笑眯眯地看着他，不忘揶揄他一句："七年不见，老兄你退步了。"

　　就在王越赢了第三局、正在赢第四局的时候，房顶上终于传来一点喜人或者吓人的动静。屋里的几个人都听到房顶上有点簌簌的响动——苇公主不知道什么时候也回到了屋里。许嘉还是最紧张的，一撩衣襟就站了起来，还没挪动步子就被王越按住肩膀。王越朝床铺方向努努嘴，意思是正主还没起来呢，别着急。许嘉深深吸了一口气，走向床边要把查亮唤醒，这时候身后传来"咣当"一声巨响，他被吓了一跳，回头看去，发现窗户被撞出了一个大洞。

　　不爱思考爱行动的苇公主殿下早已急不可耐地从窗户跳了出去，只留下一个令人惆怅的背影。许嘉既紧张又无奈地看着苇公主的背影在院子里晃了一晃，然后嘭的一声展开灰白的双翼，扇动两下就飞上半空，消失在他视野之外。

　　再回头时，查亮翻了个身，打了个哈欠，揉揉眼睛，不紧不慢地坐了起来，非常淡定地说："急什么，还早呢。"

许嘉指指房顶："上面有人！"

查亮睡眼惺忪："不是人吧。"

这时窗外传来苇公主清脆而野性的叫喊："大松鼠！"

许嘉一愣，兜头就问查亮："搞什么名堂？"

查亮嘴巴一撇："什么啊，问我干什么么？你问松鼠去。"

这时候窗外天空中传来一阵凄厉的长啸，许嘉顿时觉得毛骨悚然，恍然以为苇公主突然变身成午夜女妖什么的。

这种情况显然没有发生。外面马上传来苇公主的叫声："好大一只猫头鹰！哇哈！"然后就是一阵扇动翅膀的声音。许嘉忍不住三步并作两步冲出房间，来到院子里抬头望天。

此时天早已黑透，墨色的夜空中繁星点缀，没有月亮，空中的一切都影影绰绰看不真切。苇公主早已甩脱灰袍，一身白衣加上灰白的翅膀，多少还能看出点意思。许嘉见她在空中盘旋了三四个圈，只能看见圈内有团模糊的影子，却看不清那只猫头鹰到底有多大。羽人果然不一般，漆黑的夜里眼神比起猫头鹰来不遑多让。身为一名卓有建树的学者，许嘉有些怀疑羽人既能飞翔，又能夜视，从起源上讲或许跟某些夜行鸟类有些共同之处……

这时空中那只夜枭又凄厉地叫了两声，似乎是苇公主在用什么东西捅它。看来苇公主不但飞翔能力超过一般羽人，飞行技巧也已经达到了真正的禽类级别，可以在空中调戏一只猫头鹰。

许嘉还在抬头观望，身后传来王越的声音："吩咐你的人，留心松鼠。"许嘉幡然醒悟，马上抿嘴吹了几声长短不一的嘭哨。院子四周马上腾的几声，亮出几盏火把，把这个方寸之地照得分外明亮。火光中，王越的影子已经迅疾地攀上梯子，一溜烟地蹿到屋顶。

苇公主和猫头鹰此刻都在低空，身影被火光照亮了大半。许嘉看到苇公主扇动翅膀，正围着那夜枭打转，而且赤手空拳，时不时撩拨一下那猫头鹰的羽毛。猫头鹰似乎已经被惹毛了，浑身羽毛倒竖，眼睛瞪得如铜铃一般，利爪四张，要同苇公主殿下决一死战。

四下里的游哨此时都到了明处，高高举起连弩对准空中缠斗的身影，但投鼠忌器，没有人敢轻易扣动弩机。许嘉向他们做了个手势，有个游哨马上领会意思，顺着房檐一溜蹿到平台上，搜检一番，急急忙忙地做了个手势，就翻卷房檐，直接跳了下来，手里的松明火把腾的一声倒卷，差点烧了他的眉毛。

许嘉问他怎么个情况，游哨简单地回答："没有松鼠，剑也不见了。"

许嘉脑袋嗡的一声，赶紧定定神，从怀里摸出一只竹筒，举向天空一按机簧，

一道明亮的火光带着尖厉的嗖哨声冲向天空。很快，整个百兵斋的前后院子都亮了起来，到处人影绰绰。除了两个游哨依然高举劲弩对准天空之外，剩下的都四散开，跟刚刚发动起来的人们交代情况。

这个时候，院子前厅里喊声四起，好像截住了什么东西，许嘉想去看，又放心不下天上搏鹰的公主，急得满头大汗，心里埋怨不知道王越钻到了哪里。其实前厅这阵闹腾正是王越所致，他追着松鼠势如闪电地冲到前厅，一路上至少撞翻了四五个不明真相的家丁佣人，脚下速度未曾减缓半分。最后在大门口，他终于被七八个手持连弩一脸紧张的伙计堵住去路。就算他脚快手快，强冲上前不由分说就打飞了对面所有兵器，等他冲出大门时，茫茫夜色里早已不见了那只背负短剑的松鼠的影子。

王越双手空空地回来，身边还围了一圈刀枪明亮的伙计，个个表情紧张，却不敢轻易上前把这个鬼魅一般灵活的男人擒下。许嘉赶紧遣散众人，问起松鼠下落。王越双手一摊，表示落空了，倒也不抱怨百兵斋的家丁帮倒忙。许嘉心里明镜似的，却不知说什么好，这时远处传来一阵节奏奇异的鼓声，声音不大，却穿过喧嚣一声声敲在所有人的心坎上，清晰无比。天上的猫头鹰似乎是收到了什么信号，猛地呼扇几下翅膀，把苇公主逼退开来，然后双眼怒睁，嗓子里咕咕响了几声，随后张大嘴巴，居然吐出一个鸡蛋大的珠子来。

王越大喊一声："闭眼！"

许嘉最听他的话，赶紧闭上眼睛。饶是如此，他也能感到伴随着一声霹雳炸响，空中划过一道极其明亮的闪电，照得他眼膜生疼。这闪电非比寻常，足足在空中闪了十几下才停歇，那些来不及闭眼的家丁伙计此起彼伏地惨叫起来，个个捂着眼睛蜷在地上。

等到闪电过后，许嘉第一时间向天空望去，火光照亮的夜空中早已没有猫头鹰的影子，而苇公主殿下正在打着旋向下坠落。他赶紧估计羽人公主的下落路线，向可能的着陆地点跑去，生怕赶不及摔坏了公主的千金之体。可惜他的特长是相剑而不是空中管制，等他好不容易判断出公主失速螺旋的轨迹赶到失事地点的时候，王越早已等在那里张开双臂，让公主分毫不差地落在自己怀里。公主一落到王越怀里就一顿乱抓，好像溺水的人拼命要抓住最后一根救命稻草，饶是王越的脖子如蜥蜴一般灵活，左右躲闪间还是被挠了两道印子。

等公主站住，睁着一双无神的大眼睛东摸西摸的时候，王越已经把她交到许嘉的手里，自己站到台阶上清清嗓子，招呼大家不要害怕。他说这是河络的雷明珠，是在对付地底潜伏的恐怖怪兽时用的，虽然可以让人短暂失明，但只要休息得当，一天之后就能恢复视力。

苇公主听了之后也安定了很多，抓着许嘉的胳膊不再乱摸。不过王越走到她身边，告诉她一个坏消息——羽人视力灵敏，所受影响会更严重。直接的结果又是一顿乱抓。

等到现场都收拾停当、院子又恢复平静的时候，查亮才不慌不忙地出现。许嘉这才想起他来，一腔怒火无处发泄，冲上去要揪他的领子，到了近前又想起师门规矩，恨得双手不知道放在哪里，只好扯下自己的头巾，拼命地揉。王越闪到他身旁，不知什么时候换做一副平静如蜡像一般的脸孔，声音也有一种地底传来的幽静阴森："这一切，都是你算计好的，对吗？"

查亮打了一个冷战，故作镇静地回答："那是当然，一切尽在我百变大师的掌握之中。"

依旧是鬼气森森地询问："盗剑的是什么人？"

"是松鼠耶，你没看到吗？哈哈哈哈哈……"查亮本来想打个哈哈缓和一下气氛，发现效果极其失败，自己干笑了几声就停住了，"是宛州有名的盗宝贼，花石堂悬赏八千金铢追缉了五年仍然未曾归案。"

"什么名字？"

查亮摇摇头，"没有人知道他的真名，甚至没有人知道他的种族。有人说他善于驱使动物——你们都看到了——和配置各种草药，是羽人；也有人说他经常使用河络的法戒器，又懂得分辨宝物的真假和价值，肯定是河络；也有人说他经常出没于东陆四州各地，一定是华族才最方便；还有人干脆说他是魅，经常变化形状。我与他打过三次交道，比较熟悉他的风格，按照我的判断——"

阴恻恻的声音打断了他滔滔不绝的讲述："你的意思是，他偷过你三次东西？你这次已经估计到他已经埋伏在身边，对你下手吗？"

查亮赶紧点头："没错。他已经在附近潜伏了半个多月，也不知道看上了我哪件好东西——但我敢打包票，只要一看到这把剑，他绝对忍不住诱惑，必然会第一时间下手。"

许嘉本着缓和气氛的精神追问道："你认为自己无法鉴别出这把剑的来历，所以故意被他偷走，让他来鉴别，是吗？"

这种话是任何一个骄傲的河络工匠都不能应承的，查亮也不例外："那怎么可能！只要有时间，我当然能自己验出剑的来历——你们不是赶时间吗，王老弟？让他来一定快点。"

许嘉赶紧问："五年来宛州花石堂拿他都没有办法，我们怎么找得出来？"

查亮得意地从怀里摸出那个水晶瓶子来，晃动里面的灰色粉末，"这是锁星粉，只要一碰到任何法戒器，就自动附着在上面，牢牢吸附，除非同一个铸造师

亲手配置的药水，谁都洗不下来。只要追着它的星辰力，我们可以追他到天涯海角。"说着，他似乎陷入一种兴奋到难以自制的情绪中，咬牙切齿地说："这回我让他连本带利的一并还来！"

许嘉想了想，问了最后一个问题："他一定能鉴定出这把剑的来历吗？"

查亮肯定地回答："他会想办法的。如果说东陆只有一个人能上天入地、闯试炼峰入地火谷也要搞清这把剑的来历，就只能是他。我们只要抓住他就行了。"

这就是典型的河络工程技术人员的思维——发现一个问题，解决一个问题；发现下一个问题，解决下一个问题。他们不会想到这个问题背后有什么含义，也永远不会承认自己没有能力，把问题推脱给别人。当一个自负的河络工匠面对一个超出自己能力范围的难题的时候，事件的走向就很可能会完全超出控制，引发各种千奇百怪的可能性——今天发生的一切，只不过给这个理论又添加了一个完美的注释而已。

许嘉在心里骂了自己一千遍，不知道怎么交代，还担心百兵斋的牌子是不是还能保住……这时王越已经回复了常态，语气变回平静："希望一切如愿吧。那我就先行告退，回去复命了，苇公主殿下也要送到太医馆看看眼睛。"

整个事件突然变得寂静下来，王越与苇公主一去之下就再没有音信。许嘉也没有抓住他的河络师兄孜孜不倦地追问——有时候这些河络工匠的思维是很难理解的。许嘉敢百分之一万地确定，当查亮发现自己被盗宝贼盯上之后，心中荡漾的绝对不是忧虑或者惶恐，而是难以自抑的激动和兴奋。作为兼修北邙山和宛州两大河络铸造流派的当年云中最有前途的铸造师，出道未满五年就被宛州最知名的宝物盗贼偷去三件作品，这是对自己铸造工艺的极大肯定和认可。

青云塔大火已经过去了四年，四年来查亮隐匿在天启暗无天日的小屋里，不敢开炉炼铁，只好凭着自己精巧的手工艺雕刻出一些不知道什么用途的小玩意儿。这时当年人生中最大的知音在暗处出现，再次盯上自己的作品，查亮恐怕认贼作父的心都有了——如果河络也有父亲的话。

在焦急等待的日子里，查亮大师像个没事人一样，又拿起刻刀，用澜州产的老杉木疙瘩刻出了几个样子精巧的河络徽章——上面有火炉和铁锤的图案，就差旁边站一个光膀子的老河络了。用给他送饭的老赵头的话讲，这些徽章拿出去卖，一个至少能换半头猪。

到了第六天头上，查亮终于主动跟许嘉提起，那盗贼已经离了天启，南下而去。许嘉问他如何得知，查亮就从床头拿过一个罗盘似的东西，中间是指针，旁边刻满了密密麻麻的刻度和蝌蚪文字。许嘉对兵器是行家，对千奇百怪的河络物件研究却并不太深。查亮给他解释说：水晶瓶里的粉末不是白洒的，无论如何冲洗擦拭，都有些细碎的粉尘深入剑鞘剑柄的缝隙里，三两个月之内清理不掉。他只需要把同瓶的一点粉尘洒在这个追踪罗盘上，马上可以看到目标的方位和大概距离。现在距罗盘显示，目标已经在城南二十里开外，并且开始向西行进。

许嘉闻言大骇，早知如此还不如早点把那盗贼拿住，夺回短剑。交出了这个烫手的热山芋，相剑的事他们爱找谁就找谁吧。这时属下来报，王越来访。话音未落，王越已经径直来到后院，推开了查亮小屋的房门。

许嘉问他难道已经知道了盗贼出城的事，王越笑言道已经猜得八九不离十。今天是立春的日子，周围村社都在大搞社戏，出入城的人流较往日繁忙许多，而且各种戏妆面具都有，正是浑水摸鱼溜出城去的好时候。许嘉问他该怎么办，王越耸耸肩，轻松地说："只好跟他去趟宛州了。"

许嘉皱着眉头问："谁去？你带我师兄？"

王越答道："还有你，苇公主也一起去。"

许嘉面露难色："你也知道，我们大当家还远在泉明，店里生意缺不得人坐镇。"

王越从怀里摸出一叠草纸，似乎是手抄账单副本之类："百兵斋这个月里一共走了一桩大单，四十二次散单。一共卖出软甲十五件，盔两顶，各种弩八张，弩箭30匣，长刀七把，短刀十三把，梅花桩两套……还要我继续往下说吗？"

许嘉张大了嘴巴："生意是不太景气……可是泉明那边大当家正在谈，谈妥了恐怕就要忙着备货押运……"

王越点点头："是通过莫家销往北陆吧，我知道的，不过昨天禁军已经给泉明边镇发了个公文，禁海两个月。"

许嘉目瞪口呆："谁给你这么大权力，你是武选司的教头……"

王越更正道："不，从今天早上起已经不是了，给你看我现在的官职。"说着他拿出一个金丝滚边的牛皮夹子，打开后里面是一张墨迹未干的黄纸。

许嘉接过夹子，仔细观瞧，发现那是一张崭新的委任状，抛开描写皇恩浩荡之类的灿烂开头以及勉励官员为国尽忠的激昂结尾，中间的官职明细是：关南建西宣慰使兼西江转运副使、都督宛西沿海军务、加四等子爵、食邑三百户、实封二百二十户。

作为一名在帝都混迹多年的合法商人，许嘉对大贲朝职官体系还是相当了解的。这个官职的含义是，王越此刻作为大贲朝正式行政官员，即将往宛州公干，担负探访慰问宛州华族民众的责任，并且考察西江的粮物征集转运活动；至于都督宛西沿海军务一事，其实本朝向来没有对宛州西部沿海做到实际控制，所以只是一个

空衔,只是为他在宛州征调船舶出海提供一定便利;四等子爵并不是什么高级爵位,禁军的中级将佐在澜州有战功的,多半都不止于此。

百兵斋能在帝都经营兵器行当,在朝中禁军都有一定的关系和靠山。做这个买卖,与官家关系越深,业界信誉当然越高,生意就越好做。如果这次能与朝中特派宛州的大臣一道公干,风光排场地走一遭,特别是还有当朝公主随行,这对百兵斋的名声有颇大的助益。

不过他这重念头马上就遭到了无情地打压。王越直截了当地说:"本次南下宛州是秘密活动,我这重委任并没有在朝中公示,只有在宛州活动受到严重阻碍时才可以向当地华族机构以及河络方出示,寻求帮助。所以此行不知多少艰辛,还望许兄担待。"

许嘉满脸苦涩,叹了口气:"你倒是不苦,没动身就升了官。寻常官吏挖空心思经营半生,多半都挤死在独木桥上,你封个正四品的官职却这么容易。早就知道你与当今天子关系非比寻常,今天才知道到底有多么不寻常。这趟苦差,是替宫里出的吧,能告诉我多少?"

王越一笑,"的确是天子秘派,朝廷和禁军尽可能不惊动。迄今为止,我这项委任整个禁军都无人知晓。"说着,他亲切地拍了拍许嘉的肩头,"我知道百兵斋在宛州许多地方都有生意,少不了还要先借用你们的力气。"

许嘉在心里把他骂了一千遍,冷冷地问道:"那么路上的盘缠资费如何解决?内务府准备拨多少钱?"

王越笑容可掬地回答:"不用内务府,别忘了我的官职。到了宛州就好办了。"说着,他从怀里摸出一块做工精致的铁牌,正面是大贲朝驻外机构的徽章,背后刻着一个"转"字:"这是转运副使的令牌,你也知道宛州富庶,水运是一本万利的买卖。本朝在宛州的西江转运司肥得流油——我是堂堂转运副使,少不了锦衣玉食的招待。"

许嘉疑惑地问:"你不是秘而不宣吗?怎么又敢亮身份了?"

"那是在天启,以宛州之远,等消息传回京城,我们的事恐怕已经办完了。"

"那到宛州之前呢?"

王越正色回答:"那还要许兄预先垫付一些了。"

"哼。"许嘉终于忍不住从鼻孔里冷冷地冒了一声,王越也只装作没听见。

留给许嘉做准备的时间并不多,第八天早上,他们约在南门内集合出城。

王越和苇公主早到一些,他们依旧是头一次到百兵斋时候的装备———一辆小巧的马车。这次连车夫都没有,王越自己换下文士装束,穿了一身粗布青衣,拉了缰绳跨坐在车前。苇公主藏在车里，并不露面。要知道公主殿下在天启城里是半个大众偶像的地位，一露面免不了惹得市民围观瞻仰。

等到快中午，许嘉才满头大汗地赶到南门口。他身后并没看到回火查亮大师的影子，却有一个长长的马队，都是腿脚粗壮的北陆重挽马，每匹马的马背上都驮着两个越州藤编制的粗藤箱，牵马的都是满脸风霜的矮壮汉子，看上去像是常年跑马帮的马夫。王越讶然问他："这是什么意思？"

许嘉翻身下马，抹了一把汗水，"累死我了，快让我喝口水。"

王越解下水囊递过去，许嘉拧开塞子仰头咕咚咚咚灌了大口，解开衣扣，额头上领口里热气蒸腾。王越仔细看去，发现他在棉布长袍里头居然套了一层金丝软甲和一层皮甲，鼓鼓囊囊得像个狗熊一般，怪不得这么热。

许嘉缓过气来，才向王越解释道："你不是要掩人耳目吗？我昨天联系上莫家分号的大掌柜，正好他们手里有一批上好的北陆粗盐，要贩到宛州。我就接了他们的队伍，名正言顺地做个商队。"

王越扫了一眼那些马匹："你还颇办了不少事啊。"

许嘉嘿嘿一笑："的确，的确。这些都是海西石家的北陆马，跑了这趟差就放到南淮去卖，价钱比这边能翻上两番，今天才谈妥的。"

王越笑眯眯地看着他："还有呢？"

许嘉挠挠头："还有一点黯岚山的云雾茶和澜州的草参，零零碎碎吧。"

王越叹了口气："许兄啊，你果然已不是当年云中的相剑师。"

许嘉讪笑两声："惭愧啊惭愧。"

这时王越身后的马车篷子里伸出苇公主的脑袋，头上扎个青布头巾，鼻梁上还架着一副河络造的墨晶石眼镜："树桩呢？树桩来了没有？"

许嘉抬头四处张望了一下，摇摇头说："按说应该到了。我们并没有一路，但我吩咐手下，要他们护送师兄过来南门会合。"

王越向右边大路斜斜眼睛："这不是，正好过来了。"

许嘉随着他的目光看去，陡然间一股恨气涌上心头，不禁大吼了一声："师兄，你这是做什么！"

苇公主也赶紧伸长了脑袋往那边看，不过她倒是大赞了一声："好威武！"

乍暖还寒时候，初春和煦的阳光把天启南城染成了一片灿烂的金黄，一支低调而张扬的精干要员护卫小队以极其小心极其谨慎的步伐缓缓向南门走来。这支队伍约七八个人，皆是精壮的汉子，虽然没有披坚执锐，而且还都做寻常百姓打扮，但队伍排成一个椭圆，拱卫着中间的关键人物。每个护卫队员的右手都藏在怀中，犀利的目光不停扫过四周街面，绝不放过一点点可疑的行迹。

　　队伍正中间处于众星捧月地位的，正是回火查亮大师。他头戴一顶比自己体积还大的斗笠，全身裹在黑色的长袍里，完全看不出身体轮廓，一路都念念有词地向周围护卫小队下达指令：慢点！小心！注意隐蔽！左侧铺面注意！

　　许嘉、王越和苇公主眼睁睁看着队伍所到之处，行人纷纷避让，不少人站在远处好奇地看着，指指点点议论纷纷。

　　王越慢悠悠地说："许兄，你的队伍很精干嘛。禁军卫戍营的虎贲卫士，最多也不过如是嘛。"

　　许嘉气急败坏地继续吼道："别丢人了！快给我过来！"

　　卫士小队听到上司的命令，马上不再理会查亮的指挥，加快了步伐赶到马车旁边。查亮小腿猛倒腾一阵，还是跟不上队伍的速度，最后被队伍架在空中，腾云驾雾地赶到许嘉面前。他气急败坏地大喊："放我下来！放我下来！啊！我暴露了！我要回去，我不走了！"

　　许嘉对小队领头破口大骂："谁他妈的让你这么胡搞？唱戏吗？"

　　那个中年卫士低着头，脸上看不出一丝表情："禀告二当家，这是回火大师的命令。他说没有这样等级的护卫，他绝不出百兵斋一步。"

　　许嘉叹了口气："好吧，知道了。你们回去吧，回火大师交给我。"

　　卫士低头遵命，带了队伍马上折返，这次倒是脚步匆匆，迅速地隐入了行人中。

　　许嘉转过头来，正要跟查亮念叨几句，结果发现面前空无一人，刚才那个如白米饭里的苍蝇一般的黑衣斗笠人眨眼已经如空气般消失得无影无踪。王越指指身后的车篷，里面传来一阵鸡飞狗跳的声音。

　　许嘉现在知道苇公主殿下对礼节也没什么讲究，直接走上前去掀开帘子往里看，发现他的河络师兄已经如警惕的鼬鼠一般躲在车篷的角落里，而那顶大大的斗笠已经待在公主殿下的小脑瓜上。羽人公主散开金发，头上一顶渔夫般的大斗笠，还戴着小巧的河络墨镜，怎么看怎么滑稽。

　　公主玩了几下斗笠，觉得还不够，伸手又去扯河络的斗篷系带。查亮死死扯住，不肯松手，嘴里大喊："小丫头，不要胡闹！再胡闹，地火节谁还跟你配对！"

　　苇公主狂拽一通，"什么乱七八糟的，快给我！"

　　查亮个子虽小，河络铸造师的力气也不容小觑，一时间双方僵持不下，如拔河一般。

　　许嘉正要出言劝阻，忽然看到苇公主嘴角一歪，露出诡异的笑容，心说要坏。果然苇公主轻车熟路地从靴子里拔出小刀，手起刀落，把那撑得笔直的黑袍当中割断。回火查亮手上力量陡轻，整个身子向后栽倒，重重地撞上马车壁。碰撞之下，断裂的黑袍中叮叮当当地滚出一大堆瓶瓶罐罐、奇巧玩意。原来这黑袍底下藏了他随身能带的所有工具和法宝。

苇公主发现了宝藏，急吼吼地冲过去，首先抄起一个似曾相识的水晶瓶，举起来晃荡了几下，里面都是白色的粉末。查亮眼珠子瞪得溜圆："千万别拧开，千万不要！"

苇公主听闻此言，当然毫不客气地马上拧开塞子，把瓶口放在鼻子底下嗅了嗅，然后突然就眼珠翻白，摇摇晃晃栽倒在车厢地板上。查亮抢上一步，趁瓶子落地前一把抄住，赶紧塞上瓶塞，不让那些粉末洒出来半分。苇公主此时已经像一滩烂泥，栽倒在车厢里，人事不知。许嘉吓坏了，扯住查亮的胳膊："这是什么东西，别伤到公主玉体！"

查亮撇撇嘴："雁返湖醉鳞骨粉，一瓶能兑出一缸烈酒，闻一闻都要醉三天，没事的，让她睡吧。"

许嘉不放心地伸手在苇公主鼻下试了试鼻息，又摸了摸脉搏，发现她脉搏频率只有常人一半。他也不知道羽人正常的脉搏该是多少，心里有点不安。

放下帘子转向王越，还没开口相问，王越就拍拍他的肩膀，"放心，的确是醉鳞。我都闻到了，这味道我认得。"

许嘉对王越还是比较信任的，听闻此言放下大半个心，终于把心思回到正事上

"守南门的是禁军，你这个剑术教习不会被认出来？"

王越摇摇头："这个你应该清楚，禁军的生意你做过不少，买刀买枪的有多少，买剑的又有多少？"

许嘉点头："这个的确。本朝尚武，士大夫佩剑成风，百兵斋卖给禁军的剑，还不如卖给书生的多。"

"所以说我这个剑术教习只是个摆设。战阵之上弓弩列阵，刀枪如林，佩剑只是将佐们腰间的摆设。连剑都没有，哪里用得到剑法，禁军官兵识得我的，恐怕也只有武选司的几个亲兵而已。"

"那我就放心了。"

二人又合计了一阵，许嘉去南门守备那里验了出城的文书，换了万宜关的通关文牒，便催动马队浩浩荡荡地出了南门，踏上天启城南的官道。

大贲朝立国以来，中州政局稳定，虽然不复当年大晁一统天下的威仪，而且这几十年来还与澜州羽人开启了战端，但锁河北邙以南中宛二州基本保持了稳定的局

面，商业开始繁荣发展起来。一般商队来往中宛二州，北段路程最常见的就是出天启南门，行至二十里堡折向西，一直奔向黯岚山与雷眼山脉的夹缝，过万宜关南下入百里峡，顺着官道一直向南，完全进入雷眼山脉的地界，再过浠水河口，进入黄洋岭和莫合山之间的坏水河谷，过了呼图和河络驻守的偏马城寨，出百里峡口，再走三十里就是宛州的门户青石。

走到青石，商队就算正式出了大贲朝管辖的地界，来到华族与河络混居的地盘。自大晁之后，皇道废弛，中州的人族帝王已经不是九州三陆的共主。

西陆与北陆倒还好说：地中三海的阻隔使得华族的宗主权自动中止，而澜州的羽人和宛州的河络，不免要跟华族划出一条分界线，圈定自己的势力范围。

东陆之中没有巨大水体的阻隔，幸好还有锁河雷眼二山，划定了三州的分野，也就成了约定俗成的天然分界线。中澜二州的界限本来就在锁河山天线峡索桥关，但随着人羽战争的爆发，战火深入澜州内地，华族与羽人的战线推进到天河，双方隔水相望已经几十年的光景。

宛州的羽人与华族关系尚好，没有刀兵相见的危险，所以也没个正式的条约来划界，但按照约定俗成的惯例，双方的势力分野就在百里峡内浠水河口。不过这分界线上，双方均没有设立关卡，双方人员的通行全无阻碍。双方实力在此分界的根据只有一个：道兵的编制。浠水河口以东的道兵，都领大贲朝的饷，住在枣林；而河口以南的道兵则领青石的饷，住在偏马。而且所有道兵不管领哪边的饷，都是华族男子充任。

这也反映出宛州的独特现象——华族与河络混居，河络虽然行使名义上的管辖权，但对华族居民内部的事务却基本不闻不问，任由华族自治。而且，由于河络男子大部分都有严重的艺术家倾向或者工匠欲，对城市的行政管理并不太热心，所以宛州城市内的许多行政官僚都是由当地夫环雇佣华族人士担当。西江以北诸城，不但日常管理都是华族人士，而且按照惯例，贲朝天子甚至可以将这里的城池田地作为封邑，封给某个贵族——虽然这只是名义上的属地，实际的主人还是各城河络。

大贲官方在宛州也设立了许多正式运营的机构，比如王越挂名副使的西江转运司，名为西江，其实统领整个宛州华族水运，下辖的衙署包括西江署和建水署等等，主要就负责将贲朝官办商铺或者民间大商号采购的物资通过水路送到梦沼边的绥中，再由北路转运司接手，沿着官道一路送到青石，然后入百里峡出万宜关，进入中州地界。

许嘉他们这支马队，正是沿着这条商路奔宛州而去。

刚出城的时候，官道上来往着许多周围村舍的闲杂百姓，大多数都是进城采办物资的，男女老幼熙熙攘攘，竹篓背筐以及牛车上都是五颜六色的彩纸彩缎，崭新的锣鼓酒器，还有些糖果干货之类。乡民们见了这壮观的马队，都啧啧称奇，指指点点地赞叹。城南官道上来往的商队不少，多半都是往来中宛二州之间的长途马帮，不过这样一字排开的乌黑北陆重挽马，制式整齐的越州粗藤箱，可不是一般商队能有的阵仗。特别是这些马匹，无论是拉车还是耕地，都堪比一头健牛的力气，如果撒开了跑，又远比黄牛来得迅捷灵活。哪个庄稼人看了这样的马匹不会心动呢？

正是因为路上人多，所以马队一直走不快，两个对时才到二十里堡。队伍歇脚的时候，许嘉还警惕地四周巡视了一圈，四下里并无异常。这时节乍暖还寒，北陆的皮草已经过了最好的时候，中州的春耕也还没有开始准备，官道上并没有多少商队来往。与他们一同南下的只有几个散客行商，身上最多带几份来往文书，或者干脆就是只跑周围村舍的小贩。

略微放下心之后，他去找王越商议晚上的住宿安排，心里担忧的是苇公主殿下千金玉体昏迷不醒如何安置，醒了以后又能否适应这粗茶淡饭，茅屋陋舍。王越却一直说不碍事，苇公主在澜州民间长大，从小就住得树屋，吃得天然食品，简直再习惯没有了。不过，王越却要他多注意一下跟在队伍附近的同路商人。许嘉笑言："怕什么，我们在追踪别人，难道螳螂捕蝉黄雀在后，还有人算计我们不成？"

王越点点头："既然已经上路，我得给许兄提个醒。此行绝不可能一帆风顺，背后盯着我们的，恐怕不只一两家势力。"

许嘉吓了一跳："会是什么人？"

王越神秘地一笑："到时候你就知道了。"

这次谈话过后，许嘉对身后的情形更加留意了，再上路时他数了一数，一直跟在马队附近的零散商人大约有七个人：一对中年夫妇赶了一辆马车，远远跟在他们队伍后面，看样子是这些人中最有钱的，似乎也要走远路；四个挑着担子的货郎，虽然身上负重，但脚力不弱，就紧跟在马队的后面；剩下的是一老一少两个男子，穿着同样款式的破旧灰袍，头发都修剪得极短，胡须刮得干干净净，背上背着带顶檐的竹制背囊，腰间挂着备用的草鞋，一看就是行远路的旅人。人少的行商或者旅客，跟着大队伍走是寻常的事情，不但少了遇到劫路抢匪的危险，万一有个什么事情也好找人求助。按说九州大地上，走远路的旅人只有两种，要么是行商，要么是行吟者，但这两个人却怎么都不像。

天快黑的时候，他们赶到了今日的目的地，一个叫做青溪的小镇。许嘉亲自操办住宿事宜，指挥马队都安顿在旅店旁边的牲口棚里，安排好马夫晚上的轮值守夜，这才过来安顿王越等人的房间。苇公主依然醉得昏天黑地，王越把她直接抱进

房间，还颇受了不少伙计的飞眼。在许嘉的严厉禁止之下，查亮没有再扮作神秘人，只是做普通河络模样走进客房。不过他那堆物事说什么也不肯让别人拿着，最后裹了一个大包袱扛在肩上。

毕竟是第一天上路，又有王越的提醒，许嘉晚上不敢大意，许久都不曾就寝，王越也只好陪着他下棋到半夜。许嘉下着棋，跟王越说起那几个旅客的安排：那对夫妇就住在同一个旅店，开了一间上房，晚上在大堂里用过晚饭就再没出来；几个货郎则住在镇尾的大车店，不知道明早是否还会一同上路；那两个远行的旅人，则在镇子里找了一处旧祠堂，就在屋檐下露宿。

王越宽慰他，今天只是第一天，离天启不远，还不是出危险的时候，大可以放心睡觉，以后晚上就不见得有这么好的日子了。

许嘉心中稍宽，但还是一直熬到后半夜才敢上床就寝。

第二天一大早队伍就起来上路。许嘉睡得太少一直打哈欠，查亮在马车里也发现了他的倦意，就塞给他一个水晶瓶，让他嗅一嗅。许嘉接过来看到还是那个万用粉末，不太敢用，又怕王越笑话，就大着胆子嗅了一下，然后就觉得鼻子里仿佛有一股火焰腾的一声冒了起来，直接钻到脑子里，差点把脑浆都烧糊。他赶紧拿开瓶子，眼前泪水模糊，连打了七八个喷嚏，险些从马上摔下来。王越看了大笑，查亮倒是不屑地撇撇嘴，接过瓶子若无其事地嗅了几下，又塞回怀中。

不过这下倒是管用，接下来整个一天，许嘉都再没有半丝倦意。等他从震颤中恢复过来以后，甚至觉得神智清明，对周围事物的观察力都敏锐了几分。他发现在马车后窗下镶嵌了一个木制圆形徽章，上面有火炉铁锤的图案，正是查亮那几天在屋里独自雕刻的。他问师兄这是什么意思，查亮拒绝回答，倒是王越说起，记得当年在云中的时候，在一些河络工匠中间流传着一个好像叫做"铁杵兄弟会"之类的秘密组织。查亮听到这话，忿忿地纠正说是"铁锤兄弟会"，再问多的，就又不肯说了。

这天路上，那对夫妇依旧驾了马车远远跟在队伍后面，那两对背竹箱的老少似乎出发得更早一些，直到中午歇脚吃饭时，才赶上他们的脚步。三个货郎倒是不见了踪影，多半只是从天启批出些零碎用品在周边镇子叫卖的小贩，不走远路的。中午过了集镇之后，又有几个农夫模样的汉子背了些农具，跟在队伍附近不紧不慢地走，有可能是哪个大户人家的庄客回自己家过了年，要返回主家。

这天路上一直无事，许嘉与王越讨论起那两个长途旅人，看起来是修行的人，只是不知道是哪个教派。中午遣了一个马夫送去一些干粮，两人倒是不客气地收下。过了一会儿，那个年轻的走来向许嘉道谢，送来两张平安符，说保佑行商最是灵验。

　　王越看了符文，肯定地说是长门教。这是一个新兴的教派，外人知之不多，但似乎人畜无害，而且早早在天启备了案，完全属于体系内的爱国宗教。不过这个教派似乎也没有借助官家力量大肆扩张的打算，这些年来发展稳定，注册人数并没有快速上升。许嘉怀疑地看着他："你怎么这都知道？你真的是禁军的人？"

　　王越高深莫测地一笑，"业余爱好。"

　　第三天时候，他们就赶到了万宜关。官道上行人已少，马队的脚程比赶大车的商队略快，马夫也都是有长力的精壮汉子，一路不停地跟着健马行路，没一个人气喘。那队夫妇依旧跟在后面，过关的时候许嘉还派人装作不经意的样子瞄了一眼他们的文书，好像是跑珠宝玉器的商人，怪不得要跟着大队走。那两个长门教徒脚下比他们略慢，但每天起早贪黑，路上要走至少七个对时，所以早晚投宿基本都赶在一处。除了这两拨人，一同过关的，又多了两个赶大车的粮商。他们驱赶着四匹大青骡子，驾着两辆大车，车上麻包堆得很高，走在山路上歪歪斜斜，几乎要倾倒。宛州的春播还没有开始，但这些商人们已经早早备好了淤河平原上最好的稻谷种子，准备贩到宛州大赚一笔。

　　过了万宜关入百里峡，地形就不再像帝都附近一马平川沃野百里。峡谷两侧高山夹持，宽处有几十里，窄处仅有两三里的距离。官道蜿蜒曲折，宽处能并行四驾马车，窄处仅能容两车相错。而且入了峡谷之后，就不像在平原上那样，每隔十里八里总有村舍可见。峡谷里虽然时不时有平整土地，可作良田，但能供人畜饮用的却只有零星山泉，这山里旱地能种谷子，却养活不了多少人口。山里泉水不多，离着官道近的更是只有两三处，都被征做驿站，专供来往客商之用，兼供着几个修路的道兵。

　　百里峡蜿蜒一百四十里，过了万宜关二十里就是马匹营。第三天晚上马队一行就在马匹营扎下。

　　驿站里的驿丞是个上了年纪的老道兵，个性严谨得很，非要掀开王越的马车帘子看个究竟。许嘉刚拦了几下，那驿丞就抖起官威，喊了几个驿卒过来，举着明晃晃的刀枪把许嘉围在中间。许嘉没办法，只好任由那驿丞拖着跛腿挪到马车前，伸手去掀那布帘。

　　王越跳下车头，丝毫没有阻拦的意思。苇公主是羽人，此时中澜二州尚在交战状态，天启的纹面逃裔又不能出城三十里，所以这里出现羽人必然惹人怀疑。那驿丞看到许嘉的紧张表情，越发生疑，不敢伸手，而是抽出佩刀，用刀尖挑开布帘远远往里看。

　　天色有点晚了，车厢里黑漆漆的看不清什么状况。他大着胆子凑近了看，脸还没凑过去，忽然鼻子里闻到一种呛人的味道，仿佛有人在里面烧起了牛皮、狼粪和毒药的混合物。还没等他分辨出这是什么味道，只觉得脑袋一疼，摇摇晃晃就要摔倒。周围驿卒吓了一跳，赶紧散开一圈，只把上司一个人留在危险的马车旁。驿丞刀尖拄地，站稳身形，晃晃脑袋猛喊一声："什么妖孽！"

　　这时车厢里伸出一个小小的河络脑瓜，然后是一只拿着烟袋的手，然后是半边身子。回火查亮大师茫然地问："怎么了？"然后又举起烟袋猛抽一口，身心愉悦眼神迷离露出一副陶醉的样子，然后再次喷出致命的毒烟。那驿丞赶紧跳开，大喊道："哪来的河络妖孽，离本大人远点！"

　　身后的许嘉这才一脸无辜地解释："你看吧，我劝了你的，我们自己人都受不了那杆烟枪，别说大人您了。"

　　河络作为友好邻邦，在中州并不鲜见，而天启也从未下达过禁烟的命令，所以驿丞也说不出什么所以然来，只好率众离开。不过他倒是心有不甘地报复，说今晚驿站里已经没有房，马队只能在马场外就地扎营休息。

　　许嘉做相剑师时曾一个人踏遍东陆，王越年轻时的经历怕是还要复杂曲折一些，两人对野外扎营埋锅造饭之类的事情轻车熟路。那些沉默的马夫们看来也都是熟手，不但搭营拣柴麻利得很，而且吃完晚餐之后一转眼工夫，那些残灶柴灰就收拾得一干二净。值更守夜也早已不用许嘉安排，三个人守住三个方向，营地这边的伙计围着篝火喝了几杯烈酒，很快就各自散进帐篷，响起均匀的鼾声。

　　苇公主殿下尚未醒转，王越把查亮也留在车厢里睡——河络对睡眠空间的要求之低是华族无法想象的。两个长门教徒就在马厩的旁边露宿，似乎只要有个遮雨的地方，两人就可以睡得安稳踏实。吃过晚饭许嘉主动邀请那师徒二人过来喝一杯，两人也没有推辞，就坐过来喝了两杯许嘉带的淤河古酿。王越看他们并不戒酒，就问起他们修行的戒律。年轻那个弟子模样的就说道，在平日修行的时候是不许饮酒的，但长途旅修的路上可以稍喝几杯烈酒，一来可以解乏安睡，二来可与路上旅人结识，丰富阅历，加强修行的意义。用他师父的话说：作为一个修行者，连几杯烈酒的力量都不能战胜，修行的意义何在？

　　王越不经意问起他们此行的目的，师徒二人回答说是云中。徒弟很老实地解释说：有一件长门教派里很有意义的器物丢失了多年，现在突然现身，他们要追着那件器物的下落到云中去。许嘉闻之心里有点紧张，问那个东西是什么。弟子摇摇头，说只知道是一把河络造的短剑，剩下的消息，到了云中会有教友接待，告知详情。

　　许嘉头上冒出一阵冷汗，这句话传达出两条信息：长门教也在找那把剑；那把剑可能要到云中。王越这时候却不再追问,把话题岔到别处,问了一些长门修行的事,年轻弟子知无不言,师父也没有制止的意思,什么时候弟子答不上来了还补充几句。

这场谈话持续了不到一炷香的时间,师父看了看天上的星辰,说该休息了,明早还要赶路。许嘉也就不好再挽留,便起身送别。师徒二人又回到马厩外墙房檐下,摊开行囊,自顾自地睡了。

许嘉却睡不着了,拉着王越要问这剑的来历,怎么跟长门教扯上的关系。

王越想了想,跟许嘉说:"上个月青石侯回京你可知道?"

许嘉眼睛一瞪:"知道。青石侯坐镇澜州十年,第一次回京,天子出城亲迎,这么大的阵势哪个能不知道?"

王越点点头:"青石侯劳苦功高,无论是在禁军中还是普通百姓心中均享有极高的威望。这次回京逗留不过半月,便担心澜州前线的形势,匆匆东去。临走前他亲赴重影宫向陛下辞行,随身却带了一把剑。"

许嘉皱起眉头:"什么意思?青石侯剑履而朝,不是什么新鲜的规矩吧。"

王越说:"的确。但这次侯爷进宫是向陛下特意献上这把羽人刺剑的。奇怪的是,这并不是澜州前线缴获的战利品,而是突然出现在侯爷府邸中的一件器物。侯府的秘术师识得厉害,知道不但是法戒还是魂印,但上上下下却没有一个人讲得出这剑是什么时候来到侯府的。有人怀疑是刺客行刺未遂,丢弃凶器孤身而逃;也有人说是别人盗了朝廷重宝,栽赃给侯爷。要知道侯爷坐镇澜州十年,最怕天子起疑心,宫中和朝中的流言更是一刻都未曾停息。所以侯爷不敢怠慢,赶紧带剑入宫,以示清白。"

许嘉道:"圣上怎么说?"

王越答道:"圣上英明,当然是大大宽了侯爷的心,让侯爷安心回澜州带兵。然后马上传了禁军武选司、军器监和内库的总管进宫,结果谁也说不出这剑的来历。这事情又不宜惊动到朝中,所以想来想去就选了我执行此项秘密任务,暗中查找剑的来历。"

"你说过盯着那把剑的不止一家势力,又是什么意思?"

王越沉吟了一下,回答道:"禁军里似乎有人想把这件事按下来,相府一直没动静,过于安静也不见得是好事,宛州花石堂应该也有所了解——等我们到了青石,才能看出他们的反应。"

许嘉头已经越发大了:"那公主又是怎么回事?"

王越笑笑说:"无论如何,这是羽人的兵器,与澜州脱不了关系,苇公主殿下参与此事或许有些助益;而且更重要的是,自从那年纵兽事件之后,苇公主已经闷

得发了疯，再憋下去恐怕真的把整个天启都烧掉了。"

"那陛下就不担心她的安危吗？"

"以她一人的安危换取整个帝都的安宁，陛下也要为黎民苍生考虑啊。"

许嘉朝马车那边看了一眼，"还没醒？"

王越摇摇头，"小女孩，不胜酒力吧。"

云中的事两人都没提及，无论剑在哪里，他们总要先出了百里峡，到了青石再说。

第二天早上离了马匹营，队伍一直走到浠水河口的百丈驿才停下脚步。这是浠水汇入坏水河的地方，两河从山里蜿蜒而出，至此放缓了脚步，携裹的泥沙沉积下来，在两河交叉的地方冲出一个方圆百丈左右的平地，三面环水，一面是山崖。百丈驿就设在这片平地上，原木垒砌的简单寨墙，一圈木头房子，中间是马场空地。整个驿站大约能容纳百余人马的队伍，驿门就正对着浠水河上的木桥，距离不过十几步远。这里是百里峡的深处，山高路远，天启到青石之间盗匪最猖獗的就是这一段，所以驿站才有简单的营垒，平日里除了道兵和七八个驿卒，还有天启禁军的两组弩手带了神臂弩，驻守在寨门上，以防盗匪的骚扰。

进了百丈驿，这里的驿丞倒是比马匹营的那个来得和气，特别是许嘉往他袖子里塞了两个金铢之后，马上跟许嘉称兄道弟起来。公主还是没醒转，就照着从前投宿的安排，要了一个套间，王越睡在外面，公主和查亮睡在里间。许嘉睡在隔壁，马夫们则分散开，四人一间睡在简陋的通铺间里。马匹就在驿站中间的马场上排好，值夜的马夫负责望风填料，就睡在马棚里。赶车的夫妇依旧跟他们同路，也住在驿站里。那两个粮商赶着载重的大车走在崎岖山路上，走得慢一些，天黑以后才到驿站，粮车驶过桥头就没有进驿站，直接靠在驿站大门之外。拉车的大青骡子解下套，被牵进驿站内，也赶进马棚里。两个矮壮的粮商对马棚里乌压压的二十几匹北陆马赞不绝口，恨不能当场掏出钱买下两匹。两个修行者倒还是老样子，解下背囊直接睡在马棚的脚下。

自从走过百丈驿门前的木桥以来，许嘉的眼皮就一直跳，这让他心神不宁，烦躁不安。晚上他与王越合计，是不是多派几个人值夜，王越看着他诡异地笑了笑，不置可否。他最后还是多花了一个金铢，安排了一个马夫站到营寨的门楼上，与禁军神臂营的哨兵一起烤火。

今夜是满月的日子，许嘉看着驿站里客房的灯光一盏盏熄了，只留下寨门上长明的火把和神臂营哨兵值夜的火盆。他本要再去王越房间聊些什么，明天晚上应该就出百里峡了，最迟后天中午就能到青石，也该事先有个合计。但王越似乎睡得早,刚吃完晚饭不久房间里就没了灯光,他不好打扰,跟马夫也没什么话讲,只得独自在院子里转了一圈又一圈,等到眼皮发沉便回房睡下。

夜里他不知道自己究竟睡了多久,驿站里的铺盖厚重潮湿,每次睡过去不多一会儿,就被各种光怪陆离的噩梦惊醒,醒来后总是转眼就忘了梦的内容。一夜过来,睡了再醒,醒了再睡,比通宵值夜还要痛苦一些。到了黎明时分,屋里隐约有了一些光线,他倒睡得沉了一些,可没过多久就又被什么恼人的响动惊醒了。他摸了摸好不容易松弛下来的脸颊肌肉,正要暗骂一声那阴魂不散的噩梦,耳朵里却传来"轰"的一声巨响,睁眼看时,自己住的这间客房房门竟然被人用大锤砸了个粉碎,木屑纷飞,几乎崩到他床上。多年的闲散生活过后,他早已不是当年年轻敏捷的相剑师,等他掀飞被子,光着脚跳到地上时,早已被两把黑漆漆的兵刃抵在胸前,半分也不敢动弹了。

这时候,门外传来此起彼伏的轰响,大概整间驿站所有房间的房门都遭到了同样的命运。有人怒喝有人大骂,但很快都归于沉寂,看来不是被人制服就是已经遭了毒手。

许嘉此刻最担心的是隔壁房间公主的安危,因为即使自己能逃此劫,如果公主有个闪失,恐怕也是株连九族的罪行。等他被那两个面无表情的黑衣大汉押出房门之后,紧接着就看到王越身上只穿了件单薄的袍子,也被两条大汉用兵器顶住脖子,慢慢走出房门。套房里屋响起一阵簌簌的声音,多半是有人在翻检床铺,然后又是两个黑衣人拖着涂黑表面的长刀从屋里出来,匆匆奔向院子中央。许嘉敏锐地发现那两人刀上没有血迹,看来是没找到人。他心里不住地祷告,望星辰诸神保佑,公主和师兄千万不要有个好歹。

没过多久,他就被那些黑衣人押到马场中央,旁边站满了马队的马夫和驿卒道兵。大家都衣着单薄,显然是被人突袭,从被窝里揪起来的。最惨的是那个驿丞,居然光着膀子,只穿了一条单裤,在寒冷的夜风中不住地发抖,嘴里还絮絮叨叨地念:"各位大爷,各位大爷,我没钱,要发财该找这些行商去……"王越倒是依然很淡定,披着袍子赤手空拳站在马厩边。敌人似乎知道他的厉害,其他人聚拢到一起黑压压一片,只有十几个持刀的黑衣人守着,王越身边却足足站了四个,两个拿刀始终顶着他的胸口,还有两个手持劲弩,一直瞄准他的身体。

许嘉知道不妙。今夜的敌人动作迅捷,整齐划一,有周密的计划和专业的装备,从破门到拿人都瞬间完成,这一切都不是寻常山贼的作为。而且寨门上值夜的神臂营哨兵和马夫都没发出半点声响,搞不好还有内应作祟。想到这层,他开始扫视四周,默默清点人数。一、二、三……除了寨门上值夜的那个,其余二十二个马夫都在;驿卒六个,道兵四个,神臂营的十二个军士并没有跟他们挤在一起,而是

被集中起来锁在一个通铺大间里,不过同样有黑衣人在门外看押。两个修行者和赶车的夫妇都在。修行者依然表情平静,低着头默默地诵念着某种经文;那对夫妇表情有些惊恐,挤在人群里缩手缩脚默不做声。唯一的例外是那两个赶车的粮商,人群中不见踪影。许嘉扫视一周,无法确定他们是内应,还是已经被害。忽然,他借着朦胧的天光看到那两辆粮车如今已经堵在驿站的门洞里,上面的油布完全掀开,麻袋片散落在四周,地上还洒着一些粮食作物的残渣。许嘉登时明白过来,假粮商跟他们走了两天,其实载重的大车里装的都是长短兵器,如今就拿在这些黑衣人手里。

天亮得很快,太阳虽然还没爬上东边山梁,但天色发白,驿站里的景象都看得清清楚楚。

视线之内的黑衣人有四十一个,王越身边四个;看守神臂营弩兵牢房的五个;押着他们这堆马夫和道兵驿卒的二十个,其中一个右臂上缠了白巾,应该是头目;四周的寨墙、屋顶上站了十个平端劲弩的;剩下两个来回走动检视,时不时跟那头目交流几句,从身材上看应该就是那两个假粮商。

忽然,假粮商指了指人群中的许嘉,对那个头目说了几句,那头目马上下令,两个黑衣大汉举刀过来,把冰冷的刀刃架在许嘉的脖子上,连拉带拽地拖到头目跟前。头目简短地问:"河络和羽人呢?"

许嘉心里一宽,确认那两人果然脱险。回火查亮师兄总有些无法想象的奇怪法宝,突然隐身或者地遁之类的都说不准,如果是带着公主一起逃脱,也算他义薄云天。想到此,他老老实实地摇头:"不知道。"

头目依旧言简意赅地说:"我不想用刑。希望你合作。"

许嘉留心看了他腰间的佩刀,极简单的款式,刀柄护手和刀鞘都是黑色,完全看不出来历。他此刻即使想合作,也实在不知道二人的下落,不过他还是开口说:"河络这几天一直说要回天启,不肯继续南下,或许他自己逃回去了——羽人跟他是一伙的。"

头目点点头:"明白了。"然后他对旁边一个面无表情的黑衣人下令,"传令风组,向青石方向搜索。"

这时候,一个假粮商走了过来,对头目肯定地说:"只少了那两个,其他的都在这里。"

头目威严地说:"辛苦了。"然后他对手下吩咐,"把驿卒和道兵都挑出来。"

几个持刀的黑衣人迅速走进人群,几下拨拉,就把道兵和驿卒拢作一堆,然后带出刀手的包围圈。头目环视四周寨墙,做了个手势,五个端弩的黑衣大汉马上背弩过肩，从寨墙房顶上跳下来。驿丞还在低声地哀求："不关我们的事，大爷放我们走吧，这些客商才有钱……"

头目出人意料地点点头，向他挥挥手说："没你们的事，走吧。"

这些不能打仗的兵丁喜出望外，赶紧跟着驿丞磕了几个响头，就挤作一团向寨门奔去。没等他们跑到一半路程，头目挥挥手，低声喝道："杀。"

五个弩手一丝不苟地平端连弩，将胸拐顶在左胸口，瞄准前方逃命的人群，同时扣动扳机。随着一连串簌簌的响声，短矢如蝗虫般飞向人群，道兵和驿卒们瞬间被射成蜂窝，挣扎扭曲着滚落在地上，几乎连惨叫声都来不及发出。

那对夫妇在人群中早已吓得脸色发白，两个长门修士停下正在诵念的经文，默默看了看前方血泊中的尸体，换了一种语速更缓慢的经文重新开始诵念。马夫们大多表情漠然，倒是有几个表现出恰如其分的恐惧，浑身颤抖，从脸到脖子涨得通红。

头目又吩咐手下："把那四个人挑出来。"

刚才的程序又重演了一遍。两个修士依然在诵经，那对夫妇已经快站不住了。头目简单地说："请你们先走。"

两个修士停住诵经，年长的修士对年轻的修士严肃地说："立渊见修，在寻求真理的路上，我们要经历无数难以预知也无从想象的困难，我们永远无法战胜苦难，我们只能背负苦难继续前行。你明白吗？"

年轻的见修眉目低垂着回答："弟子明白。"

年长的修士点点头："那我们出发吧。"

两个修士旁若无人地检查了一遍自己的衣服鞋子，又把竹制背囊背好，甚至还交叉检查了一下。看上去这只是他们最普通的一天，清晨醒来，整装上路。头目似乎也觉得有些好笑，饶有兴致地看他们做完整套工序。

两个修士先向许嘉和王越告辞，然后年老的对那头目惋惜地说了一句："你与真理的距离越来越远了。"然后他们就迈着稳健的步伐向寨门走去。

头目稍微举起右手，五个早已装好下一轮短矢的弩手再次平端弩身。头目看着他们走到尸体狼藉的那片地方，右手重重地落下。就在弩箭即将射出的那一刹那，奇迹发生了。在场的所有人都不敢相信自己的眼睛。

两个修士非常默契地开始奔跑——或者说他们把自己的身体像弩箭一样射了出去。所有人都只看到他们抬腿、迈步，然后眼前一花，他们已经在驿站门洞里了。这个时候真正的弩箭也到了。许嘉清晰地听到弩箭穿过竹筐的声音，两个修士的背部瞬间就被射成刺猬。不过，这两个人却没事人一样，摘下插满箭矢的竹背囊——许嘉发誓自己还听到那个叫立渊的年轻见修抱怨了一句"可惜这些书了"。然后两

个人表演了一个极其惊人的大跳,不但跳过了挡路的马车,甚至差一点就跳到门外十几步远的木桥上。马场里所有人,包括许嘉、王越、马夫和黑衣人们都目瞪口呆——只有那对夫妇还在原地瑟瑟发抖,根本不知道身边的世界发生了什么。

头目大喝一声:"追!"寨墙房顶上的五个弩手马上消失了踪影,他身前的五个弩手也赶紧把连弩背在身后,向寨门奔去。看着远处那两个修士的背影以及部下忙乱的身姿,这位头目脸上挂着一副撞到鬼的表情。

不过等他回转身,准备处置那对夫妇以及下一批受害者的时候,脸上的表情就像撞到了一百只鬼,或者荒墟两位大神本人。

他麾下这支精锐的刀弩结合夜袭分队,已经全军覆没。穿着黑衣的尸体倒卧了一地,有的被自己的长刀当胸贯穿,有的被砸碎了脑袋,有的四肢不全——他们死亡的共性是迅速而悄无声息。歼灭他这支小队的,就是那二十二个相貌普通、身材平庸的马夫。更让他无法接受的是,这二十二个手持缴获的滴着血的长刀的马夫并没有冲上前来取他性命,而是站成一排近乎于检阅的队形,以一种嘲弄的目光集体注视着他。只有个别的一两个还在四处游走,对地上一息尚存的黑衣人补上一刀。被四名得意手下围在中间重点看管的王越,依旧两手空空站在原地,周围的四个看守已经倒在地上,身首分家。

他下意识地回头去看那五个奔向寨门的弩手——驿站内他最后的兵力,可是等他的目光刚刚赶上五个弩手的后背,一片修长的箭矢也不失时机地赶到。结果就是,五个弩手一声不响地扑倒在血泊中,他们被箭矢贯穿了脖颈、头颅和胸口,就倒在刚刚被他们杀死的驿卒道兵身边。

头目回过头来,面对这些可怕的马夫,长叹了一声,手腕一翻亮出一把短刀,直插自己的胸口。遗憾的是,他最后的愿望也未能实现。正在他旁边瑟瑟发抖的那对夫妇突然像泼妇打架一样,恶狠狠扑到他身上,撞飞了短刀,而且撞得他两只胳膊都脱了臼。然后男人按着他的头和胸口,女人麻利地抽出他的腰带,把他的两腿捆上,并且打了一个非常复杂而圆满的结。头目作势挣扎了几下,突然就去咬自己竖起的衣领——那里藏着见血封喉的毒药。可惜,他又落空了,那个男人抢先一步抓住他的下颌,轻松地摘下了他的下巴。

最后的结果是,他像一只待宰的羔羊,无助地仰面朝天躺在散发着马粪臭味的土地上,胳膊无力扭曲着耷拉在身体两侧,大张着嘴巴,很快就有口水从嘴角淌下来。

王越走到他身边,蹲下身怜悯地看着他,还掏出一块手帕替他擦了擦口水。"下面我问你几个问题,你只需要点头或者摇头,明白了吗?"

头目瞪大眼睛,既没有点头也没有摇头,嘴里发出依依呀呀的怪声。

"我知道你不怕死。其实你的情况我们大部分都了解——你是禁军武卫营的偏将,这些都是武卫营的'血雕',对吗?"王越耐心地对他说。

那头目瞪大了眼睛,目光中露出一丝惊恐的神色。

王越笑容可掬地说:"如果你拒绝合作,我也不会杀你。但刚才制住你的两位都是内务府的人,他们可能会请你的家人朋友一起回去协助调查。你的罪行,如果往大一点判,可能会诛九族的。如果你合作,我可以担保不累及你的家人。如果杀了你,你可算殉国,可厚葬,家人照领抚恤。"

头目眼神中的惊恐逐渐扩散开。很显然,王越的恐吓起了作用。

"好,我现在问你。你们有没有后援?"

头目犹豫了一下,点头。

"人数比你们多?"

点头。

"风组和云组都来了?"

点头。

"距离在十里内吗?"

摇头。

"二十里左右?"

点头。

王越起身,跟那对夫妇说:"二位一路跟随保护,王越在此谢过。这个人,就麻烦你们押回天启吧。"

许嘉插话:"他们还有后援,回程艰险,两位如何回得去?"

夫妇中那个男人回答道:"这个不用许二当家担心,我们内务府也不怕他们什么劳什子禁军。我们的后援也快到了。"

那个女人接着说:"天色已亮,我们带着大明宫印信,他们就算有千军万马,也要忌惮几分。"

许嘉点点头,"那就烦劳二位了。"

男人问道:"王先生如何看出他们是禁军人马?"

王越微笑,解释说:"这些兵士握刀持弩的姿势,都是武选司教出来的,我怎么会不认识;再说了,这些兵器来历,哪里能瞒得了许二当家。"

许嘉捏着一把滴血长刀在旁边插话:"摸到这兵器就明白了,这是军器监宛州都作院前年在白水采购的那批长刀。虽然是金戈堂接了单子,其实转手还是给了我们百兵斋。连这刀身上的烤漆,都是今年军器监弓弩坊以雕弓保养的名义,从我们

家订的。"

王越补充道："禁军驻守天启七营中，擅长夜战突袭的只有踏白一营和武卫营的血雕三组。踏白营是青石侯的嫡系，自然不会对我们不利，血雕是武卫营压箱底的队伍，风、云、裂三组精锐，分别长于侦察、袭扰和突击，今夜一战，恐怕还是风组前出，云组后援，裂组突袭。地上这位应该就是指挥裂组的偏将。"

许嘉颇有些遗憾地说："都是大贲朝的精锐，用在澜州战场上为国尽忠，怎么也好过今夜葬送在此啊。"

王越回头看他，指指那些正在有条不紊打扫战场的马夫，"许二当家，这些才是你此行顺带的最大一笔货物吧。"

许嘉讪讪一笑："都是莫家的差事，我只是负责领个路。"

内务府的男人警惕地问道："哪里来的武士，身手如此了得？"

许嘉解释说："都是北陆的蛮人，莫家用了一船铁器和一船丝帛，从沙陀部换的。要送到柳南去，三家佣兵团都付了订金。"

王越笑道："没想到却救了我们的性命。"

内务府的女人爽脆地说："哪里话，区区禁军几个血雕，还不至于伤了王先生的皮毛。今日一战，我等无缘见得王先生身手，殊为遗憾。"

男人这时想起什么，皱起眉头说道："苇公主殿下和那位河络大师的行踪，王先生心中一定有数吧。"

王越的回答完全出乎他的意料："不知道。"

那女人的脸色马上冰冷下来，"丢了公主，即使是王先生您，恐怕也难以担待得起吧。"

王越爽朗地大笑："没什么担待不担待的。天地本宽，苇公主也本就是纵横四野八荒的命数。钦天监的秦博士看过苇公主的星盘，我们何必为她担心。"

许嘉狐疑地看着他："公主是不是早已醒了？"

王越点点头："一点没错。"

许嘉叹口气："水越来越浑，师兄失踪，公主殿下失踪，禁军武卫营要我们所有人的命，内务府的人却在暗中保护。如果可能的话，我倒真想退出。"

王越同情地看着他："迟了，已经迟了。"

天色大亮，太阳爬上南面的山岗，北陆的武士们很快打扫干净战场，马队重新上路。那对假夫妇真侍卫押着禁军的头目，留在驿站附近等待后援的到来。一直被关在黑屋里的那十二个神臂营军士，把价格昂贵的四具神臂弩装上马车，跟着马队一起上路了。这是许嘉的功劳——他明明白白地告诉这些老兵，禁军是混不下去了，今日一战之后，他们早晚是要被灭口的。他们只有两条路可走：要么散伙回家，带上妻儿老小流落天涯；要么干脆跟马队一起去了柳南，找个佣兵团过上卖命赚钱的营生。当兵其实也是提着脑袋赚点饷银养家，还不如干脆到柳南去，不但薪饷高几倍，日后还可以把妻儿都接去，在富庶的宛州安家。于是乎，许嘉在百丈驿丢了一个北陆武士，却多了十二个带装备的正规弩兵。

他们倒空了藤箱里的粗盐，把箱子拆扁了捆在鞍后，一同翻身上马。牵着马的时候，北陆的武士们看上去只是些矮壮的平凡马夫，但一跨上马背，顿时就变成雄姿英发的威武骑士。那些喷着鼻息的粗壮无匹的重挽马本是披挂重铠冲锋陷阵的铁血良驹，在这些骑士的操控下，踮起小碎步来却如同鸟儿般轻快。十二个弩兵在一个伍长的带领下，骑着驿站里饲养的驿马，虽然笨拙些，也勉强跟得上队伍。王越压在队伍后面，过了木桥，环视四周山野林莽，最后把目光投向东边高耸入云的莫合山，凝视了半晌，才拨转马头，追赶队伍去了。

此时的莫合山上，王越刚才目光凝视的终点是一棵极大的杉树，至少要五六人才能合抱，恐怕有千年以上的寿命。树下隐蔽处端端正正站着两个黑衣的河络，头上都带着大大的斗笠，帽圈处插满了周围灌木暗绿色或者土黄色的枝叶，倘若蹲下身子，便可以隐藏的天衣无缝，哪怕踩到他们头上也不会发觉。这两个河络各自都举着长长的镜筒，观察着山下驿站内外的动静。这半个对时之内的残酷杀戮让他们小巧的心脏都受到了很大的刺激，两人半天都没有言语。

一直等到马队走远，驿站里的两个侍卫掩上寨门、在空地里放起一把狼烟之后，两个河络才相继收起镜筒，小心地裹在柔软的棉布中，插入背上一模一样的皮套盒。

其中一个河络摘下斗笠，露出一副典型中年河络工匠的面孔，唯一的特异之处在于光溜溜的下巴上一点胡茬子都没有，像女性一样。他对同伴说："查亮兄弟，下一步你做何打算？"

他对面的那个河络果然就是昨天半夜里失踪的查亮大师，令人惊讶的是，他也在这么短的时间内刮掉了河络铁匠引以为荣的胡子，露出白嫩的下巴："翻莫合山，回云中。"

第一个河络转身眺望高耸入云的莫合山，主峰马合尖就在视线的最远端若隐若现。向东南方向翻过莫合山，必须要穿过马合尖侧面的盘坡山口。此路艰险曲折，不是一般河络敢于挑战的。他试图劝说一下查亮，"查亮兄弟，盘坡山口路途过于崎岖，我认为最优的方案是不是先出了百里峡，再从青石折过去？"

"青头蒙克兄弟，命运之剑已经在奔向云中的路上，只要用心聆听真神的启

示，就会知道它的前途远非一片光明。我们必须及时赶到云中，才能避免铁锤兄弟会的兄弟们遭受更多的苦难。"回火查亮摘下斗笠，同样凝望东南方向陡峭的山势，语气苍凉而悲壮。

青头蒙克握住查亮的手，眼神中闪烁着崇敬而爱慕的光芒："我明白了，最受真神眷顾的子民们都说查亮兄弟是我们当中最高尚、最有牺牲精神的典范，能与您共赴这艰险的旅程，是真神对我最大的恩赐。"说着他深情地吻了吻查亮的手背。

查亮抚摸着他乌黑的发辫，语气悠远地说："我已经老了。青云塔的大火烧掉了花石堂的三千将风战甲，也烧掉了我作为铸造师的灵魂，如果不是兄弟会给了我第二次生命，给了我追寻命运之剑的使命，我早已经化为灰土，埋葬在这群山之中。蒙克兄弟，你们还年轻，兄弟会是你们的，我的爱会永远与真神同在。"

听到这里，青头蒙克忍不住痛哭起来。他把脸埋在查亮的胸前，双肩不停耸动。回火查亮轻轻抚摸着他的肩膀，微微地叹息着。

这时候，他们的头顶突然传来一声大喊："啊！太肉麻了！你们在干什么啊！还不快点出发！"

沉浸在暧昧情绪中的二人吓了一大跳，赶紧分开，手脚忙乱地从背囊里摸出圆筒状的弩机，对准头顶的树枝，厉声叫骂着："什么妖孽，快出来！"

一片白影闪过，伸展双翼的羽人姑娘轻飘飘地落在查亮的身边，伸出一只纤细的小手摸摸回火大师的头顶："阿桩，你们真的好啰嗦，要翻山就赶紧翻嘛，我都等得不耐烦了。"

回火查亮张大嘴巴，一时间不知道怎么办好。姑娘背后的青头蒙克已经举起弩筒对准姑娘灰白的羽翼，准备第一时间杀人灭口。查亮看到他的举动，赶紧大喊一声："不要！这是天启城独一无二的羽族公主，杀了她会有麻烦！"

青头蒙克此时脸上表情抽搐狰狞，已不是刚才那个纯洁美好的年轻河络模样："不信真神的人，阻挠真神旨意的人，统统杀光也不怕！"

查亮赶紧绕过苇公主，按住蒙克的弩筒，小声与年轻的兄弟会成员嘀咕："杀了她麻烦就大了，会引发天启与北邙山的冲突——维护真神的尊严是好的，但是不能冲动。"

蒙克一看到他，脸上表情马上就柔和下来："我听你的，查亮兄弟。"说着他便收起弩筒，只是用怨恨的眼光剜了苇公主几眼。

公主好奇地看着他们低声耳语的样子，不禁说道："啧啧，你们真是好温柔啊。"

查亮回过头严肃地说："我们都是铁锤兄弟会的兄弟，亲如一体。"

公主在这个问题上不想深究："听你们这一早上的话，原来你是奸细啊。你的师弟都被你骗了好多年，好可怜。"

查亮马上纠正："我没有骗他，只是有选择地告诉他一部分事实。我的确是躲避花石堂的追捕躲在天启，但我同时也担负兄弟会寻找命运之剑的使命。"说到这里他顿了一下，然后义正词严地补充，"那把剑本来就是北邙山几十年前丢失的重器，我们把它寻回，有什么不对吗？"

苇公主瞪起明亮的大眼睛："当然不对！那剑是我的！陛下已经赏赐给我了！"

查亮冷笑一声："据我所知，天启的国王只是委托你和王越追查剑的来历，并没有赏赐给你。这只是你一厢情愿的想法，而不是事实，我说的对吗？"

苇公主干脆地说："当然不对。只要我找到剑，陛下自然会赏赐给我的。这是一定会发生的事情，当然就是事实。"

青头蒙克急吼吼地喊道："没发生过的，就不是事实，而是设想！"

查亮则严谨地说："我明白你的意思，我也认为世间的一切都是真神的安排，所有发生的和未发生的都可以称为事实，但我们永远无法揣测真神的旨意，所以没有办法知道下一刻究竟会发生什么。所以你描述的未来将要发生的事情，不一定是事实，而只是你对事实的一种理解……"

没等他说完，苇公主已经忽闪着翅膀在原地转了三个圈："啊————————好烦啊。我要去睡觉了，你们赶紧出发吧，不用等我。"说着，她又扇动翅膀飞上树梢，隐在枝桠间不见踪影。

青头蒙克还心有不甘地举起弩筒向上瞄准，恨不能马上把这讨人厌的羽人姑娘射成马蜂窝，回火查亮已经戴上斗笠，整理好行囊，准备上路了。

最后青头蒙克依依不舍地收起弩筒，跟着回火查亮的脚步向山梁攀去。

查亮回头看他那种因为不甘心而皱起的眉头，叹口气说："别懊恼了，她会一路陪我们到云中，以后有的是机会见面。"

蒙克最后回头瞥了一眼。这时一阵山风吹过，满山的杉树林都随风摇晃，发出波涛般的声音。两个河络加快了脚步，匆匆向远方高耸入云的山峰奔去。

羽族军制考
龙渊阁古飞行动物与羽族研究院
-巴塔格里亚-

第一章 绪论

1.1 选题意义

军事制度，即组织、管理、发展和储备军事力量的制度。（《天朝大百科全书·军事卷》）

本文研究的内容主要是星流3600年至4100年间澜州羽族的军事制度，具体内容主要包括羽军制行成的渊源，在那段时期的主要结构以及对历史的影响。在当前学界的贲朝史研究中，比较繁荣的是华族历史研究，羽族研究较为冷清，内容也多偏重于文化和宗教方面。作为一个战乱年代的史学研究，军事制度是无法回避的，本文准备从现有的史料出发，尽可能地还原历史真相，理清澜州羽族第二王朝军事制度的脉络，为当代羽族历史研究贡献一份微薄之力。

1.2 背景介绍

星流3700年至3900年间，东陆的土地上最重要的历史事件就是华族建立的贲朝与羽族建立的永恒之朝之间的战争。关于这场战争的定义，有广义和狭义之分。从狭义上讲，这场澜州战争以星流3819年贲朝军队正式越过索桥关为起点，以星流3890年天渺城放弃抵抗，羽族大部衣冠北渡为终点，历时七十一年；从广义上讲，战争的起点是星流3807年华族军队第一次非正式踏上澜州土地，终点则远远延后到星流4100年前后，羽族第三王朝的军队撤离澜州——也就是说，除了狭义上的澜州战争之外，还包括以后第三王朝的登陆反攻、与燕国的拉锯战、秋叶之盟带来的十年休战期，以及最后一年第三王朝军队的撤退，历时超过两百年。

在这段历史时期内，以中州为大本营的华族贲朝，经历了从中央集权的鼎盛期，到分封疆土的混乱期，再到重新回归集权的中兴期，整体的运行脉络是"兴——衰——兴"的简单循环，其政治制度和经济结构并没有发生重大的变化，只是量的简单增减，研究价值有限，而且相关学术著作已经很丰富，很难找出新的亮点。与之相对应的是，政治中心由澜州迁至宁州的羽族，不仅经历了第二王朝到第三王朝的重大变迁，而且从经济、政治、宗教和军事制度上都发生了翻天覆地的变化，可以说面貌为之一新。这段时期内羽族的动荡变迁不但研究价值较大，而且相关的学术著作并不充足。

这种现象的出现有三个原因：

①羽族缺乏严谨的史学传承，政治经济生活的规范和制度化也不够充分，官方文献本来数目就不太充足，在"衣冠北渡"之时又遗失了一大部分，所以很难找到充足而可信的官方资料，只能从保存较为完整但语言模糊、逻辑混乱的宗教文献和一些文学作品中寻找可用材料，这就大大影响了研究工作的开展。

②第三王朝在宁州土地上立足之后，对第二王朝采取了封锁打压的态度，有意识地矮化、丑化第二王朝的历史地位，掩盖、销毁，甚至是篡改了很多史料，这是当时羽族内部政治斗争的需要和必然结果，但却对历史研究造成了很多不必要的麻烦，引起了一定程度的混乱。

③在华族较为系统的历史记录中，涉及澜州羽族的虽然数量众多，但作为战争的对手，不免对敌方有许多污蔑攻讦之语，特别是涉及到战役战斗细节的部分，往往会夸大战果、隐瞒损失，吹嘘本方的战斗力，贬低对方的战斗力。

在本文中，笔者将尽可能的多方选取资料，还原这一段复杂历史的真相。

1.3 研究方法

本文主要采取文献研究法和比较研究法进行研究论证。

文献研究法是史学研究中的常用方法，主要使用正史、条约文本、私人信件和回忆录等第一手资料，找出可靠的信息，寻找历史真相；比较研究法则是在同一问题上尽量寻找不同角度的材料，加以论证推敲，找出其中比较可信的部分。

第二章 羽族第二王朝军制概述

本章主要简述羽族第二王朝时期军事制度的结构和历史变迁。

首先,在澜州战争时期羽族的军事制度并非一成不变的。就总体框架而言,它经历了一个由民兵制为主体向职业军队为主体过渡的过程,前后分界的时间节点主要是走马山战役。前期以民兵制为主,职业军队为辅,战场主要在销金河(天河)以西的西澜州;后期则以职业军队为主,民兵为辅,战场延伸到东北澜州。

其次,在澜州战争的前期,羽族的军事制度(甚至政治制度)并没有通过专门的官方文件做出明确规定。第二王朝的官方文献大多数由神使文和通用语混杂写就,夹杂着大量的宗教内容和空洞无用的套话。关于羽族军制的可靠文献,主要是王朝对各级将领的任免命令、前线与后方的通信,以及一些将领的自述、回忆录等。从赍朝驻澜州军队留下的史料中,也可找到部分相印证的内容。

2.1 战争前期

2.1.1 概述

此时澜州羽族第二王朝的军队总数约十一万两千人,其中澜州十城(以及一些小城)常备军团组成的职业军队约三万两千人,西澜州当地征召的民兵弓箭手约六万人,东澜州志愿民兵近两万人。

2.1.2 编制体制

澜州常备军团主要有十团,分别对应澜州十城。其中实力最强劲的是青都秋叶城的赤岚团,兵力约五千人,以轻步兵为主,训练有素、装备精良,长于远程突袭,辅以人数不超过五十的秘术师分队。赤岚团也是澜州羽族唯一一支能在肉搏战中力敌赍朝禁军的羽族劲旅。《赍书·平夷志·夷寇传略·卷四》中曾如此评价其在走马山会战中的表现:"迅捷骁勇,视死如归,几全军尽没,仍力战不退。"十团共三万两千人,两万五千集中在西澜州前线,主要分成两个集群:北七团与南三团。南三团负责较为平静的南部战线,人数不超过五千;北七团联军人数超过两万,而且后来还加强了特种部队墨影团。

"团"是各个城邦独立的武装力量,兵员来自于各个城邦的贵族阶层。各团相互之间人数和战斗力有较大差异,内部编制也有很大不同。再以赤岚团为例,其主力步兵的基本作战单位是分队,每个分队人数约为五十至七十不等,上一级编制为旗队,每个旗队包含六个分队,主力步兵四千四百余人编成了十二个旗队;斥候步兵三人一组,九组一个分队,总兵力三百,编成六个分队。中枢部分两百人,编有一个团部和三个近卫分队。

可以看到,常备军是不包含后勤辎重部队的。因为羽人成军,对后勤补给的需求不算太高,箭矢和食物可以就地取材补给,羽人本身的消耗也不高。比较轻的后勤负担都交给民兵负责。

秘术师分队原则上由各个城邦自己的秘术公会提供,每个军团都有自己的秘术师分队,强弱与特长均有不同。作战时接受各团领导,参加联军之后接受联军指挥,但其作战和组织受到神木园影响很大。

战时征召的民兵近八万人,其中东澜州志愿民兵主要负责保护后方交通运输线的安全,把守关卡,并且警戒比较平静的南部边疆;西澜州六万民兵则是常备军团的补充,负责掩护侧翼、加强远程火力和保护交通线的责任。西澜州民兵按照来源地分别划归各团指挥,同时接受联军团部的派遣。一般来说,民兵弓箭手每五十至一百人划为一小队,五百人编作一大队,战斗力较强的与常备军团协同作战,较弱者负责后勤和警戒任务。大队指挥官一般由常备军团中经验丰富的低级军官担任。

2.1.3 指挥体制

第二王朝的最高军事指挥权属于永恒之王,前线指挥权属于永恒之王任命的联军总团长。不过重大的军事决议必须提交王朝长老评议会讨论,如果没有通过,则必须发回年木神殿重新拟定,三日之内再次提交长老评议会重审。如果这次没有通过,则永恒之王可以行使否决权,强行通过决议。如果第一次长老评议会没有通过,但方案得到神木园轮值大长老的支持,则永恒之王也可以强行执行。

前线指挥权的行使与之也有相似,但稍微简单一些。原则上讲,联军总团长的具体决策在执行之前,必须与长老评议会驻派前线的监军使达成谅解,否则的话他必须得到神木园派驻前线的大长老的支持——最后,他依然拥有最终否决权,只是必须面临日后长老评议会的弹劾和审查。

战场指挥权形式较为单一,不管是常备军还是配属的民兵,以及配属的秘术师分队,均接受战场指挥官的统一指挥。

2.1.4 作战模式

一般来说,羽族陆军长于进攻而拙于防守,长于远程攻击而拙于近身肉搏,长于夜战而拙于昼间战斗。

在战线对峙中，羽族经常派出由一至两个分队组成的袭扰部队，利用夜色渗透入敌军战线，打击敌人的辎重补给和指挥机构；在会战中，羽族一般以常备军团为核心，施行坚决的两翼突破和包抄，即使人数较少，也敢于包围敌人，与敌人决战。由于纵深较大，侧翼掩护的民兵战斗力不足，如果不能达成战役目标，军团主力会迅速撤退，脱离战场。这样战法的优点在于进攻果敢，撤退迅捷，可以避免消耗战，也可以避免遭到敌军的侧翼攻击和包围；但缺点在于攻坚能力较弱，缺乏持续战斗的决心和意志，如果敌人依托坚固工事顽强抵抗，则很难将其全歼。在会战中，羽族军队一般会配属一定比例的秘术师，担负辅助职能；特殊情况下还会将秘术师集中使用，结成大规模法阵，直接杀伤敌人。

2.1.5 动员制度

三万两千职业军队是澜州的常备军，战斗素养很高，训练精良，和平时期隶属于各个城邦，担负着守卫边境、维护城邦安全的责任；战时则组成联军，由永恒之王选派的联军总团长统一指挥，是羽族的精锐部队和主战力。

军团士兵从适龄的贵族男子中征召而来，武器防具由士兵自备，每团自行筹集薪饷供给，如果组成联军统一战斗，则由永恒之朝中央机构提供一部分后勤补给。军团士兵的薪水很低廉，主要依靠荣誉感凝聚成军。近七万民兵则是战争爆发后从适龄男子中征召而来，由于羽族的天然身体弱势和缺乏专门的军事训练，并不具备与华族军队正面交手的能力，主要依靠羽族的弓箭天赋担负远程攻击和掩护职能。他们的武器装备完全自备，主要就是平时打猎用的弓箭，基本没有盔甲，武器装具素质良莠不齐。他们的职责是守卫绵长的战线，会战中保护常备军团的侧翼和交通线。

2.1.6 军人待遇

这一部分主要指常备军团官兵的待遇，因为民兵没有薪水，战时临时征召参战，除了个别因作战表现突出授勋以外，在战争结束之后会回到原籍，享受一定时期内的税赋减免，除此之外并无其他。

常备军团的士兵和军官均为职业军人，所得来自于薪酬和奖赏。官兵薪水由各城邦自行筹集发放。一般来说，士兵薪酬很低，但由于士兵都出身贵族家庭，家世较为富裕，所以对薪水的需求并不高；军官作为高级贵族，他们的薪酬更是象征性的，没有实际意义。

奖赏来自于战利品和掠夺品。战场上缴获的物资和金钱原则上归缴获者所有，而最珍贵的斩获则会被献给军团长，甚至各城王者以及永恒之王。羽族是重荣誉而轻利益的种族，为王者献上自己斩获的珍宝，是每一名官兵都极为看重的荣耀。

羽族军队非常重视给予荣誉性的奖励。这些奖赏包括一些装饰与荣誉性的物品，如黄金项圈、臂章或雕刻勋章等。而对于保护平民有功的人，奖给由橡树做成的"市民桂冠"；对攻城或守城有功之人，则在城楼上刻上他们的名字；对得胜回来的将军则要举行盛大的阅兵式。

士兵服役是终身制的，退役以后依然享受与服役时相同的薪酬；军官退役后经常能进入本城邦的长老评议会，成为受人尊敬的长老。

2.1.7 后备力量制度

常备军的补充主要来自于民兵。民兵由于作战任务较轻，休整时会挑选其中身体强健者进行体能训练、近战格斗训练和纪律训练。每次规模较大的战斗之后，常备军团都会从这些补充兵员中挑选一部分，补充入团。

但不得不说，这一体系是非制度化的，只由各团在自己城邦征召的民兵中独自进行，效率不高，效果也良莠不齐。赤岚团和三叶团后备力量建设是比较好的，其他各团均不容乐观。而且征召入团的补充兵员如果没有得到战功，在战争结束之后需要退出现役，并不能借此得到贵族身份。（由于战争的持续，实际上没有多少兵员退出现役。）

2.1.8 国防经济制度

第二王朝的国防经济制度相对中州华族的赉王朝而言，是远远落后的。

首先，军事准备不足。赉朝是打出来的天下，从立国之初就很重视军事力量的建设，虽然与宛州河络保持了良好的关系，但并没有依赖河络的铸造业和兵器制造业，发展出了相对独立的金属铸造和兵器制造体系。中州北部的商族还利用海路，将中州和宛州的武器销往北陆。在交通运输上，不但有商族本来就很发达的陆路运输，官方还大力扶持商族的海上贸易，建立了一支小规模的海军为其护航；内河运力和水军的建设，更是得益于宛州发达的水利运输网。赉朝官营的西江转运司甚至控制了宛州水运的七成以上份额。相对而言，澜州松散的自然经济状态下，各个城邦较为独立和封闭的经济体系限制了交通的发展，澜州的官道近乎荒芜，只能勉强维持最基本的运力；羽族对火的限制和对金属的疲软需求也使得澜州的铸造业和制造业非常惨淡。

其次，转型过于缓慢。由于第二王朝松散的政体，中央政权很难在整个澜州范围内推行统一的经济政策。虽然随着战争的进行，秋叶、雾水和斯达克等城邦的经济开始缓慢地转轨，从松散向集中过渡，但大多数城邦的经济依然运行在效率极低

的自然经济状态下。

2.2 战争后期
2.2.1 概述

经过了漫长的战事之后,第二王朝失去了天河以西的领土,以及瑞特恩、塞萨尼和艾尔斯三座城邦,领土减少了一半,人口丧失三分之一,战争潜力遭到很大损失。

此时第二王朝的常备军数量反而有所上升,十团常备军的总兵力达到近六万,其中恶龙、三叶和寒水三团的兵力均超过七千,而赤岚团的兵力则达到一万以上。与之相对应的是,民兵的数目反而有所下降,只有五万左右。

2.2.2 编制体制

虽然十城已经失去三城,但十团格局得以维持。流亡三团除了可以在流亡到东澜州的故民中招募兵员,永恒之王还特许他们在擎梁山以北招募战士。

以杰尔巴城的三叶团为例。三叶总兵力约为七千五百人,其中主力步兵五千五百人,编为五色旗队,每个旗队兵力达到一千一百人,下辖十个分队,每个分队一百人左右;斥候步兵四百人,编为四个分队,每个分队下辖三个小队,每队三十人左右;辎重步兵五百余人,负责整团的补给和后勤;团部与近卫分队加起来兵力达到一千人左右。

可以看出,常备军团的人数有了一定上升,战斗力得到提升,但后勤补给已经由军团自身负责了。

随着战线的缩短,民兵的编制开始统一化。永恒之朝中央机构成立了专门的里乌斯团,专门负责民兵的协调和统一指挥。战争末期,随着常备军团的消耗殆尽,里乌斯团的地位有极大的上升,成为了掩护羽族向北撤退的中流砥柱。

可以看出随着时间的推移,羽族军队的规模在增大,职业化在逐步增强。

2.2.3 指挥体制

澜州战争后期的羽族指挥体制有了一定程度的简化。永恒之王年木神殿下设战时内阁,由宫相、长老评议会领袖与神木园轮值大长老组成,负责一切重要决策,并将决议报请永恒之王批准。

在前线指挥上,联军团长有了更大的自主权,前线作战会议也由联军团长、各团团长、长老监军使和神木园长老组成,负责日常决策。紧急情况下,联军团长可以越过作战会议直接下达命令,如果战后得到中级以上军官超过三分之二的联署,可以享受豁免权，不受弹劾和审查。

2.2.4 作战模式

澜州战争后期羽族军团的主要作战模式是机动防御。在前线部署以民兵为主的二等部队，而常备军团大多在二线部署，随时准备对入侵的华族军队进行反击。这种情况下很难发生大规模的运动战，以空间较小但惨烈程度较高的局部作战为主。

随着战争的进行，羽族军团的近战搏斗能力得到了不同程度的提升。除了赤岚团以外，恶龙和寒水二团的近战能力也已经能与华族禁军相抗衡；但随着华族对西澜州的殖垦巩固以及贲朝禁军中河络复合弓的大量运用，华族军队的后勤保障能力和远程攻击能力都有了较大程度的提升，这也使双方军队的同质化趋势进一步明显。

这一阶段的羽族军队中，民兵担负的作战任务有所提升，担负了一线布防和阻滞敌军进攻的重任，战斗力和装备质量的提高也很明显，民兵开始装备简单防具，弓具和箭矢也开始逐步走向制式化。

这一时期内战场秘术师的职能进一步强化。随着战争的进行，越来越多的攻击性秘术被开发出来。秘术师的战场职能逐渐由辅助、治疗向直接杀伤转化。神木园对秘术分队的控制有所减弱，前线派驻的长老基本不参与战场决策。

2.2.5 动员制度

战争后期动员制度开始走向初步标准化。随着战损的持续增加，常备军团开始在平民中直接征召兵员。原则上所有二十四至九十岁的羽族男子均可加入常备军团。永恒之朝官方开始向常备军团提供统一的防具和武器，军人的薪水有很大提高。

民兵的征召由过去的完全自发自愿，开始向义务兵役制转变。在每个村落，没有参加常备军团的适龄羽族男子中必须有三分之一加入民兵。这种转变的推行相当困难，因为羽族行政系统在传统上对村落的控制非常松散，对人口数目的登记非常笼统模糊。从另一个角度上讲，兵役制度的艰难改革，对永恒之朝的行政制度是一个巨大的推动作用。羽族中央政权第一次对自己的臣民数目有了一个粗略的了解。

2.2.6 军人待遇

常备军团的士兵薪饷较战争前期翻了两倍，已经足以维持一个家庭的开销。这是作为军队向平民开放的一个辅助措施而出台的。而且，常备军团中的平民士兵如

果立下军功，有机会得到贵族身份。这极大地激发了平名参军和作战的积极性。军官的薪水则没有多少实质性的提高，但军功对贵族阶位提升的影响越来越大。即使是最底层的贵族，如果有突出表现，也可以在两三年内得到永恒之朝封赏的高级爵位。

常备军团对各级军功的奖赏开始制度化。在永恒之朝所有的典章制度中，涉及到荣誉的制度是最详细最完备的。对应每一级的军功，都有不同程度的荣誉和封赏。

随着民兵的正规化建设和作战任务的加重，民兵开始享受永恒之朝提供的津贴，虽然数目不多，但至少可以脱离家族的供养。而且民兵如果有突出战功，可以提拔成为高级军官，个别人甚至有直接得到贵族身份的机会。

2.2.7 后备力量制度

这段时期内后备力量制度的改革非常明显，最突出的表现就是常备军团和民兵的分离化。民兵不再是常备军团的补充兵源，而成为仅次于常备军团但编制独立的武装力量。常备军团可以在贵族和平民中直接征召士兵，加以训练编入现役。除了各团在本族民众中征召兵源，流亡三团可以在擎梁山以北的地区征兵。

民兵的征募制度已经制度化，而且完全独立于常备军团的征兵。民兵的指挥也逐渐脱离了常备军团的影响，到了战争末期，兵员的征召和训练都由里乌斯团的人员单独完成。

2.2.8 国防经济制度

在这段历史时期内，羽族自给自足的自然经济开始走向瓦解。城邦内部和各个城邦之间的商业来往越来越频密，与澜州南部以及越州河络的贸易往来越来越兴盛。这些贸易活动受到了永恒之朝官方的鼓励，官方甚至大力发展官营贸易，为中央政府提供财政支持。

在河络的帮助下，羽族初步建立了自己的铸造业，原本就较为发达的木制工业得到蓬勃发展。兵器武器的供应半数以上得到自给自足，其余一半则依赖与河络的贸易。在重修大道和杰尔巴城的驼队发展起来以后，澜州的陆路交通运力有了长足的进步，对战争的支持非常明显。但从反面来说，道路的便利也为不善于丛林机动的华族军队今后攻略东澜州提供了极大帮助。

总而言之，羽族的国防经济制度开始艰难转型，而且有了明显效果。如果战争能再僵持二三十年，等羽族的国防经济制度逐步走向完善之后，战争的进程走向或许会与历史有所不同。

第三章 对羽族军事制度的评价

澜州战争前半期，羽族落后的动员制度和国防经济制度使永恒之朝在战略层面处于全面被动的局面；其军队的编制和作战思路依然没有脱出各个城邦独立自保的窠臼，指挥模式也过于僵化：虽然强调大纵深快进快退的战术思想，但没有在战略上确立以穿插敌后、袭扰游击为主的思想，依然拘泥于主力决战，以己之短击敌之长，虽然在某些局部战场空间内（如走马山会战前期）取得一定战果，但不能避免战略上的颓势。

战争后半期，可以看出羽族永恒之朝在动员和经济制度上的建设取得了一定成效，指挥和编制模式上也向对手学习了一些经验。但总而言之，改革在某些领域内成功了，但在另一些领域内失败了。比如机动防御的思路是向对手学习的结果，但依然没有放弃集中兵力决战的僵化思想，过分强调"寸土不失"。这样就在战略空间和弹性已经被压缩的情况下，进一步束缚了自己的手脚，为日后的败局埋下苦果。

永恒之朝在澜州的战争虽然失败了，但也为从未经过大战的羽族积累了丰富的战争经验，抑或说足够的教训。在第三王朝的反攻作战，以及日后褐烟时期宁瀚二州的大战时，羽族军队彻底改头换面，以崭新的面貌出现在九州大地上，不能不说就源自这七十年澜州战争的失败。

参考书目

胤垚	《赟书·平夷志》
谢斯	《我在澜州的日子》
田究株	《海盗生活》
鹿夏生	《致我一生挚爱的女人》
特纳·雷格斯	《流亡生涯八十年》
羑鱼·克朗·艾格瑞特	《双重生活》
牛先钟	《历史与战略·人羽军事史新论》
王召怀	《宁州军制与军人待遇概说》
严劲详	《永恒之朝首席将军考辩》
李德	《赟朝古代军制史》

述繇·瘴雨蛮烟

【文】闪木

1 ［连五杨］

　　正午的阳光浩浩漫漫地倾下来，在小径两旁磷磷兀立的土林上激溅出斑斓夺目的虹彩。

　　烟腾腾的红土坎，一路尽是上坡。好容易碰上块像样的石头，连五杨见了救星一样抢上前，二话不说别住车辖辘，一边抬袖头猛揾辣坏了的眼睛，一边扯下吸饱了汗的"贴眉子"，咬牙切齿地拧着。

　　越州六月的骄阳好似舌生倒刺的恶狰①，过眼的活物都不免被它唆下一层皮来。大凡顶着毒日头讨生活的，出门都得戴个"贴眉子"。有这窄窄一圈茳芰草勒住眉骨，脑门上就算"百川归海"，一时半刻也辣不着眼。

　　差不离了——也该歇了吧？连五杨只觉腔子里的毒火越烧越盛，千般心思、万种念想都给蒸成了团团白汽，滚开的脑浆子里翻翻腾腾就只剩下这一句话。

　　不知是天随人愿，还是各人的汗都快出尽了，领驮人恰在此时把鞭梢朝天一指，沥沥拉拉的队伍随即扎住脚。把式们不待东家吩咐，早把牲口摘了辕轭，赶上坡去啃草。九原来的脚夫纷纷扯开溻透的汗衫，倚着土崖横推竖挤地坐成一行。可不管他们怎么蜷跼，窄窄的荫凉就是容不下那排晒出油的腿子。

　　等连五杨手忙脚乱地安靠好鸡公车，土崖下的好位置早没了。灌饱水的脚户们东倒西歪，或坐或卧。连五杨觑准一个空儿挤进去，背贴崖壁站好，努力把鼻尖和下巴收进阴影里。

　　他不是不想坐。

　　可连五杨明白，但凡腿一舒服，屁股又得痒上几天。又细又粘的红土和了汗会在裤子上结成坷垃，渗进粗布丝里洗都洗不掉。他入行才个把月，不比那些积年的脚户。肉皮被渍了红土的湿裤子磨上半日，会起成片的花癣，又痛又痒不说，赶路时还抓不得挠不得，当真苦不堪言。连五杨早已尝过那滋味儿，再不敢大意，于是只能两手死撑住膝盖，弯腰撅腚地喘气，眼瞅着从鼻尖撅眉梢滴下来的汗珠几乎连成了线。

　　"怪道说每人二十个金铢——分明是买咱的命嘛！"眼见其他脚户四仰八叉的痛快劲儿，连五杨鼻子里一阵发酸，连日来憋在心里的委屈终于让他嘟囔出了声儿，"这鸟不拉屎的地界儿，连块干净石头都没有！"

　　很快地，他眼前好像蒙了一层纱帐，纱后头还有一万个星星在闪。*痒就痒吧，总比晕死过去强！*崩在心里的弦儿一断，连五杨再也支持不住，背贴着土崖缓缓滑坐到地上。

　　屁股刚一沾地，好容易放平了的两条腿倒把他自己吓了一跳——大片大片的油皮儿在烈日下皱缩开裂，条条缕缕挂在腿上好像老房子里的糊墙纸，原本白生生的

腿肚子烫熟了似的红得瘆人。

"二十个金铢！"

连五杨以前从不知道一笔小财就能把人折磨成这样。不过才二十个金铢！他愤愤地剥着腿上的死皮，抱怨时也就不自觉地拔高了调门。

"娘咧，立时给俩金崩儿我就回去。怪不得老话说'宁走十遭轰腾路，不绕一回清余岭'，真是诚不我欺也！"

这话甫一出口，他就听到了领驮人的骂声。

"呸！连小子，蝎蝎螫螫地也不害臊！你打眼瞧瞧，这里头哪个像你，浑身娘们儿也似白膘儿？入了这行，还怕得晒么！"领驮蒙七在一旁霍肭挺起身来，高声怒骂。这个平素说一不二的老脚户五十来岁年纪，通身油黑铤亮，褂子敞着，肚皮上不见半分赘肉，喝骂时能看见整笼肋条骨在黑皮底下一掀一掀地起落。

打从九原启程，一路上连五杨挨骂不知有多少遭，早已不在乎了，只管低头听着。

"咦！驮把子说的是，连娃儿这身皮肉只怕比俺女人还细生哩！"蒙七话一出口，旁边立时有人跟着起哄。

"正经行脚时叫苦，倒留着气力夜里起来耍刀。"与连五杨同班值夜的脚夫也出声揭短。

"哎呀，人家公子哥，夜里自然比白天精神——啥叫夜夜笙歌懂得不？这里荒山野岭又没个女人，叫人家连公子如何睡得着？"一个绰号"坏泡儿"的年轻脚夫拿腔作调地揶揄连五杨，"起来耍耍刀还是好的，小心哪天憋不住了摸到你们铺上去！"

周围的脚夫嗤嗤地笑起来，连五杨脸上挂不住了，他不敢顶撞驮把子，只能涨红着脸咬牙向坏泡儿挤出一句："燕雀焉知鸿鹄之志！"

蒙七许是见连五杨臊得狠了，多少有些不落忍，灌口水又往回圆道："并不是说你挨不得苦，只是年轻后生不知世道艰难，爱放大话。一趟轰腾下来不过七八个白子儿，今次一个来回便是二十个金铢——那叫二十个亮子儿！添补点儿够你小子娶门亲的了！你但凡长些志气，不急着讨老婆，这钱也满够你买上十头八头好骐②，往后自己想走单——"他说得兴起，一仰头把皮囊里最后几口水泼在嘴里，不想眼睛正对上土崖高处镜子样的一块石英，登被折过来的阳光晃得涕泪交流，一惊之下又呛了水，揉着眼铿铿地只顾咳，底下的话再说不出来。

尽管如此，已出口的这几句却正碰在大伙儿心坎儿上。各人快被酷暑焦死的想望又蓬蓬然滋出了新芽。本都有些发蔫的汉子们开始恢复生气。年轻后生嬉闹起来，有家室的大都沁了头盯着地上，脸上浮出憧憬的笑意。

唯有连五杨无动于衷。

二十个亮子儿，他在心里冷笑。成天张嘴闭嘴就是这二十个亮子儿，好像能管你们几世嚼裹似的——怨不得是一辈子受穷的命！

九原坊间把金铢唤作"亮子儿"，银毫和铜锱则分别谓之"白子儿"和"锈子儿"。二十枚"亮子儿"于苦哈哈的脚户人家确是笔巨财，一辈子不吃不喝也攒不下这许多钱。可连五杨原本生于殷富之家，家道中落前，二十金铢不过是庭中的一乘车马。

连家虽说败落了，连五杨终是个少爷坯子，公子爷的眼界心胸还在。况且这是他生平头一趟脚程，于这路营生的功苦茹酸不甚了了。他心内只把二十亮子儿当作一笔小财，自然也就低估了每口二十金铢的这一趟脚程。

这班脚夫清一色是九原人，祖祖辈辈靠着肩膀脚板过活。离国境内山陵起伏，莽林遍布，号称"地无三尺平"，行路是头一等的苦差。清余岭内尚如此，至于远南岭外所谓"珠玉之国"，更是瘴雨蛮烟的凶荒绝境。不少去处连耐劳善援的猇也很难穿越，更别提车马了——兼且威武王早有严令，民间不得私蓄马匹——故此北来的行商十九需要雇些当地脚夫。沿途凡有壑口崖限一类轮轭难逾之处，便全赖脚夫们肩扛索吊。

越州大城不多，脚夫们走得最熟的当属九原至宁浪这一线。因为驿道就沿着九漓江修下来，一路上都能听见江水咆哮喧豗，是以又被称作"轰腾路"。这样的毒暑天，在越州本不稀罕，可若赶的是轰腾路，奔泻的江水自能解去大半暑气，让人脸上心里都觉着凉沁沁的。

可惜此番不比以往，商队自打出了九原城，只正经走了两日官道就直折向南，在老林子里转磨了七天才寻见曲蛇隧入口。队伍随即横穿清余岭以西，直奔波河汊口而来，眼下又一头扎进了牟延土林——这里大约是莽莽南越独一无二的一处"癞疤地"，百十里尽是荒秃秃的土峰土柱。一痕羊肠小径在土林间蜿蜒蛇行，两侧土峰峭拔巍耸，意态万千。一路看去时而绵连成片，宛若高寨雄城，时而峨峨独峙，又似戳了满地的降魔巨杵。

极目望去，所有的土柱顶端都被风雨剥尽了皮肉，露出粗砬砬的黑砺骨头来。柱身上间或龇出几块斑驳烁亮的石英，活像那个刻毒笑话里息国穷棒子穿在肋巴扇上的铜子儿。时不时还能发现穷年累世早已石化的人兽骸骨，槎碴嵌埋在土柱中，仿佛一幅幅岁月打磨出的浮雕残卷。柱顶砺岩的缝隙里疏疏落落地探出几片灰茅——这东西连牲口都不怎么待见，却当仁不让地成为方圆百里之内唯一的绿意。

在这魔宫一样的土林里绕了两日，任是胆大包天之辈也不免有些怵然。白天的牟延土林闷蒸蒸、死沉沉地像个废窑场，地上难见一个活物不说，连头顶上过只鸟

儿都稀罕。但只一入了夜,四下里便尽是些诡异莫名的响动,长长短短、嘶嘶嘈嘈地飘忽不定,让人不禁以为白日所见的骨殖都化成了积年的魅祟,一个个乘着晚凉从土柱里扎挣出来作怪——偏偏又不见半个鬼影。脚夫们白天被晒个焦烂,晚上钻了车底睡觉,皮肉还没凉透,心窝儿里倒先泛起一股子寒意来。若不是还有没到手的金铢吊着,只怕早有人逃了差。

连五杨虽生在商贾之家,却是自幼习武,倒不怕什么鬼怪,可打从进了牟延土林,他就不敢夜里偷偷练刀了。脚户们心惊胆战,都睡不踏实,四周围又没树木遮挡,深更半夜爬起来折腾,难免被值夜的发现,少不了又得挨领驮一顿臭骂。

土林里,一入夜天就黑个透净,还略有些晚凉儿。脚夫们就着篝火熥干汗衣,便都倒头睡了。连五杨和衣仰卧,像几天来一样,对着星星,在脑子里一遍遍演练那些早已谙熟的套路,兴起时两手两脚也跟着比划,直把所会的招式统统过上两遍才算心满意足。

"在下九原连五杨,闻界帅大名久矣,特来投奔!"连五杨对天抱拳,煞有介事地小声嘟囔——"自荐鹰旗",这一项也是他每天必练的。

"如蒙不弃,愿归左路游击贺统领帐下,赴汤蹈火,在所不辞!"这句说完,才算功成圆满。连五杨蜷身睡去,一心只想做个单枪匹马解青石之围的美梦。

可惜好梦难圆。黑甜乡里,他又一次回到了九原老宅。

"武阳,快,来瞧瞧——来瞧瞧爹给你置下了多少家私!"疏落的光线穿过老盐仓破败的顶棚照下来,连甫进病骨支离的背影在冉冉升腾的尘埃中抖个不停,好像随时要随那烟尘一同散去。

武阳,我的名字唤作"连武阳",不是什么狗屁五棵杨树……唉,又做梦了。他心里明镜一样,可即便自知身在梦中,父亲风中残烛般的模样还是刺得他两眼酸痛。

"爹,吃饭吧!"他冲着自己的脚面说,声音喑涩难听——正是小后生刚换嗓的时候。父亲佝偻着坐在地下,背朝着他,蓬乱的头发在阳光下似乎彻底白了。他身旁一张张摆的都是盐钞,从幽暗的仓库深处一直铺到连五杨脚下,几乎占满了半个盐仓。大概是怕弄油了这些宝贝,前一天送来的饭食被他远远推到了墙角。

"可数清楚了,武阳!十三万七千四百二十斤——数了三天,数目终于对上啦!"连甫进转过身来,拊掌大笑,挂满鼻涕草屑的胡须不住颤抖。"我就说这老盐仓不够用了,顶天只能存上十万斤,若不赶紧扩建,剩下那三万七千斤岂不是要铺到院子里去!"

"爹,先吃饭吧!"连五杨的声音更低了,"那些盐钞,那些盐钞——"

"这些盐钞是咱连家坐上盐行交椅的根本,是你爹在越宛商界说话的底气,是你能娶上通平方家女儿的仰仗！"连甫进突然大吼起来。他潮红的脸孔上满是虚汗，声音也有些发颤。"有了这满地的宝贝，你就再不用像我年轻时一样长途跋涉地贩盐，拼死拼活地挣命——"

"爹——"连五杨带着哭声大喊起来。爹没疯，他只是忘了。我说给他，他会明白过来的，"爹，这些盐钞，早就支不出盐啦！威武王有令，所有盐产按户供给，其余的只供军需，盐钞都作废了——都成废纸啦！"

连甫进的脸僵住了，如梦方醒般打量着空荡荡的盐仓，忽而大笑起来，笑着笑着又哭，哭着哭着又像野兽一样嚎叫起来。

"走吧，少爷！好歹老爷身子骨还没垮，就别再折腾他啦，让他乐乐呵呵的，兴许还能多活几年——"老仆连忠从后面扯他，要把他拖出盐仓。

"爹没疯，他就是忘了——放开我！"连五杨哭叫踢打，他想把那些盐钞统统撕掉——不，烧掉！他想要尽最后的努力。我一遍一遍告诉他，他总会明白过来的！

"满城的大夫都看过啦……"连忠的胳膊越来越紧，连五杨感觉自己忽然飘了起来。他低下头，看着那个半大孩子在连忠怀里徒劳地挣扎。

终归是孩子啊！他这样想着，深刻的无力感蔓延全身，自己仿佛变成了一缕魂魄，在无边的黑暗里越升越高。

"爹能明白过来——"脚下孩子的哭嚎遥遥传来，渐渐消逝。他抬起头，看见了土林之夜的满天星斗。

　　连五杨带着一脸泪水醒过来，浑身又僵又麻。他抬手抹眼睛，却在车辕木上磕破了两个指节。不能再睡了，他慢慢活动开四肢，从车底闷声不响地爬出来。

篝火堆里尚有余烬，脚夫们的鼾声此起彼伏。旁边一座高坎上，立着一大一小两顶帐篷——脚户们天作铺盖地当床，住帐篷的自然是东家——坎上可以俯瞰整个营地，而且把着上风头，气味儿自然也好得多。

莽莽南越，崎岖险阻冠于九州。除开货物，商队所携应用之物恨不能以斤两计，减一件便少一分负担。连五杨曾听父亲说过，讲究的行商，闯岭外时也不过只有一顶薄绢小帐随身。这趟脚程，东家一行六人，却带了两顶帐篷，原因只有一个——领头的是个女人，且是个未出阁的小姐。

脚户行里极少碰上这样的主顾。自领驮蒙七爷以下，起先都不知如何称呼，听几个从人叫她"大小姐"，便都跟着这么叫，背地里却只以"女娃子东家"指代。连五杨知道，那顶两丈见方的熟皮大帐里只住了三个男随从，女东家带着个丫鬟，不知为何却甘愿挤在另一顶青绸小帐里。

他正对着坎上的帐篷出神，忽然间，一个小小的影子从眼角余光里一闪而过。

那是……耳鼠？星光下瞧得很清楚。自打进了土林，地面儿上就没见过活物，连五杨童心顿起，盯紧那一对大耳朵追了过去。

绕过火堆，就是满地的货驮。那毛色黄白相间的小东西立起身向后看了看，见连五杨迫近了，好整以暇地一甩尾巴，钻进了货驮堆里。

连五杨四下一瞥，竟没见当班值夜的。兴许解手去了，再不就是凑头耍钱。他忘了今晚该哪一班人值夜，心里还暗自庆幸。小东西亏你懂事，没往歇牲口的地方钻，不然深更半夜地惊了棚，罪过可就大了！

他瞪大眼睛，攀上货驮堆，蹑手蹑脚地翻找。不多时，就见一对水汪汪泛着贼光的鼠眼在两抬箱笼中间闪了闪。连五杨顺手抓过一卷雨布，向缝隙处囫囵一捂，再探一只胳膊进去猛掏——

哈哈，看你往哪儿跑，往后就跟着我吧！

他自小就羡慕人家驯养的伶俐可人的耳鼠。没成想锦衣玉食时都没能实现的愿望，眼下却触手可及。嗯？没有——够不着？那毛茸茸的小活物好像在他心里抓挠一般，连五杨急了，把半边身子都挤了进去，可指尖上还是没有——

"啊——"突如其来的剧痛让他叫唤出了声儿。捆箱子的绳索陡然抽紧，指头粗的麻绳直切进肉里，连五杨感觉有热乎乎的东西从胳膊上直淌下来。

"哦——呵——"他不敢大声喊，只能发出含糊不清的呻吟，想抬头看个究竟，后背上却猛地传来一股大力，把他脸朝下死死压在地上。脸蹭破了，涩口的红土漫进嘴里——直到有人扯着头发把他的脸扳起来。

"早知你不是省油的灯，"头顶传来拿腔作调的冷笑声，"这会儿不在车底下挺尸，在货驮里寻摸什么呢——啊？"

坏泡儿蹲在半人高的货驮堆上，外斜的眼睛一翻一翻地瞪着他。

"行啦，把'连公子'搀起来吧。今儿值夜总算没白熬！"踏在背上的脚收了回去，连五杨被同班值夜的另两个年轻脚夫反剪着胳膊拖了起来。

"识趣的就别叫唤！"坏泡儿抄起一根扁担，狠狠杵在连五杨肚子上，打得他虾米一样弯下腰，另两个家伙捂住嘴把他拖到远离营地的土崖下。

剧痛袭来，神志却出奇地清明。连五杨明白自己为什么挨打。

除了有时发点儿牢骚，他自问没做过得罪人的事情。可从启程第一天，坏泡儿、赵全等一帮人就看不惯他。不但处处找碴儿，恶语相向，不放过任何欺负他的机会，还喜欢故意设局让他在众人面前丢丑。他们嘲笑他的举止，讥讽他说话的腔调，对他夜里偷偷练武的事情极尽挖苦之能事……

难道就因为我生在深宅大院，曾经衣食无忧，而你们几辈人都只能风餐露宿地做牛做马？我和你们——到底还是不一样啊！念及于此，皮肉之苦都变得微不足道了，连五杨露出了一个发自内心的笑容。

我可是将来要加入鹰旗军的人！

"你们这帮人，还真是天生的贱命啊！"鬼使神差一般，他听见自己如此说。

"狗肏的，找打！"扁担劈头盖脸地抽下来。

2　「岑子期」

楼亦绾巡夜回来的时候，岑子期正在灯下忙着手里的活计。

听见熟皮帘子门落下的"啪嗒"声，他回过头，见楼亦绾盯着他绷在人面模子上的蒲容发愣，一贯挂着散漫笑容的黑瘦脸孔上竟然满是羡慕和好奇。

"哦？喜欢这玩意儿？"岑子期笑问道。

"咳，咱一个使刀弄棒的粗人，见识浅，也不知是个什么东西——倒怪好看的！"楼亦绾说着打了个喷嚏，忙抓起大衣披在肩上。这宛州来的私兵统领二十四五岁年纪，武艺不俗，精明干练，虽名为货主的随身保镖，实则商队的安营警备、更值夜巡诸般事宜也都由他一力主持。

岑子期正自细细修描的那幅东西有团扇大小，紧绷在一个瓜子脸形的人面木模上——模子雕得玲珑有致、五官宛肖——上头工笔勾填了一个淡妆美人儿脸。这一小片如绢似帛之物已被描得文彩精华，加之质地纤柔腻泽，在灯下竟泛着一层淡淡脂光，引得楼亦绾在木模前蹲下身，凑近了细看。

"看着嘛，倒有几分像北陆输来的霜还锦。"楼亦绾收回手骚着后脑勺，"不过，我知道定然不是霜还锦，否则怎值当让岑先生这般人物费恁大心思整日描画？"

岑子期连连摆手道："哪里哪里！长夜漫漫，我也是闲极无聊，才捡起这个旧日营生打发时间。这东西学名叫'蒲容'，鲛人喜欢的玩意儿，咱们东陆人用它不着，顶多给富贵人家当作一件罕物儿收藏赏玩罢了。我想着离述舔不远了，到时充作大小姐送给琉寰公主的一件薄礼，倒也不是全无用处。"

岑子期说着踱到大帐一角，在晶莹剔透的"冰笼"上摸了摸，又敲打几下，道："行了，今日冻得结实，一块冰魄应该可以撑到下个天亮，明晚能睡个踏实觉了。"

楼亦绾缩在铺上，扯过棉被盖住大腿，搓着两颊说道："本以为南下岭外就是忍耐些毒暑，想不到却是白天挨晒，晚上受冻，体格稍差一点儿早顶不住啦！"

"再忍忍，少则十日，多则半月，咱们就到海边儿啦！"岑子期取了自己的铜手炉，去火盆儿里钳了两块炭添上，颇为体贴地递过去。楼亦绾吓了一跳，从铺上蹦起来，连称"受不起"。一番推让，最后还是楼亦绾再三道谢后捧在了怀里。

两人都坐定了,岑子期笑问道:"楼小兄,我见你方才欲言又止,是不是觉着我描的这张'蒲容'像个什么东西?——你直说无妨。"

"哈,像——像过节时小孩儿家戴的假脸儿!"楼亦绾似乎颇有兴致,眉飞色舞地续道,"只是假脸儿都以神魔鬼怪居多,绝少画美人儿的,更不用说画得这般鲜活水灵——而且眼睛口鼻处都该开孔才是呀!"

"不错,要把我这个东西给人戴上,一时半刻非憋死了不可!"岑子期含笑将那蒲容从模子上揭下来,往自己脸上比了比。"其实这'蒲容'也就是个假脸儿,只不过材料更讲究一些,断不能以树皮、木头为之。一般的陆上货多是用金箔打的,也有用杭灌压成形的。我做的这个稀罕一些,乃是依滁潦古法裁鲛绡做底的——不过勾填上色之法终不脱东陆格韵。③"

"可这蒲容是做什么用的呢?莫非鲛人也有带上面具做傩戏的风俗?"

"那倒不是。"见楼亦绾一副不懂装懂的摸样,岑子期抿了口茶,准备长篇大论地解说。"这'蒲容'可不是给鲛人自己带的。要想说明白这个,还得先和你讲一讲'绵罗'——小兄你可曾听过?"

"何止听过,咱还吃过哩!"楼亦绾猛一拍大腿,"前年王监军嫁闺女,我跟着大哥去他家吃席,桌上就有一道'绵罗炒芘苗④'。那东西虽说看着粉嫩鲜亮,吃到嘴里可不咋地,嚼不烂不说,还一股子腥气!"

岑子期听了哈哈大笑,摇头道:"你吃的那个想是海边渔民晒的干货,再贩到青石去,少说也存了两三个月——再说这绵罗成百上千种,不过有限几样上得了席面,况且那做法也不对!"

"怪不得!"楼亦绾啧啧连声,"可笑那王监军竟当作一道稀罕海味,劝酒时还不住夸耀,当真欺我们没见识哩!"

"等到了珂月崖,我帮你弄几十斤上等绵罗,你捎回去卖给那王监军,也是一笔外财!"见楼亦绾如此趣致,岑子期也不禁调侃起来。

两人大笑一阵,岑子期方续道:"这'绵罗'本是分布极广、品类最杂的一种海物,不但地中三海俯仰皆是,南浩瀚洋中更是林林总总,数不胜数。《沧海志异录》中述及绵罗,有言道:'质软无骨,肌莹而态娜,性喜温。体无定形,惟其首如伞,触足万千似人发,陆人常与水母混同。'

"这说的是实情——也难怪,两者在外观上颇有相似之处。想必你在盘中筷头也曾端详过,那绵罗浑身质软无骨,头冠如伞,躯干似梭,有尾无足,在海中靠喷水反激之力游弋。绵罗种别不同,尺寸也殊异,大的头冠直径寻丈,小的只与鲛人使用的珠铭相仿。再者绵罗头冠下生有无数须状触手,据说最大的一种长成后触须长可达三丈,上头遍布分泌毒液的刺囊——是以最易与水母混淆,不过绵罗体色变幻无常，不似水母几为透明。

"我们陆上之人对绵罗只是略知一二，鲛人驯化此物却已有数千年之久。以述籙海的琼寰部鲛族来说，积年累月之下，早已繁育出百余种绵罗。琼寰鲛人惯以躯干之形色将绵罗分类，有体态小巧色彩绚丽，用于赏玩的'水月绵罗'，也有体形硕大剧毒无比，用于牧鱼警戒的'枬绵罗'。可总论起来，最为珍贵稀罕的却是一类体态酷肖鲛人少女的品种——谓之'妃绵罗'。"

"啥？——'肥绵罗'？"楼亦绾说着掩嘴打了个哈欠。

"非也非也，是'妃'，'贵妃娘娘'的那个'妃'字！"被人无端打岔，岑子期也为之气结。

好在楼亦绾有个专注劲儿，虽然乏得眼皮打架，还是强打精神听着。岑子期遂续道："虽说各支鲛族都有关于妃绵罗来历的动人掌故，实则那讨巧的外表全靠鲛人千百代刻意繁得来。妃绵罗的躯干看似与鲛族少女胴体一般无二，不过说到底只是一种'假体'，'两臂'末端有'掌'而无'指'，且不能自如活动，诸般动作还须依赖触手。

"可有一样，这妃绵罗却是所有绵罗中灵性最高的一种。恭顺温良、殷勤灵巧不说，精于训练的妃绵罗甚至能通鲛语。我曾听说，最好的妃绵罗，主人拉过手在它掌心画上几个字，待它游到别处寻见传话之人，即可变换体色将主人留字呈显在背上——你说可羡不可羡？"

"乖乖，这还了得！"楼亦绾揉着眼睛叹道，"既如此，若鲛人里有我这样当私兵的穷小子，也不必攒钱娶媳妇了，讨个'妃绵罗'倒也不错！"

"你当这样的妃绵罗是易得的？"岑子期不觉失笑，"体态端正窈窕的妃绵罗本已少有，其中善解人语的就更是百中无一！正因为如此难得，才为鲛人贵族格外推崇青睐，美其名曰'嫦娥'。一个乖巧善聆的嫦娥往往价值数千珠铭——百倍于一名鲛族奴婢。真正养得起嫦娥的，倒多是妻妾成群之辈啊！"

楼亦绾一边咋舌，一边哈欠连连。

"可想而知，既有这样的行市，训育嫦娥自然是鲛族中人人趋之若鹜的热门行当。只是往往法不外传，等闲人难窥门径。绵罗贩子们不惜血本，花费数年培养一个嫦娥，以期待价而沽。他们往往给嫦娥穿上名贵的绡衣，将触手修剪、梳理成各种精巧'发式'，再饰以名贵珠贝，装扮一如鲛族仕女——"

话至此处，岑子期打住不说了。

楼亦绾已困得不住点头，强打精神追问道："岑先生，然后呢？"

"都说到这个份儿上，你还悟不到'蒲容'是做什么用的？"岑子期也不看他，只管端起碗喝茶。

"哦——"楼亦绾连拍脑门,顺势仰倒在铺上,"悟了悟了,原来是给嫦娥戴在脸上的。那嫦娥终归是畜类,生化不出五官容貌,故此需戴上蒲容,才更能以假乱真——而且绵罗本没有七窍,假脸儿上也不必开孔啦!"

岑子期含笑点头,又道:"还有一桩奇的,也一并告诉你。这鲛绡所制的蒲容,尚有一项独得之秘。技法精微之士,尽可操控墨痕渗入之深浅,一张蒲容上可分层绘出数种神态,或曰莞尔、或曰娇嗔、或曰哀婉、或曰思慕。上等嫦娥天生能变幻体色,戴上这样的蒲容,头冠微光映衬下即可现出不同情态,若调教得宜,几乎便与活色生香的美人儿一般无异啦——"

岑子期越说声音越轻,最后干咳一声,停了下来。

"怎么,我才起了谈兴,你就困成这样了?"他试着唤了几声,"亦绾?——楼小兄?"

回应他的是只有舒缓低沉的鼾声。

成了!岑子期心里一松。他探身拾起被楼亦绾落在铺边的手炉,拨了拨炭火,又拈了一撮"沉酣芽"填进去。

做个好梦!你若醒着,我总归是不放心。

岑子期撩起帐门,大步冲进暑气蒸腾的世界里。

天幕浑如墨染,疏疏朗朗棋布几颗星辰。

土崖下,火堆里红亮的余烬格外惹眼。脚夫们怕是刚睡下……还来得及!岑子期心头顿然一轻,继而又暗自警醒起来。今夜机会难得,心急火燎的反倒误事。他定下神来,故作从容地挥掸袍袖,整束衣冠。唤作"聪明"的耳鼠从他腰间革囊里探出头来,顺着衣裾爬上肩膀,立起身子左右四顾。

去吧,调教了你这几年,可别给我现眼!岑子期探出右臂,微微俯身,耳鼠顺势溜下来,蹿进长草丛中消没不见。

只要"聪明"一离身,我就被打回原形,又聋又瞎了。他索性合上眼皮,席地而坐,五心朝天,任由星辰之力从四肢百骸灌注全身。

明月团团,暗月如钩;郁非桀逆、亘白冲融;印池深微、填盍莫测;岁正循循,密罗幻幻;裹化荧子,裂章抵牾……

五彩斑斓,熠熠生辉……他以顶心天目将这十大主星逐一赏鉴过去。美则美矣,可惜皆非吾之所欲!

浩荡寰宇,唯有那颗肉眼凡胎无缘得见的星辰能令他心向往之!

岑子期神游物外,只等"聪明"将他心仪已久的傀人引入彀中。

矸头翟炀喜欢把"窝"安在既视野开阔又不太显眼的地方。照翟炀自己的话说，"什么河络也不敢睡在冰窖里，何况还是上了年纪的老苏行！"故此，名义上归三个男人住的帐篷里，其实只有岑子期和楼亦绾每晚守着寒气彻骨的冰笼。

土崖边缘有一片黄绿驳杂的灰茅。岑子期拨开那些粘手的长茎，只见翟炀正躺在他可拆装的摇椅里，怡然自得地咂着越州土酿，时不时把搁在肚皮上的长望镜拿起来向土崖下瞄一瞄。

"睡了？——竟然耗了这么久。"听见岑子期的脚步声，老河络轻声咕哝道，"原来你也会老啊，再没有年轻时的麻利劲儿啦！"

"我们华族之人，年纪越大越是谨慎。"岑子期笑着从翟炀手里夺过长望镜，"我假作谈兴正浓，滔滔不绝地闲扯了足有半个对时，只为让他分心，不至于起疑——这个楼亦绾，越相处越觉得他不简单，表面粗枝大叶，实则心思缜密——多加小心总没有错。"

"想不到啊，想不到——"矸头翟炀虽说上了点儿年纪，圆胖的棕色脸孔上却少有皱纹，又圆又大的黑眼珠在黑暗中闪闪发亮，带着揶揄之色瞪着岑子期，"只是让他睡死过去这等小事儿，自负如你，居然也不免使出这样下三滥的手段！"

岑子期丝毫不以为忤，与翟炀相交多年，早惯了这样斗嘴打趣。

"他既知我擅长秘术，就绝不能用在他身上。今夜只是小试牛刀，往后还少不了再找你要'沉酣芽'。"

秘道士岑子期在河络身旁坐下，双目微合，抱元守一，"我挑中的那个'傀人'情形如何了？"

"刚被坏泡儿一伙儿架走，这会子估计快被打死喽！——哎呦，那么粗的扁担，抡圆了揍啊！连我都看不下去啦！"虽如此说，河络脸上却没有一点儿不忍之色。

"如此甚好，"岑子期点了点头，"天降大任，总不免受点儿历练。"

"他被打得越惨，越容易被你'侵入'才是真吧！"

"不错——你究竟怎么和那几个脚户说的？"

"只说早先丢了一匹缎子，前日又丢了一只玉盅，想必是个惯盗，让他们埋伏在暗处，夜里来个守株待兔。"

"编个事由都不会，这等荒僻之地，偷一匹缎子有何用？"岑子期哂道，"再者玉盅也太贵重了些，少不得要把事情闹大——也罢，你只管把好风，少啰嗦，别搅了我施术。"

我怎么舍得你被人打死？ 岑子期滤除一切杂念，努力感受不远处痛苦躁动的精神游丝。

应星辰之力感召，元神悠悠觉醒。

眼前一片漆黑，如坠永夜；耳畔万籁俱寂，绵绵吟诵之声渐次不闻。

眼、耳、鼻、舌、身、意——六识逐一断绝。魂魄蠢蠢而动，须臾间已挣脱皮囊桎梏，似蛰虫闻惊雷而出。

刹那间，仿佛重回凝聚之前。

发自内心的喜悦如潮袭来。土林之夜的无数玄妙一览无余。只要我想，尽可以看见任何想看的东西，听见常人无法察觉的细微声响——

无羁无绊，与天地墟荒同在！

片刻的欣悦转瞬即逝。即便是精修多年的秘道士，逸出的元神仍然脆弱无比，稍有惊扰就极易"魂飞魄散"。岑子期收束心神，滤尽杂念，开始施展最为艰危的"附落之法"。

率先恢复的是眼识。一点摇曳模糊的光从视野中间缓缓侵染开来。

水，眼前似乎有一汪水。水中有光亮。

怎么又生了篝火？借着反射的火光，一张年轻面庞映现在水中——面容扭曲，双唇紫涨，眉骨开裂，满脸血污。这是——岑子期差点儿以为自己弄错了附落的对象。他想看得更清楚些，那脸庞的鼻孔中却倏然淌下一溜儿液体，溅碎了平静的水面。

视野一片扭曲，他看不清那张脸了。

"还不认？狗贼！不认就这么倒挂你一宿——等领驮醒了审你！"

耳畔传来刻意压低的斥骂，似乎被人当胸推了一把，他感到身体摆动起来，眼前颠倒的世界迷离纷乱。

身识，即便修炼中刻意偏重，身识仍然恢复得最慢，也最迟钝。岑子期明白，心口挨那一记并不轻，他能感到因为痛楚流出的泪水，也能尝到呛进喉咙里的血沫儿的味道。

"我……没偷，"岑子期听见"自己"说，"有种打死爷爷……"

"甭听他放屁！"另一个声音亢奋地尖叫，"灌他，灌狗舍的！"

身子猛地向下一顿，液体漫过脸颊，骚臭气味儿直冲卤门。尿！岑子期这才明白那倒映着火光的水面是什么。不只是身识……他心里一阵气馁。原来鼻、舌二识也未完全恢复——也许五感通通有所削弱，我还远谈不上驾驭这具身体！

傀身本能地开始挣扎，拼命想把头仰起来。尽管呛在便桶里的感觉苦不堪言，岑子期的心思却已全然不在于此。

十日，最多只余十日行程就到逯縣海了！太阳穴上似乎有不存在的汗水淌下来。我才刚刚选中合适的"傀身"……料不到附落之术如此不堪……若要如臂使指还需一段时日……来不及了……如何拖延……如何拖延……如何拖延？！

窒息的感觉很快让他无暇多想。岑子期别无他法，只能寄望于几个年轻脚夫不敢闹出人命。

脚踝上的绳索猛然抽紧，傀身终于被人从便桶中拔了出来。陡然涌入的空气、倒流而下的尿液让他剧烈地咳嗽起来。

这是傀人自身精神力最弱的时候。得做个决断啦……要快！

"青王……"岑子期勉力把每个字都说清楚，"青王……宝窖。"

"什么？"绰号坏泡儿的脚夫眼睛一亮，"你说什么？再说一遍！"

"青王宝窖……东家在找青王宝窖。"岑子期故意放低声音，"我知道……知道宝图收在哪儿。放我……放我下来……就告诉你们！"

"泡儿哥，这小贼说什么呢？"拽着绳子的脚夫问道。

他们竟没听过？岑子期心里一沉，初试牛刀的"附落之术"不知尚能维持多久，傀人被遏服的元神正自缓缓复苏。蠢才，当真要我给你们解释不成？

"你他妈聋了？"坏泡儿似乎听愣了，被同伙一问才回过神儿来，"他说青王宝窖！"

"什么青王？哪个青王？"另一个名叫赵全的脚夫也不明就里。

"还他妈有哪个青王？！"坏泡儿恶狠狠骂了一句，"风炎皇帝刚继位那会儿，白礼之从大胤国库里弄走了几千万金铢，据说大半都存在青王宝窖里头。他以为自己是皇帝命，料不到死那么早，只可惜了那些金铢，从此没人知道到底藏在哪儿啦！谣传说宝窖大概在宛越蛮荒之地，不过这么多年也没人发现——"

算你还有些见识！岑子期感到五识正逐一减弱。再耽搁一会儿，怕是连话都说不清楚了……

"既是捕风捉影的事儿，咱们那女娃子东家就能知道？"赵全问道。

"不好说，"坏泡儿咬牙沉吟，斜眼儿一翻一翻地盯着他，"那小妮子有些来头儿，只怕不简单——先放下来！"

"扑通"一声，扯绳子的脚夫撤了劲儿，他的傀身像个麻包似的栽在地下。

这下本来摔得很重，岑子期却已不觉得怎么疼了。

3 「蒙七」

"四旺在！"

"炳贵在呢！"

"闷奎也在！"

"栓子没丢！"

每听见一声喊，蒙七就往脚下划上一道儿。最后的报号声从货驮后头遥遥传来，蒙七又慎了慎，见没人吱声儿了，才给最后一个"正"字补上自己那一横。

一、二……八、九……十五、十六，十七！地上整整十七个"正"字儿。还好，没再少人！

"该吃的吃，该饮的饮，收拾好早早赶路！"蒙七吼上一嗓子，就在土崖背阴处蹲下来，接过小脚夫递过来的饼子，一边嚼一边等着东家的帐篷打帘。

晨起点人头并非脚户行的惯例，更不要说还是翻越清余岭的脚程。莽莽南越，处处凶险，即便有人耐不住劳苦，也万不敢私自逃差。一旦离队落单，就只有死路一条。有鉴于此，不论东家还是领驮，都不必有脚夫逃散之忧。

可四天前，一觉醒来偏偏就少了三个人！

"不知死的东西！凭你们几个愣头青，能活蹦出去几里地？！"每念及于此，蒙七总会恨得骂出声来。手头无甚可供撒气，他只好狠嚼干粮，不想却硌着了右边本就肿起老高的牙床子，疼得他直咂啦嘴。

"驮把子莫气，"身旁的老脚夫闷奎劝道，"'死走逃亡，各安天命。'祖师爷的规矩在那儿。走的这几个，家里老辈儿也都是脚户行，这些都是知道的。他们自己不惜命，便随他们去。况且东家财货并无损失，也不算堕了驮把子的名头！"

蒙七哼了一声，半晌才道："想我姓蒙的十六岁行脚，三十不到就当了领驮，跋山履水几十年，出过的差池一个巴掌便数的过来！终日打雁，如今被雀啄了眼，竟让几个毛头小子挟带私逃，给摆了一道儿！——回九原可有得叫人说嘴啦！"

正说着，见连五杨牵着牲口打眼前过去，蒙七不禁又脱口骂道："坏泡儿这兔崽子，亏他家还是几辈子的脚户，还他妈不如连小子这样娇生惯养的！"说罢狠狠啐了一口。

"这倒是！"闷奎是连五杨入行的引介，忙顺着蒙七的话茬接道，"我瞧这孩子不赖。他可是咱们接这趟撂子那天才入的行吧？当日驮把子还怕他挨不得苦，两个月下来，这不也有几分脚户行的模样了？"

"勉勉强强！"蒙七含糊支应着，心里却叹了口气，不禁又想起"斩绁橛子"那天的场面。

所谓"斩绁橛子"，是越州脚户行里的黑话。故老相传的规矩，脚户们接下一趟差使，启程那天须得由领头儿的脚夫——俗谓"领驮"——第一个解下牲口，带着大伙儿举酒祝祭一番，再亲手砍断栓牲口的木桩——也就是"绁橛子"。若是旁的什么人不小心先沾了手，那就得另择吉日出发，当天是无论如何不敢上路的。倘若坏了规矩，道上非出横祸不可。慢慢地，不知打什么年月起，"斩继橛子"变成了领驮人正式应承主顾，接下一趟脚程的代称。

那是九原老城一个平平常常的溽热午后，连五杨被人领着到"盛魁输场"来拜驮把子。蒙七彼时盘坐在满是苔痕的石墙根下，正和几个老伙计斗牌，让连五杨在旁足足"陪站"了一局才开腔搭理他。

"入了这行，那就是一辈子受苦的命。"蒙七头都不抬，一边摸牌一边说话，声音里透出一股子懒怠，"怎么我听闷奎说，家在盐市口？那条街上出来的后生，身娇肉贵啊！当脚户——怕是挨不住吧？"

"连小子家里是盐行，以前也常和他父亲远途贩运。"引荐人闷奎在旁帮腔，"况且这孩子颇练过几年武艺，遇事儿不至于添乱，没准还帮得上忙哩！"

"练过武艺又咋地？"蒙七这才把脸扬起来，"脚户行卖汗不卖血——又不是让他劫道去！"

蒙七见连五杨皱了皱眉，似要开口说话，却被身后匆匆跑来的几个脚户挤到了一边儿。蒙七有意压他心气，故意低了头不看连五杨。

不料杂乱的脚步声竟直逼身前，攒动的人影洒在刚码好的骨牌上，晃得人眼晕。待蒙七仰头看时，带路的几个破衣烂衫的脚夫向旁一闪，那画中仙姑一般的女东家仿佛从大太阳里降下来似的出现在他面前。

"阁下……可是蒙驮爷？"那女东家约莫十八九岁年纪，声音既软且慢，却听不出半点儿羞怯来。

"呃，在下蒙七，姑娘有何见教？"蒙七纵然见惯场面，却极少和姑娘家打交道，一时不知所措，慌忙撑起身来。

"久仰蒙七爷大名！"那姑娘裣衽作礼，柔声道："我家柜上现今有一趟'撂子'，我寻思着等闲人怕是接不得，非七爷亲自出马不可，故此径自寻来，失礼之处请多海涵。"

所谓"撂子"，指的就是脚户行的一趟差使。这样地道的黑话从一个姑娘家嘴里说出来，众人都吃了一惊。不单如此，这年轻女东家显见还颇为识人。

九原脚户行里，蒙七非但是数一数二的好把式，兼且见多识广，年资人望都能服众，被公推为九原老城脚夫行的"总挽驮"，年轻后生们都称呼他"驮把子"，就连输场大掌柜也得尊称一声"驮爷"。

蒙七见这姑娘谈吐不俗，而且言语间颇抬举自己，也不敢怠慢，连道"不敢当"，又问："不知贵宝号是哪一家？撂子指到哪里？"

那女郎微微一笑，道："家柜是个小号，贱名不堪入耳，倒没的说了。"

女东家这话一出口，围观众脚夫登时一片惊叹。原来女郎的答话并非一般谦

辞,却是脚户行、路护行里通使的黑话。只一提"贱名不堪入耳",那就是不肯报出货主名号的意思,行话唤作"蒙头撂子"。照规矩,这样的脚程,只要领驮敢接,货主须得将报酬翻至少两番,而且定须在启程前预支一半。

蒙七行脚多年,这样的蒙头撂子也不过碰上有限几次,当下肃容道:"姑娘可莫说笑,我们这里都是拖家带口的苦汉子,平白担不起惊吓,不知这趟撂子指到哪里?东家打算豁出几个'叠子'?"

"撂子不大,人手有五十足矣;指头却不近,通蓝的,至于叠子嘛——"

这"叠子"说的是蒙头撂子的报酬相比一般市价的倍数。话到紧要处,女东家却故意卖了个关子。脚夫们都抻脖瞪眼、屏气凝神地等着她的后话,那女郎却不慌不忙地褪了褪袖子,翘起右手来,当着众人的面,水葱般的指头一个个地打开。待得五指齐张,围观的脚夫已是一片哗然,却见那女郎又悠悠地将纤掌前后翻了三翻。

竟是二十番的大叠子!

连蒙七在内,众人此时已尽皆看呆了眼。好半晌,蒙七才哑声道:"姑娘可知一趟通蓝的撂子如今市价多少?""通蓝"也是行话,专指由陆上货场输往海运码头的单程撂子。

那女郎笑吟吟的,仍旧慢声细气地答道:"我在这里人地两生,倒不及细问,只知如今通平、白水的市价不过每口一个'亮子儿'——至于本地的行市,倒要请教七爷了!"

话至此处,蒙七已是只有陪笑的份儿,他本疑心那女郎年轻不通行市,不想人家给的却是宛州的价儿,想那宛州十城原是炊琼爇桂之地,自己又怎好说越州地远值贱?于是只得拱手道:"姑娘如此大手笔,惊煞我们这帮穷苦汉子了,只是此事非同小可,可容我们计议片时?"

周围一众脚户早已群情耸动,不少年轻的都红了眼,若不是有几个上年纪经过事的老行脚压服着,只怕已有人自告奋勇抢上前去。

那女郎自然也看在眼里,笑道:"那是当然,我们只在街角茶社等七爷的回话。另有一句,今日我们只来了三人,我又是弱质女流,七爷若体惜我那两个伙计,还望应承下来,千万别教我们把两袋子亮子儿再扛回去!"

蒙七知道撞上了大豪客,心下既喜且忧,连连点头应是,道:"必不劳姑娘久候!"待那女郎转过身去,蒙七又叫道:"姑娘且留步,还望赐示这撂子到底指到哪里?"

那女郎脚步一顿,似是犹疑片刻,方才半转身道:"这趟撂子我们自己带着向导,牲口也尽有——其实指头说与不说无甚分别——驮爷也知既是悬出这样的叠子,必非人尽皆知的寻常指头。"

"姑娘莫怪老汉执拗,只是脚户行里的规矩,必要当众给个明白指头,不然蒙七断不敢替大伙儿应承下来。"

按规矩,为了回避脚夫头和东家合伙"骗撂子"的嫌疑,领驮必须让主顾当着所有脚夫讲明白指头。

只听那女郎轻叹一声,道:"也罢——那么大伙儿听真了,今次的指头叫做'珂月涯',自此向南一千四百里,在……述昶海边。"说罢径自转身离去,只剩一干脚夫愣愣地咂摸这两个从没听过的地名。

总算又到了歇晌的时候。

脚户们在毒花花的太阳底下挨了半日,早成了淋淋津津的水人儿。屁股落地,红土上立时洇出两瓣泥洼,跟着就有一溜儿水线顺下巴颏儿淌下来,随着喉咙里"咕咚咕咚"灌水的节奏前后抖着在地上"画"出一条竖道儿。自然的,竖道正指向"屁股洼"中心,等人歇好了站起身来,那两瓣一道的湿印子活像是三趾鹈虫的爪子抠出来的。

"述昶海,珂月崖——"蒙七灌了几口水,又一次念叨起这两个地名,然后合上眼,把明晃晃刀剑一样的阳光隔在红亮的眼睑外面。

"七叔,七叔!"

塌了秧的人丛忽地耸动了一下。一个毛手毛脚的半大小子叫唤着蹿起来,火不登地去摇蒙七的胳膊。他刚要眯糊过去,冷不防被那后生推了个趔趄。蒙七猛一哆嗦,半盖在脸上的斗笠嘭地掼在地下。待他看真了这愣头青是自己远房的侄儿,抬手要打的当儿,却见那孩子指着不远处大叫:"帐子,七叔!动了——看帐子!"

蒙七揩了揩眼,直起脖子盯着百步外那顶帐篷细瞧。漫天火流下,熟皮纫成的帐帘纹丝不动地耷拉着,上面腻腻汪汪地挂着一层水珠儿,乍看倒像是皮子被煸出了油。

"动你个狗屁!"蒙七恼起来,抬腿踹了侄子一脚。

"老哥莫恼,恍惚那帐帘子方才是掀了一下。"闷奎在身后插言道。

"掀了,是掀了!"众人都跟着鼓噪起来。蒙七也就不说话,手搭着眉毛怔怔地看。

有些日子了,只要晌午一歇下,脚夫们就都盼着帐子里有人出来。但凡帐帘子一动,总归要有点儿零嘴儿派给众人,或是木胎果,或是芸蕉,或是地药芹,间或还许有几桶微带醇香的荞荑浆。更绝的是,不论果子还是酒,一概都是凉津津、冰沁沁的。歇晌时吃下去,当真让人从喉咙直爽到心里。

为这个,脚夫们初时颇惊怪了一阵,都望着那白气蒸腾的果子不敢伸手。倒是

　　几个小后生一拥上前,各自抢了几个,啃下第一口,齐齐龇牙咧嘴,等到二口三口时便都嚷"比井栏子里镇过的还凉"。众人这才放开心怀,片刻全吃尽了。自那一日,隔三差五便有些酒果。以前没有这个倒也罢了,现下却是越吃越馋,越吃越想,引得众脚夫恨不能一睁眼就是下午晌。

　　就在说话的当儿,那帐子门竟真的抬了一下,沿着帘子缝嗤地蹿出几溜儿白汽,众人这次可是眼睁睁地都见了,还没来得及高兴,帘子却又不动了。

　　好半晌,大伙儿慢慢把抻长的脖子缩回腔子里去的时候,那皮帘子竟悠悠然又拱了起来。几十条汉子噌地拔直了腰,馋痨饿眼地盯着,却见帘子往外一滑,一个纤巧身影背顶着帐门闪了出来。

　　脚夫们齐齐一怔,只见那女东家头戴轻帷,身着窄袖襦衫,两手端着个木盆,袅袅婷婷立在那里。见了众人眼巴巴的模样,女郎香唇微启,似要招呼众人,不想因从暗地儿里出来,被大太阳一照,立时噗起鼻子打了两个喷嚏,慌得她忙背转身搁下木盆。

　　蒙七缓过神来,在身边连小子背上猛敲一记,吼道:"傻愣着!还不快接了来,看让女东家站酸了脚!"

　　连五杨答应一声,三步并作两步奔了上去,刚叫声"女东家",那姑娘却禁不住又是一串喷嚏——大庭广众下窘得不行,又是摇手,又是跺脚,那意思叫他赶紧端了去。

　　等连五杨端着盆子跑回来,女东家早已钻进帐子里去了。蒙七便只能带着众人朝帐篷齐齐一揖。

　　盆上覆着的屉布一揭,连蒙七在内,众人全傻了眼。

　　只见木盆里一个挨一个全是晶莹剔透的"石蛋蛋",五颜六色煞是好看。再看盆底儿,还有浅浅一汪水,那"石蛋"上也湿漉漉的,白汽蒸腾,闻着仿佛还有点儿酒香。

　　"这是啥咧?莫不是东家打赏,给咱每人一个宝贝?"栓子喜笑颜开,伸手就去摸,指头刚一沾上立时缩了回来。

　　"妈呀,烫的!"

　　蒙七这才缓过神来,忙喝道:"哪个叫你碰了?怎地没烫烂了你!"他心里虽有些疑惑,还是将那屉布裹在手上,慢慢地钳了一颗"石蛋"出来。

　　"哈哈,亲娘姥姥的——这可不是烫,今日合该你们这帮小子开眼喽!"蒙七将那"五彩石蛋"举到鼻子前嗅了嗅,又拿手背贴了贴,突然大笑起来。

　　众人见驮把子如此说,都等着后话。不想蒙七笑声未绝,却忽将那"石蛋"递到嘴边,大口唆喇起来——几口过后又不过瘾,竟干脆把那透明蛋蛋塞到嘴里咯吱咯吱大嚼一通。

"细论起来——你们这班土生娃娃——哪里见过这样好东西——不趁凉快吃，还等着都化成汤汤——不成？"蒙七连呛带嚼，说话便囫囵不清，众脚夫好歹听明白这几句，也都有样学样拣一颗"石蛋"出来，满面狐疑地或嗅或舔。

一尝之下，众人只觉得甜香彻骨，一道寒意从舌头直窜上脊骨，再倏地顶上脑门，把人半边脑袋都镇得木了。于是有人龇牙咧嘴，有人拍头跳脚，有人叫唤连声，各种情状不一而足。

蒙七呵呵大笑道："今日教你们这些后生仔一个乖，在南越地界托生十几年，总也该见识见识这'冰'是个啥东西！"

蒙七睁开眼，只觉嘴里一股土味儿，眼皮子突突地跳。他正疑惑怎么又迷瞪了过去，却猛见其他脚夫横七竖八瘫了一地，个个像灌多了黄汤，兀自酣睡不醒。

他行脚多年，一见这等情形，登时打个激灵，心里凉了半截，慌忙撑起身来寻摸牲口，却见犋、马都聚拢得好好的，货驮子也都齐整，这才稍喘上一口气来。蒙七也端的是心思敏捷，缓过神来先就把周围的几个伙计踢醒了。

闷奎离得最近，先醒过来，一时不明就里，口中咕哝道："驮把子只说这'冰饯'镇舌头，哪晓得后劲儿这么大，不过略微带点儿酒香，就他娘地把人醉死过去！"

一语未完，却被蒙七低声喝道："捏上嘴！快把弟兄们都拍起来，狗肏的旗色[⑤]不对！"闷奎一听这话立时噤了声，手脚利索地沿着队伍一路拍过去。

等众人都爬起来，蒙七已蹲在一堵土柱后头，探头探脑地正向远处张望。大伙儿顺着他的脸瞄过去，只见淡淡暮色下，南面土峰间不知何时腾起大片尘土。溽夏无风，那烟尘也就凝滞不散，慢腾腾地向高处弥衍，好像是土柱受了霉，从烂根子上发出来黄烘烘的一片蘑菇。

"驮把子，南边动静不善，让兄弟们备挠子吧？"闷奎压着嗓子问道。

不妙啊……蒙七头也没回，向后摆了摆手，示意不可轻举妄动。

他心里已经掂量明白了——前路似乎伏了人马，在这鸟不落屎的地界自是冲着他们来的。接摆子嘛，叠子高风险自然也大，更不要说又是女娃娃押的蒙头摆子！打从砍了绁橛子上路，他原也没指望能顺顺当当一路下来，没成想走了八九百里竟然平安无事。虽说这样，他这当领驮的心里却是越抽越紧，总觉着要出大事。今日算是疖子出脓，蒙七心里好像倒了一堵糟墙，虽然前途叵测，却也无端踏实了不少。

越州的脚户本就与众不同。若在中州、宛州，遇到盗贼响马，把式们只管抱头蹲在大车轱辘边上，不乱说话、不瞎掺和多半也就丢不了性命——最多不过出力

帮着贼人搬搬东西。可越州——尤其是南越——其实没什么贼人，路上的凶险除了瘴疫猛兽，就只剩下那些不尊王化、茹毛饮血的边蛮生番。既是野人，也就讲不得规矩，劫掠财货不说，往往是客商脚户一并宰个干净。更有不少部落有食人肉的风俗——财货于他们不见得都有用处，活人的血肉反倒实打实是诱人的美味。既是如此，九原吃脚户行这碗饭的多少都得有些身手——可不是为了济护货主，纯然是各人保命的根本。

蒙七走这趟撂子统共带了八十七个伙计，全是他一手挑拣的练家子。上路前输场二掌柜调侃他"难不成想改行做保镖"。其实蒙七心里明白，这二十个金铢绝不易赚！——捎上孬的熊的没的坑了人家。人手既是"精锐"，家伙自然也都齐备，全藏得好好的，连东家也并不知情。

尽管如此，脚户毕竟是脚户，和脑袋别在裤腰带上的路护不同，到底是卖汗不卖血，赚的还是辛苦钱。非到生死关头，蒙七绝不愿意"备挠子"——这也是行里的黑话，意思即是操家伙列阵势。适才闷奎如此说，一是心里有些怯，想壮壮声势，二则这趟撂子十停已走了八停，眼瞅着指头近了，若坐视东家折在这里，收不到余下那一半亮子儿着实太过可惜。

"都给我沉住气！"蒙七把几个得力手下唤到身前，低声吩咐道，"我知道你们那心思，觉着这次咱们人多势众，想着兴许摆开阵势就能吓跑那帮番鬼——都给我听好了，出挠子没有不粘血的，现在急着抈家伙有个屁用？等会真动了手——"

话犹未完，只听南边传来"咚——咚"的木鼓声，敲得不紧不慢，却声声震人的心尖儿。蒙七不再说话，比了个手势，众人都伏低了身子，挨着牲口的脚户都把藏着家伙的驮囊解了下来。

远处，有东西从飞腾的尘土中踱了出来。

天光黯淡，蒙七先看到两条灰白的长腿，然后是一根长而无毛、高高昂起的脖子，最后，一根火把腾地亮起来，把一个瘦骨嶙峋、钩喙下挂着癞嘟嘟肉囊的丑怪鸟头照了个纤毫毕现！

"得噜咕——得噜咕！"那怪鸟发出赌馆里摇骰盅一样的声响，却惹得在它背上的披发僚人拿刀把往它秃脑壳上狠敲了一记。

"扁、扁毛狰啊！"

蒙七身后，除了已经看傻了的，几乎都叫出声来。

即便多数人都没当真见过，这种"得噜咕——得噜咕"的声音也是每个敢于"闯岭外"的九原脚夫耳熟能详的——那是饥饿的桀鹉抖动脖子下的嗉囊时发出的异响，也是不幸耳闻者的催命符咒。

桀鹉——离国俗谓"三趾鹅虫"——是南越丛林里当仁不让的霸王。这种不会飞的扁毛畜生站直了比瀚州马还高。弧刀鞘一样的大喙一啄就能凿穿人脑壳。枭鹮生性猛恶，食肉为生，又奔跑奇快，一双长腿即便在乱藤丛生的莽林中也能来去如风，是越州凶名广播的头号恶虫，是以又被华族称作"扁毛狰"。

据说百年前越州遍地都有这种庞然恶鸟，现在却只在清余岭外的老林子里才有出没。蒙七早年间倒是见过一回，却只是隔着小河远远瞧见怀了孕的母鹮虫在啄食盐土。

若单是鹮虫，倒还好说，毕竟只是畜生，让蒙七冷汗涔涔的却是鹮虫背上的那个生番。

南越的番族大抵有鬼僚、嵌甲僚、青臂僚、杂僚四种，其实越州华族自己能分辨清楚的只有前头三族，而其余分不清楚的一律统归入"杂僚"。前三僚几乎都有食人的劣迹，其中尤以鬼僚族为甚，而嵌甲僚长于驯养鹮虫，青臂僚则独好驱蛇制蛊。

眼前这生番赤膊套了一件护心藤甲，露在外头的两条胳膊青黢黢泛着油光。脸上着画了五色油彩，满头乱发中编缀了数不清的骨节——不知是不是死人身上取来的。蒙七虽说认不准这打扮，可生番胯下那匹枭鹮无论如何是认不错的，不用说，来的必是嵌甲僚了！

"连五杨，把几位东家都接过来！"蒙七回头厉声喝道，"有一个算一个，都给我备挠子，摆蟹爪阵！"

4 「方铭若」

辛、云、晴——她在心里咬牙切齿地念叨。你这臭货船的，作死也不拣个好地方！放了号箭又不见人影，过会子让本姑娘逮着看能饶了你——不扯烂了你那狗耳朵我便再不姓方！

方铭若倚坐在老札树底下，对面是土林隘口荒寂的羊肠小径。她小女孩儿一般抱紧了双腿，尽量把自己蜷进疏疏落落的树荫里——白皙巧俏的下巴搁在膝上，一双明眸盈盈镜澈，偶一顾盼间透出无尽怅然。

旁人见了，多半要暗赞她沉静端娴，实则方铭若心里正翻来覆去变着花儿地痛骂那个让她等得心头冒火的昔日同窗。

赶上心烦意乱时，方铭若其实也会像那些小家碧玉一样地嗔骂。只是她早惯了把难听的话都存在心里，不管如何焦躁，脸上仍旧云淡风轻，顶多是蹙蹙眉、抿抿嘴——奈何她生得过于美了，激赏倾慕她的男子不免自作多情，一厢情愿地将她种种情态都解作"幽思缱绻"。诸如此类的误会，不知令多少公子哥儿糊涂一时，竟当真信了世间有这一等超逸脱俗至不食人间烟火的仙女儿。方铭若"越辽仙子"的雅号之所以名动宛州，家世容貌还在其次，她与生俱来这一段幽婉自怜的风韵方是主因。

只可惜苍莽南越丝毫不懂怜香惜玉。便是整日不错手地往脸上匀着獭汗膏⑥，她也还是觉着自己的粉脸儿日渐一日地糙黑了。念及此处，方铭若心头又是好一阵烦恶。

沈击呵沈击，你倒轻省！只管出个主意，自己躺在冰笼里安安稳稳挺尸去了，把操心受累、担惊受怕的事情全扔给我——辜云晴，你到底是死到哪儿去啦！这样痛快的叫骂在她心底来回激荡，冷不防就顶到了嗓子眼儿。

方铭若神思恍惚，只觉喉头似是不由自主地动了动——蓦地竟以为那些狠话已然脱口而出，慌得她忙掩了嘴，扭头四顾，见身旁的楼亦绾和丫鬟怜芜没被惊动，这才长出了一口气。

"大小姐，"岑子期似是看穿了方铭若的心思——这见多识广的天然居游方士是他们此行力邀的向导，"既已见了号箭，苦等也不是办法，辜公子必定已在左近，不如我和楼小兄分头再去迎一迎。"

"罢了，"方铭若咬了咬唇皮，下了狠心，"当初早就定好的，我们走陆路，他从澜北乘海船过来，再逆波河而上，跟我们在土林南隘汇合。眼下日子差不多，地点也对，更见着了梨花火箭，想必不会有什么差池。在淮安分手时，他也说万事以大计为重，我们统共四个人，散开了着实危险——就在这儿等到天黑，其余的就求文君娘娘⑦保佑吧！"

此番远赴逑鬵是方铭若平生头一回离开宛州。通平方家以丝茶起家，若倒退七十年，称得上宛州十名之内的富商巨贾。只可惜风炎年间，方铭若曾祖方继宏一时糊涂，与青王白礼之有了牵连，自此家道中衰。

身为方家嫡系长女，方铭若将满双十之年却还不曾经过远途行商的历练——倒不是她如何娇怯，实是方家如今日薄西山，大厦将倾，祖业田产的进项尚不足维持一大家子的日常用度，又不肯过于刻薄失了望族风范，当家人恨不能寅吃卯粮，久已没有本钱供年轻一辈做那些鞭长驾远、奇货可居的生意。

如今之所以成行，皆因此次的贾资是三家合股。三位东家——辜云晴、方铭若和沈击——昔日是越辽商学里的同窗，其中辜云晴和沈击又是莫逆之交。三人里头，辜云晴的本钱占去五成，方铭若占到两成，沈击的身家原本不堪，但因他家祖上与逑鬵鲛族有旧，又以自家一艘海船入股，才勉强占了三成。

念及于此，方铭若心里颇有些感慨。仁帝年间，通平方氏、衡玉沈氏都是名震一方的宛州望族，而和镇辜家的祖先其时不过是横行滁潦的海盗。岂知风水轮换、世事无常，辜氏现下已是声名赫赫的"湄海船王"，方家却只剩下个"宛丝第一家"的虚名，而当年独霸云望海峡的衡玉沈家更是子孙凋零[®]，嫡传后人竟流落柳南作了补船匠。沈击降生在柳南，名为衡玉沈家的子孙，十岁以前却从未见过云望海峡连绵的帆影。

每每想起这个沈击，方铭若总觉得猜不透。

越辽商学始创于胤初，起先只是淮安江氏的族塾，后来渐渐成为富商子弟云集的学馆，如今已是宛州十城首屈一指的商学。即便在这样簪缨济济之地，沈击也称得上出类拔萃，非但不曾因时乖运蹇受人冷落，反倒成了一众"锱铢公子"的领袖。商学里不少女弟子都对他青眼有加，却没听说他理会过哪一个。方铭若身为群芳之冠，整日蜂蝶环伺，也是一般地苦恼，因此便与沈击颇有些惺惺相惜。

待得课业圆满，沈击第一个向业师辞行，自此一去数年，杳无音信。方铭若只知他再没回过柳南，把一个又聋又哑的老父亲撇在船场里受苦。就在一班同窗渐渐忘了他的时候，沈击却出人意料地回来了。他驾着一艘自己的新船在和镇登陆，下了跳板就先去拜访辜云晴，转天两人一道又直奔淮安来寻方铭若。

"若不是天大的富贵，哪里敢来找越辽仙子入伙呢？"

方铭若记得清清楚楚，沈击说这话时正大步闯进她的香闺，身后跟着一群丫鬟婆子，惊慌失措地想拉住他。那时的沈击不修边幅，风尘仆仆，一身海上装扮沾满了汗碱盐渍，脸上却自有一股尘垢遮不住的熠熠神采。

方铭若觉得自己很难忘记他那一刻的样子。

傍晚时分，方铭若终于等到了辜云晴。这位商学里的天字一号公子哥儿出现时很是狼狈——精赤着膀子不说，裤子也几乎扯成了烂布条，上头洇满了干陈血迹。走路时还一拐一拐的，显见是受了伤。

一行人过午就赶到这里，忧心了半日，好歹把辜云晴盼了来，却都没料到和镇辜氏的公子也能落到这步田地——衣衫褴褛也就罢了，身边竟连个从人也没有！

"公子爷，可算会着你啦！——伤在哪里了？怎地就你自己？"楼亦绾先回过神来，箭步上前把他扶住。

"小绾放心，我没大碍！"辜云晴形容虽惨，精神倒不差，抹了抹面上油汗，露出一脸笑容，"铭若仙女儿，别来无恙——有劳久候啦！"

说罢揽过楼亦绾肩膀，与他耳语了两句，又侧过身，背着旁人朝自己臀上指了指——楼亦绾出身自辜家船队，年纪轻轻已是和镇夷海军的旗舰都统，只因方铭若手下没有得力的武士，为了这趟生意，特意调了楼亦绾过来随侍——辜云晴伤得颇为尴尬，又有方铭若在场，只能悄悄指给自家人知道。

楼亦绾见他伤在臀上，也是一愣，倒是矮了一截的矸头翟炀早已瞧出端倪，从身后包袱里抽出一件长衫递了上去。辜云晴道了谢，将长衫系在腰上，他见方铭若的伙计里头竟有一个河络，也有些吃惊，随口问道："这位——"

"这位是矸头翟炀，乃是岑先生的至交，也是一位天然居游方⑨。"楼亦绾忙上前引荐，"翟炀先生多次深入越州腹地探寻清余岭河络遗踪，对岭外诸事无不精通。我们一路之上也得益颇多——若没有他，只怕我们还得多走个把月的冤枉路！"

辜云晴听说如此，忙道失敬，还欲追问时却听方铭若说道："我们见了你放的号箭，立即撒下脚户赶来相会，等了半日也不见你踪影——到底碰上什么麻烦？"

"一言难尽，几乎就见不着你们喽！"

辜云晴说着接过楼亦绾递上来的水壶，仰头一气猛灌，水从下颔淌下来，在他前心上冲出几条泥道子。

"我碰上——天罗杀手了！"

"天罗？！"

这一句石破天惊，方铭若、楼亦绾、矸头翟炀都跟着叫出声来。

辜云晴满脸得色，呵呵笑道："想我辜云晴十岁就跟船闯荡三海，好歹也经过些风浪，若不是遇到真正的狠角色，焉能落得如此狼狈？"

方铭若素知和镇辜氏以海运发迹，祖上也曾做过亦商亦盗的勾当，因此兵武传家，不同于宛州十城一般的商贾望族。饶是如此，辜云晴到底是商学出身的"锱筹公子"，武艺不过是个旁门，他能有多少斤两，方铭若大约也有个谱子。若说凭他那三脚猫的手段也能从天罗刀网下逃得性命，只怕那天罗山堂早已关张大吉了。

于是方铭若斜睨了他一眼，似笑非笑地打趣道："这可当真不容易——倒不知是谁家的姑娘发了狠，要把你这三心二意、始乱终弃的贱骨头结果了。而且我听说如今天罗山堂'上三家'早已貌合神离，龙、影、星三姓各有厉害手段，不知你可看出来的是哪一派的？"

方铭若本没当真，这句实是揶揄的玩话，不想辜云晴却一本正经道："看那手法似乎是影氏一脉。起先来了三个，出动网阵想要致我们于死地。将他们打发了以后，我本以为没事了，才射出号箭，约你们前来相会。不想干掉了'刀'，'守望人'竟也会出手。我怕将你们也引入死地，不得已一路向北狂奔，其间和'守望人'几番接战，费了不少气力才将他销了账。这才敢折回来寻你们，是以误了半日工夫。"

刺客行里，"刀"指的是出手杀人的角色，"守望人"则专司将失手被擒的刺客灭口，或是对漏网之鱼补刀。似这般前仆后继的打法却着实少见，也难怪辜云晴料不到。

楼亦绾也少见地肃起脸容，沉吟道："天罗既已出手，必是一波一波连绵不绝，不达目的誓不罢休。大小姐、公子爷，眼下开始，我们须得小心谨慎、步步为营了！"

方铭若听见楼亦绾把她这"大小姐"和辜云晴的"公子爷"并称，心里说不出地别扭。她对遭遇天罗之说仍是半信半疑，但无论如何，辜云晴之前总归有一番惊险——而且楼亦绾一路上忠诚勤勉，不好当众驳他的面子，只得顺口说道："话虽不错，也并不尽然。杀手选在此地出手，定然是冲着那颗珠子来的。我们只要尽速把寒珠给沈击服下去，他们也就算是无望了。倘若真是天罗，还不是与我们商会中人一样以利为先？既已失手，也不会平白再添人命。"

又转向辜云晴问道："寒珠在何处？——别告诉我你没拿到！"

辜云晴闻言一愣，先垂下头去，待众人都倒吸一口凉气，他才哈哈笑道："仙子大小姐，我若没取到那专犁寒珠，天罗山堂的杀手难道闲极无聊，巴巴地赶来杀我？"

说罢右手一翻，亮出手心里一面小巧铜镜，迎着太阳光往天上晃了两晃。不消片刻，众人只觉一道人影从天上直落而下，落地时略一屈膝，身后羽翼飞雪般翩翩散落——竟是一个容貌颇为清丽的羽人女郎。那女郎手中挽着角弓，身后斜背了一个包袱，并不理会众人，先向辜云晴比了一个"未见敌踪"的手势。

"萦君，快来给方大小姐见礼！"辜云晴笑道，"你也知我这人最是惜命！这位翼萦君姑娘是我甘词厚币礼聘来的帮手，有她在天上照拂，便来再多的杀手也统统打发了！"

连方铭若在内，众人都大吃了一惊，终于明白辜云晴为何能连番逃脱追杀，而且如此有恃无恐——天上有个极厉害的羽族箭手相助不说，更何况那寒珠本就不在他身上！

"早说你没有那么大本事！"方铭若哂道，"我们把冰笼也拉来了，趁着此处清净干燥，赶紧请岑先生施术——再拖久些只怕沈击熬不住了！"

青绸小帐里本已寒气逼人，岑子期将盛着专犁寒珠的匣子盖一掀，登时又漫出一阵侵肌透骨的恶寒。方铭若只觉眼前起了层层白雾，吸进一口气，鼻子里好像被灌进一腔冰水，连鼻毛都一根根竦立起来，在鼻孔里嚓嚓作响。

"好厉害！"她裹了一领雪白毛裘，缩着肩膀在旁感叹。

辜云晴眉开眼笑地点着头，仿佛方铭若是在赞他本事。这颗寒珠虽是他亲赴澜州买来，再一路护送到这里，但因其质地特异，须封在水银中保存，他自己也没怎么见识过。此时见这珠子竟有如许威力，辜云晴也不禁连连咋舌。

岑子期倒是愈冷愈精神。这身负绝学的天然居游方全身隐在袅袅白雾中,只露出两只袖面高挽的小臂,一手托了犁珠匣子,另一只手里拈着一把细如柳叶的薄刃剖刀,口中尚自滔滔不绝道:"寒珠以产自夜北的为最佳,乃是巨兽专犁吸纳印池星力,在骨节间积年累月慢慢凝聚而成。《沧海志异录》中述及此物,尝言道:'犁兽每延岁百年,则寒珠之威倍增,至四百载,则曰泠丹,其凌冽之威远及百尺而不衰,近物则夺其髓,触之令为齑粉。'辜公子觅来的这一颗有多少年份,我还说不准,但此珠尚且浸在水银中,已如此厉害,可知古人诚不我欺!有了这东西,应可镇得住沈公子体内之物,我那些个亘白系的雕虫小技也终于可以收了。"

岑子期精通术法、博闻强识,又好搜罗天下玄奇之物。听他如此说,方铭若悬着的一颗心好歹略放了放,又问道:"既是如此厉害,把这珠子给沈击服下去,于他性命无碍么?"

"这个委实难讲,好比是以毒攻毒。犁珠乃天下至寒之物,正好以之镇遏'雪鲢'鱼种的躁烈秉性,令其不致苏活过来。但若寄主本身挨不过去,被寒珠镇杀,那可是万事皆休!"岑子期微一沉吟,话锋又转,"好在这一个月来,我每日在帐中以亘白秘术营造强冷气场,为沈公子镇压体内鱼蛊。虽说寒珠性属印池,与亘白之力有异,但终归他已惯于抵受寒气。况且寒珠入体,效力自会收束在胸肋之间,到底比整个人冻在冰笼里好过一些!"

听见这话,辜云晴面露喜色,呵着白汽追问道:"如此说来,要是沈击抗得住这珠子的寒气,即刻就能醒转过来啦?"他生在巨富之家,半生顺遂,惯了凡事先往好处想。这一趟生意,沈击既是出主意的,也是通盘谋划之人。离了他,不管是方铭若还是辜云晴,总觉得少了主心骨。

岑子期道:"这是自然。之前施以'龟息术',不过为使宿主假死以降低体温,令鱼蛊不致滋长,现下有了寒珠之助,沈公子也就用不着再这么浑浑噩噩地睡着啦!"

方铭若白了辜云晴一眼,低声问道:"可要是他、他抵受不住犁珠的寒气呢?——虽说种鱼蛊、服寒珠都是沈击自己的主意,可毕竟人命关天,岑先生说不说得准究竟有几分把握?"

岑子期一愣,皱眉道:"大小姐明鉴,这又哪里谈得上什么把握?能不能抵受得住一看沈公子自己的造化,再就只能求文君保佑了。"他见方铭若、辜云晴两人变了颜色,忙又续道,"一旦他有不支之象,我自会尽速取出寒珠,断不致误了沈公子性命——这个在下是敢提头担保的!可用这以身饲蛊的法子携带雪鲢鱼种,本就是押上性命赌个运道。若当真抵受不了寒珠,即便眼下无虞,等咱们到了海边两位也少不得要做个决断——难道沈公子自己不曾提过此事?"

二人听得面面相觑，方铭若哑颤声问道："你说到海边再做决断，又是何意？"

岑子期锁紧了眉头，先将匣子扣好搁在脚下，朝自己腋下比划着解说道："所谓鱼蛊，是将雪鲢已成形的鱼苗一尾一尾植入受蛊者肋骨之间，再以秘术令其休眠。鱼苗吸食宿主精血维生，却不会生长，这才能离水而不死。雪鲢是滁潦海拄剑壑水域特产的毒鱼，虽是繁衍极快，却只有不足一个月的寿数，而且只在拄剑壑附近的阴寒洋流中才能交配。在陆上以常法是断然养不活的，更何况还要横跨宛、越两州从滁潦海转运到浩瀚洋。下鱼蛊是不得已而为之，却也风险极大。在陆上还可以凭秘术强行压制，等到了海上，金光万顷，水汽漫蒸，鱼蛊受海气所感，再强的术法也难保它不舒活过来。彼时寄主体内若没有寒珠镇压，便只有前功尽弃、蛊废人亡一途。故此我才说到海边须得两位东家做个决断——要么保人命，要么留鱼种，二者取其一罢了！"

说罢岑子期从怀里掏出一张薄绢，递给辜云晴，摇头道："种蛊关乎人命，非同小可，我起初自是不肯，少不得百般解劝，奈何沈公子一意孤行，执意纠缠不说，还硬塞给我这张凭书，明言生死有命，与人无尤。我也是为他兴复祖业的这份志气所感，才终于同意施术，又一路随你们南下。大小姐、辜公子，你们三人既是合伙做这趟买卖，他竟没和你们讲明此中的关节厉害么？"

这话一出，帐子里顿时没了声息。好半晌，辜云晴一屁股跌坐地上，嘿然自嘲道："好你个沈击，竟把我当傻子来耍，枉我还把你当兄弟！说什么自己从鲛人处学得秘法，尽可以压制鱼蛊，又说得了寒珠最好，若是没得也不过是在冰笼里多躺几日——把这么凶险的事情说得好似喝酒听书一般轻巧，可当真欺我是个直肚肠没算计的。也怪我鬼迷了心窍，怎么就全信了你呢！"

方铭若性子再好，也气得蜡黄了脸，泪花早在眼眶里转了几个来回。她与辜云晴不同，此番非但押上了全副身家，心里还对这趟述繇之行抱了绝大的期望。本以为一路披荆斩棘，该闯的难关都已经过了，不想却给沈击欺瞒了这么要命的一件事情！一时间，方铭若只觉种种艰苦忧劳都已付诸流水，自己一片心血到头来竟全都要指望沈击的"造化"！

方铭若强自忍住泪，咬牙向辜云晴说道："好个'生死有命'——他倒洒脱得紧！"她终是秉性温婉，说不出更难听的话来。

辜云晴两手一拍，高声道："事已至此，咱们与他再讲不得同窗的情分。这次既是三家合凑了本钱，就该坦诚相见，断没有瞒骗藏私的道理！沈击既如此，就是不拿我们当兄弟——岑先生，劳烦你让他醒转一会儿，我得当面问个清楚！"

岑子期苦笑点头，将覆在冰笼上的油布扯了去，遂席地而坐，垂目吟诵。不多

时，只见团团白雾盘旋萦绕，包裹沈击的硕大冰坨迅速消没无踪。

辜云晴因为远赴夜北，已许久不曾见过沈击，凑过来看时惊得"啊"了一声。只见沈击紧闭了眼躺在榻上，胸前结了一片片的冰茧，须发蓬乱，人已瘦得脱了相，指尖、嘴唇都是紫黑色，两肋塌陷，隐约能看见肋条间鱼种的轮廓，从腋下到腰间尽是缝得密密挨挨的针脚——

此时方铭若也从他身后探过头，只一打眼立时掩住了嘴，跟着泪珠子扑簌簌滚落下来——她这一路上并没探视过沈击，只是以前隔着厚厚一层冰，只能看到模糊变形的一个影子，万万想不到昔日商学里令无数少女倾心、俊朗英伟的弄潮儿郎如今煎熬成了这般模样！

"怎么……怎么剖开这么大一片皮肉？"方铭若抽噎着问道，已忘了要把沈击唤醒的话。

"还不是他担心有失，执意要多植几尾鱼种！"岑子期叹息着说道，"沈公子苦心孤诣，实是和两位一样的心思，所谓'成大事不拘小节'，他刻意欺瞒怕是另有隐衷。"

"就是就是，必是我们误会他啦！我倒深知他那德性，天生不自量力，兴许他也是被海里的鲛人骗了，原不晓得其中有多大凶险，还当真以为自己能扛下来呢！"辜云晴原本与沈击最是相厚，见至交好友成了这副模样，哪还顾得上怪他？只偷眼瞧着方铭若，嘴上忙不迭地打圆场。

方铭若秀眸通红，还止不住轻声抽泣，一时说不出话来。

不想岑子期却道："沈公子虽然不羁，却绝非莽撞少谋之人，我说隐衷也并非那个意思。不信辜公子只管看看那张凭书。"

辜云晴将手里揉成一团的绢纸展开来，一目十行地扫过去，到最后几句才念出声来："……鱼蛊之事，九死一生，知其险恶，愿以身受，生死在天，与人无尤——"到此却突然顿住了，"咦，怎么这下面还有一段晦文？"

岑子期接道："据沈公子说是宛州十城写书的固习，须以商会间约定的晦文将凭书翻写一遍，两相对照，以防外人篡改——我原非商会中人，沈公子却也丝毫不肯马虎。"

辜云晴低头又看了两遍，把那凭书向方铭若递过来，摇头道："这篇晦文可不是什么翻写的凭书，你自己看罢！"

晦文是依星辰对序将正常文字颠倒部首、淆乱笔画而成的一种秘文，是商学弟子必修的科目。方铭若久已不用有些生疏，只能一字一顿的读来。

"云晴、铭若……钧鉴：勿怪我！沈击一生颠沛孤苦，偶得一线机缘，惟愿冒死奋争。若天不垂怜，令吾为寒珠镇杀，愿将所遗玉盅一枚留予云晴，两艘老船并数年所积细软悉数赠与铭若女弟，自知难辞牵累之咎，但谢辜负之意耳！击今自锢于冰冢，浑浑噩噩，六识断绝，万望玉成我愿，勿以一念之仁误大事，则吾纵归泉下亦无憾矣，切切！"

方铭若越念声音越小，等再抬起头来，眼里的泪已干了，她又抬手在两颊上撮了撮，向岑子期道："岑先生，要把寒珠放进去，他肋上这么长的伤口都得再扒开不成？——有没有更好些的法子？"

岑子期一愣，道："那倒不必，扯开几个针脚埋进去也就是了。"

方铭若含泪挤出一丝笑来，向岑子期盈盈施了一礼，正容道："事已至此，就请岑先生动手施术罢！沈击连性命都豁出去了，我们这一点子本钱原也算不得什么——如今但求文君娘娘可怜他一片精诚罢了！"

说罢她又向辜云晴笑道："咱们太小气啦！等沈击醒过来，不许你把刚才那些话告诉他——咱们这么笨，被他早早就算计了，真是没的丢人！"

话音未落，方铭若眼里的泪珠又滚落下来。

5 「连五阳」

"小连子……你狗日的快给我钻出来！"蒙七的狂吼勉强穿透牛皮大帐传进来，落在耳中细声细气地像个娘儿们，却也足以让连五杨从惊愕中醒过神来。

他懵头懵脑地从帐篷里探出头来，赫然见那嵌甲僚兵正催动巨鸟迎面杀来，距他立足之处已不足百步！

连五杨终于见识了鹩虫能跑多快。

桀鹩筋肉虬结的大腿全力蹬地，腾空，再前伸——灰扑扑的两扇翅膀上下平拍，硕大身子好似贴地滑翔一般，一步腾起足足抵上常人十步有余！

刹那间，他脑子里浑然一片空白，习练多年的刀术招法全飞去了九霄云外，两眼像中了咒一般被那恶鸟牢牢吸住，连五杨只觉那恶鹩突进的姿势出奇地好看，他尚且来不及害怕——这是……要死了么？

"别跑！站稳喽！"蒙七吼声如雷。

连五杨扭头一瞥，只见蒙七顺手夺过一副雷公錾，弓步一抢，左手持錾架在膝上，略一瞄准头，右臂抡圆了一锤击在錾尾。"叮"地一声，连五杨只觉耳根一麻，五寸来长三棱刃的錾子宛若毒蛇暴起，在阳光下一闪而逝，直向那鹩虫打去。

连五杨之所以被截杀,皆因奉了蒙七之命去接几位东家。蒙七则是百密一疏,一则他没想到那斥候单人独骑就敢闯过来,更要命的是,任谁也料不到鹩虫跑起来有这么快!

脚户们藏身的土柱与那貌似斥候的嵌甲僚兵之间约有三百步。东家的熟皮大帐偏巧扎在土柱正南偏东一点儿,距脚户们这边约莫七八十步,离那僚兵尚有二百五十步左右。

彼时,连五杨低下腰蹿出去,眨眼工夫已摸到帐子前,危急间不容多礼,他便一头撞了进去。

"僚鬼——女东家——有僚鬼杀来啦!"一阵疾奔,连五杨已经上气不接下气,"快跟我——"

话犹未完,两眼已经适应了帐内昏暗的光线——帐篷里,竟然一个人都没有!

"岑先生?女东家?"他试着呼唤几声,兀自无人回应。暮地,一声大吼劈空而至——连五杨惯了对驮把子言听计从,不假思索撩开帐帘,立时就看到了恶鸟扑食的一幕。

鹩虫身子一歪,在连五杨身前打了个转儿,翅子上被雷公錾击穿的窟窿里甩出一圈鲜血。

这一錾志在阻敌,取下不取上,打的是鹩虫的胸凸之处。怎奈蒙七发了狠,击錾之声太响,僚兵惊觉后急扯丝缰,恶鸟双翅横拍,于疾驰中勉强横移了半步。錾子扑地一声只是穿翅而过,并未伤到要害。

桀鹩吃了这一錾,立时被激起凶性,翅子上的翎枝一根根都乍立起来,长脖子涨得血红,"呱呱"叫了两声,又向连五杨扑来。僚兵也在鸟背上一声喝斥,抖手挥出一柄蛮钩——

连五杨缩头侧滚,那黑黢黢的熟铁钩刀已从他头上扫过,把身后牛皮大帐嗤地剖开一道口子。

"驮把子救我!"习武多年,连五杨自以为永不会喊出来的这句话,此时却于浑然不觉间脱口而出。

嵌甲僚兵许是见猎心喜,猛勒住桀鹩,缓缓向落了单的连五杨迫来。恶鹩眼见血食在前,不住低鸣,一条条涎水从嘴壳子边直垂下来。连五杨终是习武之人,虽然赤手空拳,并没吓得瘫软在地,嘴里大喊"救命",却不敢回身,一面不错眼儿地瞪着那鹩虫,一面扎手伏低了身子一步步向后倒退。

经了方才一个照面,恶鹩似已瞧出这"猎物"身手敏捷,正踌躇如何下嘴,那嵌甲生番却已不耐烦了。僚兵一声暴喝,手腕一带,落地的蛮钩已飞回他手中——

原来那刀环首上系着一根筋索，另一头扎在主人腕上。僚兵钩刀在手，拿刀背朝桀鹞脑壳上狠磕一记，恶鸟吃疼，哀鸣一声窜上前来，长颈甩开，斧钺一般的大喙朝连五杨天灵盖猛抡下来。

连五杨一溜儿滚地躲开桀鹞包了铜皮的嘴壳，已顾不得脸上身上擦烂了多少皮肉——鹞虫啄击之速不啻于螳斧断蛾，本是避无可避，不想三五个骨碌下来，竟被他接连闪过七八次啄击。

我……这是——功夫怎地一下长进了这许多？连五杨虽然滚在地上，心里却一片澄明。难道一路上偷偷摸摸的苦练终有小成？

他心头一喜，挺身从地上蹦起来，捶着胸口嚎道："来啊，你这屁鸟——来叨你爷爷啊！"

这一嗓子端的豪气干云，可惜尾音儿还没落地，僚兵的钩刀已递到了眼前。这一轮，恶鹞不再挥颈乱啄，只忽扇着一对翅膀围着连五杨"舞蹈"起来，两条长腿忽进忽退，时错时分。那嵌甲生番半身隐在桀鹞翅膀后头，一柄钩刀神出鬼没，指东打西，没出三招，连五杨脑门儿上已被撩开一道血口子——还亏得他身法灵动，不然半个脑瓜子已砸在自己脚上。

这一记虽只是皮肉伤，血流的却不少，登时糊住了半边眼睛，连五杨大叫一声，勉力后跃，却惊觉鹞虫已闪入他目力难及之处。完了——心里顿时一凉，却听见"噔"地一声脆响，后领一紧，他已被人向后猛扯回去。

"行，小子，是咱九原脚户的种！"

连五杨身子刚站稳，眼里血还没来得及抹，一把刀已塞入他手里，又听蒙七沉声道："人跑不过鹞虫，你要敢把后脊梁露给人家，驼乜老祖①降世也救不了你——我死之前，你就只管在这儿戳着！"

连五杨答应着睁开眼，只见蒙七大马金刀立在身前。小褂早甩了，黑得发亮的后脊背上搭着一个长条麻布包袱。恶鹞正不住甩头跺脚，嘴壳子上盖的铜甲已被打瘪了一块——连五杨猛然发觉手里的牛尾扑刀有异，低头一看，原来适才驮把子虎口夺食挡下这一击，已将上好的一口铁刀撅成了"几"字形！

僚兵似已动了真怒，大吼一声，纵鹞直撞过来，蒙七侧身闪过，不料那生番竟从鹞虫背上飞身跃下，钩刀兜头下劈。恶鹞错身而过，却在身后猛转回头来，眨眼之间，恶鸟、僚兵已对蒙七形成前后夹攻之势！

"驮把子小心！"连五杨大喊示警。

"撂子苦咧——"

生死关头，蒙七却冷不丁吼了一嗓子——身子疾向后仰，两脚一蹬，几乎贴着地射向鹞虫肚子底下，背上的家伙早已到了手里。

"路有恶瘴呦——当烟抽嗨!"

连五杨这才听出蒙七竟然在唱——唱的是脚户们人人都会的"撂子谣"。

一句唱儿余音犹在,鹞虫硕大的身子已然倾梁倒柱一般栽在地下。僚兵身在半空时已没了落刀之处,着地时却正踩在鹞子脑壳上,登时崴了踝子骨。

蒙七早已反身冲上前来,手里刚斩了鹞虫脚筋的一对短柄月牙镋横扫纵戳,疾风暴雨一般向僚兵狂攻猛打。那生番虽然下盘不便,却临危不乱,右手挥刀绷挡,左边竟以肉臂直接架了蒙七三镋!

"锵、锵"之声不绝于耳,蒙七一连几镋竟如刮在瓷片子上一般。连五杨在旁看得清楚,那僚兵肩背胳膊上竟然密密挨挨镶满了甲片——他恍然想起以前听说过嵌甲僚的男子自幼便以秘法将山犰鳞甲镶入皮肉中,直至通身上下缀满甲片始为成丁,方可娶妻生子,上阵杀敌。今日亲眼所见,方知这一族得名不虚。

数息之间,胜负已分。

生番不善步战,又伤了脚,虽有鳞甲护身,终究抵敌不住。蒙七拼着左肩挂彩,一镋刺入僚兵肋下,这一招使了十成劲力,务求伤敌,不想却毫无阻滞,镋尖贯体而过,从僚兵身后透出一尺多长。

虽然诧异,蒙七却毫不迟疑,趁敌人张嘴惨嚎,左手镋压舌刺入,从脑后贯出,算是给了一个痛快。

远处众脚夫爆出一阵欢呼。连五杨也想叫好,却见驮把子毫无喜色——蒙七弯腰扯掉僚兵尸身上的藤甲,只见死人胸腹处的鳞甲都被剥净了,只余一片细碎伤痕。

"驼祖呦,这他娘的是个罪兵啊!"蒙七脸白了。

"啥?"连五杨大愕。

"罪兵!就是族里犯了罪的人,懂不懂?这他娘的是个一心求死的罪兵呦!"蒙七踏着尸体拔出短镋,脸色竟比那死人还难看,"僚人打仗,先遣罪兵,一则让他们战死也是桩恩典,再者也能探探敌人虚实——"

"货驮全不要了,都给我离大车远远的!"蒙七朝着远处严阵以待的脚户们大吼,"带好干粮水壶——不想死的都听我号令!"

罪兵……连五杨一时没回过味儿来,却已先瞧见了远处渐渐聚拢的数不清的僚兵。

蒙七叱令之下,八十多个脚户结成阵势,缓缓向土林深处退却,把牲口和货驮尽数留给汹涌而来的嵌甲僚兵。

连五杨戳在驮把子身后,眼瞅着一队通身嵌甲、貌如恶鬼的僚兵闯进营地。几头桀鹞蹿上货驮,巨喙轻轻几凿,已将柞木板箱捣碎,乌溜溜的生铁丸登时滚落满地，成匹的南丝北锦片刻间也都给扯个七零八落。

"造孽啊！多好的东西——生生给糟践啦！"身后不知是哪个咂嘴叹了一句。

"东家自个儿都脚底抹油啦，你他妈倒有闲心替人家肉疼！"只听闷奎出声骂道。

"小连子，"蒙七手拄双镋立在队伍最前，背影竟也颇有些气势，"东家帐篷里倒是怎么个情形？是乱得好似遭了劫，还是如往常一般？"

"哦——"连五杨怔了怔才道，"倒瞧不出怎么乱，我只当有人在，还冲自招呼了几声。对了，帐篷里也并不像往常那样冻骨头，反正我没觉得冷。"

他刚裹了额上伤口，方才激斗时不觉，此时伤处一蹦一蹦地疼起来。这股疼连着心扯着肺，不多时心窝里也似火烧一般。可疼归疼，他倒一点儿也不怕了。连五杨六岁习武，今日方才与人真刀真枪地搏命。如今场面也见识了，自己更挂了彩，好似大姑娘一夜成了小媳妇儿，事后自思却也颇有可喜之处。此番食髓知味，他对自己的斤两大抵有了谱子，心内反倒跃跃欲试起来。

再照量一回，兴许我就能结果了那僚兵。

"几位东家怕是走了有些时候。照这么说，该不是弃货而逃。"蒙七沉吟道，"既如此——都加小心，竖牌子！"

一语未完，蒙七突然大喝示警，前排的脚夫应声把藤牌高举过顶。

连五杨被唬了个激灵，抬眼望去，只见对面有三个僚兵排众而出，手中各提了一件物事。三人先在原地旋了几转，待蓄足了劲力，健臂一甩，各自将手中之物朝着脚户们列阵的隘口直掷过来！

那，那是——

其中一颗人头好似长了眼般直朝他打来。连五杨慌忙躲闪，脚下拌蒜，几乎跌倒——头颅在地上滚了几个骨碌，堪堪停在他脚前。

"妈呀——唐牛！"

"赵……全，驮把子，是赵全！"

人丛中惊叫连连。连五杨大着胆子蹲下身去，先看清了断颈上白花花的骨头茬，而后才注意到那双死而不瞑、视线外斜的眼睛。

头颅的发髻冲着他脚尖，脸孔颠倒着与他四目相对。这感觉似曾相识……

早知你不是省油的灯……说这话的时候，那双眼睛就这样瞟着他，厚嘴唇在鼻子上方蠕动……狗肏的，找打！

"……坏泡儿！"

那个晚上漆黑的夜色笼上心头，头下脚上的感觉似乎又回来了。我被他们倒吊起来毒打——无缘无故——不对，他们好像在逼问……可我到底说了什么？那天夜

里,连五杨受尽了生平未有的折辱,他再也不愿回想起那些事情。管他呢,你们都死了,我还活得好好的。

血肉模糊的脑袋就这么搁在眼前。几天前,我还和他们在一个锅里舀饭呢。连五杨曾无数次梦见自己驰骋疆场,杀敌建功。可为何梦中从没有这样面目狰狞的人头呢?

死亡终于变成铁一般的事实,恐惧也在人群里升腾弥漫。连五杨听到有人哭了起来,不知是哀悼死去的同伴多些,还是更多地为自己的命运悲泣。

"咧咧个屁,都成娘儿们啦!"蒙七怒吼,"俗话说'活要见人,死要见尸',这下踏实了,这不好事儿嘛!好歹能跟他们家里有个交代,把脑袋给我好生收着!"

"原地戒备,都别乱了阵!"蒙七说着甩掉小褂,把装短锏的包袱搭在肩上,"我去会会带兵的僚将,看能给大伙儿赊回几条命来!"

一听这话,脚夫们都聒噪起来。

"驮把子,使不得!"

"咱们这么多人在一处,大不了就干一仗,不怕这帮僚鬼!"

"是啊,真打起来还指着驮把子带队呢!"

"都给我捏上嘴,"蒙七喝止了所有的声音,"我心里有数!"

只有闷奎默默甩了褡裢,上前道:"我陪着老哥哥一起吧!"

"你比他们多长个脑袋?"蒙七眼眉一立,伸手在闷奎肩上拍了拍,"咱们脚夫平素练的功夫,列阵自保还凑合,一对一见真章的时候就不大顶用啦。兄弟,有你这话老哥哥就挺知足,还指着你替我压服这帮不知深浅的后生呢!"

连五杨不懂什么是"赊命",只当蒙七是要独个儿去向僚兵头子求情。他一时热血上头,脱口便道:"驮把子,我一直数着呢,这帮僚兵顶多不过百来号,况且松松垮垮,端的是乌合之众。咱们列开阵势压过去,没准一鼓作气就能——"

"你说什么?"蒙七扭回头来,面沉似水,眉心拧出老大一个疙瘩,冲着连五杨侧过耳朵,"小子你过来,大点儿声说。"

连五杨见领驮竟没开骂,胆气陡升,凑近了献言道:"驮把子,我是说,这帮僚鬼没有长射兵器,咱们不妨先以手弩开道,至不济也能钉死几头鹁虫。恶鸟受惊必然自乱。咱们保持好阵型,疾步推进。等一接阵,正面用藤牌抵住,两翼出钩镰、短斧只管往鹁虫长腿上招呼。僚兵身上虽然嵌了甲片,那些恶鸟可都光着呐——"

"啪——"一记脆响,天地在连五杨眼前猛然一震。紧跟着又是一记。

"啪——"余音袅袅,在土崖间往回激荡,恰如他所遭受的轻蔑与屈辱一般绵绵不绝。

"醒了没？！横死岭外的脚户，十个里有九个都是被你这样的蠢货连累死的！"蒙七终于回复常态，怒吼起来，"小猴崽子，刚捡回条贱命，就他妈不知道自个儿是谁啦！当年国公爷遣张博将军率五万赤旅扫荡岭外，大仗一十二，小仗三十六，整整打了两年半，终归也没能剿灭三僚。你以为你是谁哩？楚卫白毅，还是下唐息衍？"

"我——"连五杨跌坐在地，晕头转向，嘴角开裂。这两记耳光下手极重，几乎把他打晕过去。好半响，眼前蒙七无数虚幻的分身才渐渐合而为一。

*我若是白毅息衍，你倒动我一个指头试试？*四肢百骸、五官七窍全都失去了知觉，只剩下两边脸孔在众人的目光中越烧越热、越肿越高……

"我不在阵中，闷奎就是驭把子，你们都听他号令！"蒙七不再多说，分开人群大步而出。刚迈出几步，却又回过身来。

"连五杨——小连子呢？还他妈没爬起来呐？"

前头的几个脚夫闪了闪身，让蒙七锥子一样的目光直刺到连五杨身上。

"你要真浑到不怕死，就跟着我赊命去。"蒙七说这话时再没有咬牙切齿的狠劲儿，轻飘飘的仿佛要去喝酒斗牌，"你小子每天夜里偷偷练刀，不是只为当个脚夫吧？现下我要去干点儿逞英雄的事儿——瞧你有没有胆子啦！"

赊命？连五杨不懂那是什么意思。但他实在不愿留在这群脚夫中间了。蒙七晴空霹雳般的两记耳光似乎改变了什么，令他周身生出一种异样的感觉，"跟着他走，否则必死无疑"，这样的念头蓦地闪过他的脑海，或者说，有个声音在心里这样告诉他。

*大不了一死！*连五杨于是二话不说，背上兵刃跟在蒙七身后，朝几百步外耀武扬威的一众僚兵走去。

区区两百步，他们走了足有一盏茶的工夫。几个僚兵跨上恶鹞迎过来，押解一般跟在他们身旁。鹞虫嗅到生人气味，不住拍翅引颈，嗉囊涨得血红，更有两头恶鸟在主人刻意鞭打之下张开巨喙，从他们头顶上滴下腥臭的涎水。

"忍着，别自个儿找死！"蒙七目不斜视，一任臭涎从眼睛直淌到嘴角。

*挨过你那两巴掌，还有什么忍不了的？*连五杨咬住嘴唇，勉强忍耐，心里却也佩服蒙七不动如山的定力。

"小子，明白刚才为什么打你吗？"蒙七好像看破了他的心思，口中说话，脚步却不停。

"明白啦……我不知深浅，说了不该说的话。"说了比你们更有胆气的话。连

五杨口是心非地答道。

"明白你个狗屁！"蒙七猛地把肩上的兵刃褡裢甩给连五杨，便也如嵌甲生番那样精赤着上身。他高擎双臂，用僚语大声喊话。连五杨不懂僚语，可蒙七一声声喊的分明只有一个词。大概就是什么"赊命"吧？僚兵似已明白他们的来意，不再忙于搬运财货，都向开阔处聚拢过来。几十头恶鹨雁翅排开，拱卫着中央一个形容可怖的壮硕僚人。

想必这是领头的。连五杨在心里认定。那僚人盘膝坐在地上，生得高额凸颌，脸容古拙；身无寸缕，一身鳞甲油光铮亮，竟连脖子两腮都嵌满了甲片。腰间裹一块兽皮，小腿上扎着两束死人胫骨编缀成的护腿。

时近傍晚，正是开饭的时候。一个僚兵牵过匹桀鹨，在那恶鸟长颈上猛劈一掌，桀鹨"咕"一声张开大喙，僚兵便伸手进去，从恶鸟嗉囊里掏出一团物事来。等他剥开外头裹着的棕榈叶，连五杨赫然发现里头竟是一大截半生不熟的腿肉。那僚将接过来大嚼大啖，两眼却死盯着蒙七打量。

"克那依克！"从僚将沾满油腻的厚嘴唇里，吐出了和蒙七一样的字眼儿。

"好，好……克那依克！"蒙七大声回应，眉头瞬间舒展开来，神情仿佛卸下了千钧重担。

"小子，你们都死不了啦！"他大力拍着连五杨肩膀，脸上的褶子似乎都在放光，"那两巴掌不让你白挨，等会儿赢下头一阵，你先走！"

"走？"连五杨从未见过蒙七如此喜动颜色，有点儿看傻了，"这帮僚兵当真会放咱们走？"

"怎么不当真？这比武赊命是几百年传下来的规矩，我若能连赢三阵，你们的小命就都捡回来啦！"

原来如此！连五杨有点儿明白了。可当真能稳赢吗？

"怎么，怕我打不过僚鬼？"蒙七兴致很高，此时他已全然不是那个寡言持重的老脚夫，眼里闪烁着赌徒般的光芒，"小子，我跟你说。七爷我今年五十有四啦，一辈子没娶婆娘，无儿无女，更没有什么家财。活到这把年纪，唯一攒下的就是脚户行里这点子人望。怕只怕僚鬼不给活路，但凡可以比武赊命，我就算拼了老命也要把你们都带回去，一个也不能少！"

说话间，蒙七把胳膊腿都活动开了，又从褡裢里撤出短镗，冲着太阳看了看锋锐，带着风声挽了几个花儿，"连子，现下该明白为什么挨打了吧？你瞧瞧这儿有多少个僚兵、多少匹鹨虫？他们把隘口都给封死啦！那土林里头水少食少，一旦开战，咱们顶多支持个一半天。真要是不顾死活地杀过来，全都得交待在这儿！队伍里难保没有年轻后生跟你一样心思的，下死手打你，那是为了镇住人心——要不我比武时心里也不踏实！"

这时，那僚将已经啃净了那块兽腿，将骨头一扔，大声吩咐了几句。

这就要开打了吗？蒙七的剖白让连五杨好受了点儿，可那僚将的眼神让他隐隐觉得有什么不对。"驮把子，这些生番，真的会守诺吗？"

"放心，赊命是古道，僚人比咱们还怕触怒祖宗哩！那僚将已然答允了比武赊命，只要赢下三阵，他定会放咱们一条生路，除非——"

"除非什么？"

"除非是打青王宝窖主意的不轨之徒。据说三僚世代为青王镇守宝窖，那也是僚人的圣地，有敢冒犯者，必杀无赦——咱们都是老老实实行脚的人，倒不必担心这个。"蒙七把双镗插在后腰上，附身抓了一把红土在手心里蹭了蹭，"行啦，看看他们挑上哪个僚鬼来触七爷的霉头！"

宝窖……青王……好像在哪儿听过。不安的感觉愈发强烈，连五杨想叫住蒙七，可又想不到阻止他的理由。

蒙七大步走向场子中央，高喝一声："克那侬克！"

驮把子大概也只会这一句僚语吧。连五杨心想。

僚将发出一声长啸，原本卧在地上的一头硕壮桀鹯扑腾着翅膀站起身来，然后是第二头——

第三头！

三个魁梧僚兵扯着缰绳攀上鸟背，从不同方向朝蒙七直逼过来。

"克、克那侬克——克那侬克！"蒙七终于露出慌乱的神情。显然这绝非他以为的"比武赊命"。

连五杨看到僚将狞笑着说了一句什么。他不懂僚语，甚至都不确定自己听清楚了，可他心里就是明白。

"盗宝贼没有赊命的资格！"他一定是这么说的。

"畜生僚鬼，我操你八辈祖宗！"蒙七嘶声怒骂，发狂一般冲向那僚将，却被身后的一头恶鹯叼着脚踝抛向空中。

那是失去意识前，连五杨记忆中的最后一幕。

6 「翼紫君」

"'赊命'的习俗，胤初时就有了。最早实是第一代离国公平定南越时邀买人心的手段。"沈击说这话的时候，脸色还是很难看，再被篝火一映，更是苍白有如

死人。可即便如此,他仍是所有人中最讨羽族女孩儿喜欢的一个。

他们说他在冰笼里足足冻了两个月。翼紫君根本不信有人冻在冰里这么久还能活缓过来——何况这还是辜云晴告诉她的。自打这个宛州贵公子求她不要拆穿自己关于天罗杀手的谎话,她就拿定主意再不信他了。

这时方铭若蹙着眉插言道:"说的是三僚的生番,怎么又扯到离人身上?"翼紫君看得出来,这位方大小姐从商队遇袭、货失人亡之后,心里就窝着火,对外人时虽还是一副温婉样儿,却没有多少好脸色留给两个同窗伙伴。她那对坠子倒怪打眼儿的。除开首饰衣裳,翼紫君对这个宛州来的大家闺秀倒无甚观感。

"急什么,休息两个对时,咱们就得继续赶路。这会子是不敢睡了。枯坐无趣,正好听我细细解说。"沈击抻长胳膊,俯身向火堆前暖了暖手,方才续道:"早年间,离国军队俘虏了三僚兵将,总会假仁假义地给予'比武赊命'的机会。俘虏们尽可以推举出武艺最好的人向离国兵将挑战,一对一地比试,挑战者能打败几人,领兵的离将就将依诺放归几个俘虏。不过放归之人额上须刺青为记,倘若再被捉拿就是定杀无赦了。"

他有双与众不同的眼睛。翼紫君早就注意到了,沈击的瞳仁比一般的华族人色泽稍淡。以羽人的锐目看来,那其实并不是黑色,而是深得不能再深的蓝,泓澈幽远,沉毅渊重,一如厌火港夜幕下的海水。哼,亏得有这点子颜色,倒还显得持重些,要不然非招我讨厌不可……

怎么又犯老毛病了!翼紫君暗自警醒。她惯于把认识的人无一例外地分成三类:讨人爱的、惹人嫌的、女的。非但如此,她还总是倾向于信任第一类人、排斥第二类人并且无视第三类人。对一个有志成为鹤雪士的羽族战士而言,这绝非什么好习惯。师父提点过很多回,可她就是改不了,每每只凭一面之缘,就将初识者分门别类——非此即彼,泾渭有别。

这时沈击朝她这边望过来,翼紫君白了他一眼,若无其事地低下头,暗自窃喜。他装作看我身后的脚夫小子,其实是在偷窥我呢!唯一幸存的年轻脚夫坐得离火堆最远,三位东家都想知道当日僚兵来袭的详情,可连续两天他们都在仓惶奔命,直到空气中可以嗅到大海的味道,沈击才决定让大家休息半晚。

——这家伙从冰坨里醒过来才三天而已,就当仁不让地开始发号施令了。

翼紫君行事雷厉风行,却素来懒怠动脑,因此平生最佩服的就是能谋善断之人。她虽不清楚为何辜云晴、方铭若都甘愿唯沈击马首是瞻,不过明眼人都看得出来,那两位东家一个满腹牢骚,一个愁肠百转,单论胸襟气度,全给意气飞扬的沈击比了下去。瞧他这踌躇满志的模样,倒像刚打劫了别人的财货似的!

只听沈击侃侃续道:"但有一样,出头比武者只能为同伴'赊命',自己却必须留在离军中效命，以为人质。靠这个法子，当年的离国公收服了无数僚人猛将。天长日久，这班茹毛饮血的边蛮生番渐归王化，在离军中落地生根，不少人兵武传家，如今威武王名震天下的赤旅中很多人正是当年比武赊命者的后代。"说到此处，沈击脸上现出崇慕神往之色。

这也是个唯恐天下不乱的。翼紫君在心里给他下了判语。

"后世三僚虽屡有悖盟反叛之举，但'赊命'的古道却已深入人心，渐渐成了僚人打仗的固习。即便是过往商队遇袭，僚人往往也允许路护、镖师比武赊命。只是比武者再不必以身为质，只要连赢三阵，舍下财货即可逃命去也——"

"舍下财货？这他妈哪一件是他们的财货，这帮臭行脚的竟敢私自做主就给'舍下'了？！"辜云晴突然发作，把手里刚啃了两口的干粮狠狠砸向火堆，险些把火星子溅到对面老河络的胡子上。

谁叫你们自己不照看好了？你雇的是脚户，又不是路护——蠢蛋！翼紫君在心里鄙夷道。年轻脚夫抬起头来，满脸愕然地望向辜云晴，眼中随即涌现怒色。

"不然又能如何？不过是白搭人命！"方大小姐咬着唇皮涨红了脸，"也怪我，只听人道九原脚户悍勇，一般地都有些身手，贼寇轻易不敢招惹，故此才没多雇些路护，想不到——"

"你倒大方得紧！没等登程先按人头各派十个亮子儿，如今倒好，稍有点儿风吹草动，人家把货物一撇逃回九原去了——好歹稳赚十个金铢，够这帮穷鬼几辈子嚼裹了！"辜云晴不依不饶，话也越发难听。

太阳打西边出来啦？竟舍得拿他的"铭若仙女儿"撒气……翼紫君听愣了。这可当真是气急败坏，连公子哥儿的风度都不要啦！辜云晴在方铭若面前向来小心翼翼，说是曲意逢迎都不为过——看来真是要散伙喽！

念及于此，翼紫君眼睛亮了起来。散伙散伙，趁早一拍两散！本姑娘便可回宛州交差啦！这趟差使，她真正的雇主实是"湄海船王"辜自澄——便是辜云晴的尊大人，而主顾唯一的交代是确保和镇辜氏的少东家能安然无恙地从逑鋉海回来——"余者全不足虑"，他原话就是这么说的。虽然辜云晴初见时就被她归入"第二类"，可翼紫君着实喜欢这样简单明了的任务。

这时沈击来打圆场，笑道："此事怨不得旁人，是我们自己大意了。只当三僚之地离牟延土林尚远——可这嵌甲生番虽然乖戾凶残，却在祖宗古法上不敢稍有违背。若按连兄弟所说，蒙七爷之前曾击杀了一个僚鬼，为何比武赊命时竟连一阵都——"

"他们上了三个，一起上的！"姓连的年轻脚夫哑声迸出这么一句，"都跨着鹩虫，三个僚兵，围攻驮把子一个！"

他的脸色也够难看的。这小伙子长相倒颇合她眼缘,可身上却有一股说不清的味道让翼綮君很是反感。他得归进第二类去。

那天她和辜云晴会合了方铭若一干人后,就地请那个华族游方士施术,为沈击植入寒珠。直鼓捣到暮色四合,沈击才苏醒过来。他们只好原地露宿一晚,次日一早才赶回十几里外的营地。翼綮君本以为会在土林南隩的营地中看见精壮的脚夫、成群的牲口,可迎接他们的只有遍地的死尸。

"这可就奇了!"沈击嘴角泛起一丝笑意,"如此合力屠戮,那就是不给赊命的机会。难道这百来号僚兵长途奔袭,竟是'专程'追杀你们一群脚夫来的?"

姓连的脚夫抬起头,目光缓缓扫过众人,脸上一片苦恼迷惘之色,终于摇了摇头:"不知道,要么就是……记不得了。"

话虽说得平淡犹疑,他的胸口却开始急剧起伏,很快脖子也僵直起来,青筋蹦起老高,眼白里竟渐渐洇出一片红翳。是……火光映的?翼綮君眯起眼睛,想看得更清楚些。与此同时,一股她最受不了的浓浊气味儿扑面袭来。翼綮君连忙掩住口鼻,右手下意识地探向背后。

"赊命?我没听错吧?一帮臭行脚的还敢学人比武赊命?"负责探路的楼亦绾从黑暗中冒了出来,在辜云晴右手边坐下,向东家挤眉弄眼地点了点头。

他可不好归类……翼綮君瞧见他无缘无故的笑容就生气,可这个私兵头目身上分明并没有那股子她极为敏感的烦人味道。

高个子的天然居游方想必有些看不过眼,出言道:"楼统领怕是有所不知,越州不比其他地方,脚夫们习武是平常事,敢下南越的都有些真本领。蒙七爷既是九原脚户行中的翘楚——"

"翘楚?你说那干巴老黑猴儿?"楼亦绾哈哈大笑,"若在我们青石,这路货色连给军爷们提鞋倒夜壶都嫌不配!"

"你敢、你敢再说一遍?!"年轻脚夫缓缓站起身。"驮、驮把子他——"

大概因为脖子发僵,他连话都说不利索了。翼綮君此时再不必胡猜那股味道的来源。令她作呕的气味儿正以衣衫褴褛的脚夫为中心,迅速向四周喷薄翻涌。

鼻腔里一阵灼痛,翼綮君扭头干呕起来。难道他们闻不到么……她好像听见一阵噼噼啪啪的轻响。一定是柴火爆开的声音,不可能是他身上发出来的!

"他——死——啦!"连五杨嘶声咆哮起来,"把——命——都——赔——上——啦!"

不好,这人要疯!就在翼綮君察觉到危险,准备护住辜云晴的时候,那年轻脚夫竟然穿过火堆直冲向楼亦绾,劈面打出急如电闪、势若奔雷的一拳!

一时间劲气横空,烟烬狂卷!

私兵都统可恶的讪笑还留在脸上，他甚至都来不及起身，危急间只得抓起身旁一头刚猎得的黄麂封挡过去。

　　"砰！"一声闷响，楼亦绾向后跌出一溜儿滚。那头小鹿竟套在了脚夫小臂上——鹿身生生被一拳击穿！

　　翼紫君猱身扑前，扯住辜云晴后领之时已然凝出双翼，借两翼扑腾之力挟着他向后弹开——另一只手已从背后撤出短弩，一箭射向连五杨下盘。

　　"小心——"一片慌乱中，沈击大喊，"制伏就好，可别伤了他！"

　　"我说沈爷，你这话冲他说还差不多！"楼亦绾报以苦笑。他满头满身尽是鹿血——从背后拔刀的姿势别提有多别扭。"也罢，既已做了恶人，索性就做到底！"

　　说罢楼亦绾旋身挥出一刀，虽是左手施展，仍是气势惊人。长刀挟着凛冽风声疾劈连五杨，看似毫不留手，着落时却是以刀背向敌。

　　哦，他右臂脱臼了——是被适才那一拳震的？翼紫君隐隐觉得楼亦绾并无稳赢的把握，所谓"制伏"怕是更加无从谈起。

　　连五杨不闪不避，直等刀风割面时猛地合身扑前，挺肩撞向楼亦绾刀镡，探右臂向对手胸前掏来。楼亦绾被这疾如鬼魅的步法吓了一跳，不得已再次后跃。

　　那年轻脚夫仿佛疯魔了一般，双睛红似火炭，从眼角淌下两行血泪来。头发衣襟都燎着了，却兀自不觉，只管向楼亦绾步步进逼。翼紫君那支弩箭正钉在他大腿上，箭簇嵌入不深，没走两步竟给紧绷如铁的筋肉生生挤了出来。

　　"本来好端端地，怎么眨眼间就跟恶鬼上身一样啊……"服侍方铭若的丫鬟声音发颤。方才团团围坐的几个人都聚拢过来——辜云晴扶着沈击，怜芜与其说搀着主子，不如说是扯着袖子躲在方铭若身后，那岑子期显然是个手无缚鸡之力的文士，老河络却不知哪儿去了——翼紫君发觉自己竟是唯一能助楼亦绾一臂之力的人。

　　"岑先生，这便是你说的'沸血狂症'？"沈击起身时牵动了肋下伤口，说话时直抽凉气，"原来天下竟真有如此邪门的恶疾！"

　　华族游方士形容狼狈，摇头叹道："若非南越土著，多是不知道这病的。被血蛭叮咬之人，未见得必染此症，可一旦得了'沸血狂症'，能熬过一日夜的人千中无一。偶有那造化大死不去的，就成了俗话说的'沸血癫子'，发作起来就像连小哥现下的模样，不但狂暴嗜杀，敌友不分，而且力大无穷，刀枪难入。你们也都见了，当日遍地死尸中有几头桀骜生生被扯断了脖子……"

　　辜云晴咋舌叹道："多亏了岑先生提点。若非今夜有备而动，将他这凶症激出来，带着这么个神志不清的狂徒到海上去可不是嫌命长么！"

原来他们是故意说那些话的!翼萦君恍然大悟,随即心里涌上一口恶气——竟然不告诉我!

话犹未完,却听方铭若一声惊叫。原来楼亦绢变招稍慢,被连五杨抓住了刀脊,他当即手腕翻转,想迫连五杨放手,不料脚夫猛地一个旋身,竟以肉掌把长刀折断,随即一拳轰来,骇得楼亦绢慌忙撒手。连五杨抢步上前,与楼亦绢近身肉搏,只攻不守,完全是一副不要命的架势。很快楼亦绢就只有左支右绌的份儿。

岑子期急道:"若真是有备而动,就不该让楼统领一人对敌——是不是请翼姑娘也帮衬一把?"

"萦君,你看——"转向她,只说了这几个字,剩下的话都在眼神里了。

"在和镇时就说好的——"翼萦君瞪圆了眼睛。我只管保着你一个人,难道非逼我说出来?

"你只管先出手,"辜云晴凑过来,压低了声音,"酬劳的事情都好说!"

"根本不是钱的事儿,"翼萦君跺脚,"我实在受不了他身上那股味儿!"

一下……两下……三下……躺下吧你!翼萦君紧咬牙关,使上了吃奶的劲儿。连五杨正把楼亦绢举过头顶,趁他空门大露之机,羽族女孩儿迅疾无伦的四记重击几乎不分先后地打在他膝弯、肩胛上。狂魔附体般的脚夫哀嚎一声,终于轰然倒地。

好歹坚持下来了……眼见连五杨被辜云晴和老河络合力用网子缚住,翼萦君丢下兵刃,掩着嘴跌跌撞撞地冲进幽暗的灌木丛深处。

"别管我,没事儿!"她囫囵不清地扔下这么一句。

"哇——"没等她弯下腰,胃里的东西紧跟着那句话冲破齿关。

腹内波澜壮阔,一浪又一浪地向上翻涌。

谁啊……都说了别跟过来!她感到身后有人接近。

"别慌!就我一个。"是楼亦绢的声音,"给你拿了点儿水。"

一个岩羊肚儿的水袋落在他脚边。翼萦君捡起来,连漱了几大口。

完了,全让他瞧见了,我这副惨相儿——借远处篝火的一点光亮,她看清了楼亦绢的面容,宛州私兵鼻青脸肿的模样让她心里一阵宽慰。哈,你可比我惨多啦!

适才激斗之时,楼亦绢中了几拳,还被一根从篝火堆里抽出来的木头扫中了脸颊。不过正因他奋不顾身地挡在连五杨身前,翼萦君才能接连从身后偷袭得手。

不管怎么说,他还算护着我。翼萦君心里腾起一股暖意。

"你……是故意的吧?"她抹着呛出泪水的眼睛问道。

"你是说被他拿住?"楼亦绢往草棵里啐了一口血痰,"那小子浑人一个!我卖个破绽,他就乖乖上套了!"

"倒不知谁是浑人，"翼萦君嗤道，"我若失了手，你这会子尸首都凉透了。"

"所以我得谢你的救命之恩嘛！"宛州私兵左眼已肿得睁不开，右眼里却还闪着恼人的笑意，"放心，我绝对守口如瓶，帮你瞒着他们！"

"瞒什么？"翼萦君愕然。不过是恶心吐了，有什么好瞒的？

"如今你这身子……"楼亦绾瞪着尚堪使用的一只眼睛冲她上下打量，"马上到了海边还要坐船，你可如何受得了？"

船？我几时怕过坐船？翼萦君笑道："你听说过几个羽人晕船的？"

楼亦绾终于敛去笑意，正色道："这可不是玩的，况且等你身子一天天重了，非但保护不了辜公子，自己只怕还得人照顾——这也不是逞强的事儿！"

等等……说什么呢？！翼萦君愣了愣，终于回过味儿来。她二话不说，箭步蹿上前去，脆生生一个大耳刮子扇在楼亦绾未伤的那半边脸上！

"他一个年轻当兵的可懂得什么呢，你千万别和他一般见识。"楼亦绾前脚灰溜溜地刚走，后脚丫鬟怜芜就跑来烦她。

"这种事哪能浑猜浑说呢！"翼萦君咬牙切齿道，"就算傻子也该知道啊！"

"那可不！"怜芜话锋转得极快。"就活该他挨巴掌——让他自个儿臊着吧！"说着上前挽起她胳膊笑说道："沈公子刚改口了，天亮前让大伙儿原地休息。眼下少说还能睡上两个对时，不如咱们一处躺着，也好有个照应。"

翼萦君早已疲倦欲死，任怜芜扶着向宿营处走去。没走几步，只见连五杨倒在灰堆边上，兀自人事不省。除了被一张网子紧紧缚住，外头又扎扎实实捆了十几道绳索。

怪了，那难闻气味儿几乎散尽了。翼萦君刻意提了提鼻子。没准姓岑的那个游方士给他施了什么法术——倒不知明日启程时要怎么处置他。

"唉，怨不得说谷玄命的人'蹇滞多磨'！"怜芜幽幽叹道，"才从僚兵那儿捡回条性命，却又得了这么个邪症——人这一辈子想必早有定数，星命之说是不敢不信啦！"

傻丫头！翼萦君忍不住驳道："若非得了这么个邪症，凭什么独独让他捡回条性命呢？如此看来，倒是他的造化了！"

"那就更没错了！"怜芜蹲下身来摆设铺盖，"《星命详批》上说得明白，谷玄命的人虽然时乖运蹇，命格却最硬，只有他克别人，没有别人克他的份儿！"

"谷玄命？"翼萦君奇道，"那又是什么意思？"

"十二星命啊?你竟会不知道?"怜芜瞪圆了眼睛,"岑先生说这法子是从你们羽族传过来的啊!"

这可真真是鬼扯,我怎么从来没听过?翼萦君脑中灵光一闪,似乎隐隐悟到了点儿什么。

谷玄命……她和衣躺下来,只觉浑身酸疼不已。怜芜歪在她身边,竟然全无睡意。

"快快快,把你的生辰八字报上来,我最爱给人算星命了!"

"姓连的那个脚夫,你也给他算过?"

"岂止他一个!"怜芜满脸得色,"自打岑先生把我教会了,这一路上,除了蒙七爷,差不离每个脚夫我都给算过啦!"

"除了他……还有谁是谷玄命呢?"翼萦君猛地坐起身来。

"没啦,"怜芜摇摇头,"谷玄命的人本来就极少——脚夫以外嘛,眼前倒还有一个!"

"谁?"

"你猜!"怜芜脸上露出故作神秘的微笑。

"我猜……辜云晴?"她不想拐弯抹角。

"啊——"丫鬟掩住嘴才没叫出声,"我本来说他最不像谷玄命了,你、你怎么一下就能猜着?!"

当然了,他们都是被我归入第二类的人。翼萦君觉得浑身汗毛都竖了起来。我总算明白那股味道到底是什么啦……反正不干沸血症的事!

"那岑先生呢,"翼萦君努力不让自己的声音发颤,"算命之法既是他教你的,他自己,又是什么命呢?"

7 「沈击」

火伞高张,碧空如洗。

天净得不着一丝云絮,太阳得了势,漫空都是赫赫炎炎的晴光,让人头都抬不起来。这样流金铄石的暑气,在陆上能要人命,洒在漫漫浩瀚洋里,却只能蒸出一点子水汽,再被海风一荡,什么燠暑炎威都剩不下了。

信风绵徐,却有一股孜孜不倦的韧劲儿,况且风向正好,"越辽仙子号"张满了二十面白帆,分波斩浪,不多时已把皓白的沙洲、明澈的泄湖都甩在身后,直向述籲海深处驶去。

沈击独自站在主桅望楼上，脚下白帆错落，竞相鼓荡，低头根本看不见甲板，人在望楼上就好似飘行云端一般。

天光海气从三万六千个毛孔里透进来，把人身上积年的寒毒秽气统统逼出体外。这样的天气、这样的景致，纵有满腹的心事，也教人皱不起眉头来。

"越辽仙子号"是一艘仿羽人木叶兰舟形制的三桅战船，舰首高扬，吃水颇深。船舱里自是稳当得可以投壶抚琴，可主桅顶端这小小的望台高出甲板十丈有余，船身哪怕轻轻一颤，望楼上也要忽忽悠悠地摇晃上好一阵子。

虽然一阵阵地头晕，沈击却舍不得下去。他爬上来颇费了一番功夫。若在以前，攀桅收帆于他就如吃饭睡觉一般。奈何眼下气力大不如前，且在冰里冻久了，手脚血脉阻塞，还都是麻的，指头全似短了一截——适才爬上来时手被木刺刮开一道口子，竟等上了望楼后他才发觉。

沈击把鲜血淋漓的手掌举到眼前，端详了端详，朝伤处轻轻呵了一口气。眨眼之间，那道两寸来长、汩汩冒血的伤口就凝住了。他搓掉冻结了的血痂，心头一阵感慨。

好歹又赌赢了一局！

他在心里这样念叨着，不自禁地探手往肋下摸了摸——那片满目疮痍的皮肉底下藏着他用性命博来的鱼种。沈击又想起十天前在帐篷里刚醒转时的情景，回味了一会儿自己也忍俊不禁起来。

彼时寒珠入体不久，沈击浑身僵硬，本是半点儿动弹不得。可他一睁眼就死命梗着脖子，非要抬起头来。辜云晴只当他要水喝，赶紧让怜芜端了一碗过来，哪知沈击却瞪圆眼紧咬着牙关，岑子期还以为他犯了癔病，忙不迭地找药，倒是方铭若冰雪聪明，一早猜透了他那点儿心思，径自开妆奁取了面镜子出来，举在他头上照了照，嘴里还揶揄道："这可安心了罢？"

沈击从镜里瞧见自己肋上两趟针脚仍旧缝着，鱼种撑起的肿包也好端端的，心下一松，就又昏了过去。

自那一日，辜云晴隔三差五就把他当时的丑态惟妙惟肖地学上几遍，不等沈击告饶或是方铭若笑岔了气绝不算完。

调笑也好，嘲讽也罢，惟有最终天随人愿，之前种种的艰危苦痛才可以拿来供饭喷洒，津津乐道。不管怎样，鱼种保住了，寒珠也没能要了他的命，这已是辜云晴、方铭若和他自己能祈求的最好的结果——可如今又该何去何从？

沈击觉得自己像个偷了母亲陪嫁首饰的孩子。起先担惊受怕、寝食不安，不想大人竟没追究，孩子庆幸之余将这些细软都折变了，等他怀揣了大把的金铢才发觉自己最初羡慕的也不过是金铢，至于要用它们买些什么却根本没想明白。

"吓死啦，吓死啦！"

翼紫君叫嚷着从天上降下来，打断了沈击的思绪。羽族少女脚还没沾上实地，却已散去了羽翼，她随手扯了一根帆索荡过来，轻轻巧巧落到沈击对面，倒把他吓了一跳。

"哎，我才看见鲛人了——长得真恶心啊！"

望楼是个直径五尺的小台，一个人呆着也嫌局促，翼紫君再跳上来，两人就只有脚碰脚地站着。

沈击一脸的尴尬，又拿她没办法，只得道："你飞了有多远？咱们离珂月崖少说还有三五天的航程，哪能这么早就碰上鲛人？"

"我当然看见啦！"翼紫君咬着嘴唇瞪圆了眼睛，满脸的兴奋，"人身子，长了个鱼尾巴，不是鲛人又是什么？——不过那脸生得可不是一般地丑怪，满嘴的獠牙，吓死人了！"

"獠牙？"沈击暗自好笑，"那你看见的定然不是鲛人，许是海里的什么妖怪也说不定！"

"妖怪？海里有什么妖怪长得像鲛人的？——况且妖怪会把自己跟一个大泡泡捆在一起在海面上漂么？"

漂？沈击听见这话，猛地回过味儿来，忙问道："你看见那东西是浮在海面上么？活的还是死的？"

"那可说不准，我又不敢飞得太近，不过倒没见怎么动弹，又露出水面被大太阳照着——估计就算活的也撑不了多久。"翼紫君皱眉思索道，"唔，你这么一问，我倒觉得那鲛人好像是在挣扎，不过——"

没等她说完，沈击踩着绳梯就往下爬，嘴里问道："那怪物在哪个方向？你等会儿飞在前头领航，咱们赶紧去看看！"

"没啦——你猴急什么呀！"翼紫君忙喊住他，吐了吐舌头，脸红道："都已经沉下去了，看不着啦！"

"你不是说漂在水上吗？"沈击听得一头雾水。

"起先自然是漂着的，我见那鲛人生得这般丑——何况他自己好像也不愿意冒出水来——就顺手给了他身下那个大泡泡一箭，射破了泡泡那鲛人自然就沉下去喽！"

半个对时之后，楼亦绾在左舷侧不远的海面上第一个发现了翼紫君说的"鲛人"——还不只一个。

羽族女孩儿所谓的"大泡泡"原来是大鱼的鱼鳔，足有牛犊大小，充足了气，胀鼓鼓地浮在海面上。鱼鳔上结结实实捆着两个"鲛人"，都已经死透了。那"鲛人"固然是人身鱼尾，却生得青面獠牙、恶形恶状——背上一色青黑，腹下却是白的，浑体无鳞，头顶尖如枣核，两眼分在两侧，手臂下连着又厚又韧的膜翼，背上耸立着一大一小两块旗鳍，尾如长梭，末端的尾鳍像极了大号的月牙铲。

沈击发下号令，几个船工用钩杆把那鱼鳔连同尸首一并拖至舷边，再合力搭到甲板上。

"这个是'横兽'，绝非什么鲛人。"不必细看，沈击已下了定论。

他蹲在尸首边上，从那怪物大张着的嘴里硬掰下一颗牙来，举着解说道："你们别看这怪物满嘴里密密层层的獠牙，其实都嵌生在牙床肉上，牙根并没连着颚骨，兼且全都是钩锥一样的门牙，却无一颗用来咀嚼的臼齿——单这一样就与九州六族迥然不同，因此虽然生化出了手臂，终归还是茹毛饮血、囫囵吞的兽属。不过横兽这血盆大口里生着七八排利齿，外头一排断落了，里头的新牙自会外移出来，长得只有更长更利！"

"这要被它咬上一口还了得——亏得翼姑娘没落下去细瞧！"丫鬟怜芜躲在辜云晴身后，目不转睛地盯着横兽的大嘴，"这横兽虽然丑了点儿，和鲛人好像也没甚分别嘛！"

"别乱说嘴，你没见过鲛人，又知道些什么？"方铭若斥道。其实她也没见过鲛人，可心里就是不乐意把自小对海中鲛族的曼妙想象和眼前这怪物相提并论。

"其实区别大着哪，比如你们看这尾巴——"沈击说着将横兽尸首状如新月的尾鳍翻起来，"横兽的尾巴是立着的，游动时左右横摆，这就和鲛人平尾竖拍的泳姿断乎不同，我猜这种怪物被称为'横兽'大抵就是这个原因。"

岑子期和矸头翟炀这两个天然居游方最喜猎奇，此时好像得了宝贝一般围上来，一边竖起耳朵听沈击解说，一边取出纸笔忙着记录描摹。岑子期向沈击讨了那颗獠牙收藏起来，又问道："沈公子，不知这种异兽学名唤作什么？"

沈击道："'横兽'是述洇海鲛族的叫法，我只是照字面直译过来。这种怪物多在浩瀚洋深海里出没，我们华族知之甚少，想必也没取过名字——岑先生既有幸第一个将此物付诸笔墨，自然该为它取个学名。"

"呵呵，那岑某定要想个恰切的好名字。"岑子期乐得直搓手。

"这两个横兽……倒是怎么死的？"方铭若问道。

"自然是被鲛人'做掉'的，不然怎么捆得这么结实——你不见这里有外伤？"辜云晴拨弄着横兽身上几处伤口，"依我看，这一处是刀伤，这一处嘛倒像是大枪捅的——只是这枪也忒粗了一点儿。"

"可是都不致命。"沈击截断道,"这两个横兽是离了水憋死的。"

"横兽不比鲛人,离水活不了多久。把受了伤的横兽绑在鱼鳔上,令其升上海面,呼吸断绝兼以烈日暴晒,实是很惨的死法。若我猜得不错,怕是硕敖部刚打了一场胜仗,这些横兽都是俘虏,如此处置既是活祭,又可立威——天黑前只怕咱们还能碰上一些!"

方铭若皱眉道:"这硕敖部鲛人怎地如此残暴?"

"杀伐一起,哪里说得上什么残暴?况且你是没见过鲛族村落遭横兽荼毒后尸骸零落,血水滥漫的惨状。"沈击摇了摇头,"横兽长在深海大壑里,名虽为兽,实则灵智已开,兼且牙尖爪利,游速远胜于鲛人,往往成群结队地从深海里浮上来,找上鲛人聚落大肆劫杀一番,饱足后便逃之夭夭。从古至今,横兽都是述鬵海中的大害,本地鲛族谓之'横患'。硕敖部南迁以前,土著的三支鲛族早已深受其苦,他们当年同意接纳硕敖,将珂月涯外礁海域让给硕敖部生息,更多是出于私心。虽然有了栖身之处,硕敖鲛众却不免一代一代替人家守卫外礁,抵挡横患。"

片刻之间,海上又漂来几具横兽的尸骸。

"岑先生熟知三海掌故,想必不会忘了'硕敖'这个名字。我们这趟生意,与硕敖部鲛族实有莫大的牵连。"

岑子期刚把横兽的图样描好,没来得及洗笔,楼亦绾就过来相请,只说三位东家有要事相商,邀两位客卿入飞庐一叙。到了舱口,辜云晴、方铭若、沈击联袂出迎,将岑子期和矸头翟炀颇为郑重地让进正厅,待分宾主落了座,丫鬟怜芜早已奉上茶来。沈击也不虚词客套,开门见山地直奔正题。

"硕敖?这可奇——若不是我们这样的书蠹,当今的东陆人怕是没有几个听说过这两个字了!"岑子期饶是见多识广,也不免吃了一惊。

这儒雅多智的天然居士抿了口茶,略一思索便侃侃道来:"硕敖部鲛人原本势大祚长,一度也曾是南滁潦海的霸主。可惜前朝风炎年间郁非降世,谷玄凌霄,不但陆上征尘四起,海中也不安生。正所谓'天生异象,海有所感',接连三年的洋流紊淆令涣海、潍海鲛族大举南侵,最终引出一场旷日持久、殃及十余族鲛众的海中浩劫。

"你们也知,鲛人部族间的征战,征城夺野只属末节,战端一启,务求屠绝夷灭。若我没有记错,似乎是濯壑一战,硕敖部一败涂地,自此亡国灭种,三海中再没了'硕敖'这个名号。"

沈击与辜云晴对视一眼,不禁暗生钦佩。他们两个虽出身海运世家,于鲛族的历史掌故也不见得全能这般信手拈来,随口说个清清楚楚。

"岑先生果然学通三海，看来我们是找对人了！"沈击由衷赞道，"后学厚颜再有一问，不知两位可曾听说过当年'连楫断云望'的旧事？"

不等岑子期开口，平素寡言少语的矸头翟炀已哑然笑道："这个自然晓得！那可是沈公子祖上赫赫有名的掌故。当年沈氏家主酒宴上与人相赌，自称能令宛州七港'三日无片帆'，于是广发家徽限海令，命属下船队都往云望海峡集结，又对与沈氏有生意往来的大船主悉数许以厚利，也邀其共赴云望。一些小户船家即便未曾接令，也都慕于衡玉沈家素日令名，甘愿将自家海船拖上岸来。最终宛州七港果然三日不见一帆。云望海峡里却真个是帆影蔽日，桅樯接天。据说舟船间以踏板相连，能让人从衡玉一径走到西陆去。如此盛况一出，宛州敬服，东陆震动，当朝皇帝风闻此事，手书'连楫断云望'匾额赐予沈家，衡玉沈氏名声大噪，一时风头无两。时至今日，宛州人念及沈家当年的富盛，仍是津津乐道。却不知彼时沈氏家主'富海公'是沈公子——"

"便是在下的高祖。"沈击接口道，"翟炀先生过誉了——我提起这段故事，并非有意炫耀，当年高祖如此行事，虽然风光得紧，却不免落下炫富的恶名。而且寒家盛极而衰，肇端也在于此。天下人只知沈氏骄夸，却不知'连楫断云望'实是别有内情！"

这话一出，矸头翟炀登时一愣，岑子期却已微蹙了眉头，似是猜到了些端倪。

沈击起身道："这是寒家世代相守的一件绝秘之事，迄今虽已近百年，还是请两位与闻后为沈击守秘，实乃不情之请，后学这厢拜谢了！"说罢作了一个揖。

岑子期和矸头翟炀对望一眼，都点了点头，却听沈击道："所谓'连楫断云望'，纯是遮人耳目。高祖当年自毁贳约无数，不惜败尽商誉以广募船只，名为赌斗，暗中却是义助硕敖余部合族南迁！"

一句话刚出口，还不及细说，只听舱室壁上警铳之声大作——那警铳是从桅顶望台上引下来的一根空心铜管，瞭哨发觉海上异状便以手锤击之，以约定的暗号向各舱中船员示警。

辜云晴霍地起身道："铳声三短一长，来的不是船，想是望见什么海兽了！——咱们把话头先搁下，赶快上甲板看看去！"

"左舷填盉方向，百五十丈！"铳声清厉，伴着楼亦绾的高喊从主桅望楼上滚落下来。

众人闻声都拥到左舷侧，顺着所指方向极目远眺。半晌却只见几只海鸱掠过，水面上仍是波澜不惊，空无一物。

沈击瞪酸了眼，正要仰头质问楼亦绾，却遥遥听见"嗵"地一声，猛见一个四

菱形曳着长尾的庞然大物从不远处海中冲天而起，跃出水面足有两丈来高，半空中一个翻转又猛地扎进水里，溅起滔天的白浪。

"百二十丈！"楼亦绾大喊。

甲板上众人骇然失色，有眼色的船工忙将四尊定波神弩揭去炮衣，两人一组合力扳转摇臂给弩机上弦。

沈击高声喝令："大家别慌——先放下通语螺！"

一个船工应声奔到舷边，掀动机关将弦外竖立着的一根节节相套的细长管子拉长探进水下，那末节管头上连着一个奇形螺壳，舷上这一端装了一个扁口吹嘴儿。沈击手搭凉棚又看了一会儿，待那通语螺没入水中，他便走到舷边，对着那扁口吹嘴儿鼓着腮吹起来。

方铭若不习海事，向辜云晴问道："这又是做什么怪？若是吹那螺壳怎地又听不见声响？"

只听辜云晴道："通语螺经过秘术加持，发出的声音与鲛唱相仿，谙练之人便能以之向海中鲛人传辞达意，因此叫作'通语螺'。鲛语声调极高，我们华族人的耳朵原就很难听见，何况又是在水下吹！"

"莫非刚才那个是鲛人？"方铭若讶道。

"跃出水面的那个扁身长尾、鳍长如翼的海兽叫作'伏鲼'，是南浩瀚洋一等一的凶兽，至于是不是有鲛人驱策，我倒没看清楚。"

话音方落，只见两头伏鲼同时从海中跃起，在半空中错身而过，又双双落回水中。只是这次出水之处仍停在百二十丈附近，并未继续逼近。

来啦！终于碰面了！ 见此情景，沈击只觉浑身血脉奔涌，畅快得恨不能仰天长啸。

他旋风般转过身来，朗声笑道："想是我们念叨得紧了，竟真把硕敖部鲛人引了来——若我猜得不错，来的只怕还是个故交！"又打量了一下甲板，向方铭若一众人道："你们先移步飞庐，众位弟兄只管各司其职，待我请这位故人上船来一叙。"

众人见他一副成竹在胸的模样，只好依言行事，只有辜云晴留下与沈击并肩站在船头。

不多时，只见两道泛白的水线斜交成一个钝角，向船舷边急速射来。那海兽似是从深水处斜向上冲，渐近渐升，转瞬间一团黑影已逼近水面，鳍肢扑扇带起的水线汇聚成翻涌的白浪。眼见离船舷只有数丈，那伏鲼巨怪猛然间破水而出，两扇鳍翅平展横拍，半空里减缓了冲势，轰隆一声砸在甲板上——沈击只觉脚下猛地一沉，险些站立不稳，好在船身颠了两颠便稳当下来——因其冲势极猛，那伏鲼又是遍体粘液，在甲板上竟又滑出数丈，堪堪在两人面前刹住冲势。

甲板上海水横流，连飞庐上观望的几个人也被溅了满脸的水沫。方铭若拿帕子擦脸的当儿，一个鲛人已从伏鳍背上缓缓直起身来。

"一别经年，退舸兄为何清减了这许多？"那鲛人体型魁伟，长鬃垂肩。说话时中气充沛，语调圆浑，讲起华族话来虽然略带口音，辞意倒也通达。他一开口便以表字相称——沈击字退舸，显见就是沈说的"故人"。

"我这样东奔西走的劳碌命，想瘦些还不容易？"沈击未语先笑，随手将打湿了贴在前心的衣服揪起来，好似扇凉一般抖搂着，"倒要给你泠大将军道贺，果然是刚打了胜仗的人，意气飞扬，威风得紧啊！"

说罢又向辜云晴道："这便是我常和你提起的、善饮青阳魂的泠锐泠将军——鲛族可没几个人喝得了这般烈酒。老泠是硕敖王麾下右鳍领，那可是顶大的官职，当真是一人之下——"

不等沈击说完，那鲛人将军毫不客气地截入道："在下泠锐，久闻和镇辜氏大名，今日总算有缘相见！鞍上不能多礼，请恕小弟不便生化双腿之罪！"说罢向辜云晴叉手作礼，又道，"辜兄切莫听沈击胡诌，那次被他强逼着灌了一口青阳魂，险些连苦胆都吐出来！"

辜云晴连忙还礼，嘴上说些谦辞。却听泠锐又向沈击道："你怎么知道我们打了胜仗？"

沈击笑道："海上到处是被你们活祭的横兽，还不知是打了胜仗？"

"怪不得！"泠锐拍了拍身下的鞍座，含笑道，"今日也让你瞧瞧我这坐骑——不知当年是谁一口咬定伏鳍太过凶暴，无法驯化，还敢和我击掌相赌。如今胜负已分，你又有什么话说？"

"想不到，想不到，我只当所谓'鳍卢铁卫'是子虚乌有的杜撰，不想还真教你们给做成了！"沈击啧啧连声，又前后打量那头伏鳍，见那巨兽果然对主人俯首帖耳，"驯化海兽也就罢了，原也是你们鲛族擅长的行当——这鞍鞯倒当真巧妙得紧，不知是谁的主意？"

原来那伏鳍背上竟然扎了一副鞍座，两丈来宽的鳍翅根部各豁了一个孔，鞍鞯的绦带就从那孔中穿过，在伏鳍腹下扎牢。鞍座的形制也透着古怪，竟是个螺旋形的托架，直竖在伏鳍扁平宽阔的脊背上，鲛人骑手将长尾盘在上头，想必稳当得很。

"就只顾闲话，"硕敖将军截断道，"还未拜见通平方大小姐，这成何体统？"

"我们仙子见不得你这阵势，躲到飞庐上去了！"海天相接之处残阳如血，沈击意气风发地向高处招手，"铭若！前面就是珂月涯——咱们终于到啦！"

阅读提示

①狰：肉食性动物。其状如赤豹，体型略大，尾部有一利角，敲打的声音如击石，常用于攻击。性凶残，因厌恶人类常主动袭击。一般单独行动，聚集的狰群极其少见。各州均有分布。狰的设定最早见于大角《有魅的天空》。本条为九州公开设定，不属于本文作者个人创作。

②猉：食草动物，大耳短鼻，皮毛呈青灰色。成年后高可达6尺，体重500~800斤。东陆宛、越、澜州均有分布。猉天性温和，擅长负重，耐力强但不能快速奔跑，多被驯化为驮畜。因其攀援能力强，在越州、澜州的山地丘陵地区成为最主要的畜力。皮结实耐磨，可制鞋。本条为九州公开设定，不属于本文作者个人创作。

③陆上货：此处指陆上各族仿制的鲛人工艺品。杭胶：杭树汁液凝成的胶质材料，加工后具有弹性，不透水。滁潦：指九州地中三海之一的"滁潦海"，此处"滁潦古法"指滁潦海鲛族世代相传的绘制蒲容的技法。

④芁苗：一种多年生草本植物，具有地下茎，叶肉质、细长，越州各地普遍栽培作蔬菜。

⑤旗色：脚户行的暗语，指代路上遇到的各种状况。"旗色不对"或"旗色不正"都是"有危险"的意思。

⑥獭汗膏：有遮阳防晒功用的油膏，因其中含有獭狸汗液的成分而得名。

⑦文君娘娘：所谓文君，其实是河络传说中的一位阿络卡——摇光含誉。传说是她发明了算术，因此深为宛州十城的商人所推崇，被奉为"文君"。宛州各地多有供奉文君的"文庙"，而商学通常就背倚文庙而设。本条引自斩鞍《思园笔谈》。

⑧云望海峡：隔断宛、雷两州的海峡，以北为滁潦海，以南为南浩瀚洋。衡玉是紧邻云望海峡的宛州港口城市。

⑨天然居游方：指九州大地上富于冒险精神的一群游历者。他们自发形成的互助同盟被命名为"天然居"。

⑩驼七老祖：也称"驼祖"，是九原脚户行的祖师爷，相传是个驼背斜眼汉子，为人侠肝义胆，身怀绝技却深藏不露。

⑪山犰：越州丛林的一种大型食蚁兽。头部和躯体包在由骨质鳞片构成的甲胄内，腹部多毛，爪锐利，昼伏夜出。

九州·入寐

【文】夜雨千灯

　　一夜的秋雨已将天空洗得澄澈，峰岭在青山后隐隐约约地露出碧色的轮廓，河水在阳光下明灭，水中悠游的鱼儿也好像反射着晴光。而唐铭杰正独自游山玩水，不知不觉便步入了这陌生的风景中，环顾四周，发现此处虽是青山绿水，可了无人烟，万分寂静，叫人好不心慌，只怕是一不留神落入了哪个的幻术之中。

　　正当他踟蹰之时，忽见对岸有红衣女子撑着油纸伞，踏水而来。那女子乌发红衣，明艳照人，又是纤腰楚楚，身姿窈窕，更显得千娇百媚，魅惑勾人。然而待她走近了，才看得清那女子虽身姿绰约，容貌娇艳，一双美目却充满忧伤，使得原本娇美的容颜平添了几许凄婉。

"姑娘，请问这里是……"他本想上前问路，却正巧对上那女子的双眼，不由得局促起来。女子那双哀婉的眼正深深地看着他，纯黑的眼瞳深得像要滴下泪来，好像在指责着他的不是。可唐铭杰与她并不相识，又何曾冒犯过她？

那女子不顾唐铭杰的疑问，径自走到他面前，对他说："公子，我是夜娘，你不记得我了吗？"那一字一句悲戚如泣血，让人不禁为之心碎。

而他却突然浑身一震，一种莫名的颤栗传遍全身，不由失声道："夜娘……"

"夜娘……"唐铭杰失声呼喊，却突然发觉四周的青山绿水连带着红衣女子都已不见，倒是床上的雕花纹路在黑夜中分外清晰。他微微起身，发现汗水已经湿透了衣裳，粘腻得难受。

此时仍是深夜，下人们早已入睡，窗外还是一片深色，一片寂静，连风声都不曾有过。而卧房内桌椅摆设一如平常，并没有什么不对劲的。看来，刚才的那一切，只是一场梦罢了。

但是，刚才那个梦境真是真实得可怕，秀丽的景致和红衣夜娘的泣诉仍历历在目，叫人难忘；而他看到夜娘时的心疼与心慌也是不假。难道他真的曾经遇见过一个叫夜娘的姑娘？可又为何不曾记得？一时间，各种疑问在心头盘旋，搅得他烦躁不安。

夜还漫长，唐铭杰却辗转反侧，久久不曾合眼。

第二日清晨，阳光明媚，春日的杏花还未开放，一点点红在枝头点缀着绿叶，而鲜嫩的绿一丝丝绽放，在阳光下舞蹈，小心翼翼地展露她们的容颜。

正起身更衣的唐铭杰偶然望向窗外时，见到的便是这样的美景。这花苞正红得娇艳，却不知为何让人想起了昨夜梦中那一抹哀怨的红。心中一动，他向一旁的书童侍书问道："你记不记得一个红衣女子叫做夜娘的？"

"夜娘？"侍书抬起头来，"我并不记得有这么一个姑娘。"

"你再仔细想想，一个眼睛又黑又大，长得很美的姑娘。"唐铭杰不甘心地提醒道。

"少爷，"侍书笑道，"我从小跟在少爷身边，可的确没见过叫夜娘的漂亮姑娘。少爷是不是近来公事繁忙，所以才记错了？"

"那……可能真是我记错了吧……没事了，你做事去吧。"唐铭杰见侍书的确不知道什么，便也不深究，只是静静地站着，看着侍书忙前忙后地替他收拾东西，心里微微有些怅然。但就这么看着看着，心倒也渐渐平静下来，也许真的只是自己累着了，胡思乱想，竟把梦境当成了真……

然而事情却不如他所料。第二天夜里，夜娘再次出现在他的梦中。

依旧是陌生的风景，依旧是夜娘娇美的容颜，哀婉的双眼，不过今日的夜娘倒换了一身素衣，如岁正般淡淡的青色，虽然不比昨夜那样艳丽夺目，却更衬得她清丽温婉，楚楚可怜。

"公子，"夜娘不等他开口，就急切地问道，"你还记得夜娘吗？"

"虽然姑娘看起来有些面善，但我真的不记得了。"唐铭杰话音刚落，就看见夜娘原本期待的目光渐渐黯淡下去，脸色也苍白了几分，不由得慌乱起来，"你……"

夜娘像是不能承受这个事实，兀自低头啜泣，而唐铭杰手足无措地站在一旁，也不知如何安慰。良久，她才收起泪水，勉强微笑道："既然公子不记得了，那不如夜娘告诉你吧。"她虽然微笑着，然而面色苍白，泪眼盈盈，显得柔弱万分。

面对柔弱佳人的请求，素来温和的唐铭杰自是拒绝不得的，夜娘见他答应，便慢慢道来："我本是孤儿，由醉红楼的妈妈抚养长大。从小在青楼生活，耳濡目染的，音律诗文都是精通。妈妈见我容貌上佳，又能歌善舞，在我及笄之后，便要我做了歌伎，也算报了她的养育之恩……"

她淡淡地说着，并没有带什么感情，像是在诉说着别人的故事。然而唐铭杰脑海中却浮现出了种种场景：少女终日打扮得花枝招展，卖唱卖笑，哄客人开心，也见过许多客人说喜欢她要娶她的，却只是贪恋她的美貌她的歌舞，而不是爱她的心。见过了无数誓言变成谎言，经历了无数次的失望，她的心也逐渐变得淡漠，变得凉薄，像一个普通的青楼女子。然而她终究只是一个少女，希望有人能够真正地爱她保护她，与她心意相通。

唐铭杰听着，渐渐地开始心疼，开始怜惜——她得有多坚强，才能平静地向旁人诉说这些往事……而她的坚强又究竟是真的放下，还是只是逞强……

清澈的河水安静地流淌，阳光静静地打在枝叶茂密的大树上，投下斑驳的光影。青衣女子立于树影之下，正缓缓地诉说着自己的故事。而一旁的青年，专注于女子的故事之中，时而欣慰，时而叹息，浑然不知这只是一场梦境。

就这样一夜一夜过去，唐铭杰好像已经沉醉在夜娘的故事中。毕竟，南淮、醉红楼、花魁这些都是唐铭杰依稀还记得的。而且，每每听着夜娘的讲述，他就可以想象得出故事里的一切，好像这一切都是他真实经历过的，不，这本就是他经历过的，只是暂时遗忘了而已。夜娘所做的，只不过是将这些尘封已久的回忆唤醒罢了：

那是南淮一个寻常的春日，才子与佳人便在那时相遇。

草长莺飞，花红柳绿，这样的美景在春天的南淮并不稀奇。南淮的春景本就是别处难见的美，好像岁正将所有的爱恋毫无保留地给了春日的南淮。那时的天空是碧蓝如洗的清，绿叶是纯洁明净的青，一切都是温柔美好，连远处的山和云也是缱绻。

那天，唐铭杰被几个同乡的朋友拉了去游湖。唐铭杰本是奉父亲之命去往天启的，在途径南淮时遇到了几个旧友，便滞留了几日。他家在当地也是望族，父亲素来严厉，总认为唐铭杰一身才华，定要到帝都天启去建功立业，才不算辱没了家族名声。因而那日去游湖时，他便有些心不在焉，心里尽是忐忑，只盼早日到了天启好一展拳脚，省得又惹父亲责骂。不过南淮的春景总是叫人喜爱的，华丽的彩船潋开碧色的春水，华服的少女在湖边挽起裙摆嬉戏。纵使是意兴阑珊的唐铭杰见了，也不免赞叹。

正在唐铭杰刚有些兴致时，远远飘来一阵笛声。那笛声悠扬却又哀婉，好像是女子哽咽着倾诉自己平生的不得意，凄楚万分。偶尔笛声微弱下去，好像那女子已泣不成声，却如丝缕般不曾断绝，随着清风散入湖中。

听到这凄清的笛声，唐铭杰不由得被带入了吹笛人的情感之中，起了怜惜之情。犹豫片刻，他取出自己的箫，伴着笛声的曲调吹奏了起来。箫音素来凄凉，然而在唐铭杰的演奏之下，却变得宁静平和，像是在安抚着笛声的主人。

听到箫声的加入，笛声停顿了一下，好像是没有料到有人会与她和鸣。然而略微停顿之后，笛声又很快地跟了上来，与唐铭杰的箫声共奏了一曲。渐渐地，那笛声变得不再凄凉，而是舒缓悠长，似若有所思，像是笛声的主人听出了唐铭杰的弦外之音，不再自伤。

一曲终了，唐铭杰放下洞箫，怔怔地望着笛声传来的方向，好像出了神，全然不顾旁人议论纷纷。那吹笛的人演奏的技艺十分高超，他自诩精通音律，然而那人的技巧更在他之上，可谓难得。更重要的是，那人将自己的哀愁表达得淋漓尽致，这是很多人都难以做到的。听得出来，那人应该是个女子，却不知究竟经历了什么，才能吹出这样凄婉的曲子。

唐铭杰正这么想着，忽听周围人躁动起来，定定神，才发现原来是湖上有一艘彩船朝着他所在的方向驶来。那彩船小巧秀气，船身上还挂着些花枝、铃铛，一看便知是女子的巧手所为。船上的姑娘个个如花似玉，千娇百媚，看来怕是南淮哪家青楼的姑娘们结伴出来游玩吧。

然而最吸引唐铭杰的，却是船头那个侧身远望的青衣女子。那女子青衣素素，乌发如云，虽然不似身旁的姑娘们那样花枝招展，但是身姿婀娜，更胜她们一等。最重要的是，她的手中还握着一支横笛，莫非她便是方才那个吹笛人？

还未等唐铭杰询问，那女子已经开口了："夜娘敢问这位公子，就是刚才吹箫伴奏的人吗？"

说着，她已转过头来，微笑着望向唐铭杰。她虽然不施粉黛，却是唇不点而红，眉不画而黛，花容月貌，肌肤胜雪，一张脸小巧可人，柳眉弯弯如墨画，杏眼盈盈若秋水，笑靥如花之时，眉梢眼角之间却带了几分淡淡的愁绪。春风吹拂之下，青色的衣衫和纯黑的发丝随风飘扬，更是楚楚动人。

唐铭杰不由得看痴了。

这便是他们二人的初遇。只是一首曲子、一个微笑，纠缠的未来就在他们不知不觉间，已成注定。

有了如此如诗般的相遇，往后的相恋便是当然。才子与佳人的佳话世世代代在坊间流传，早已深入人心，已成定律。唐铭杰与夜娘也正如那些故事所写的一样，一曲交心，一见倾心，再见便是相知相恋，沉醉其间不可自拔。

起初，他们也只是谈论些诗词歌赋，吹奏技巧，以心相交。然而日子长了，却发现两人心意相通，情投意合，丝丝情愫便暗自萌生。唐铭杰欣赏她的笛声，欣赏她的诗词，也欣赏她的美丽，真正爱慕的却是她外柔内刚的傲骨，出淤泥而不染的高洁。而夜娘也心仪他的才华风度，他的温文尔雅，心中也是明白，唐铭杰爱的是她的人，她的心，而不是她的外貌。身为青楼歌伎，能遇到这样的人实在不易。

就是这样，两人的感情日益深厚。然而，唐铭杰终是要去往天启城建功立业的，即使他自己不愿，父亲的威严也是难以违抗。而夜娘身为醉红楼的花魁，再加上妈妈的养育之恩，一时之间也是无法离去。无奈之下，唐铭杰只好忍痛与她分别，前往帝都，约好功成名就之时，再回南淮，八抬大轿，迎娶夜娘。

谁知唐铭杰这一去便是数年杳无音信，夜娘在南淮苦苦等待，好不容易自己挣了钱赎身，只身前往天启，来寻觅情郎。

"少爷，少爷，谢公子求见。"侍书忽然急冲冲地冲进书房。

"啊，快请进来。"唐铭杰正在出神，听到这话，才回过神来。这些天来，只要有了空暇，他便总是出神，想着那个梦里的佳人。

"唐铭杰，伯母可叫我传了口信，催你快些给她找个儿媳妇呢！"正思量间，同在天启供职的故人谢梵已十分熟络地走了进来。

"这……"听见老友回乡归来便立时提起这件事，唐铭杰只能无奈地摇头。他不由得想到了夜娘，等找到了她，就可以带她回家成婚了……可她的出身，不知道家中父亲会怎么说……

"诶，我看伯母担心得没错。你也二十六，老大不小的，是该考虑下儿女之事，别再一门心思扑在公事上了。想当年我们可是一同入京，是，你厉害，混得好，如今已经是唐大人，在朝中大小也算个人物了。像我就没有像你那样拼命，但我也不差啊。最重要的是，我家夫人美貌如花，艳绝九州，唐铭杰你还是个孤家寡

人。明明论外貌、才华、家世，你可都是一流的，天启的大家闺秀们，哪个不偷偷地想着你呢？可你倒好，硬是正人君子，不近女色。你呀，要学学我……"谢梵见他有些走神，心中不满，开始唠叨起来。

唐铭杰习惯谢梵的碎嘴，倒也随他去了，然而听着听着，他突然紧张起来。"一同入京"四个字，让他想起了夜娘，自己不就是在入京的路上，遇见了夜娘吗？

"谢梵兄，你还记不记得入京的路上，我们在南淮遇见的那个叫夜娘的姑娘？"他很急切地询问。

"南淮？夜娘？让我仔细想想，这可是好几年的事情了……"谢梵看着他紧张的模样，不由地慎重起来。

"嗯，你仔细想想，她好像还是醉红楼的花魁。"唐铭杰补充道。

"醉红楼的花魁？"谢梵突然笑了起来，"唐铭杰你怎么了？你不说醉红楼我还不记得，你一说我就想起来了——我家云桥才是醉红楼的花魁呢，哪里又有什么夜娘？"

"云桥……"唐铭杰愣了愣，所有焦急期待的情感都瞬间凉了下来，好像心突然沉入了冰冷的海，一切都是冰凉的。是啊，他怎么会忘了当年南淮与谢梵纠缠不清的醉红楼花魁——云桥呢？可是，夜娘所说的真的都是虚构吗？他在南淮并没有遇见过一个叫夜娘的姑娘……

而后的对话，唐铭杰也不知道是怎么结束的。他的心里只剩下了夜娘，那个神情哀婉的夜娘，那个楚楚可怜的夜娘，那个一笑倾城的夜娘，那个女子一直是那么柔弱善良，怎么可能欺骗他呢？她又是为什么要欺骗他？

那一夜，唐铭杰自然是辗转难眠。前几日他只盼着早些入睡，好与夜娘相会。而今日，他却巴不得自己一夜无眠，再也不见那个欺骗他的夜娘。然而，不论他是多想要驱除睡意，终究还是抵不过倦意袭来，沉沉睡去。

"公子，夜娘已在此等候多时。"唐铭杰刚一入梦，就见夜娘焦急地迎了上来。

"夜娘……"看着夜娘和往常一样的娇美容颜，唐铭杰勉强地笑着，"昨天的事还没说完，今天就继续吧。你究竟是怎么进入我的梦境的？"

"那是因为夜娘在来往天启的路上，偶遇了一位密罗系的秘术师。她同情夜娘遭遇，便提出以密罗之术将你在睡梦时带入她的幻术之中，来问一问公子是否还记得夜娘。"夜娘并没有发现唐铭杰的不对劲，便顺着他的话说了下去。

"够了。"唐铭杰终于忍受不了夜娘的谎言，开口打断她的话，"我在南淮根本没有遇见过夜娘这个人，恐怕这世上也根本没有夜娘这个人吧。你费尽心机，编造了这个故事，又进入我的梦境，究竟是为了什么？"

"公子，我、我不明白你在说什么……"夜娘好像被吓到了，惊慌地看着唐铭杰。她的双眼清澈无辜如小鹿，眼神中满是惊讶。

"夜娘，不要再装了。"唐铭杰痛苦地说，"我也不想相信你是骗我的，可是事实就摆在眼前。你说你是南淮醉红楼的花魁，可事实上……"

"好啦好啦，我是骗你的。"夜娘不等他说完，就爽快地承认了。她边说边从唐铭杰身边跳了开去。

一时间，唐铭杰见到原本温柔姣好的美人瞬间变成了娇俏的小丫头，不由得愣住了。其实容貌还是夜娘的容貌，但神情语态间已不见了那份哀怨和沉静。

"是啦，我的确是骗你的，不过那还不是因为……"夜娘见他半天没有反应，便径自说了下去，可是一句话还没说完，就说不下去了，一张俏脸也红了几分。恼怒地跺了跺脚，她才鼓起勇气说："还不是因为我喜欢你。"

这二十六年来，唐铭杰还从未见过像夜娘那样变脸快得如翻书的姑娘。此时听到夜娘说喜欢他，不禁更加诧异："喜欢我……可是我之前从来没有见过你啊！"

"哎呀，你当然没有见过我啦。不过我可几乎是每时每刻都悄悄地注视你呢。"夜娘见到唐铭杰呆立的样子，扑哧一笑，"我只是还在凝聚的虚魅而已，你怎么可能见过我呢！"

"虚魅？"唐铭杰又被惊到了，他自然知道虚魅是什么，可平时却从未见过。谁知道平时见不到，一见就是这样离奇的经历。

"是啊。这几年来一直悄悄地喜欢你。你总是只想着公事，天启城里那些名门闺秀想见你都见不到呢，可我是一个没有形体的虚魅，自然可以时时看着你。但最近你娘一直在催你成亲，按你那脾气，我要是再不行动的话，等过几年就算我凝聚成形，你的孩子也都可以上街打酱油啦。所以我才出此下策，这样的话，我就不用担心你被抢走了呀。"真正的夜娘是一个直率的女孩，见谎言已经被唐铭杰识破，便大方地将一切都坦白说出。

"所以，你那些经历都是自己编的？"

"对啊，民间流传的英雄美人、才子佳人的故事可多啦，像什么亭、什么记、什么传的，都是讲的这些啊。我就随意借鉴了一下，编了这么个故事出来。我自己觉得编的不怎么样，不过你还是被我骗到啦。当然这也是靠我的密罗秘术，你别看我一副小女孩的样子，我生在传记演义之间，受密罗感知而成，造出几可乱真的环境也还算是轻而易举呢。"一讲到自己的秘术，夜娘就眉飞色舞起来。细长的柳眉高高扬起，眼中也闪着亮光，眼梢眉角之间的骄傲满得可以溢出来。

"民间的故事……"唐铭杰彻底地傻了眼，他向来聪明过人，居然就被这天真的小丫头和她那些改编自民间传说的故事给骗到了。如果不是谢梵的到访，他可能会真的娶了夜娘，一辈子都不会知道真相吧？

"唐铭杰，你被我吓到了？"夜娘自从揭露了身份之后，就干脆脱去了温柔的伪装，整个人大方而直接，"你也别震惊了。承认吧，你是喜欢我的。我可是密罗系的秘术师，会读心的。"

"你，你可别乱说。"唐铭杰听她说中了自己的心事，立刻紧张地反驳，"我喜欢的是那个温柔可爱，外柔内刚的夜娘，哪里是你这么个小丫头。"

"喂喂喂，你心里可不是这么想的。"夜娘摇了摇手指，笑得狡黠，"你心里在说，比起原来那个楚楚可怜的绝代佳人，还是这个狡猾又坦白的小丫头可爱得多。我说了，我会读心的，你可骗不了我。"

"你怎么可以随便读别人的心思。"唐铭杰有些恼怒，但最终只是无奈地笑笑，"算了，我不跟你争。照你这么说，你是打定主意要缠着我了？"

"是啊，自从你进入天启开始，我就喜欢上你，已经整整六年了。而且你明明也喜欢我的，我不缠着你还缠着谁！"夜娘说得理直气壮的。

唐铭杰听了这话，哭笑不得："这……好吧，等你凝聚成形了，就来找我，到时候暂且在我这儿住下吧。你无依无靠一个女孩子，我也算做了桩好事。"

"你还真是口是心非，我都没有你这么别扭。"夜娘对他的不承认有些不满，但也不能把他怎么样，"哼，我就不信了。等以后朝夕相处下来，你还会不承认！"

"那我就拭目以待了。"唐铭杰终于从震惊中回过神来，恢复到以往的从容，"不过你到底会凝聚成什么样子？你到时候仍叫夜娘吗？"

"嗯？样子？我也不知道啊，又不是我想凝聚成什么样子就可以变成什么样子的……至于名字嘛，我叫苏夜凉，夜娘只是个化名罢了。"

"苏夜凉……"唐铭杰默默地将这个名字念了几遍，"好了，我已经记下了。这次，你就不用担心我不记得你了。"

"唉，你怎么老拿这个说白。你以为我扮痴情女子很容易啊，有些话说出来，我自己都起鸡皮疙瘩呢。"想起自己假扮青楼女子的经历，苏夜凉有些不好意思起来，"不说了，天快亮了，我还是先走了。"说着，她蹦蹦跳跳地离开了，走了几步，又不放心地转过头来嘱咐他："凝聚的时候不能分神，我要过几年才会来找你，你可别忘了我。"

"知道了，你既然恋了我这么多年，还会不了解我的为人？"唐铭杰看着她不安心的样子，不免有些好笑。

苏夜凉调皮地吐吐舌头，便跑远了。

那一夜，唐铭杰是笑着从梦中醒来的。

黄昏，霞光万丈，丝丝缕缕投在纯白的花上，映照出五彩的光华。而天启城某个无人的郊外，却是一团雾气笼罩，看得仔细了，能看出一些似有还无的丝缕正在汇集。那些思丝缕汇成的雾厚极了，竟连阳光也无法一窥究竟。

那团雾气从黄昏开始聚拢，一直到第二天的清晨才消散，显露出当中一个女子身影。而那女子刚从精神丝中脱困，就匆匆跑到河边。

河边，佳人对水自照。晨光倾泻在清澈的河水上，分明地映出她明净娇俏的容颜，虽然比不上那个红衣夜娘的明艳照人，却正是她想象中的样子。她欣喜地提起裙摆连转了几个圈，又开心地扑倒在青草地上，心想着，等到下一个秋雨过后的清晨，就去找他吧。

一夜落雨，水汽氤氲，将秋意浸染。河边，对岸有青衫墨裙的女子，容颜俏丽，眉眼灵动，眼角眉梢之间皆是笑意。那女子撑着油纸伞踏水而来，缓缓走到他的面前，微微抬脸，眼波流转，像是想说些什么。

而已在河边伫立良久的白衣公子，不等到她开口，就已执住她的手，笑道："苏夜凉，我已经记得你了。"

三叶虫点评

这篇小说的好处是把苏夜凉的两种形象：青楼女子和纯真少女，都描绘得颇为到位。缺点却比较多，其一是语言朴拙了些，与小说的内容不相称；其二是九州的味道太淡，苏夜凉的身份从虚魅换成女鬼的话，也不大会影响情节；其三是作者太没有野心太没有想法，这个缺点是最要紧的，作者只满足于写一个有些小情趣的爱情故事，这样的小说，偶一为之还行，如果只满足于目前这样的构思，则难有大的进步。

《寒武纪》征稿函

2010年，在力图培养新人作者的栏目"寒武纪"中，我们展现了十位新人作者的十篇小说，其中很多人已经开始了更多的九州文、幻想文创作。在2011年杂志改版计划中，我们着重强调了"寒武纪"这一栏目，作为一个孕育可能性的摇篮，我们要给予它更多的关注和鼓励，现给出2011年"寒武纪"栏目的征稿及奖励细则。

征稿细则

1 要求作者为90后，以公历1990年1月1日（含）之后出生为标准。

2 字数无上下限，但必须是可供《九州幻想》一期刊载的独立文章，"寒武纪"栏目不提供连载平台。

3 作者需附上自己的年龄信息和所在学校或工作单位信息，可用笔名。

奖励细则

1 2012年1月，我们会对2011年全年刊载的寒武纪文章做出评比，选出最好的1篇，奖励一部IPAD。这一奖项将延续下去，成为《九州幻想》的年度新人奖。

2 来稿作者可以要求得到样书两本，其中一本我们会寄给作者本人，另一本寄给作者所在学校教务处/作者所在单位，以表彰和肯定该学校/单位的文化建设工作。

3 每一期的寒武纪作品将继续由资深客串文评家三叶虫老师刻薄点评，试看来年谁能让三叶虫老师无可指摘。

4 寒武纪栏目稿费为九州类千字120元，幻想类千字100元。

投稿邮箱：lbfqiahao@live.cn 投稿请在标题中注明"寒武纪投稿"。

幻想

播种
如果我们的世界只是诸多维度中的一小部分？穿越维度呼啸前来的火车们会告诉我们。柳州，成为世界的交错面。
盗贼特拉维斯卡尔潘泰库特利的其他故事
这个拥有冗长名字的盗贼的不幸冒险之旅，最终结果令人掀桌。

泛奇幻/科幻/青春/童话/小说类投稿信箱：
骑桶人：qitongren@gmail.com 老鱼：Oldfish9@live.cn

在你朝南看的那个上午

【文】星河

一

这是一个到处遍布饥饿的上午。

雪兔是饥饿的，它们到处觅食，却找不到一棵草根；维极战士是饥饿的，他们粮囊已空，又抓不到一只雪兔。

钟吕舔着嘴唇，唇皮被噬咬得所剩无几，附带的血腥让他更加饥肠辘辘。

已经断粮很久了，具体的时间钟吕搞不清楚，那是灵鸿族族长大司灵的事。凡涉及到光阴流逝与度量都是他的事。钟吕只记得，上次进食还是在几个太阳升起之前。

其实这次出征已经非常幸运了，因为大军事先带足了粮草。前几次远征，总是因为后勤不力，粮草不足，让全体维极战士被雪封在半途当中，最终不得不无功而返。在最后一次出征夭折之后，父王嬴拓在一夜之间便老了十岁。

这要感谢三弟。身为长子的钟吕在心里告诉自己。三弟莹羽改进了前人的机械，造出了"车"这种东西。它不但能够运载足量的粮草，携带非战斗减员的伤者、分管记忆的嘿吼老叟以及父王嬴拓本人，而且还能在雪地里奔走如飞。当然，不管"车"的本领多大，它都需要马的牵引。

所有亲睹那器械诞生的人，都说它是不可能被维极人制造出来的。是以有人传言，那是莹羽对自己昔日种族的记忆。

钟吕的眼睛被茫茫白雪刺得有些疼痛，他眨眨眼，一股湿润润滑着他的眼眶。钟吕吐出一口气，朝着那辆树立着大纛的营车走去。刚才他远远地看见，二弟植之商已经站在那里了。

钟吕必须面对这样一个事实。他必须对父王嬴拓说：这次，我们又要半途而废了。当然，话要说得艺术一些。

"大军在哪里，我的行辕就在哪里。"听罢钟吕关于此次出征距都城已很遥远的担忧、同时建议父王最好原地休息的建议之后，嬴拓豪迈地挥了挥手，"我的行辕在哪里，我们的都城就在哪里。"

"可就是在都城，也是要歇息的啊。"钟吕想用一句玩笑敷衍过去。

"我要到温暖的南方才会歇息。"没想到豪情万丈的嬴拓丝毫不为所动，"在此之前，我会一直向南挺进。"

"可是父王，眼下……已经一点粮食都没有了……"次子植之商不得不亲自说明这件事。

"怎么回事？"嬴拓瞪大了眼睛，"粮草不是由你负责的吗？"

植之商表情尴尬，低头闪避着父王嬴拓的目光。他曾试图用目光向远处的莹羽求助，又觉得这样实在不妥，只能默默无语一言不发。

"这次的行军距离，远远超过了上次的三倍。"钟吕帮兄弟解释道。

嬴拓陷入沉默。他没有抱怨两个孩子，因为他知道，这种情况在行军中会经常出现，而且远非人力所能控制。有时候如南方一般温暖的理想是一回事，而像眼前一样冷酷的现实又是另外一回事。

"去问问小三子能想出什么办法吗？"

此时"小三子"莹羽正站在距营车很远的地方咳嗽，同时小心地向这里窥探。当他看到大哥与二哥走近营车时，自己也感受到与他们同样的紧张。

这次出征，莹羽依旧像以前一样，没有像大哥和二哥那样独立统帅，只是帮二哥植之商打打下手。在嬴拓的三个儿子当中，长子钟吕勇猛，次子植之商仁义，幼子莹羽聪慧。莹羽与二哥植之商的关系要更近一些。

现在二哥叫他过去，莹羽的心里有些惴惴不安。在嬴拓面前，当他以儿子

的身份出现时,面对的从来都是一名慈祥的父亲,他很少会以军中下属的角色现身,所以并不知道父亲这一次将会如何对待自己。

面对父王的垂询,莹羽小心谨慎,嗫嚅不言。但父王宽厚的态度让他放下心来,这才听清父兄的担忧所在。

"眼下还有一个临时性的办法……"莹羽偷眼去看二哥植之商,不敢自己决定是否对父王说出这个方案。大家都一起望向莹羽,植之商更是用眼神和下巴向他送来鼓励。

"杀马吃肉。"

这个主意没有人提过,而且从来不会有人敢提。作为一名战士,一名老兵,赢拓征战多年,马在他的心目中,一直就处于一个神圣的位置。在外人看来,这个方案也许仅次于作乱犯上。不只是大哥钟吕感到惊讶,左近那几名嘿吼几乎都要怒吼起来。

赢拓显得出奇的平静,等着小儿子继续往下说。可莹羽却不再发言,默默地肃立一边。

"只要能够到达南方,从眼前看就是只要能够继续行军,战马之死并不足惜。" 赢拓只好自己开口,"可没了马匹,遭遇敌人时,我们靠什么来取胜呢?"

"父王,现在我们首先要做的是找到敌人,而不是战胜敌人。"

这显然又是一句大胆的话,但赢拓的脸上依旧没有丝毫变化。

"如果吃马,那些车怎么办?"钟吕忍不住了:那些车可是你亲自设计和督造的啊。

"用人来拉。"莹羽回大哥的话。

"那还不是一样。"钟吕有些失望,"让人去拉车,早晚会累死大半。"

"可我们总不能吃人。"植之商替莹羽回大哥的话。

所有人都默不作声。

要是单从力量的大小来考察,倒还真不如吃人。马能拉车,人却很难。吃掉了马,那些拉车人是拉不出多远的。所以说还不如吃人。

但是谁都知道,真这样做,未来恐怕将很难再有人肯为赢拓打仗,尤其是为了一个像"憧憬南方"这样的虚幻梦想。

赢拓无奈地挥挥手,那意思是:"就这样吧。"

钟吕激愤地握紧双拳:父王,早晚有一天,我会训练出一支严格听命的部队。让他们打仗就打仗,让他们行军就行军,让他们死去——哪怕是无缘无故地——就死去!早晚有一天!

"是不是可以制造一些不需要马的车？"植之商的询问打断了钟吕心中的誓言。

"我可以试试。"莹羽也恢复了自信。

于是，嬴拓最后宣布：杀马吃肉，大军继续前进。

二

大军继续前进，四周弥漫着浓郁的血腥。

吃饱马肉的士兵面色红润，精神抖擞，行军速度明显提高。但被派去拉车的弟兄却叫苦不迭，连叹命苦。被肢解开的马肉马骨被绑在车上，鲜血淋漓，流淌一地，在白雪上的足迹坑中渐渐填满溢出。

雪越下越大。

青群是一个负责拉车的军曹，现在他实在没有力气了。青群踉跄地停下脚步，抬起头来擦了擦汗。他突然觉得眼前有些什么东西在活动，但他实在太累了，以为是自己眼花了，连忙弯下腰来继续埋头拉车。

但是青群不知道的是，他的同伴也都看到了那些活动的物体——那是一群肥硕得流油的野兽！

此前维极人从未见过黄羊，但从它们奔跑的体态来看，其味道一定比马肉要鲜美得多！

于是，他们疯了。

首先是步行的人冲了过去，随后一些人从车上跳下来冲了过去，最后那些拉车的人把车子一扔也冲了过去。幸好腹中的马肉还没有完全消化干净，否则他们的饥饿感会因此增加十倍，也根本不可能有力气做这种捕猎工作。

箭雨呼啸着刺破雪幕，横穿原野，划出一道道由缺失雪花构成的弧线。但再强的初速，最终还是骤减至缓，让箭杆颓然落到地上。而那些被惊散的羊群，转瞬之间便又重新聚集。它们欢腾依旧，嬉闹非常，甚至可以毫无障碍地穿越那片植入雪泥的密集箭林。

最先发现其中古怪蹊跷的是钟吕。连年征战，让他没有更多的思考能力，却有着超绝的敏锐嗅觉。他敏感地觉察到，这里面恐怕有什么阴谋。接着发现问题的就是莹羽，当有人从前线传递来这一消息之后，他轻叹一声说道："南方开始反击了。"

植之商不解其意，莹羽解释说："还记得第一次向南方进军时的那位吟游歌

手吧?"

"步琮瑢。"

"她当初就上演过这么一幕,试图阻止我们的南征。"莹羽的眼前浮现出当年的情景,"一样的,完全一样的……"

"她不属于南方,她只是一介流寇。"

"他们都是一伙的。"莹羽摇摇头否认说。

尽管莹羽已经论定那些奔跑的动物都是幻觉,但仍无法说服那些饥饿了多时的士兵。即便是下了死命令,阵前依旧箭雨如林,继而纷纷落地。后来钟吕下狠心杀了几名违纪的士兵,这才勉强遏制住这场骚动与混乱。但骚动的源头并没有除去,那些被压制的士兵照旧吞咽着口水,不时把刻毒的目光投向钟吕的后心。

莹羽来到前队的时候,这支队伍正在原地休整,全体寂静无声。在钟吕看来,只有先安静下来,部队才能稳定;只有先稳定下来,部队才好管理。当大部分人马都驻扎下来之后,钟吕才派出几股小分队外出寻觅。其实应该去找什么他也说不清楚,也许是想了解一下这些幻影会在多大范围内出现,也许是想看看附近还有没有什么其他异常,也许干脆就是为了证明一件事情——万一这些东西真的是能吃的实体呢?

莹羽正是来考察这些来去无踪的幻影的。至少有一点他十分清楚:这些动物的形象,北方世界是没有的,维极之地是没有的;它们的出现,恰恰证明了这种伎俩来自南方。

那些黄羊已像来的时候一样倏忽消逝,再也没有重新出现,仿佛不想让维极人当中最聪明的青年人看见。但根据亲眼目睹者的叙述,莹羽还是做出了初步判断:这些家伙一定是用来扰乱军心的。至于其他作用,他一时还想不出来。

他们的信息过于陈旧,所以不知道我们的士兵已进食马肉,所以才姗姗来迟?或者,他们的信息十分准确,明知道我们刚刚进食了马肉,所以才试图加深这种印象?莹羽觉得他的思维活动有些吃力。马肉毕竟难以下咽,既不似灵鸿肉与鲁鲨肉般细腻,也不如青貌肉与雪罴肉般实在,所提供的营养又显然不足,无法让莹羽维持最好的思维状态。而且刚才莹羽根本没吃多少,尽管这一方案是他提出来的,但他本人却受不了那股恶心的味道。

唇皮下渗出的鲜血,不及凝固便在瞬间冻结,让初尝血腥的莹羽疼痛难忍。他猛烈地咳嗽起来,不时咽下充满血腥的唾沫。

到了南方暖地,就不会再发生这种事了。在莹羽的眼前,仿佛幻化出一幅美丽的画面——

一群色泽艳丽、羽毛轻盈的羽人,正翱翔于蔚蓝色的天空之上。他们长发披肩,翩翩起舞,正要欢迎来自远方的客人……或曰侵略者。

羽人惊散,幻境破灭,莹羽复又痴痴地面对茫茫雪原。

有限的马肉很快告罄,饥饿再次像瘟疫一样弥漫在队列当中,与此伴随的是冰天雪地的严寒。在寻找食物的同时,莹羽与烈鸟族族长大司焰一起,找到了一些鲜见的草药,用来治疗士兵的冻伤。

我能勉强治愈他们的伤口,却无法填饱他们的肠胃。莹羽悲哀地想到。

就在莹羽略微抬头之际,无意中瞥到了天空中那具孤独的身形。他决定马上呈报父王,请他下令保护一切被偶然发现的羽人,没有维极王本人的命令绝不可随意射杀。

三

雪汉所带领的捕猎队也看到了那个飞翔的羽人,他几次搭起弓箭,最终还是在摇头叹息之后放下。维极王有令,举凡邂逅羽人必须活捉。而这么远的距离,雪汉实在没有把握不会一箭射中要害。

但外出探险的分队毕竟不止一支,到底还是有人朝那藐视下方敌手的羽人射出了利箭。也许他此举并非藐视,只不过是无意间掉了队,可不管怎样,孤独就是一个错误。

甚至都没有听到他的叫声,羽人就旋转着落向雪地,在着陆点溅起一袭浓重的雪雾。

部下们欢呼着冲上前去,捡拾起今朝第一个战果,俘获到此役第一名战俘。远远看到这些的雪汉,心底突然流过一丝忧惧,但胜利的喜悦还是很快把它冲刷得干干净净。

顷刻之间,战利品便被抬到了雪汉面前。

这是一名雄性羽人,不过性别现在已不重要。相较于他的第一性征,维极战士现在关注的是他的肥瘦。羽人已经毫无力气,任凭自己的裸躯被一群毒眼围观。身陷敌手,就别盼望能有什么好的结局了。他疲倦地闭上眼睛。

雪汉已感受到周围热切的注视,那一道道目光里都充满着饥饿的呼号。他摇摇头,狠下心来,操刀捅了下去。

动作很快,羽人没有感觉到丝毫痛苦,甚至来不及发出一声尖叫,他的灵魂就永远地离开了身躯。

分食的过程是非常愉快的。大家围着篝火,烧烤着羽人的肌体。一些没有褪

尽的羽毛被烤焦，散发出一股难闻的焦臭，一直传出很远很远。

这股让人难以忍受的怪味，让雪汉的心底再次流出一丝浅浅的担忧。

可惜羽人的骨骼并不粗大，但一样被仔细地敲碎，骨髓被悉数吸食干净。油脂在不同的手掌上流淌，每一滴脂肪都不会浪费。自然界有权充分利用它的每一点资源。

赢拓震怒了！

早在莹羽上奏之前，他便下过一道死令：一旦发现羽人，绝对不许加以伤害，绝对不可擅自处理。可现在，不但有人违抗命令，而且竟然如此惨无人道！

他带着病躯，起身亲自处理这件事。

"我们不能不查清羽人的情况……"赢拓的怒吼有些急促，气喘让他的话语不能连贯起来，"因为那是我们南征的目的！"

"那是你的目的。"雪汉突然间变得出奇的勇敢，莫非是肉类和鲜血激发出了他的勇气？或者，他知道凶多吉少，只能拼此一搏？"我们不能饿着肚子打仗。"

"把他抓起来！"赢拓实在无力再讲道理，闭上眼睛挥手下令。

周围响起成片的"嘀嘀"之声，却没有一个人肯动手。

"把他们全都抓起来！"

现场变得鸦雀无声，但一道道目光却如凶悍利剑。赢拓感觉到一种叛变的肃杀正在周围的空气中流动。

"你们打算抗旨吗？"

"父王！出师未果，先斩大将，于军不利！"钟吕突然跪倒在赢拓面前，力保属下，"雪汉剑术精强，忠勇可嘉，无人能敌。"

"违命抗旨，该当何罪？"赢拓怒不可遏，"难道还不该死吗？"

"儿臣恳请父王网开一面，恕他此罪，饶他不死。"钟吕一意孤行，"恳请父王允他戴罪立功。"

"我要是不允呢？"

"儿臣将死谏到底！"

在场的全体士兵一起跪下。

双方沉默良久，最后还是以赢拓作罢告终。

一场未遂的抗旨风波流产了，但雪汉的命也保了下来。

"大哥这事做得不错。"出去之后，莹羽对二哥说道。

"他那是为了自己。"植之商笑着撇了撇嘴,丝毫不为所动。

"为了自己?"莹羽有些疑惑。

"如果雪汉无用,他根本不会保他。"植之商早已明察秋毫,洞烛其奸。

"他自然有用,对我们的南征。"莹羽好心地笑笑。

植之商看了看莹羽,也笑了。"对我们的南征。"

植之商自然知道,这是钟吕在培植自己的势力。

植之商一直在联合莹羽,笼络兄弟感情,不过在他的心底,从来没有真的在意过自己这个弟弟。

尽管只剩下一些残缺的骨骼,但莹羽还是对它们做了认真的解剖,并在羽人的骨骼中发现了一种特别的中空轻骨。原来这就是他们飞翔的秘密。

"能仿制吗?"植之商问道,"利用我们的工具和技艺……"

"需要时间。"从莹羽的口气里,流露出对这种浑然天成的惊叹。

四

漫天飞雪,白皑皑的雪花几乎就是自上而下垂直地砸落。

在雪帘的正中,身着薄衫的步琮瑢凌空而坐,含笑弄琴。严寒至斯,她却似乎不以为意。雪帘遮住了她的面容,却挡不住她的美丽。似乎不是她在抚弄琴弦,而是有人在拨弄雪线。

曲声回荡,音色婉转,闻者尽痴,所谓天籁,不过如斯。

在她的四周,是一个完美的人偶方阵。他们个个如步琮瑢一般模样,只是身材矮小,面无表情。

整个队伍如雕像般凝滞了。所有的维极士兵集体震惊,有人竟然丢弃了手中的武器。

只有死里逃生的雪汉一身是胆,不信这具妖孽的一切法术。

"放箭!"

箭如雨落,步琮瑢毫发未损。

"放箭!"

箭雨再至,步琮瑢风采依旧。

"再放!"

箭雨密集,步琮瑢含笑望向雪汉。

　　钟吕站在那里,一直没有说话,不知道他是极度沉稳还是过于害怕。他没有制止雪汉的鲁莽行为,但也没有给予鼓励。

　　就是这个人,在维极人第一次南征之前险些动摇了军心;就是这个人,在万军阵前化作青烟如雾消散。

　　"那是幻影,不要怕她!"雪汉只是一介武夫,到底功力太浅,干脆声嘶力竭地嘶喊起来,"放箭!连续放箭!"

　　说话间一片箭雨已再次射向步琮珞。

　　步琮珞的眼角笑意仍在,但已在瞬间转冷。琴声依旧,但音高更强,频率更快,俨然奏出一曲带有强烈复仇快感的劲调。听到这里,雪汉以为对手行将转守为攻,顿时变得异常兴奋,杀机将至,他宁愿与对方痛快地一决雌雄。然而曲调突然转柔,一些士兵听罢竟变得茫然无助,有些旋即扔掉手中的弓箭,有些则开始低声啜泣,武器掉落的声响与哭泣的悲音融于一处,队列上空回荡起一阵低沉凄婉的哀鸣。

　　雪汉岂能忍受如此侮辱!他怒吼一声,拔剑而起,向着步琮珞猛冲过去。

　　剑锋划过,雪线寸断,但步琮珞却没被伤及丝毫。

　　莹羽清楚地看到,几滴血飞溅到空中,如同狂飙吹落的几星花瓣,在那一片纯白中分外妖娆。

　　而雪汉自己,已然在雪漠中砸出一个深坑。他浑身青紫,滚烫如火,周围的雪块迅速化为雪水。

　　在铿锵曲调的激励下,人偶方阵整齐划一地向前迈进。钟吕麾下的士兵四下逃散。

　　钟吕知道自己已无法控制局势,但至少不能让溃败之军搅扰了父王的中军。他挥剑杀了几名逃兵,稳住阵脚,且战且退,慢慢退到父王的营车前面。那里的卫兵早已壁垒森严,严阵以待。

　　身体虚弱的嬴拓还在睡觉。本来他是无论如何也难以入眠的,好不容易迷糊起来,一阵厮杀声又涌进了他的梦乡。他本以为自己正在梦中追忆经年的恶战,惊醒后才发现嘈杂就来自车外。

　　嬴拓掀开车帐,仗剑而出,父亲的目光正好与长子的目光相遇。

　　"约束你的士兵。"

　　钟吕本想说无法约束,但面对父王严厉的注视,反倒让他暂时镇定了下来。他想起幼时自己曾被一只疯狂的青貌拼命追赶,也是父亲的目光让他镇定了下来,回手干掉了那只畜牲。

　　溃逃的士兵如潮水般冲击着他们的指挥官,钟吕试图稳住身形,却左右不支。这时嬴拓以营车为支撑,牢牢地顶住了自己的骨肉,令他重新站稳。勇猛无敌的维极王用一个肩膀架住钟吕,用另外一条胳膊挥剑砍杀。凡是经由此地后撤的士兵,全都纷纷倒地。四周充斥着金属砍进肌体里的声音,让人心悸不已。

溃败的洪流终于被遏制住了,那些惊恐的士兵哆嗦着重新整队,不过眼神里的恐惧却丝毫未散。嬴拓知道此时又该发表一通演讲,这是他稳定军心的一贯做法。

溃乱就这样暂时流产了,在嬴拓那蛊惑人心的演讲当中。但嬴拓知道这件事还远没有结束,不解决根源问题,同样的事情还会再次发生,那时可就不容易再把他们收拢了。当他疲惫地坐回营车时,背上已浸满汗水。

"父王,其实这次不怨大哥的。"莹羽在一旁小心地说道。

"我知道。"嬴拓叹了一口气。

"关于这件事,我想我能想出一些办法来。"莹羽再次谨慎地说道。

这次嬴拓没有说话,只是轻轻地点了点头。他不但喜欢这个小儿子,而且格外器重他。

结果,英勇阵亡的雪汉被追认嘉奖,而钟吕的实际地位则再次提高。

自从这一刻起,莹羽便消失了。

五

有雪地反光的时候,夜色就显得不是那么黑暗了,至少能看清一些大致的轮廓。

莹羽带着几名部下,慢慢接近着那个地方。

这次他有些看清了,但还不能确切地肯定。因为对方只是在做准备,好戏要等到白天才会正式开演。

在每个人偶的手中,都拿着一面闪光的镜子。他们动作轻盈,如同鬼魅,莹羽飞石一击,那些人顿时四散而逃。

莹羽明白了。

所有的幻影都来自这些人偶。他们利用手中的镜子,以密集的雪花为幕布,投射反光,制造幻影。步琮瑢的形象根本就不存在,至少在这场战役中纯属子虚乌有。她的动作再复杂,也可以通过这列人偶战阵构造出来。对于光线来说,只要有了不同的色彩和角度,就可以搭配出无穷无尽的画面。

晚上,他们调试诸般效果;白天,他们直接放出成像。

当然,还要辅以各种配音。

那些被驱散的人偶马上重新聚集。他们看出莹羽所携的不过是技术部队,根本奈何不了他们。他们低声窃笑,继续未竟的工程。莹羽仔细查看,每个人偶的背后都安有模仿拙劣的伪翅。这说明他们并非羽人,这说明真正羽人的抵抗仍未出现,这些家伙不过是南方外围的雇佣军而已。

莹羽不知如何是好。他的智慧有限,无法应对这么复杂的情形。

就在这时,植之商适时出现。

于是,植之商一声令下,开始诛杀所有人偶工匠。

植之商横剑所指,血溅一片。只要开了杀戒,植之商一点也不比钟吕仁慈。人偶纷纷折羽横尸,赤红色的液体在雪地上蔓延流淌。

莹羽难过地闭上了眼睛。

也许这是此次出征以来,这名叫青群的军曹头一次睡足了一觉。连日来一向都是行军到深夜,然后再从深夜开始行军。青群整天都处在昏昏噩噩当中。他不知道这样赶路有什么意义,因为在他看来,遥远的南方无限遥远,无论耗费多少时间都永远无法到达。

但士兵就是士兵,青群知道自己的命运就在战场,以及前往战场的途中。他低头上辕,再次埋头拉起车来。上午的阳光十分刺眼,前方全是白茫茫的一片。

因此青群就没能看到,前方再次出现一片幻影,再次出现步琮珞的面庞。

但很多人都看到了,他们马上露出了恐惧的眼神。嬴拓手持长剑,被卫兵们托举上了车顶。

"那是南方羽人的妖术,但是现在——"嬴拓扬剑做了一个劈砍的动作,雪花被搅得四下舞动起来,"它已经死了!"

不错,昨天还充满灵气的步琮珞,今天仿佛已没有了生气。她两眼无神,不再拨弄她的乐器。音乐不再响起,笑容也不再浮现。在她的周围,不再有勇猛无敌的人偶方阵,只有横七竖八的一群尸身。

维极士兵的眼里又放出了野蛮与征服的目光。只有如青群这般鲁钝的老兵,才会疑惑地发出下列询问:

"那是什么?"

"那是什么?"嬴拓先是重复了一遍这个问句,随即便大声地自己回答,"那是食物!那是美女!那是胜利!"

是的。那是食物,那是美女,那是胜利。

钟吕第一个向前冲去。

满山遍野的士兵跟着他向前冲去。

庆功宴上摆满了真正的黄羊。既然对方利用动物来制造幻影，就必然有其原型。这一点也是莹羽率先提出的。在钟吕手下搜索队的仔细寻觅下，果然发现了这些动物的巢穴。于是一网打尽，从此军粮无忧。

植之商的破影之功，获得了父王嬴拓的重重嘉奖。他在军中的地位，开始直追亲生兄长。

在觥筹交错中，只有嬴拓心里清楚：未来的道路充满坎坷，困难和麻烦还有很多很多。

"这次多亏了三弟。"钟吕故意要把莹羽的功劳说出来，好给植之商一个难堪。但如此公然地当面夸赞，植之商也没有丝毫办法否认。

嬴拓看了看莹羽，却没有开口夸赞他，甚至连那场战斗都只字未提。他只是问道："咳嗽好些了吗？"

莹羽轻轻地点点头，看不出他的表情是失落还是感动。

"这次带上你，本是为了让你感受南方的气候，以便医好你的咳嗽。"

"有些草药对我确实有好处……"

"我说的不是草药，我说的是南方的气候。"嬴拓对于自己能够打下南方充满信心。但有一句话他却没说出口：我可不希望你卷入你哥哥们的争斗中去。

阳光强烈地照在被啃噬得干干净净的黄羊腿骨上，反射出耀眼的油亮光芒。又是一个晴朗明快而适于征战的上午。

四叶草

【文】迟卉

——谨以此文献给所有与疾病和爱搏斗的孩子们

00..

安萨尼亚成为世界上最后一个消灭饥饿的非洲国家。
——《全球时报》2034.5.7
2033年,全球精神疾病发病率为百分之零点一二。
——《全球健康网络报》2034.2.6
人类有史以来第一次没有任何战争的四年和平时光!
——《梦报》2034.4.3

01..

临近下课的时候,我的手开始震颤起来。

这种颤抖并非出于我的意志,事实上我希望它安静下来,不要让我像一个发鸡爪疯的病人,或者一个风烛残年的老太婆。我的同学们都在安静地听课,如果他们

发现我的手抖个不停,一定会追问这件事。

我不希望他们追问,更不希望他们知道。

我可以应付这种事情,事实上我已经应付了很多年,我已经是个高三的学生了,而哈比林震颤神经症'这是一种虚构的神经疾病,表现症状为手脚不由自主地颤抖'出现在我身上的时候,我才九岁。如今我已经过了十八岁生日,我可以应付得来。

左手还在颤抖。

我伸手进书包,掏出一块木头。它是我从学校垃圾堆里捡来的一截桌子腿,但是无所谓,只要是木头就好。

我把木头放进左手,抚摸它光滑的表面和细密的纹路。震颤立刻停止了,我用右手在书包里摸出一把雕刻刀,开始想像我将要雕刻的东西。

神经症——这是医学上的叫法,但是一般人多半胡乱将这类疾病都叫做精神病——某种程度上可以用意志控制,尤其是在它们不那么严重的时候。对我来说,只要我开始雕刻东西,就不会颤抖,我的手像任何一个雕刻家一样稳定,即使我还不是一个雕刻家。

我刻下一刀,又一刀,我想刻一朵四叶草,象征幸福的四叶草,送给林医生。

"苏琳!"

点名声像炸雷响起,我反射般地弹起,看到数学老师一脸怒容地站在我面前,一把抢过我手里的木头,还好,我及时把雕刻刀藏了起来。

"上课不好好听讲,干什么你?"她的嘴唇皱了起来,轻蔑地扫了一眼手里的东西,"玩木头?多大了你?"

同学们窃窃私语起来,我咬住嘴唇,低下头。铅笔盒上的小镜子反射着老师怒气冲冲的脸庞、皱起的鲜红嘴唇、黑色眼影,还有大波浪卷发。

我看着,把这张脸记在心里。

她还在骂我,但是我已经遁入了自己的小小世界,把自己封闭起来,老师和同学都迅速远去了,那些批评和咒骂都像水面上滚过的云层一样,只留下一个转瞬即逝的影子。

林医生会说这么做是不好的,是自闭的倾向,但是我只有这里可以逃,逃进自己心里。左手开始震颤,而我在头脑中搜寻各种木雕的形状和线条——过了一会儿,我意识到数学老师停止了责骂。

"坐下吧!"她气呼呼地说,"就你这德行,长大能干啥?"

我坐下了,老师走远了,我浮上意识的水面,藏起自己震颤的左手,从书包里掏出另一块木头,继续悄悄开始雕刻。

这块木头是我偷来的黑板擦的背面，我刻得很快，想要在那个印象没有消失之前，迅速把它印到木头上去——而且今天放学之后，我和林医生有个约会，时间不多，我得在放学之前把它刻完。

木屑在我手指间飞舞，最迟明天，数学老师会看到一个黑板擦，背面刻着她扭曲丑陋的脸。

我知道她会认出来，还会知道是谁刻的。

但是我不在乎。

02..

林医生的诊所很小，藏在一个书店的后面。书店的招牌很大，很漂亮的绿色，写着"四叶草书店"几个字，书店老板是林医生的父亲。

去诊所要先走进书店，然后再钻进后面的小巷，绕进一条小路，穿过一扇小门，灰色的小门上用黑色写着"四叶草诊所"几个字，在阴暗的灯光下几乎没法辨认出来。

只有那些知道路的人才能找到这个诊所，虽然它如此隐蔽，我第一次来的时候还以为是什么违法乱纪的犯罪分子的窝点，但其实这里是一家证件齐全、设备先进的诊所，医生也非常可靠。

不可靠的是到这里来的病人们。

十岁那一年，我的震颤病症已经无法隐藏，于是母亲拉着我颤抖的手，来到这间隐藏得非常好的诊所，林医生就在那里等着我，他问了我很多问题，给我做了一系列的检查，然后为我约定了每月一次的看诊和取药时间。

从那时候起，我每个月都要来一次这里，从未间断，也从不误时。

我走进书店，向林医生的父亲打了个招呼，他对我笑笑。我钻进小巷，快步向诊所走去。

李娜和高华都已经在那里了，她们比我先到一点儿。

她们两个是二班的，是尖子班，比我们放学略微早一些。而我在九班，最差的一个班，经常被老师留下来罚抄写或者做题。

我在挂号机上用病历卡划了一下，然后和她们彼此用眼神打了招呼，在等候室的椅子上坐下来。

我们很小的时候就认识了。这个时间段只有我们三个病人，李娜比我晚两年来这里，高华比我早半年，我只知道这些，我们几乎没有交谈过，这样一来，我们可以略微忘记各自的疾病。

我曾经开玩笑地问过林医生：是不是他只有我们三个病人。他笑了笑，说不是的，他还要给其他人看头痛脑热咳嗽以及跌打损伤。

我知道他是在撒谎，他的诊所里只有治疗神经症的仪器和药物，而她们两个是我见过的除我之外仅有的病人。

医生喊了高华的名字，她起身大踏步地走了进去，留下我和李娜在外面继续等待。

左手还在颤抖，但是我不能拿出木头来雕刻，诊所的地板一尘不染，我不想把木屑弄上去。而且手的颤抖越来越重，我很可能没法停下它，以至于弄糟我的雕刻——这是停药的反应，我已经把这个月的药吃光了，而新的药还在医生手里。

我用右手按住左手，感觉到它在右手掌心里不由自主地跳动和颤抖，就像是有个小动物占据了我的手掌，并且一直在不停地跳来跳去。

我恨这种感觉，它让我意识到我是个病人。

我曾经读过一张报纸，上面说罹患神经症的人大概占千分之一左右，也就是说，白林市高中全校三千名学生里，只有我们三个人的脑子是不正常的，有病的，疯狂的，必须借助药物才能够装成正常人的样子去生活。

李娜在我身边蜷缩成一团，她的疾病反应是不正常地恐惧——她曾经告诉我说，她恐惧一切，包括风的声音、流水的声响、影子、地面的凸起，以及任何一个人，这些都会被她想象成某种致命的危险，她会偏执地一遍一遍检查门锁、窗闩、下水道口和天花板，如果不用药物抑制这种恐惧，她甚至连出门的勇气都没有。

突然，诊室的门开了，高华走了出来，怒气冲冲，全身上下都洋溢着火一样的冲动和狂躁。

我动了一下身体，李娜更是害怕得从椅子上跳了起来。

"喂，医生叫你。"高华对李娜说。

瘦小的女孩跳起来，小心翼翼用余光看着高华，迅速溜进了医生的房间，赶紧关上门。

我听到她紧张地反复拉动门闩的声音。

高华耸耸肩，到饮水机边上接了杯水，把一把五颜六色的药片丢进嘴里，然后将整杯水一饮而尽。

"操,她怕我。"高华磨着牙齿,悻悻地说。

我微微向后挪了一点儿。

"大爷的,你也怕我。"她悲伤地看着我。

"对不起。"我用很小很小的声音说,但是她听到了。

"他妈的,不用说对不起。"她又接了一杯水吞下去,"我自己都他姥姥的怕我自己,我想我他妈的得在这儿待一会儿,等这傻逼药起效了再出去。"

我点点头,用力按住左手,它颤抖得更厉害了,就像我十岁时那样连着整个肩膀一起震颤,我的左腿也开始震颤起来。

高华悲伤地看着我。她的问题几乎正好是李娜的反面,她无所畏惧——事实上是过于无所畏惧了。她无法控制自己暴烈的脾气。极强的攻击性、结实的肌肉和有力的拳头让她成为男孩子都不敢招惹的"女王"。但是如果没有药物,任何东西都会引起她无端的怒火,她会不停口吐污言秽语,并攻击任何东西,直到把自己毁掉或者筋疲力尽地倒下为止。

诊室的门再一次打开,李娜走了出来,向我点了点头。我走过去,尽量离她远一些,免得惊吓到她。

她走过去,在高华身边坐下。我回头正好看到她紧绷的肩膀和不停眨动的眼睛,她害怕高华,但是仍然鼓起勇气坐到她旁边。而那个高大的女孩正紧蹙眉头,不停舒张着自己的双手,片刻又紧握成拳。

她们的肩膀靠在一起,彼此支撑着。

03..

和大医院的诊室不同,林医生的诊室不是白色的,而是那种很淡的米色,光线柔和,笼罩着我,也笼罩着我面前这个形容憔悴的中年男人。

"嗨,琳。"他笑了,像个老朋友一样和我打招呼。

"医生。"我像第一次见面那样冷淡地和他打招呼,就好像我不知道他姓什么似的。

"你觉得怎么样?"他按照过去的任何一次的模式那样问我。

"如果你在我手里放个筛子,我可以搞定一吨绿豆粉。"我举起震颤的左手给他看。

他笑了。

这几句对话是我第一次见到他的时候说的,我们之间最初的交谈就是这些话,在之后的九年里,我们每一次见面都会重复它们——这是某种仪式。他曾经说过,我们之间这种刻板的一问一答对我患病的大脑来说是有意义的,就像锁门强迫症之于李娜,或者粗言秽语之于高华,我们通过这种仪式来抵抗自己意识中的残缺和反常。

和以前一样,他为我做了一系列的检查,让我躺进白色的大盒子里,听嗡嗡的机器运转,然后再出来。接着又化验了血,还用一把小锤敲打我的膝盖和左手。

"情况没有变糟。"他愉快地说。

"——也没有变好。"我阴郁地应和。

他点点头,飞快地敲打着键盘,我等待着……渐渐沉入到自己的世界里去,那里有很多雕塑,木头的、石膏的、石头的、塑料的、钢铁的和铜的……我看着林医生桌面上的照片,头脑中想着雕塑的模样。

当我回过神来的时候,发现地毯上全是木屑,而我的手里握着木头,上面刻着那张林医生和他妻子、儿子的照片。

他惊讶地看着我。

"对……对不起……"我慌乱地试图藏起木雕,却被林医生阻止了。

"刚才你的手一点也没有震颤。"他说。

"我知道,但是只有我……"我的手开始不由自主地颤抖起来,"只有我'进去'的时候才行。"

"进去?"

"发呆。"我用了一个别人可以理解的词语——我没法向他描述我的那个世界,里面飘满了无尽的雕塑,每一尊都栩栩如生。

"自我封闭。"他柔声说着,像对待一个成年人那样拍了拍我的肩膀,"虽然这样可以让你暂时停止震颤,但是我们不能用自闭症来代替震颤症,丫头。这是给你的药,接下来二十天的。"

我愣了一下。

"不是一个月吗?"我问。

他迟疑了一下。

"有一种新药。"他最终这样说,"这种新药可以让你更好一些,我是说,可以调节你的震颤和你的神经,但是这种药没有经过大范围实验,它只是在小范围内作过实验,如果你愿意的话,我给你开十天的,从你下一次来我这里的时候起倒着计算十天内服用。我个人不是很推荐，但是一些用过它的病人表示，它让他们'感觉到自己找到了失去的东西'，你愿意试试看吗？"

我看着他低垂的目光，左手还在震颤，但是我的注意力在别的地方。

"你不愿意推荐这东西给我们。"我说。

他没否认。

我知道这件事，我还知道他的妻子和孩子死于一次医疗事故，和新药实验有关，我们曾经谈过这些，它们是谈话治疗的一部分，既是我的，也是他的。我甚至知道林医生几年前因为失去亲人而患上了抑郁症，他如今既是医生也是病人——奇妙的事，这令我更加感到亲近。也许，在无数正常人的围绕之下，我们这些患有精神和神经疾病的不幸的生命更容易相互吸引。

"给我看看那个药的志愿者告知和同意书吧。"我说。

他点点头，拿出一叠纸。我用右手接过来，拿到面前一点点读下去，绝大部分都能读懂。

有多少十八岁的年轻人像我一样了解脑神经心理学、脑神经化学和神经细胞学？我们被疾病逼成了半个医生，但是知识对我们的处境毫无帮助，它无法停止震颤的左手、暴怒的情绪、无端的恐惧和痛苦的抑郁……

事实上，知道得越多，就越绝望。

这种绝望促使我决定试试这种新药。

"你们也拿了新药？"我问高华和李娜。她俩都点了点头。我们相视苦笑。

任何希望我们都会抓住，像溺水者抓住稻草一样紧紧不放。

04..

我回到家里，父亲和母亲还没有回来。

老师留了很多卷子，我先吃了药，然后尽可能把我会的题目都做完了，不会的也查书，把能写的都写上，然后放到一旁。

没什么事情可做，我不想看电视，妈妈总是说我看电视不好，说电视里都是坏东西，电脑更不让我上，给用户设了密码，还用锁头把机箱锁在柜子里。

书包里还有两块木头。

我掏出一块足够光滑的，稍微迟疑一下，便开始雕刻起来。在我的记忆里有足

够多的形象，我选择了白林市中学门口那座"读书顶个球用"的形象，并一点点用雕刻刀把它重现在木头上。

正当我刻得入神的时候，一只大手抢走了我的雕刻刀和木头，重重将它们摔到房间的另一头。

母亲回来了。

"妈！"我惊叫起来，想要过去捡雕刻刀，但是母亲挡在我面前，眼神冰冷。

"你又在玩什么？"她问。

我试图解释我在雕刻，但是她似乎并不需要我回答。

"玩玩玩就知道玩，你这孩子玩心这么重，怎么就不放点心思到学习上？你说你还有精神病，现在我跟你爸能照顾你，等我跟你爸都不在了我看你怎么办？"她的声调越来越高，语速越来越快，"你考不上大学能去干啥？就你那哆嗦爪子能去干体力活吗？要不你去工厂糊纸盒子？除了读书你还能干啥？"

我用眼角余光看到父亲回来了，向他投去求援的目光，但是他只是阴郁地看了我和母亲一眼，就走到一旁去，扭开电视机。里面顿时传来喧器的球赛播报声。

"一个小姑娘，干啥啥不行，念书也不行，你说你还能会点儿啥，刻木头能当饭吃吗？正经事儿不干，一天到晚净干没用的事儿，以后嫁都嫁不出去……"

母亲的声音越来越高，越来越高，而我愈发无助，我想向她解释：我已经写完了我能写完的作业，有些课程我确确实实怎么努力也听不懂，我想跪下来求她把雕刻刀还给我，我想哭着求她别再说了听我解释一句就可以……我的左手开始发抖。

我什么都没有做。

内心深处那个满是雕像的地方诱惑着我，而我迅速逃了进去，在那片广阔空荡的大地上，到处都是雕像，我想象着一座林医生的雕像，悲伤地笑着，努力让自己振作起来的样子；还有一座李娜的雕像，小小的身体缩着，目光充满不安……还有高华的，还有我许许多多同学和老师的，还有学校美术室的石膏像……我漠然注视着母亲怒气冲冲的样子，把她作为一个剪影储存到这个庞大的雕像库里。

不过我知道，我不会雕刻她，永远，永远，都不会雕刻她的模样。

05..

我开始吃新药的第四天，数学老师找了个碴儿，把我狠狠批评了一顿，让我站到走廊里去。

这事儿我不意外，我在黑板擦上雕刻的那张"暴怒金刚欧巴桑"脸已经作为笑谈传遍了整个学校，数学老师现在只要看到我，她的鼻子都会气得歪到一边去，我不得不多次更新她在我脑海里的雕塑形象。

而且，数学课我大部分都听不懂，怎么努力也听不懂，所以我也乐得站在走廊上，琢磨窗框和教室的门上可以雕刻些什么东西。

从走廊窗户看出去，四班正在上体育课。在篮球场上和男生一起打篮球的那个女孩是高华，李娜在操场上慢慢跑着。

突然有个男生从边上冒出来，撞了李娜一下，她瘦小的身子向后退了好几步。

我知道她们班上有些男生爱欺负李娜，她太瘦小，而且常常瑟缩着哭泣，男生们经常捉弄她取乐。

这次，她被男生撞出去好几步远，弯下腰，弓起背来。那个男生似乎在嘲笑她什么。

我以为她在哭。

但是接下来的事情看得我目瞪口呆：李娜猛地朝着那个男生顶了过去，像一头小牛犊一样狠狠撞在男生肚子上，两个人滚作一团，李娜又咬又打又抓又挠……当他们把两个人好不容易拉开的时候，男生狼狈不堪，而女生们纷纷拍着李娜的肩膀为她叫好。

我看到高华跑出篮球场，对着李娜伸出大拇指。

我开心地笑了起来。

"你是苏琳？"

突然传来的声音吓了我一跳，我转过身来，看到一个很老的老头站在班主任边上。

"是的，我是苏琳，老师你好。"我的经验告诉我，叫"老师"多半不会有错。

"陈教授。"班主任认真地纠正我，"K大美院的。"

我瞪大了眼睛。

"我想和你谈谈。"陈教授笑了起来，伸出手，手里拿着我雕刻的黑板擦，上面数学老师的脸非常滑稽地瞪着我。

"我看了你雕刻的东西。"陈教授拿出一大堆木块，多半都是我们班主任从我这里没收去的。"李老师是我以前的学生，后来改学中文了，我感到很可惜。这次他向我推荐了你，说你的雕刻很有天赋。所以我想来看看你。"

"……"

我紧张得不知道说什么好。

"别紧张。"陈教授笑了,伸出手来拍拍我的肩膀,"我看了你的成绩单和体检报告。你的数学成绩不太好,但是应该可以达到艺术类特招生的基本线。我打算提供给你一个特招名额,只要你能通过结业考试,我就可以把你招进K大的美术学院学习雕塑和绘画。"

我傻傻地张开嘴:"真的……真的吗?"

在我的身体里仿佛有某种东西开始上升,像是轻盈的气泡,温热的雾,或者别的什么东西,最纯粹的惊喜和快乐,一点点将我撑起来,让我觉得我仿佛飞在空中一样。

我要去K大了,我要去读美术系了,我可以学习雕刻了……

但是陈教授接下来的一句话把我打回谷底:"我还看了你的病历,苏琳,哈比林震颤症往往会影响一个人的专注程度,你的身体状况能够支持你在K大的学习么?"

世界在我面前咔嚓咔嚓地裂开,而我努力试图将它弥合成我期望的形状,"我在雕刻的时候不会颤抖。"我轻声说,事实上,我的左手非常稳定地放在我的膝盖上,"如果您怀疑,我可以当场为您雕刻。"

他笑了,递给我一截短木和一把雕刻刀:"请。"

那么说,这就是面试了。

我接过木头和雕刻刀,深深地看了老教授的脸庞一眼,将他浑圆的额头、微突的颧骨和棱角分明的下巴印在我的头脑中,以及他脸上的每一条皱纹,每一个表情和动作……他站在讲台上的时候是什么样子呢,他对学生讲解知识的时候又是什么样子……我飞快地刻着,并且对神灵祈祷无论如何不要让我的左手震颤起来。

它非常稳定,自始至终没有震颤。

一个小时后,我将惟妙惟肖的浮雕头像放在陈教授面前。他露出了笑容。

"把这个孩子的档案给我复印一份吧。"他对我的班主任说,"我代表美院录取她了。"

06..

我和高华她们中午不在学校食堂吃饭,而是选择了一个离学校有点远的小吃铺——因为中午吃饭之后要吃药,所以我们始终是躲起来吃,不让同学们发现。

"所以你们俩都感觉不错？"高华皱着鼻子，坐在小吃铺的桌子旁，这是这么多天来，我第一次见到她没有大马金刀叉腰劈胯地"横"在凳子上，而是安安静静非常规矩地坐着。

"我的手不抖了。"我笑笑，"是真的不抖了，不是以前那种感觉，平时得拼命注意它才能不哆嗦起来，现在它正常了……老天啊，我都记不得正常是什么感觉了。"

"我感觉很好。"李娜大声说，"整个世界都不一样了，过去那个世界那么……大。"她微微颤抖了一下，让我依稀可以看到以前那个胆小女孩的影子，"但是现在不一样了，我变大了，变强壮了，我……我可以把影子只看作影子，我不再害怕它们了。我也不再害怕那些原来看起来很凶的男生了！"

"影子还是影子，男生还是男生。"高华指出，"只是你的感觉变了。"

"没区别。"李娜用力摇摇头，"感觉变了，一切就都变了。"

"你呢？"我问高华，"你感觉怎么样，我觉得蛮见效的，我们在一起吃饭这么长时间，你一句脏话都没说。"

"嗯。"她点点头，"它们没了。"

"你把它们忘了？"

"不。"高华皱起眉头，露出一个很奇怪的表情，"它们还在那儿，我记得我过去说过的每一句脏话，但是我……我只是不需要它们了，我不需要它们来表达我的感觉，事实上我连那种感觉都没有了。"

"那不是很好吗？"我笑了起来。

"不好。"

"啊？"

"很不好。"高华用力抱住头，"我觉得我不是我了，我变成了别的什么东西，我……这么多年我一直那样过，骂人、吼叫、咆哮……我只知道这一种和别人交往的方式，这几天我甚至没法和陈晨一起打篮球了，因为只有原来那个我才知道如何像一个男孩子一样大笑、打架、骂人，而他……他把我看成他的铁哥们，我们曾经是那么好的朋友——曾经是。"

"你现在可以像女孩子一样和他交往了。"我指出——高华喜欢陈晨，在我们三个中间这不是什么秘密。

她抬起头，眼神绝望，"你觉得我可以吗？我可以比他现在的女朋友更像个女孩子吗？"

我看着高华的短发和黝黑的肌肤，一时无语。

"我恨这药。"她低声说。

"它治病。"

"我就是病!"高华哭了,怕冷一样蜷缩起来,"我和这病一起过了一辈子,小琳,没了这病,我连自己都不是了!"

我不知道该说什么,只是抱着她,让她哭了个够。然后我们吃药,回学校,上课。

07..

服药的第六天,事情开始变得奇怪起来。

我的手再也没有震颤过,但是那个世界似乎从我的头脑中脱离出来了,每一次我闭上眼睛,就会清晰地看到那个雕像世界——我头脑中的避风港,还可以清晰地看到各种雕像。它们清晰无比,栩栩如生,召唤着我去雕刻它们。如果我认真读书或者做题,雕像世界就会消失,于是我努力去学习,毕竟,我还要通过毕业考试才能得到保送名额。

我没和她们两个说这件事情,我告诉她们我没事……因为高华更加沮丧和抑郁了,她总是哭,并且抱怨这个抱怨那个,全都是些鸡毛蒜皮的小事。

服药的第七天,那个世界跑了出来。

当然,它自始至终是虚幻的,是在我头脑里的,但是现在我不需要出神也能看到它,在我清醒的时候和思考的时候,那些形象一直扰乱我的思维,但是我仍然用尽全力完成了毕业考试。

服药的第八天上午,班主任通知我:我通过了毕业考试。

当天中午,高华来晚了,她一直哭着,她向陈晨表白了,不出我们所料,她被拒绝了,还被陈晨的女友奚落了一番。

"哭你妈逼啊哭!"李娜跳了起来,掀翻桌子,饭菜洒落一地。

小吃铺里一片寂静,高华也不再哭了,我们三个看着彼此——我努力透过那些飞舞的雕像看着她们的脸,我看到她们的脸上充满恐惧,我知道我也一样。

我们都意识到在我们身上发生的那些改变,但是我们对此无能为力。

还有三天,我们不敢停药,害怕发生更糟糕的事情。

现在只能祈祷去拜访医生的那一天快点到来。

08..

星期六的晚上，一切都爆发了。

高华陷入了关于恐惧的歇斯底里，而诱因则是李娜用刀子捅了那个试图欺负她俩的男生。我不停地给她俩打电话，并且给林医生打电话，他总算同意在今晚就拨出时间来治疗她们两个。

"你还好吧？"他问我，声音里透着一丝不安。

"我很好。"我轻声回答，伸手拂开眼前飞舞的某个幻象，"她们两个需要你，医生。"

挂断电话，我走到客厅，发现妈妈在等我。

"这是你的信。"她把信件丢到我桌上，"拆开。"

我沉默地遵从了。

从我九岁生病开始，她就审查我的一切信件来往，禁止我和任何人谈及我的疾病，她认为我的精神疾病是她的污点和耻辱，一旦被别人知道就会令她羞耻至死。

我能说什么？她是我的母亲。

信封拆开，一张K大录取通知书飘落桌上。

她惊讶地哦了一声，伸手抓起来看。我骄傲地等待着她的夸奖。

"蛮厉害的嘛，K大……艺术系？"她的语调突然变得不满起来。

"保送名额。"我解释道。

她横了我一眼，"学费多少？"

我愣了，"一年……八千。"

她皱起嘴唇，"太贵了。"

嗤啦一声，录取通知书被她扯成两半。

我僵硬在那里。

我的灵魂，我的希望，我的未来，我的一切，我一直坚持下来的在我灵魂和身体里悬浮着的粉红色幸福泡泡，喀拉喀拉地随着我的世界一起分崩离析。

"你这个孩子一点不懂事，这些年照顾你多辛苦，家里这么困难，上个大学要八千，还过不过日子了？我跟你爸这么辛苦都是为了你，这个家都是围着你转，一点不懂事，我给你联系了一个技校，学点安身立命的手艺……听话，这个什么破艺术系咱不去念，这都是为了你好，你长大了就会懂的……"

她的手很快，几下把通知书撕成碎片。

我可以阻止她，但是我没有阻止。我也可以大声说话，告诉她陈教授为我争取了第一年的助学金，而他认为我只要努力肯定能拿到第二年的奖学金，我还可以告诉她陈教授帮我联系了一个网上销售的模型制作店，可以雕刻动漫模型来赚自己的生活费……但是我什么也没有说。我听到她继续大声数落我的不懂事以及她有多么辛苦，我听见父亲在那边为一场足球赛叫好的醉醺醺的声音。

我好累。

在我和疾病同行的漫长时光里，我已经习惯了将破碎的世界弥合起来，也已经习惯了将母亲扭曲的爱和父亲冷漠的脸弥合起来，我努力挣扎着从我的疾病的泥沼里探出头来做一个接近正常的人……

但是我累了。

我放弃了和那些幻象的搏斗，走进我的雕像世界，这里有无穷无尽的雕像，而且没有震颤的手，颤抖的肩膀，也没有尖叫的母亲和木讷的父亲……只有雕像，雕像，和雕像……

我越走越远，越走越远，再不回头。

09..

我不知道在意识深处徜徉了多久，直到某一天，有某个人叩响我意识的房门。

"录取通知书。"他说，"我给你带来了，小琳。"

录取通知书？不，我不需要它，我已经拥有了全部的雕像，我为何还要一份录取通知书？我不需要那个充满正常人的世界，我不需要那个不属于我的世界，我不会再回头去面对歇斯底里的母亲和沉默的父亲，我想要的并不是那份录取通知书。

我想要的是正常人的生活。

只有在这里，在这个地方，在广袤的思维空间里和沉默的雕像间，我才能觉得我像一个活着的人。

但是那个人坚持不懈地继续对我说话。

"你想要什么？"他问。

我沉默。

"我给你带来了一把雕刻刀，还有黄杨木。"他说。

我沉默。

意识深处的广阔空间里，有我见过的任何一种样式的雕刻刀，还有各种见过的和没见过的木材,有些只存在于想象之中。我的小世界里有一切,我喜欢这里。我不需要那些现实中的东西。

那个声音消失了。

又不知道过了多久,另一个苍老的声音闯入我的意识。

"小琳。"他说,"你看过萨尔瓦多·达利的雕塑吗?"

萨尔瓦多·达利?

我开始搜索我的思维空间,不,这里没有,我知道达利是一个艺术家,他的画我看过一些,但是他的雕塑?不,我没看过,我想看。

"我有两张票。"那个苍老的声音说,"我们一起去看他的艺术展吧。"

我猛地睁开眼睛,陈教授的笑脸和林医生欣慰的神情映入我的眼帘。

"哦。"我轻声说。

泪水无端地流下了脸颊。

0..

在出院之后,我只回过一次家。

那种新药引发了大范围的副作用,包括病情的逆转、倒错或加重,还有幻觉和疯狂……原因始终没有查明,我曾经和林医生谈过,而他也没什么头绪。

"我们和疾病是一体的。"我这样说,他若有所思。

出院后我在家里住了三天,然后就收拾东西去了K大学,母亲和父亲都没有表示意见,可能是因为我对待他们的态度发生了改变。

——我完全没有了情感。

准确地说,这次长期的呆滞昏睡——抑或在雕塑世界里游走——之后,我失去了一切对父亲和母亲的情感,无论喜怒哀乐眷恋憎恨都没有了,也没有痛苦,没有爱。

但是我对其他人仍然有感觉,对李娜的担忧——她还在作调整治疗;以及对高华的改变的由衷快乐——她换了一种药之后,控制住了她的脾气和脏话,但是又没有过度抑郁,她认识了一个男孩子,并且有足够勇气尝试一段新的爱情。

临走的时候,我送给林医生一座立体雕塑,他、他的妻子和他的儿子,在草坪上嬉戏,我根据那张照片还原了非常精确的立体构图,并且雕刻出来送给他。

我在我的雕塑世界里看到过那些形象,而只要我看到过一次,就不会忘记。

他收到雕塑之后，呆呆地看了很久，最终露出一个忧郁的微笑。

"我也该送你一份礼物，小琳。"他说。

我好奇地望着他。

他打开笔记本电脑屏幕，转向我，上面是密密麻麻的名单，非常长，非常多的人名，而且非常非常熟悉。

我一个个看过去，我的同学，我的老师，我的亲戚朋友，我认识的每一个人都在上面，每一个人的名字后面都跟着一个冗长拗口的疾病名字。

都是精神疾病或者神经疾病。

我看了很久，然后抬起头来看着林医生。

"每一个？"我小声问。

"百分之九十六点四。"他温和地回答，"这是我们现在这个社会最准确的精神/神经障碍疾病的患病率。"

我看着他。

"我有抑郁症，你知道。"他伸手拉开窗帘，明亮的阳光洒进来，临窗是一条宽阔的街道，人们三五成群走着，正是下午下班放学回家的时间，熙熙攘攘。

"放眼望去的这些人，"他伸手指过去，"有一些和你一样在与震颤症搏斗，还有些和你的同学一样患有各种疾病，有一些被疾病所苦，几乎无法正常生活，但是更多的人和你我一样，努力像一个正常人一样生活，同时不得不面对自己是一个精神/神经病人的事实。拜过去几十年的环境污染所赐，目前每一个人都是这样活着的，几乎每一个。"

我屏住呼吸，慢慢走过去，将手指贴在玻璃上，玻璃被太阳晒得温暖，而我努力注视着每一个走过的人，试图分辨他们都在和什么样的疾病搏斗。

我分辨不出来，他们看起来每一个都很正常。

"要我告诉你你的同学来看病时如何描述你吗，小琳？他们说你是一个多少有点内向的孩子，喜欢雕刻，而且很随和。就像他们说高华是个有点暴躁的假小子，说李娜是个爱哭的小姑娘一样……在他们眼里，你们很正常，就像在你们眼里，他们也很正常一样。"林医生柔声说。

"这么说……"我在阳光下伸展手指，试图抚摸远处街道上移动的人群影像，"我们并不孤独。"

"是的。"林医生点点头，"你们并不孤独。"

"我们并不是……某种羞耻。"

"不是。"

"也不是疯狂。"

"不完全是。"

我微微闭上眼睛,"我母亲得的什么精神疾病?"

林医生迟疑了一下,"没有,她没有任何精神疾病。"

我瞪大眼睛看着他,"她完全正常?"

他点点头,"是的,她完全正常,虽然你父亲有抑郁症,但是你的母亲各方面检查都完全正常。"

"她几乎毁了我!"

"我知道。"

"那就是正常吗?"我听得出自己声音里的颤抖。

长久的沉默后,林医生轻轻叹了口气,"不,我不知道,琳。按照现有的一切医疗标准显示,她非常正常——虽然坦诚地说,她比我看到的任何一个病人都更加残酷、疯狂和具有虐待倾向。"

"你不会把她称之为正常。"

"不,不会。"

"那么什么才是正常人呢?"

沉默,更长久的沉默,我突然意识到医生不会回答我这个问题,于是我大笑起来,用力地大笑。这一刻,震颤和雕像的幻影都没有打扰我,而我歇斯底里地大笑着,金色的阳光透过诊室的玻璃落在我的脸庞上,将眼泪照亮。

后记

"人"之所以成为人,是因为它能够在来自内部和外部的冲击之下屹立不倒。

但是有些人曾经倒下,曾经被来自内部的疯狂和外部的痛苦撕扯得支离破碎,但是他们——尤其是那些孩子们——仍然努力地爬起来,艰难地重建自己作为一个人的生活、快乐和尊严。

感谢Galanhad帮助我完善这个构思。

感谢奥利弗·萨克斯先生的著作为我提供精神与神经疾病患者心理及生活的描述与感受。

本文中的精神/神经疾病及其表现形式纯属虚构。

谨以此文献给所有与疾病和爱搏斗的孩子们。

契约

【文】利亚特·铜须

第一次见到史戴文的时候,克莱莎的心情很糟糕。

她迅速地扫了一眼脚下的召唤魔法阵,并没有在那些燃烧着的紫色符号中找出什么错误,即使是笔划的纰漏也没有。该死,她对自己说。

"吾在此以暗影之名……"对面那个褐色头发的小子声音有点发颤,不知道是因为紧张还是激动,他手臂伸出的样子还真够难看。

魅魔打断了他:"听着小家伙,不管你是从哪儿偷学到这个召唤仪式的,如果我是你就马上停止。"她用带着一点厌恶的眼神看着这个顶多十五六岁的人类少年,"你应该庆幸虽然打扰了我,但我对你的灵魂并不感兴趣。现在,"她把右手插在腰上,"马上送我回去——别告诉我你的魔法笔记上没记着这个。"

可那个小家伙却只是直勾勾地看着她,脸上既没有吃惊也没有害怕,沉默了片刻,他再次抬起手臂摆出那个手势:"吾在此以暗影之名命令汝,将汝之魔血与吾之灵魂凭依契约……"

"够了!"克莱莎用威慑的眼神盯着狂妄的少年,身后的皮翼哗地展开,"这不是游戏!如果你非要炫耀自己的愚蠢,我很乐意现在就把你的灵魂带走!"

作为对这番威胁的回答,少年还是报以冷漠的眼神,消瘦的脸在紫光映衬下显得异常苍白:"如果你愿意的话,为什么不现在就把我杀死呢?"

克莱莎不再说话,伸手从腰间取下了长鞭。每个世纪都会有那么几个白痴自以为拥有了控制魅魔的实力,而他们的结局无一例外都是变成了一道不那么可口的灵魂甜点,她已经懒得再浪费口舌。

毒蛇一样闪着磷光的魔银长鞭在空中划出优美的弧线,但就在皮鞭要缠上少年的脖子时,却好像打在了一面无形的墙上反弹了回来,同时一阵剧烈的痛楚从鞭梢上传来，穿过了魅魔的身体，令她几乎扔掉武器。"你！"克莱莎赤黄色的眼中翻滚着震怒，和同等份量的惊讶。

　　对面的少年仍然面无表情："你和我一样清楚，这个召唤阵没有任何错误，我的精神力也已经完全控制了这个召唤空间，现在你无法伤害我，也回不去自己的位面，除非完成与我的契约后，我准许你这样做。"

　　挫折感比疼痛更猛烈地击中了魅魔，一个几乎还没有成年的人类面对面地威胁她？这简直是个笑话！克莱莎猛地往前踏出一步，却立即被迫缩回，可以在岩浆中信步的双蹄踩在那些魔法阵的线条上却感到烧灼一样的剧痛，虽然她不愿意承认，但是看起来这个少年真的做到了他所宣称的。

　　意识到这点后，魅魔决定改变策略。克莱莎从喉咙里发出柔媚的呻吟，半蹲下身子抱着自己的蹄子："你弄疼我了，粗暴的家伙！"她露出痛苦而又哀怨的眼神，同时故意让瀑布一样的黑发从雪白的肩膀上垂下，皮翼也无力地耷拉下来，此刻的魅魔全力模仿出受伤的人类少女的模样，哀哀地看着少年。

　　人类从来就是脆弱的情感生物，尤其是这个年纪的人类男性，而魅魔比任何其他种族更明白这一点。只要此刻少年的精神产生一点犹豫，克莱莎就能瞬间撕碎这个魔法阵牢笼，还有眼前这个狂妄的倒霉蛋，她要把这冒犯者的灵魂撕碎后浸泡在最滚烫的岩浆中，亲眼看着这个可怜的灵魂一点一点化为乌有。如果她心情好，也许这个过程只会花费一万年。

　　可是当克莱莎和少年的目光对视的时候，魅魔的心里却感到了从未有过的慌张，她在那空洞的眼神中看不到一点动摇。就好像完全没有注意到魅魔撩人的姿态似的，少年又一次抬起了手臂："吾在此以暗影之名命令汝，将汝之魔血与吾之灵魂凭依契约结为主仆，听从吾之召唤，报以吾之血灵，将吾等的力量交织一处，直至身死魂灭……"

　　克莱莎嘶声尖叫起来，企图打断对方的念诵，却发现自己被巨大的力量压得无法发声。那个少年的瘦弱身影在她眼中变得无比庞大和可怕，随着契约的每一个字眼从他嘴巴里吐出，魅魔感到自己正被一把巨锤一下下敲打着，头晕目眩中，她不由自主地开始跟随对方的声音："……无相伤害，不可单离，谨以吾之身心与灵魂全部恪守此约……"她停顿片刻，做了最后一次挣扎，但随即就放弃了："……具以契约魅魔之真名：克莱莎。"

　　"……具以契约人类之真名：史戴文·赫里斯。"

　　身上的所有压力和痛苦在这一瞬间消失得无影无踪，克莱莎猛地从地上站起来，眼中喷着狂怒的火焰寻找刚刚强迫自己订下契约的人类，最终却在眼前的地板上发现了趴着一动不动的史戴文。"刚订下契约就身死魂灭了么？"魅魔感到好气又好笑，当然她知道自己还没那么幸运，空气中感受不到灵魂飘散出来的诱人气

味。果然，几秒钟后少年开始剧烈地咳嗽，然后挣扎着爬了起来。

魅魔看着术士从布袍里面掏出一个小瓶子，给自己灌了些药水，许久才恢复平静。

史戴文抬头，两人的目光再一次相遇。"契约……完成了么？"与片刻前那个冷酷的暴君不同，这时的他好像换了一个人，甚至显得有些拘谨。

"是的，主人。"克莱莎冷冷地回答。出口那一瞬间，魅魔却产生了一丝微妙的感触，已经有多久，她没有喊出过"主人"这两个字了呢？她几乎立刻对自己的软弱感到懊恼，用鞭子狠狠地抽打地面，召唤阵中的紫色火花四散飞溅，"如你所愿，完成了。"

少年苍白的脸上露出松了一口气的神色："太好了……"他近乎呢喃地说，把自己的袖子撩起，看着手臂上刚刚生成的紫色契印纹章发愣，突然他转脸看着魅魔，用小到听不见的声音说："谢谢。"

如果不是有尾巴保持平衡，克莱莎几乎要跌倒，这就是刚才那个掌控全局的臭小子？她就是跟这么一个家伙缔结了契约？现在魅魔只想尽快回到自己的位面去，在那里她才能发泄自己的怒火。所以当看到史戴文摆出另一个手势时，克莱莎也松了口气。

这笔账很快会讨回来的——在传送的紫光围绕在自己周围的一瞬间，克莱莎对自己发誓，毕竟人类的生命对于恶魔来说只是一杯下午茶的时间。

无数世纪以来，术士们都在进行着一种危险的交易，他们同恶魔缔结契约，以此借来恶魔的力量，甚至驱使恶魔作战，代价则是源源不断地为恶魔提供灵魂作为食粮，这场交易甚至延续到术士的生命终结以后，他的灵魂也将作为契约的一部分被恶魔所攫取。他们被剥夺了进入死后世界的权利，来换取在世的力量。而相应的，能得到更多灵魂的恶魔提供的力量也就更为强大，因此术士总是用各种办法来满足自己的恶魔，这也就是为什么大多数人看到术士就像看到恶魔那样厌恶和恐惧。

以克莱莎的经验来看，她的这位新主人不会支撑多久。他太年轻了，虽然以他的年纪能够和魅魔订下契约这很了不起，但无论如何他还是太年轻了。术士这个职业需要强大精神力和丰富的阅历，当然还要足够多的金钱。豢养克莱莎这样的高级恶魔，灵魂的需求量是很惊人的，当术士无法为恶魔提供足够灵魂的时候，他们会被迫用自己的灵魂来支撑契约，这无异于慢性自杀。魅魔回忆起史戴文咳嗽的样子，那显然是精神力使用过度的症状，"那个臭小子，他以为他能坚持多久？"她冷笑，然后把注意力放在构思各种精巧的酷刑上，好在不久的将来给新主人的灵魂一个惊喜，嗯，也许是永久的惊喜。

契约

营地里最后一名血帆海盗拼命向海边逃去,他的双腿因为恐惧而痉挛,嗓子里断断续续发出嘶喊。就在他要跳进海水前的一刻,一条乌亮的长鞭从背后卷上来,勒住了他的脖子,一声骨骼碎裂声后,海盗软软地栽倒在沙滩上。魅魔从黑夜中闪出身影,在篝火照耀下,她头上修长的角、黑发、淡紫色的皮肤、紧附在身上的黑魔皮衣,还有小腿处开始长出的黑色角质鳞片和小巧的羊蹄,全都蒙上了一层金红色,透出一种妖艳的美。收起鞭子,克莱莎俯身在海盗的尸体旁,深深呼吸,将刚刚飞散在空中的灵魂一点不剩地吸进了体内。然后她陶醉地仰头,心满意足地站起来,脑海中还回味着那个灵魂消失前最后的悲鸣。

一阵剧烈的咳嗽从她身后传来,魅魔耸耸肩,回过头看到了营帐边上的主人。史戴文用一块手帕捂着自己的嘴,尽力压制着剧烈的喘息,另一只手在摸索那个瓶子。克莱莎优雅地跨过沙滩上到处横卧的尸体,轻步走回少年身边,冷冷地看着他为自己治疗。

就在刚才,这位术士毫不犹豫地杀死了所有朝他冲过来的海盗。那真是一场屠杀,克莱莎能清晰地感觉到史戴文近乎粗暴地从她身上抽取恶魔能量,化为手中的暗影魔法向人群倾泻下去。空气中弥散着哀号和灵魂的香味,能量被大量地抽取和灵魂的大量吸纳让她有一种酒醉般的迷离,有那么一瞬间她甚至感到自己有点喜欢这种感觉和这个主人,但随即被这个念头吓了一跳:恶魔喜欢自己的契约主人?喜欢那种转瞬即逝的生命?喜欢自己明天早上的一顿甜点?这真可笑。

史戴文的呼吸恢复了正常,战斗后他总是显得非常虚弱,年轻的脸白得近乎透明。

"我们走。"他对魅魔说,"去下一个营地。"

"今天你不能再杀人了,主人。"克莱莎看着他的眼睛,说道。

"地精要的密信不在这儿,我们必须去下一个营地。"

"今天你不能再杀人了。"

"你难道不明白么?只要没找到那封密信地精就不会付给悬赏,我必须抢在所有人之前找到它!"史戴文有些烦躁地说,语速很快,似乎现在对他来说谈话也是一种负担。

"那是你的事情,"克莱莎抱住自己的双臂,"我只是提醒你,你的身体无法再支撑又一次战斗了,我也不会再提供力量给你。"

"你只要收到灵魂不就好了?!"少年不耐烦地咆哮起来,刚刚变声的嗓子显得嘶哑,他撩起袖子,露出紫色的契印。

"对我来说的确没什么差别,只不过我不希望这么快就履行我们的最后契约,"魅魔用懒洋洋的语调回答,"你也不希望,不是么?"留着你,我可以得到

更多灵魂，仅此而已。

少年盯着魅魔，眼睛里面像是有什么东西在烧，但随即他的眼神黯淡下去。

"我会休息几小时，请在天亮前叫醒我。"史戴文吩咐，但马上补充道："要是在此期间周围有什么危险，也请马上叫醒我。"

"当然可以，主人。"魅魔微笑，跟恶魔打交道必须仔细斟酌每一句话的含义，因为恶魔会钻任何存在和可能存在的空子。

年轻人犹豫了一下，然后用轻到几乎听不见的声音说道："谢谢。"

克莱莎不以为然地点点头，不知为什么这两个字总让魅魔觉得不舒服。

年轻的术士和衣靠在一堆箱子边上，几乎马上就发出了轻微的鼾声。克莱莎静静地看着少年熟睡的脸，回味着刚才灵魂盛宴带来的饱餍。史戴文仍然裹着与她缔约时穿的那件单薄的布袍子，深色的料子已经分辨不出原来的颜色。魅魔不知道这几个月来他在自己帮助下赚取的大笔赏金到哪儿去了，她总能从每个契约者身上发现对金钱或别的什么东西的迷恋，正因为知道宿命的结局，所以术士往往比一般人更贪婪，这也是恶魔能把他们牢牢掌握在手中的原因。而对于眼前这个苦行僧一样的少年，克莱莎总有些捉摸不透，他是为了什么目的而追求暗影的力量呢？意识到自己在想什么后，魅魔摇了摇头，了解对方并不在契约的范围内，对食物也不应该有太多好奇心。

次日清晨，在另一座海盗营地他们顺利找到了悬赏的东西，并安全回到了那些地精的老巢——藏宝海湾，在那之后发生了另一件事情：史戴文病倒了。

克莱莎的家乡和人类世界大相迥异，从天空到大地，所有看得见的东西都在滚滚地燃烧，散发出耀眼的火光。克莱莎无聊地坐在岩浆池边看着里面熔岩翻滚，自从病倒后史戴文已经很长时间没有召唤她了，不过魅魔倒也没有感到他灵魂的味道，她似乎又回到了之前没有主人的时光，无所事事地在恶魔位面度过每一天。

一只小恶魔蹦跳着从她身边经过，小心翼翼地不发出太大声响，如果被魅魔这样的高级恶魔发现自己，一顿皮肉之苦是少不了的，搞不好会被整个吃掉——这在恶魔界是天经地义的事情。但是在浓烈的硫磺气味和烫人火焰中，克莱莎还是一眼就发现了它，因为这只小恶魔身上残留着那个年轻术士的气息。

"嘎！"被鞭子勒住脖子的小恶魔发出惨叫，却不敢挣扎。

"选择吧，现在就被我吃掉，还是回答问题以后看我的心情？"克莱莎用甜美的声音问道，玩弄猎物总让她感到很开心。

"以沸腾的……岩浆起誓，我……我会如实回答您的问题的！"

小恶魔的惊恐让魅魔很满意，她稍稍放松了鞭子："你和一个叫史戴文·赫里斯的人类缔结过契约？"

"史戴文？嗯，是的，曾经，只是一小段时间！如您所见……"小恶魔偷偷看了克莱莎一眼，似乎也嗅到了她身上属于同一个人的气息。为了惩罚这种冒犯，魅魔翻过手腕，魔银鞭带着凄厉的呼啸抽打在小恶魔脚边不到两寸的地方，这个倒霉鬼吓得缩成一团。

"形容一下那家伙。"克莱莎的声音非常的温柔，小恶魔却明白这意味着非常的危险。

"啊，史戴文！我得说那真是个特别的人类！我是说，谁会在十三四岁的时候就尝试召唤一个恶魔呢？大多数术士学徒这时连第一句咒语都说不利索，可他却真的把我召唤到了他面前，还一字不差地订下了契约，也许这就是天赋！不过……"小恶魔咂咂嘴，"只是私下说说，虽然他热衷于和恶魔作交易，可他的心也许并没有完全归于暗影！"

"哦？你还真是关心你的主人。"克莱莎不无嘲讽地说，脑海里面浮现出少年疲惫的神色。

"他杀死的那些灵魂……"小恶魔的尖舌头舔了一下嘴唇，"无一例外味道都不错，这意味着灵魂的主人并不无辜。要是些善良的人类，呸！那种灵魂的味道是多么糟糕啊！"

"去跟地狱犬讨论你的食谱吧，"魅魔对小恶魔的叽叽喳喳有些厌烦了，"这个人类有没有说过是出于什么原因和你订立契约的？"

小恶魔愣了一下："原因？"看到克莱莎的眼神，它紧张起来："啊，当然，我想我是知道的！呃，请给我点时间！"它那张满是皱纹的脸露出苦苦思索的样子，魅魔则小心提防着它是不是在动别的脑筋——在恶魔中间永远没有真正的信任和臣服。

"我的那个主人，似乎是战争的孤儿……嗯，看他的年纪，我猜那是人类称为'天灾入侵'的那次战争[①]。一夜之间恐怖的瘟疫从天而降，活人变成了死人，死人爬了起来，把更多的活人变成它们的同类……那场灾难可为我们提供了不少免费食物，而且死于痛苦和恐惧的人的灵魂总是那么美味……哦不，别拿起您的鞭子，我马上就说到重点了！嗯，一个什么人收留了他，对，我记得是个圣骑士，哦该死的圣光[②]！"

"一名圣骑士？"克莱莎皱起眉头。光与影，最古老和永恒的对立，这些圣光的侍奉者无疑是恶魔最深恶痛绝的对象。

"不过好像不久后那个圣骑士就死掉了，愚蠢的人类！哈哈，不管怎么说这世上又少了一个圣骑士！呃，再后来我的主人就成了术士，就是如此，我所知道的都已说了！"小恶魔摊开双手，尽力做出可怜相。

魅魔正想从这堆七零八落的供词里面整理出头绪，就在这时一种熟悉的感觉在

她体内升起，史戴文正在召唤她。

"滚吧，幸运的小东西。"克莱莎收起长鞭，冲小恶魔作了个飞吻的姿势，然后开始回应术士的召唤，与此同时，有个念头在她的心中生成。

紫色的光芒淡去，克莱莎的眼前再次出现了瘦弱的少年。

空气很冷，而且不再有荆棘谷的潮湿。这是一间阴暗的地下室，斑驳的墙边是一排橡木桶，术士此时正坐在一个箱子上，脸色还是那么白。

之前魅魔还从没看到过史戴文的家——如果能被称为"家"的话，他一般只在战斗前召唤她。

"你就睡在这儿？"克莱莎歪着头，看着自己的主人。

回应她的是一个淡淡的微笑："一个术士还能睡在什么地方呢？"

"说吧，现在我们去干掉谁？"克莱莎凑上前，伸手去摸史戴文的脸，少年的身子往后退，靠上了地窖的砖墙。

"你可是很久没有满足我的食欲了，主人。"魅魔的声音变得像蜜糖一样甜腻，她的手指触到了史戴文的脸，年轻人的皮肤很光滑，有一种温热的感觉。克莱莎想起自己上一个主人，那已经是数个世纪前的事情了，可那张满是皱纹的脸和临终时惊恐的表情还是让她想起来就觉得好笑。现在自己手指下边，是一个年轻到还不知道死亡的恐惧为何物的灵魂吧？

她可以听到史戴文的喉咙里面传出吃力的吞咽声，就是这样，主人，再放松一点，你会觉得那感觉妙极了。克莱莎微微张开嘴，朝着史戴文的面颊凑上去，少年苍白的皮肤和皮肤下浅浅的蓝色血管在这一刻对魅魔产生了巨大的吸引力。

"离我远点。"术士说，但是克莱莎能听出他声音里面的喘息，魅魔天生能抓住任何一丝动摇的征兆，她无声地笑笑，另一只手搭在史戴文的肩膀上，朝着他的脖子吻去。只要一小会儿，我保证我们都会很快乐。

"……克莱莎！"史戴文压抑后爆发的低吼让魅魔感到电击一样的痛楚，被呼唤真名的恶魔尖叫着跳开，愤怒地盯着年轻人。术士将袖子拉起，手臂上的契印像是在灼灼燃烧。

"你弄疼我了，主人！"克莱莎露出唇下的尖牙，同时握住腰间的长鞭。

"是你……先靠近我的。"术士喘着粗气，有些狼狈。

"可我并不想伤害你！"

片刻沉默后，史戴文摇了摇头："抱歉，我有点太紧张了……你知道我病了很久，召唤你来只是想确认一下我们的契约是否仍然有效……"年轻人的脸上浮起浅浅的红色，不知道是因为激动还是别的什么原因。

"就只是这样？"克莱莎故意用委屈的口吻说道，"我还以为会发生什么有趣的事情。"

"还有一件事，"史戴文的语气平静了一些，"今后很长时间，可能再也没有那么多灵魂提供给你了，过几天我要进入天灾占据的地区，那里只有瘟疫战争留下的废墟和亡灵，那些不死生物并没有灵魂可以攫取。"

"没有灵魂作为食物，可是没有办法维持契约的哦。"克莱莎抱起双臂，幽幽地说。

"……我还可以提供自己的灵魂。"

"哈，我敢说这是整个位面最幼稚的笑话。"听到预想中的回答，克莱莎耸耸肩膀，"就算作为人类你的精神力真的很不错，可那也只是凡人所能达到的程度，用自己的灵魂换取我的力量？"她再次凑近史戴文，这次是咄咄逼人的，"你还不够格，我的主人。"

"除此之外，我什么都没有。"史戴文低下了头，"好吧，很抱歉打扰了你，我会想其他办法。"

克莱莎吹了一声口哨："其他办法？离开恶魔的帮助你连一头成年豺狼人都摆不平，而我可以向你保证，任何恶魔都不会在没有回报的情况下帮助你。"魅魔能察觉到术士心中的矛盾，这也许意味着她一直等待的时机已经到了。

"有时候我真怀疑根本没人教给你术士真正应该做的，我的主人。"她露出神秘的微笑，魅魔可以做出任何属于女性的笑容，从最纯真的，到最诱惑的，"你需要握紧武器，就像战士那样么？你需要咏唱魔法，就像法师那样么？当然不是，对于一个术士而言最重要的，是留心和我们的交易，不让契约的天平出现任何倾斜，只要做到这一点，你的力量就是无穷无尽的。"

"我说过，在瘟疫之地没有你想要的灵魂。"

"那么，"克莱莎伸出一根食指，点在史戴文的鼻子上，少年试图躲开，但没有成功，"如果能在那之前收到足够令我满意的报酬，我是不会介意继续借给你力量的。"

"你是指……？"史戴文的表情有些困惑。

克莱莎注视着术士的眼睛，确认他在听自己说每一个字，"一个灵魂，我只需要一个完全没有受到污染的灵魂。"她第一次发现，史戴文的瞳仁是漂亮的湖蓝色。

"没有受到污染的灵魂？"

"它的主人必须是完全没有受过世俗污染的孩子，一个婴儿，或者，一个足月的胎儿。"克莱莎说得很慢，"当我得到它以后，你能从我这里得到的力量，也许比之前所有的总和还要强大。"

史戴文的瞳孔收缩了一下："我拒绝。"他很快地说，呼吸变得比刚才还急

促,"这太可怕了!"

克莱莎觉得有趣极了,她观察着少年的每一丝变化,从中享受着乐趣。史戴文不再是那个面无表情的主人,他露出了自己脆弱的一面。"好吧,那么退而求其次,"魅魔精确地把握着语气的变化,"要是这灵魂来自一个虔诚的圣光侍奉者,也算勉强合格吧。"她嘲弄地看着史戴文,"比如,一名圣骑士?"

听到这句话,史戴文猛然抬头盯住克莱莎,那一瞬间克莱莎能清晰地听到少年胸膛中的轰响,那里面就像藏着一条愤怒的龙。

克莱莎不慌不忙地直视少年的眼睛,魅惑地勾起嘴角。直觉告诉她,自己已经击中了史戴文的要害。

几秒钟后,少年似乎又恢复了正常:"我还是无法接受。换一个条件怎么样?十个,不,二十个其他人的灵魂?我知道这附近有一座被盗贼占据的城堡,我们可以……"他急切地望着魅魔。

"恐怕不行,我的主人,"魅魔悠然地摇头,"任何交易都必须双方同意才有效,而我不喜欢讨价还价。"

"这算是什么见鬼的交易!?"

克莱莎伸出手指,绕起少年的栗色头发:"这真有意思,为什么我从你心中还能感受到对圣光的敬畏?那些笼罩着圣骑士的圣光究竟能帮上你什么忙?"就是这样,一鼓作气突破术士的最后防线,"是从瘟疫中挽救你家人的生命?还是阻止你那位保护人的死亡?"

史戴文突然完全沉默了下来,他的动作,甚至他的呼吸都停滞了下来。

死一般的沉寂在地窖中凝结。

几秒钟后,史戴文开口了,出乎魅魔的意料,他的声音冷得像冰:"这是我自己的事情。"

"我可不这么认为,我年轻的主人,"克莱莎的笑容变得尖锐起来,"成为一名术士的先决条件不是什么召唤仪式和咒语,而是他首先必须有一颗被暗影占据的心,只有这样,他的召唤才会被恶魔所认可。而这样的一个人,通常不会对圣光或者光明有什么眷恋。"

"我们之间订立了契约,不是么?"

魅魔眯起双眼:"这也正是我想知道的,你,究竟是为了什么,和我们订立契约?"

史戴文的脸上没有表情,过了片刻,他问:"你确定你想知道?"没等克莱莎回答,他拉起宽大的袍袖,一直褪到肩膀。

克莱莎目不转睛地看着少年的手臂,在小臂上覆满了恶魔的契印,那样子就像几条纠缠在一起又向外散射的蛇。随着目光上移,一个圣契状的疤痕几乎覆盖了整个肩头，疤痕周围的肤色差异很明显，就像是一个巨大的烙印。虽然只是一个轮廓，魅魔似乎还是能感受到无法承受的炙热，她放开少年后退几步，尽量拉开和那个可怕符号的距离。

"这是什么鬼东西？"克莱莎有些窘迫，小鬼可没提到过这个，事情超出了预计，她不喜欢这种感觉。

"一位圣骑士在我身上留下的。"史戴文回答，"也就是你想要的答案。"

"也许你能解释得更详细点，主人。"克莱莎咬牙切齿地说。

史戴文偏过头，看着肩上的烙印："我的故乡在天灾战争中是最早遭受瘟疫袭击的几个城镇之一，人们毫无征兆地倒下，再次爬起来的时候就成了恐怖的不死生物。我们不知道如何抵抗，甚至不知道在跟什么东西作战。一位白银之手骑士团的圣骑士把我救了出来，他应该和现在的我差不多年纪，却给我一种父亲的感觉。他告诉我，瘟疫已经感染了我的身体，我可以选择毫无痛苦地立刻死去，也可以选择痛苦地活下去。"少年停顿了一下，露出自嘲的神色，"我当时的选择既天真，又残忍。他用了很多方法来救治我，清醒时我总能看见他站在身边，手上荡漾着温和的光芒。可是，那光照在身上真的很疼，而且越来越疼，每一缕光都像坚硬的钢针刺在我身上，让我几乎发狂。我知道这是瘟疫的缘故，我也明白自己很快要变成另一种东西了，我记得当时并不害怕，只是静静地等着它发生。"

"可最终你并没有变成亡灵。"魅魔说。

"直到有一次，我感觉疼极了，从未有过的剧烈疼痛穿透身上的每根神经，我疯狂地挣扎，并祈求这一切快点结束，不管结果是什么。"史戴文用手捂着那个伤痕，"最终我醒了过来，发现自己并没有在另一个世界，长久以来沁透骨髓的疼痛也消失了。我坐起来，摸到了肩膀上的伤痕，接着我看见那位圣骑士，他静静地躺在那里，只是躺在那里，闭着双眼，一直笼罩着他的光消失了。"

"愚蠢，居然将自己的生命全部注入圣光，来挽回别人的性命！"克莱莎冷笑了一声，"不过，这还真是那帮老是口称正义的蠢货会做的事情。"

术士似乎并不在意魅魔的嘲讽，他慢慢把长袖重新拉下："我埋葬了圣骑士，这时才发现我甚至连他的名字都不知道。我随着战争难民流浪到别的城镇，没有人认识我，我也不认识任何人，那感觉就像是重新开始新的生命。抱着希望能为别人做些什么的念头，我试图学习圣光，因为随着瘟疫的扩散，人们需要更多的圣光侍奉者参加战争。但是我发现每次试图召唤圣光，身体就会感到撕裂一样的剧痛。也许是因为靠着一名圣骑士的牺牲我才得以生存，作为代价，我永远无法被圣光所接受。逐渐接受事实以后，我想到了钱。"

"钱？"克莱莎一时没有反应过来。

史戴文点点头："维持一场战争需要大量的金钱，我想为前线的战士做点什么，就算是一套盔甲也好，一把剑也好。但我既不是贵族，也不是商人，我能想到的获得钱的办法只有一个，去当个雇佣兵。"

"于是你成了一名术士？仅仅是为了……替战争筹集钱？"克莱莎有点不相信自己的耳朵。

"正如你所看到的，我的身体并不适合挥剑，更没钱去购买魔法书。"少年苦笑，"好在术士的地下组织在战时仍旧发疯一样搜罗新成员。"

"仅仅如此？为了别的不相干的，甚至是没有见过面的人，就这样放弃了自己的灵魂？"她明白了为什么少年赚了大笔赏金，却从不在自己身上多花一个铜板，但这丝毫没有减少她的吃惊。

"这个灵魂，本就是靠了圣光才能继续存在的……"

"够了。"魅魔毫不犹豫地打断了少年，连她自己也不知道是因为厌恶听到圣光这个词，还是什么别的原因，"说说你为什么要去瘟疫之地吧，那里可没有什么富裕的雇主。"

"我不想把钱送去暴风城，那些贵族大多只会躲在城墙后边指挥别人战斗。在瘟疫之地有一群战士，从天灾战争开始就一直在前线奋战，他们被称为银色黎明，是白银之手骑士团的继承者，我想把钱直接送到他们手上。"

"银色黎明，"克莱莎重复了一遍这个名字，"我记得大一点的城镇都有他们的驻点，他们可以转交你的钱。"

史戴文犹豫了一下，说："还有就是……如果可能，我希望他们能接受我成为他们的一员……据说他们甚至收留了一些决心抗争天灾的亡灵……"

"留在那些该死的圣骑士中间？"克莱莎简直不知道该做何表情，"一名在圣光旗帜下作战的术士？"

"我知道这很疯狂……"

这已经不是疯狂可以形容了，魅魔叹了口气，说道："好吧。"

"嗯？"这次感到意外的是史戴文。

"我接受你的解释。我可以继续借给你力量，直到你找到那些见鬼的圣骑士，当然在那之后，我会加倍索要报酬的。"

"真的？"少年的语气又惊又喜。

克莱莎再次露出迷人的微笑，把手抚上史戴文的面庞："恶魔会收下你的灵魂，但我们不会撒谎。"

况且我已经得到了我所想要的，魅魔在心里说，与恶魔缔结契约的术士却拥有一个渴望沐浴圣光的灵魂，光和影在他身上融为一体，有什么比这更特殊的呢？小鬼的口味无可救药，它们永远不会明白如果用恰当的方式去烹饪这样一颗灵魂，会产生多么奇妙的结果，而自己毫无疑问将是这道美味的唯一享有者。想到这里克莱莎感到浑身燥热，多么美妙的感觉啊，更美妙的是，人类的生命总是那么短暂。

因此，此刻的自己才会如此轻松，没错，只能是这样。看着术士喜悦的表情，魅魔对自己说。

"还真是无趣。"克莱莎从最后一只食尸鬼的残骸上收回长鞭，嫌恶地甩干沾在上边的液体。这些不死亡灵倒下时只有些稀薄的灵能散逸出来，而且味道令人作呕。

"这就是瘟疫之地，"史戴文坐在不远处的一块石头上，急促地喘着气，"所有的生命都被瘟疫吞噬了，只剩下怪物和死亡。"他摸出药水来喝了一口，摇晃了一下瓶身，"我们走了多久了？"

"从离开上一个村落开始算的话，十二天了。"克莱莎舒展了一下身后的皮翼，跟这里的满目枯槁相比，她的家简直是个乐园，"你还是没找到那些蠢货。"

"战线是随着战局不断变化的。"史戴文说道，"昨天我们路过的应该就是银色黎明放弃的一个据点。"

"他们的境况还真是不乐观啊。"克莱莎漫不经心地踢开脚边的一颗骷髅，看着它打着转滚到路边，"不过那个据点里并没有亡灵的恶臭，究竟发生了什么？"

"那个据点并不是被亡灵攻占的，"少年把药瓶收好，他的呼吸已经恢复正常。

"听起来你好像并不意外，"魅魔走到史戴文身边蹲下，"对我隐瞒什么可是最不明智的行为之一哦。"

史戴文看着克莱莎，皱起眉头："有时候我觉得你比小恶魔还喜欢刨根问底。"

想起那个倒霉的小恶魔，克莱莎不禁莞尔一笑，因为情报出错，它至今仍然头朝下插在最热的岩浆里。"我的力量就是你的，可留神不要让契约的天平倾斜得太厉害，我的主人。"

"好吧，"史戴文叹了口气，表示妥协，"在这儿除了银色黎明还存在着另一支同亡灵作战的部队，我原先计划的路线并不经过他们的领地，可现在看来情况比我想象的更糟。"

"既然同样是对抗亡灵的军队，我看不出有什么更糟糕的。"

史戴文沉默了一会儿，似乎在考虑该如何解释："他们和银色黎明不同，那是一群已经被战争夺去理智的人，银色黎明的宗旨是救赎，而他们……则是毁灭。这些人自称血色十字，他们存在的唯一目的就是清洗瘟疫中的一切。"

"那么那个据点的遭遇就是一次'清洗'？"克莱莎抱起肩膀，"我得说他们干得还真够彻底，很多时候疯狂才能给人力量。"

"克莱莎,"少年突然抬起头,"我想让你答应我一件事情。"

"最近你还真是得寸进尺,我的主人。"魅魔回答,"请先说出请求的内容,不然任何承诺都是无效的。"

"这是一个个人请求,"少年咬了咬嘴唇,"从昨天开始我就在考虑,很有可能这附近还有血色十字军在活动,如果遇到了他们,你……不要抢先攻击,可以么?"

"我能知道原因么?"克莱莎眯起眼睛,"你说过那些人很危险,而且这可是这里不多见的食物。"

"那些人虽然很极端,但我还是想先和他们沟通一下,"史戴文的声音越来越轻,克莱莎饶有兴趣地看着少年的脸慢慢涨红,"另外,我也不想让你受到伤害……"

克莱莎眨了眨眼睛,与她缔结契约的人试图保护她,这在魅魔漫长的经历中还是第一次。

"好吧,跟一个小鬼头缔结契约真是件麻烦事儿,"魅魔故意用无动于衷的语气回答,"成天要答应这样那样不切实际的要求。不过你记住,所有一切我都会连本带利讨回来的!"

所以你也不能受到伤害,你的灵魂是我的,是我一个人的。

一阵魔法波动在恶魔位面的一座洞窟里荡漾,低等魔物感知到属于魅魔的能量,纷纷逃窜开去。波动逐渐平息,克莱莎出现在炭黑色的地面上。看起来她刚经历了一场激烈的近身战斗,深浅不一的伤口遍布她的全身,在她背后一侧的皮翼上,一个巨大的创口仍然在嘶嘶燃烧,看得出那是圣光留下的伤痕。

从未体验过的痛楚噬咬着克莱莎的感官,可她似乎对此无动于衷。魅魔扫视了一下周围,在一块平坦的黑曜石上坐下来,滚烫的岩石灼烤着皮肤上的伤口,她脸上的表情却好像是躺在天鹅绒床垫上。

过了片刻,魅魔重新睁开眼睛,从怀里掏出了一枚湖蓝色的晶石。那是被称为灵魂石的魔法产物,是由死者的灵魂在魔法作用下凝结而成的东西,不过对于恶魔来说,把食物制成灵魂石而不是一口吞掉倒是不太常见。看到手中的灵魂石完好无损,克莱莎松了口气,轻轻将石头抛起,用同一只手接住。

"我从没想到事情会这么顺利,"她用嘲讽的语气对湖蓝色的石头说,"虽然对于恶魔来说人类的寿命不算什么,可很多时候我们还是要付出足够的耐心。我记得有个术士和我订下契约时已经风烛残年,可在那之后我又足足等了一个世纪。你能想象么?一个皮肤比树皮还粗糙的老人,唯一关心的事情就是确定自己还活着,为了延续生命,他所采用的办法有些连我这个恶魔都感到不寒而栗呢。"

魅魔用一只手托住自己的腮帮子，看着掌中的石头："你好像对这个话题并不感兴趣，是啊，毕竟你已经永远没有机会体验变得那么衰老是一件多么让人憎恶的事情了。那么我们来谈谈那些杀死你的血色十字军怎么样？现在你该知道那个请求有多愚蠢了吧？这群疯子只会用刀剑和你交流，不过他们手上召唤出来的，倒也真的是货真价实的圣光呢。"

克莱莎沉默下来，紧紧地握住了手中的灵魂石，似乎在忍耐着某种痛苦，半响，她才继续说道："顺便说一句，那些家伙已经被我杀了。别以为我是为了你才杀死他们的，我是说，我们之间的契约已经完成了，我有权决定自己的行为不是么？"说到这里，魅魔突然笑了，没有哪个术士看到过魅魔露出如此痛苦的笑容，"可是，为什么你不反抗呢？还有你知不知道，当看到该死的圣光时，你的脸上是一副怎样的表情啊？难道你看不出来，那是要用来杀死你的圣光么？作为一个术士，你可真是糟糕透了呢……"

克莱莎不再说话，只是定定地望着灵魂石，那颗和主人的眼睛一样都是湖蓝色的灵魂石。魅魔没有瞳仁的眼眶里面有什么东西在荡漾。

许久，她合掌将灵魂石贴在额头上，发出低柔的声音："……这次你真的弄疼我了，史戴文·赫里斯……"

阅读提示

①**天灾战争**：巫妖王利用研制出的瘟疫病毒对人类世界发动的一场突袭。起初的征兆只是出现在王国边境上的奇怪瘟疫，但很快人们发现所有的瘟疫感染者在一夜间变成了恐怖的不死生物，它们服从巫妖王的精神掌控，开始疯狂进攻昨天的同类。人类王国的很大一部分领土在这场残酷的战争中遭到摧毁，变成了充满毒瘴和尸骸的瘟疫之地，除了几支仍然苦苦支撑的人类抵抗力量，那里已经成了亡灵的国度。

②**圣光**：人类王国的普遍信仰，被认为是只有虔诚的牧师或圣骑士才能充分掌握的神圣能量。它不同于简单的神祇崇拜，而是一种纯净的感情和感知所带来的力量，圣骑士的意念越是强烈和专注，那么他召唤出来的圣光能量也就越纯粹和强大。

 盗贼特拉维斯卡尔潘泰库特利的其他故事

【文】崔鹏志

盗贼特拉维斯卡尔潘泰库特利的其他故事

这个世界疯了。盗贼特拉维斯卡尔潘泰库特利在心里发出这样一声悲叹。

他醒来时发现自己正被牢牢捆在一张大床上，整个后背贴着硬邦邦的木板，好像一只肚皮朝天贴在墙上的蜥蜴。无论特拉维斯卡尔潘泰库特利怎样转动他的脖子，都只能看见他头顶的天花板，事实上，不用亲眼看见他也明白，自己的手脚，还有脖子都被紧紧地捆上了。

换句话说，现在除非有个什么人走过来说："哦，我的神啊。可怜的特拉维斯，你又遇到什么麻烦了？你等着，我马上帮你解开。"否则，特拉维斯卡尔潘泰库特利就要一直被这么捆着了。

不过，那个人说的也有可能是："OK，同学们。我们今天的教学内容是人类的活体解剖……"而且，在特拉维斯卡尔潘泰库特利的记忆中，他似乎没有哪个朋友有在他处于危难之际从天而降施以援手的好习惯。

不过，如果说到将自己捆在一张解剖台上，特拉维斯卡尔潘泰库特利随口就可以说出一打以上有理由这么做的人来。最想这么干的人一定是普灵，普灵是"秘影之刃"盗贼行会里的小头目，他恐怕也是整个翠鸟城里除了特拉维斯卡尔潘泰库特利以外最倒霉的盗贼了，特拉维斯卡尔潘泰库特利每个月都没办法交齐给普灵的偷盗份额，而普灵手下的小偷偏偏又只有特拉维斯卡尔潘泰库特利一个人。没错，普灵肯定做梦都想把我干掉，这样行会就会给他指派一名更能干的手下了。

除了普灵以外，住在羊角街的治安官胡冬斯一定也很愿意把特拉维斯卡尔潘泰库特利大卸八块。按理说，翠鸟城的盗贼和治安官之间一直井水不犯河水，迫于翠鸟城议会的压力，治安官偶尔也会象征性地抓几个小偷来交差。"秘影之刃"在这种情况下也会稍稍采取一下配合的态度，将几个盗贼送进翠鸟城监狱里住几天——这种"假期"一般在半个月左右——等议会的老爷们消了气就放出来。但是行会首领恩斯度也不会容忍自己旗下的业务骨干们总是舒舒服服地呆在监狱里不去工作，所以进监狱度假的光荣任务往往就会落到特拉维斯卡尔潘泰库特利头上。

倒霉的盗贼长长地叹了一口气，因为自己的工作区域正好和胡冬斯的辖区重叠，所以两个人历来都是死对头。别看特拉维斯卡尔潘泰库特利偷东西不甚在行，在逃命上可是一把好手，每每被治安官追出半座翠鸟城才心不甘情不愿地束手就擒。因为就算是行会默许的带薪假期，一向坚持盗贼的职业荣誉感的特拉维斯卡尔潘泰库特利也不愿意白白被关起来两个星期，更何况每次被放出来以后还要面对普灵的一顿冗长的罗嗦：

"特拉维斯，特拉维斯（恐怕全翠鸟城已经没有几个人能记住特拉维斯卡尔潘泰

库特利的全名了,大家只叫他特拉维斯。事实上,正在给您讲述这个故事的我也正打算这么做),现在我们整个行会都在进行如火如荼的扒窃竞赛,在恩斯度首领的英明领导下,行会涌现出了大量杰出的业务能手和行业标兵。大家比学赶超,不断用翠鸟城盗贼的聪明才智创造出新的扒窃技术和诈骗手段,将行会伟大的扒窃事业不断推向前进。在这样的大好形势之下,你怎么还能心安理得地呆在监狱里呢?"

"秘影之刃"的大小头目们有一个共同特点,就是格外善于在行会的各种会议上发表这种空泛的长篇大论。

特拉维斯一直都用诸如"个人应该绝对服从组织安排"、"革命战士一块砖,哪里需要哪里搬"之类的真理来对付普灵语重心长的罗嗦,但是每天他还是不得不强迫自己打起精神,穿梭在翠鸟城的大街小巷,偷钱和逃避胡冬斯的追捕,努力凑齐每个月的偷盗份额,这样就可以少听普灵几句唠叨。至于他自己,则一直以来都是用劣质烈酒来自我安慰。

还有谁可能和我过不去呢?特拉维斯的脑子里,一大堆名字在拼命地向外跳:"酒囊饭袋"酒馆的老板艾尔弗雷多,特拉维斯已经欠了他半年多的酒钱了;"猫爪与跳蚤"妓院的菲儿——特拉维斯有一次趁她"工作"的时候偷了她的胸针,从此被她怀恨在心;还有瘸腿街的肉店老板彭斯,谁说他的刀只能用来杀猪呢?

盗贼最后放弃了努力。

那我又是怎么到这里的呢?特拉维斯晃晃脑袋,把一堆义愤填膺的面孔从脑子里清出去。我该不是又喝醉了吧?

特拉维斯马上否定了这个猜测,首先自己的钱包里空空如也,而艾尔弗雷多根本不可能允许自己再赊账;更重要的是,虽然现在有点行动不便,但是自己的头脑却很清醒,一点宿醉的感觉都没有。说起来,他还真的很长一段时间没有像现在这样心无杂念了。

心无杂念的盗贼眨眨眼睛,开始回忆自己失去意识以前的情景。

我今天又犯到胡冬斯手里了,治安官先生今天的体力格外充沛,显然是昨天晚上他的老婆大发慈悲,恩准他到床上睡觉来着。我记得自己当时被他追着跑了几十条街……差不多已经甩掉这个死胖子了,可是没提防迎面走过来一个穿红袍的魔法师,对,他确实是个魔法师,那身长袍旧得都变成猪肝色了。我一头撞上了他,那家伙好像还冲我笑了一下……然后我就什么都不记得了……

难道说,我被那个法师绑架了!想到这一点,特拉维斯吓得猛地一伸脖子,立刻被捆得紧紧的带子勒得直翻白眼。他不顾一切地大叫起来:"快来人啊,我被绑架了!救命啊!"

在特拉维斯看来,最有效的求救方式是大喊"治安官打人了",有时候被胡冬斯追得紧了，特拉维斯会试着喊这么一句，运气好的话就会从路旁跳出几个醉鬼或者处在更年期的大婶来，揪住胡冬斯大声质问："现在是和谐社会，有理说理，不许打人！"特拉维斯如果不趁着这个机会跑远一些，待气喘吁吁的治安官说明原委以后，特拉维斯身后往往又会多出四五名紧追不舍的翠鸟城"勇敢市民"来。

"救命啊！来人啊！"

"有没有人啊？救救我啊！"

"快来看啊，治安官打人了！"

"抓小偷啊！快抓小偷！"

特拉维斯把平常能喊来人（不管是不是来抓自己的人）的话都喊了一遍，结果除了震下了天花板上的一小撮灰土以外什么也没发生。盗贼舔舔嘴唇，还想喊出点新花样来。就在这时，他听见有脚步声在接近。

有个人走近木床，把脸伸到特拉维斯眼前，笑眯眯地看着他。窃贼认出来者正是他撞上的那个红袍法师，到了嘴边的救命立刻变成了求饶："我尊贵的大人，我真是瞎了眼睛，才会不小心冒犯到您。一定是我老婆的牢骚让我昏了头脑。您知道，诚实的人在现在这个世道简直没有活路。我每天拼命干活，却不能养活我的三个孩子。多么可怜啊，当我结束一天的工作，拖着疲惫的身体回到家，却只能看见空空的盘子和冷冷的炉灶……看在诸神的份上，我尊贵的大人，饶了我，给我和我的家人一条活路吧，我不能想像没有我的话，我的家人该怎么办……"

特拉维斯把平常说得烂熟的几句求饶话翻来覆去说了好几遍，红袍法师还是一脸意味深长的微笑，但是他的眼睛里却一丝笑意也没有。盗贼感觉自己的脸都要被魔法师尖锐的目光刺穿了，他终于尖叫起来："不！求求您别杀我，我不想死！"

红袍法师的笑容扩大了，到了最后他的眼睛也受到脸上其他器官的影响，开始跟着笑起来。"你开什么玩笑，我的朋友？你现在不是已经死了吗？"

红袍法师说着解开了特拉维斯身上的绳索，然后退后几步，微笑着对特拉维斯上下打量。特拉维斯揉着手腕——不知为什么，自己的手腕一点也不疼，连麻木感都没有——但他还是下意识地揉着，同时四下观察着这个房间，这个房间和盗贼曾经光顾过的魔法师的房间很相像，高大的书架和乱糟糟堆满了炼金工具的操作台，墙角还有一面巨大的镜子。在烛火的照耀下，镜子表面仿佛水面一样在微微波动。这地方有点邪门，盗贼越来越觉得不舒服，让他的这种感觉加剧的是魔法师看自己的目光，这种目光该怎么形容呢，就好像彭斯正在盯着一头待宰的猪，不过又好像老铜匠希思汀正满意地审视自己的一件新作一样。

"你觉得怎么样，我的朋友？"红袍法师说话了，他的声音里有一种说不清道不明的亢奋，"有没有觉得手臂，或者腿，或者身上随便哪个零件运动起来不太顺

畅?"

"谢谢,大人。我感觉很好。"特拉维斯还是不敢看魔法师的眼睛,他听说有些法师用目光就能催眠一个人,"如果……没什么可以为您效劳的话,我想……先告辞了。"他的眼睛早已看见了房门的位置,说这些话的同时,盗贼慢慢地向门口挪动着身体。

"如果我是你的话,就不会这么急着走掉。"法师随手一指那门,一把沉重的锁头就凭空出现在门闩上。特拉维斯敢跟任何人打赌,任何一个盗贼,即使是行会里的开锁竞赛冠军见到这把锁也会心灰意冷,从此归隐江湖。

"我没有恶意,我的朋友。"红袍法师还是一脸满不在乎的神情,"我只是友善地提醒你,如果以你现在的样子出现在大街上,一定会引起一场大混乱。"说着,他指了指挂在墙角的镜子,"不信,你可以自己看。也许刚开始时会有些不适应。不过,我可以保证,现在这个状态对于完成你的任务来说,是再合适不过的了。"

"我的样子怎么了?"特拉维斯半是好奇半是胆怯地走近镜子,透过波动不止的镜面,他很高兴地发现自己并没有被那个魔法师安上第三个鼻孔,或者第二条舌头。但是镜子里面的自己确实有什么地方显得不对劲。盗贼眨眨眼睛,自己的脸和平常完全一样,但是却好像有些发灰,这种颜色就好像是……死人的脸色。

特拉维斯被自己的这个念头吓了一跳。刚才那个法师好像确实说过,我已经死了,看他的样子,好像不是在开玩笑。特拉维斯回头看看红袍法师,后者正饶有兴致地用一把小刀修着自己的手指甲。盗贼用手指碰了碰脸颊,指尖传来的感觉让他更加不安——无论是自己的手指还是脸颊,都好像失去了平常的润滑和弹性,变得又冷又硬,还黏乎乎的。

"大人……我好像是生病了。我的皮肤变得很糟糕,我突然想起来自己已经有很长时间没有去做面部护理了……"

魔法师索然无味地放下小刀:"我有些后悔选中了你,我的朋友。看来你不但生前不太聪明,而且在死后也没有什么改观。"他举起那把小刀,"把你的手伸过来。"

特拉维斯隐隐约约猜到了法师想干什么,可是还没等他反应过来,自己的手已经不由自主地伸了出去。魔法师抓住特拉维斯的手,把小刀"噗"的一声刺了进去。

盗贼高声惨叫起来,随即他就发现自己的手一点感觉都没有。小刀深深地刺进了他的手背,几乎将整个手掌刺穿,特拉维斯惊讶地凝视着那把小刀,并且试着活动了一下手指,真的一点也不疼,连血都没有出一滴。

"你看,我完成了历史上最惊世骇俗的死灵魔法实验。"红袍法师得意洋洋地说,"将一个人的生命完全剥离,留下的躯体还具有和活人一样的功能。肌体的柔韧度没有丝毫的损害，可以完成普通僵尸和骷髅无法完成的细致工作。另一方面，活人所具有的各种弱点，譬如疼痛、饥饿、对高温或低温的不适应都可以克服。可以说，我将活人和死人的各种优点结合到了一起，创造出了世界上最完美的魔法造物——你在傻笑什么？"

特拉维斯看着手背上闪亮的小刀，露出了他醒来以后第一个如释重负的微笑："我说的嘛，我早应该想到的。这原来就是个梦嘛……"

下一秒钟，一颗苹果大的魔法飞弹不偏不倚地砸在了特拉维斯的胸口上。盗贼一脸难以置信地看着焦黑的胸口，两眼一翻就向后倒去。

"喂，别装死。"魔法师不耐烦地踢了地上的盗贼一脚，"这种小法术连一个活人都打不死，你一个死人还能有什么事？我说你就不能把活着时的那点坏习惯多少改一点吗？"

"有什么不能接受的呢？我说过我只是把你的生命从你的身体里剥离出来而已，除此之外一点都没有伤到你。你不觉得现在这个样子很好吗？冬天不怕冷，夏天不怕热；不吃东西也不知道饿；走在野外，甚至连一只食人魔都对你没兴趣——谁会和一堆会动的腐肉过不去呢？当然，如果遇见食腐兽那算你倒霉，不过这种怪物也并不像他们的名字那样喜欢吃死尸，一般情况下，他们更倾向于选择鲜肉大餐……"

特拉维斯趴在墙角呕吐起来。

"喂，我说你最好当心点，你的肚子里现在装满了我特制的防腐剂，要是你把药剂吐出来，我保证你不出一个星期就会烂得只剩骨头架子——而且你别想让我再给你补充，那种药剂是很贵的！"

"你……你竟然杀了我，你这个魔鬼……"特拉维斯只能使出最后一招，他一屁股坐在地上开始号啕大哭，一边还用手不停抹着脸上那些根本不存在的鼻涕眼泪。

"省省吧你。"红袍法师抱着胳膊，冷冷地看特拉维斯在那边厢哭得上气不接下气，"我还真没听说有哪个死人能哭出眼泪来的。那句话怎么说的来着？唯一比盗贼好的就是死盗贼——我真的深表怀疑。"

"算了，看你实在不习惯当死人，我还是另外找个助手来帮忙吧——咱们可先说好，是你自己脑袋进水，才放着天上掉下来的馅饼不要，一定要回去当你的盗贼的。真可惜啊，我本来还想等你完成了任务以后，就把你的生命还给你的，另外还有一大笔财宝呢……"

"呸，别想让我相信你那些鬼话，我可不是你想的那种要钱不要命的人！"魔法师的话特拉维斯压根就没听进去，坐在地上装模作样地干嚎了一会儿以后，盗贼趁魔法师开始无聊地打哈欠，从怀里抽出匕首，向红袍法师扑去。

"马上把生命还给我，你这杂种！"

但是还没等特拉维斯的匕首尖碰到法师的斗篷，他整个人就像一张大饼一样贴在了魔法师放出的防护力场上。

如是再三。死掉的盗贼把房间里所有能搬动的东西都用来进攻法师的防护罩，匕首、桌上的坩埚、书架上的书、沉重的橡木椅子、自己的靴子……统统不能穿透那层密不透风的魔法屏障。特拉维斯还想尝试向法师吐口水，可是酝酿了半天以后才发现自己的嘴里根本没有唾液，只好作罢。

看到盗贼一脸沮丧地放弃尝试，红袍法师收起了防护力场。"呼，这里面可真闷。魔法书上历来都只夸耀这种魔法护盾在防御上的无懈可击，任何物理和魔法的伤害都不能伤它分毫——可是这天杀的防护罩连空气都隔绝了。你知道吗，有很多在魔法决斗中挂掉的大魔法师都是因为耗尽了防护罩里的空气，被自己活活憋死的。"

"盗贼，我只是在寻找一个生意上的合作伙伴，所以我才对你的无礼表示出极大的克制与忍耐。但是你小心别把我惹火了——我也许不能再杀你一次，但是放个火球把你火化了还是没问题的，又或者……"魔法师慢慢走近特拉维斯，盯着他的眼睛一字一句地说，"干脆打断你的胳膊腿，把你扔在这里慢慢烂掉。"

两个人于是继续大眼瞪小眼。几分钟后，盗贼在目光的交锋中败下阵来。

"盗贼，你叫什么名字？"

"鬼才乐意告诉你。"

魔法飞弹。

"特拉维斯！朋友们都叫我特拉维斯！"

又一颗魔法飞弹。

"谁是你的朋友？放聪明点，小子，别拿什么假名昵称马甲的来糊弄我。"

"特拉维斯……卡尔潘泰库特利。"盗贼哭丧着脸说。

"特拉……什么来着？"

特拉维斯耐着性子又重复了一遍，这一次红袍法师听明白了。

"特拉维斯卡尔潘泰库特利……"法师在嘴里反复回味着这个绕口的名字，好像在嚼一块牛皮糖，"如果我没记错的话，好像有个神祇也叫这个名字，他是掌管什么的神来着？"

"您还真是学识渊博。"盗贼酸酸地说，"我老妈给我起的这个名字，她老人家总是幻想我的父亲就是那个什么神——谁知道那是她年轻时代的哪个旧情人。"盗贼幽幽地叹了口气，"可怜我老妈苦苦守了一辈子，直到病得就剩最后一口气，还盼望着我那个混帐老爹能身穿金盔金甲，脚踩五色祥云来接她去神界享福。我时常想，如果有一天能让我遇见我那天杀的爹，我一定把他捆在老妈的坟头上跪三天——他如果真的是个神，待遇翻倍。"

"我想你快要如愿以偿了。"魔法师颇有些幸灾乐祸地说，"据我所知，老神特拉维斯卡尔潘泰库特利在人间已经没有多少信徒了，就连他的祭司们都去信仰别的更有力量的神了。"魔法师说着，拍了拍特拉维斯的肩膀，"放心，他如果真是个神，那他在神界也已经快要呆不下去了，没有了信徒他连凡人都不如。他如果是个凡人，那你只要在他面前一站，你猜怎么着？那个负心汉立刻就能亲自到阴间去向你母亲赔礼道歉了。"

"哦，顺便说一句，我的名字是孟恩，戴蒙·孟恩。你可以恭敬地称呼我为孟恩大人，就像我打算亲切地叫你特拉维斯一样。"魔法师孟恩拍拍手，"你瞧，我们这样不是很好吗？如果像这样继续培养我们之间的默契，我想你一定会是我很理想的合作伙伴的。不是吗，特拉维斯老伙计？"

"其实要我说，孟恩。你还不如把我的生命还给我，然后大家各走各的路。"

魔法飞弹。"叫我孟恩大人，我亲爱的特拉维斯。现在的游戏规则是：我说，你听；我问，你答。"

我死，你活。特拉维斯在心里咬牙切齿地接上一句。"是的，我记住了，孟恩大人。"

"那就让我来说说咱们要干一桩什么买卖。我数年以来一直在寻找传说中大魔法师艾尔弗雷多的陵墓——你知道艾尔弗雷多吗？他曾经是剑湾最强大的魔法师。"

"我还以为他是'酒囊饭袋'的老板……"

魔法飞弹。"我说的是大魔法师艾尔弗雷多阁下，你这呆子。我刚才说到哪儿了？啊对，三年前我在一份古老的卷轴中发现了那座陵墓的确切位置，又用了两年时间解除了陵墓周围的魔法结界，然后……"

"然后你就大模大样走进去，拿了你要的宝贝远走高飞了？"

孟恩看也不看盗贼，直接一扬手甩出一颗魔法飞弹，这一次特拉维斯很有先见之明地躲了过去。"然后我遇到了一些……嗯……技术上的小问题。为了解决这些问题，我耗费了几乎一年的时间，幸亏现在有了你，我的朋友。"红袍法师一脸热忱地看着特拉维斯，"只要有了你，任何问题都不在话下了。"

"嘿，等一下。"特拉维斯决定不再沉默，"你不会是让我去作盗墓贼吧？站在你面前的是一个具有很高的职业荣誉感的盗贼。那些整天只会钻洞发死人财的土拨鼠怎么能够和我们这种骄傲的夜盗飞贼相比？"盗贼说着，还重重地拍了自己胸口一下，以示强调。

"该死的，听你这口吻简直像个他妈的该死的圣骑士。"孟恩懊恼地揉了揉自己的棕色胡须，"少拿你们那些天杀的盗贼荣誉感来吓唬我——你他妈的知道吗？

那座陵墓里价值十万金币的宝物。你走进去转一圈,就算什么也不拿就出来,也能从鼻子里擤出金末来——你这个该死的盗贼真是他妈的脑壳进水!"

"你不会真的还想回到翠鸟城去作你的小蟊贼吧,特拉维斯?想想看,干完这一票,你下半辈子就可以住在翠鸟城的上城区里,整天享受美食佳酿,那些贵族老爷们见了你要毕恭毕敬地行礼,叫你'特拉维斯大人'!"

"不行,绝对不行。"特拉维斯的脑袋摇得像拨浪鼓,"盗墓这种事我不做。我的家庭教育告诉我要尊重死去的人。就算里面有座金山我也不去。"

红袍法师的神态活像吃了只苍蝇。他忍住火气,狠狠地瞪着特拉维斯,盗贼几乎都可以听见他在心里默念着一二三,当然,也可能是某个致命的咒语。孟恩最后垂下了肩膀,"好吧,我的好特拉维斯,既然你坚持拒绝,那我不好再勉强你。但是我们可先说好,你既然拒绝和我合作,你的生命我就恕不奉还了。"说着,法师从怀里取出一只小瓶子,冲特拉维斯晃了晃。

"慢着!"特拉维斯突然醒悟过来,自己竟然把"已经死了"这件事给忘了个一干二净。"该死的,你威胁我?"

"那又怎么样?"孟恩的脸上又现出那种很欠揍的表情,"我想我已经得到你的答案了,好特拉维斯。在生命与荣誉之间,你义无反顾地选择了至高无上的荣誉,这令我感动万分。游吟诗人们一定会把你的高尚精神编成歌谣,传唱到四面八方,连这个世界最边远的角落也不例外。人们会为此而发出由衷的赞叹:那个因为恪守自己的荣誉而放弃了十万金币的盗贼——他可真是个白痴啊。"

这一次轮到特拉维斯垂下肩膀了,"好吧,我答应你——完事之后我可以分到多少金子?"如果这个杂种敢要走超过一半的财宝,我真就不干了,干脆出门找头食腐兽来个自我了断。

"我想那应该取决于你肩膀的力量,我的朋友。你听着,我一分钱也不要,陵墓里的金子你能拿多少就拿多少——当然,作为回报,我只要你为我从陵墓里拿出一样东西来。"

特拉维斯眨眨眼睛,一脸怀疑地盯着法师,"你是说,你不要金子,一丁点也不要?"

"是的,你没听错,我的朋友。"红袍法师满脸堆满了甜蜜的笑容,活脱脱一个奸商的表情,"金子对我来说没什么价值,你也知道,像我们这种搞文化的人一般都是不屑谈钱的。我真正想要的是陵墓里的一把古剑,传说那是大法师艾尔弗雷多从另外一个时空中得到的。另外还有一份卷轴,和剑放在一起。拿到这两样东西,其他的我就都不过问了——就算你想爬到艾尔弗雷多的棺材上撒尿,也和我没关系。"

特拉维斯皱着眉头，认真地思考起来。他压根就没信任过这个红袍法师，现在也一样。我也许不太聪明，但我也不傻，你想要的那把剑一定比陵墓的全部财宝加起来还要值钱。"这工作听起来不太安全，我想我……应该知道更多详细的情报。"他慢吞吞地说。

　　孟恩警惕地看了特拉维斯一眼，说："传说那把剑是这块大陆上绝无仅有的神兵利器，用一只上古巨龙的头骨打造，里面封印了巨龙的灵魂。根据我得到的卷轴记载，那把剑是以上古巨龙的怒吼声为名。当有人拿起它时，巨龙的灵魂就会苏醒，发出震耳欲聋的怒吼，让敌人心胆俱裂；整个剑刃上都布满了巨龙的利齿，那些巨大的牙齿至今还保留着巨龙嗜血的欲望，在战斗时会疯狂地撕咬敌人的血肉，在这个主物质界，没有任何生灵可以阻挡巨龙的怒火——即使神灵也不例外。"红袍法师陶醉地向虚空伸出手，仿佛已经将那把威力无比的上古神器握在了手里一般。

　　我就说嘛，你不要金子，要的肯定就是比金子还值钱的。特拉维斯心想，"这活儿有没有危险？我是说，像艾尔弗雷多这样的大魔法师，为了防范盗墓贼，他的陵墓里肯定有什么机关之类的东西吧？"

　　"这是当然的，我的好特拉维斯。不过艾尔弗雷多因为不想让更多的人知道自己的陵墓的秘密，所以坚持自己设计了全部的防盗机关。怎么说呢，这些机关对于你们盗贼来说，实在很业余。"孟恩对特拉维斯露齿一笑。"不过在墓室大门外面，有一道魔法结界，这也是艾尔弗雷多最煞费苦心的机关，许多盗贼都是在这里永远结束了自己的偷盗生涯。不过我可以自豪地宣称，这道魔法结界——也就是我之前说过的'技术上的小问题'——已经被我成功地解决了。所以你尽管放心好啦。"

　　该死的，你要我放心，我就更加担心了。特拉维斯在心里嘀咕。他暮地想起一件事来，"喂，你刚才好像说过，我再也不吃东西也不会感觉饿了，是吗？"

　　"是的，我的朋友。我可以用我的斗篷来发誓。"

　　"那你是不是可以解释一下这个现象？"盗贼怒气冲冲地揉了揉肚子，那里很及时地发出了一声响亮的咕噜声，"我他妈的怎么会饿了呢？"

　　"我想，可能是我在抽离你的生命的时候忽略了某个细节。"孟恩捏着下巴，为难地看着特拉维斯，"本来你死去的躯体只需要吸收负界能量就可以维持运转，可是不知道为什么，你仍然表现出对这个主物质界能量的依赖。原谅我，朋友，我对此无能为力。"

　　"无能为力？你把我弄得半死不活，然后还告诉我你对此无能为力？"盗贼几乎气破肚皮，"我现在饿得能吃下一头牛，但是我的肚子里现在却装满了天杀的防

腐剂！"

在刚刚过去的半个小时里，特拉维斯努力地试图吃东西，可无论是面包还是肉干，只要吃下去立刻就会呕出来。看着摆在面前的食物，盗贼的肚子咕咕直叫。诸神作证，如果我还能吃掉什么东西，第一个下肚的肯定是你这狗娘养的法师。

"事情没你想的那么严重，特拉维斯。"孟恩拍拍怒不可遏的盗贼的肩膀，"缺乏主物质界能量确实让你感觉肚子饿，不过既然现在你的身体可以依靠负界能量来运转，所以能不能吃到东西对你来说已经不重要了。"红袍法师接着说，"况且，等你完成这次任务以后，我就会把生命还给你。想象一下，大把大把的金币和一个饥肠辘辘的肚子，你会成为翠鸟城所有厨师的噩梦。"

"我真不明白，你干吗费劲巴力地把我变成现在这个样子？"特拉维斯没好气地甩开法师的手，"你想盗墓，就让我直接走进去拆掉机关，打开墓室得了。一个会走路的死人对你到底有什么用？"

"我刚才已经说过了，特拉维斯好朋友。"红袍法师耐心地解释说，"大法师艾尔弗雷多在他的墓室大门外设置了一道魔法结界，这道结界的作用是阻挡任何有生命力的物体。诸神在上，我从来没有见过这样强大的结界。为了通过这道结界，我需要一个死人；而为了打开墓室大门上的锁，我需要一个盗贼……"

"所以你就找上了我，然后把我变成了一个死掉的盗贼？"盗贼一脸嘲讽地看着法师，"让我猜猜，你原本想用僵尸或者骷髅来通过结界，但是那些没脑子的死灵根本不会开锁。否则你也不会冒着风险来绑架一个'秘影之刃'行会的盗贼。"

"你其实并不像看上去那么傻嘛，特拉维斯好朋友。"孟恩赞许地点点头，"恐怕我要重新评估你的智商了。我确实想过和'秘影之刃'合作，可是恩斯度这家伙一定会坐地起价，狠狠敲我一笔。而且更糟糕的是，没准等他知道了陵墓的具体位置，就会二话不说把我给做了，自己独吞财宝。"说着，孟恩用手在自己的脖子上横着一拉，"所以，我觉得还是和懂得尊重合伙人的盗贼合作比较好。据我所知，很多盗贼其实都会背着行会揽些私活。"

"你说的是我们这个行业中的一些无耻之徒。"盗贼打断了法师的话，"我还是要说——就算你用火球把我烧焦了也要说——我是一个具有高度职业荣誉感的盗贼，我从来都尽心尽力地完成行会的偷盗份额，并且从不向行会隐瞒我的真实收入，从不。"

看到红袍法师的脸色渐渐阴沉下来，特拉维斯话锋一转："当然，一个具有事业荣誉感的盗贼也从来不会背叛他的伙伴——比如你，我红衣服的朋友。所以我的决定是，和你一起去老法师的陵墓里大捞一笔，得到我应得的那份战利品后，再诚实地向行会上交我份内的偷盗份额。"

孟恩对此嗤之以鼻："我要是恩斯度，就会毫不犹豫地宰了你这个白痴。"

"这个白痴现在是你唯一一把通向藏宝库的钥匙。"特拉维斯干脆利落地截断孟恩的话，"我怎么支配我的那份战利品你管不着。还等什么？现在我们就出发吧。"

"好吧，既然你坚持。"孟恩耸耸肩膀，走向房间角落的镜子。法师对着镜子念动咒语，镜子发出低沉的嗡嗡声，特拉维斯这才明白原来这是一扇传送门。孟恩抬起一条腿向传送门里迈去，他突然想起了什么，回头向特拉维斯问道："我好像记得，你刚才说过自己不是'那种要钱不要命的人'，那是什么让你变得这么爽快了呢？"说着，传送门里波动的空间已经吞没了法师的身影，只留下那句问话还飘荡在房间的空气里。

特拉维斯无声地诅咒着，小心翼翼地把腿伸进传送门。"要钱不要命，我是这么说过，但是你怎么也不想想，我现在还有命可要吗？"

特拉维斯从变幻不定的时空裂缝中脱身，发现他和法师已经离开了翠鸟城，到了一个自己根本不认识的地方。盗贼和法师现在站在一条峡谷中，四周寂静无声，特拉维斯的耳朵里只有风的呼啸。孟恩掏出一只星盘，开始确定方位。过了一会儿红袍法师满意地收起星盘，在地上画出一个魔法阵的符号。随着法师念动符文，魔法阵发出越来越亮的光芒，特拉维斯看见面前的峭壁表面像阳光下的积雪一样融化，当幻象散尽以后，一座雄伟的石砌陵墓出现在两人面前。

"这里安葬的是有史以来最伟大的魔法师之一，所以在你到达最后的魔法结界之前，可能还会遇到其他的一些法术或者幻术陷阱。"孟恩说着，递给特拉维斯一副黄晶石打磨的眼镜，"戴上这个，这副眼镜可以让人不受幻术的影响。至于其他的普通陷阱，对于专业盗贼来说肯定是小菜一碟。好吧，我的特拉维斯好朋友，现在拿出你的工具，开始干活吧。"

死掉的盗贼此时却傻眼了，他突然想起总是系在自己腰间的工具袋不见了。"孟恩，你是不是动了我的工具袋，就是那个挂在我腰带上的小包裹？"

"你是说那些破破烂烂的工具？我给扔了。"红袍法师若无其事地说，扔给特拉维斯一件东西，"用这个吧，虽然我不是你们这个行业里的人，但是我敢肯定这套家伙比你那些破烂高级多了。"

盗贼接过法师抛来的东西，发现这是一条盗贼专用的腰带。凭指尖传来的柔和触感，特拉维斯敢肯定腰带是用人鱼皮制成，在腰带上缝制出了许多小袋子，装着各种做工精美的盗贼工具。"诸神在上，这可真是高级货。"盗贼爱不释手地将腰带扣在腰间，"我一年偷的钱加起来也买不起一套这么好的工具。"他抽出腰带上

的匕首，用手指缓缓滑过冰冷的秘银刀刃，这把匕首的手柄上刻着一只只剩下骸骨的手，还有一行特拉维斯不认识的文字，"这上面写的什么？"

"是卓尔精灵的文字。向别人表明这把匕首的主人的身份。"孟恩出神地盯着这把匕首，"这套装备曾经属于一个卓尔精灵，他的名字用我们的语言说就是泽瓦特瑞斯·鬼手。"

"一个卓尔精灵？乖乖，你是说你杀了一个卓尔精灵盗贼，他的盗贼工具成了你的战利品？"特拉维斯突然对红袍法师产生了无限的敬仰之情。

"废话少说，你这白痴。"孟恩的声音生硬，"泽瓦特瑞斯·鬼手是一个伟大的盗贼和杀手，只要他乐意，用一根头发就能勒死你。另外，如果你系着这套装备在任何一个盗贼行会里露面，我向诸神起誓，你不出片刻就会变成真正的死人。"法师抿着嘴角，发出"嘶嘶"的声音，"现在，盗贼，闭上嘴。给我进陵墓里去。"

特拉维斯拔腿就向陵墓里跑，没跑出几步就感觉一股巨大的力量抓住了他的后衣领，盗贼两眼一黑，然后发现自己正仰面朝天躺在孟恩脚下。

"天杀的，你又在搞什么花样？"死掉的盗贼不由得火冒三丈，"我可不想被你从后面活活拖死！"

"别紧张，只是一个小玩具，如果你在墓道里迷路，我只要念动咒语，这个护身符就能把你直接传送回来。"法师弯腰从特拉维斯的工具袋中掏出一个小小的三角形护符，又从胸前的口袋里掏出了一个一模一样的来，"虽然盗贼都不大可能是路痴，但是我担心你会不会是个例外。"

特拉维斯对他怒目而视，"既然我们每个人都有一个，那我能不能也给你来这么一下？"

"你看我像是个白痴吗？"法师随意地在指尖玩弄着那个护符，"这当然是单向的啦。"

盗贼在心里问候着红袍法师的全家，向陵墓里走去。直到拐过第一个拐角，看不见站在外面的红袍法师了才站住。特拉维斯本想好好地把孟恩臭骂一顿，但是借助墓道里的长明灯看到眼前的情景以后，死掉的盗贼很明智地选择了首先解决自己的问题。

在盗贼脚下，是一具年代久远的尸骨，从朽烂得所剩无几的衣服上分析，这个人和特拉维斯一样也是个盗贼。特拉维斯压下心中的恐惧，蹲下身检查这位同行的尸体，发现是一支锐利的箭矢洞穿了这个人的头颅。

"愿诸神保佑你，我的朋友。"特拉维斯战战兢兢地站起身来，向墓道深处走去。

盗贼特拉维斯卡尔潘泰库特利的其他故事

幸运的是，这个盗贼用自己的生命做代价，解除了第一道陷阱，否则以特拉维斯冒冒失失闯进陵墓的劲头，可能这道陷阱就是为他准备的了。特拉维斯吸取了教训，小心翼翼地开始在墓道中搜索前进。他在腰带的一个口袋里找到了用来探测陷阱的魔法药粉，在每个看上去可疑的地方都撒上一点。

慢慢的，盗贼发现自己可以轻松地辨认出一些陷阱的位置——幽深的墓道里，很多地方都躺着盗墓贼的尸骨。毫无疑问，他们都是触发了陷阱而死的。有的陷阱被触发而失效，而有的则可以重复使用。特拉维斯小心翼翼地撬起地上的一块方石，用匕首挖出泥土中的陷阱触发开关，检查再三，发现真的没有威胁了以后，才鼓起勇气继续前进。

盗墓贼的尸体越来越多，通过检查他们的尸体，特拉维斯发现这里的陷阱种类十分齐全。箭矢、酸液、火球、负界能量、石化……各种陷阱应有尽有。特拉维斯简直怀疑自己是不是误入了"秘影之刃"行会的训练场。有些高级陷阱已经不是特拉维斯这种级别的盗贼可以应付的了，所以当面对这样的陷阱时，他只小心地绕开。

"天杀的孟恩，这就是他说的'业余水平'的陷阱？"特拉维斯擦一把额头上的汗珠，小声地诅咒。他刚刚用孟恩给的黄晶石眼镜识破了一个幻术陷阱：墓道真正的通道被遮盖上一个幻影咒语，而在旁边制造出一个几可乱真的假通道——当然，艾尔弗雷多没忘记在那里安装一个威力巨大的负界能量陷阱。特拉维斯一边谨慎地绕过陷阱，走向正确的墓道（那里被伪装成一堵毫无特点的墙），一边由衷地感谢躺在这里的三个灰矮人盗墓贼。

他的肚子还是饿得要命。

又经过了几个高难度的陷阱以后，特拉维斯觉得自己快要成功了。在笔直的墓道尽头，盗贼看到了一扇装饰华丽的大门，仿佛在极具诱惑性地向他招手。"好吧，我赢了，老艾尔弗雷多。等我进到那里面去，一定在你的棺材上刻上'特拉维斯到此一游'，哦，不，还是应该刻上我的全名才好。"这样说着，盗贼加快脚步向前奔去。

他突然失去了平衡，一块方石在脚下发出机括触发的轻微声音。盗贼抬起头，只来得及说出一句"哦，该死"，一个负界能量陷阱就被他触发了。

一个连通负界的微型时空通道出现在特拉维斯头顶，当主物质界与负界的联系被打通，汹涌的负界能量就从这个小洞里喷涌而出。盗贼看到红色的能量束即将贯穿自己的身体，他什么也做不了，只能听天由命地闭上了眼睛。

良久，特拉维斯缓缓睁开眼睛，他意外地发现自己竟然毫发无伤。在主物质界能量的抵消作用下，时空通道打开了短暂的一个瞬间后关闭了。特拉维斯一屁股坐在地上，开始检查自己是不是少了什么零件，我明明感觉到那道该死的光的冲击，它怎么没杀了我？他随即拍了拍脑袋，答案显而易见，我现在就是个死人，来自冥界的负界能量能把我怎么样？

特拉维斯又是侥幸又是郁闷地站起身来，向墓道尽头的大门走去。走近时他才觉得，和眼前的这具尸体相比，墓道里的那些盗墓贼真是太幸运了。

看得出这个盗贼在生命的最后一刻，带着闯过墓道的极大成就感冲向墓室大门，但是当他走过画在大门外地面上的魔法阵之后，他就永远地把自己的生命留在了魔法结界的外面。

合起双手，特拉维斯为自己这位不幸的同行向阿泽瑞尔默默祈祷，尽管他自己并不十分信仰这位盗贼的守护神。然后盗贼将躺在墓室门口的尸体搬开——他来回进出魔法结界，但空气里却没有任何阻止特拉维斯的力量出现。如果不是老法师的魔法失效了，就是我真的已经是一具行尸走肉了。特拉维斯想着，当死人的感觉还真挺奇妙的，说起来，干盗贼这行还是死人比较有优势，藏在水里没有呼吸造成的气泡，也可以轻松逃过猎犬的追捕，实在逃不掉的时候，就连装死都绝对货真价实。

当然，前提是死了以后还可以舒舒服服地吃东西……

特拉维斯决定不再胡思乱想，他搬开了尸体以后，就开始研究起墓室大门的门锁来。和费伦大陆所有的盗贼一样，泽瓦特瑞斯·鬼手的工具袋里也有一套开锁工具，不同的是这个卓尔精灵把所有工具表面都镀上了闪亮的秘银。"光这套行头就至少值200个金币，孟恩啊，说实在的，现在连我都对那些财宝失去兴趣了。你想要那把宝剑，而我只想要这套工具——有了这么高级的装备，翠鸟城还有哪把锁能拦住我呢？"一边把万能钥匙伸进锁孔，盗贼一边自言自语道。

不过，卓尔精灵盗贼的高级装备也没有让特拉维斯变成神偷，只听"咔"的一声，镀了秘银的弹性钢丝拧断在了锁孔里。看着自己笨手笨脚的"杰作"，盗贼气得七窍生烟。

"这让我怎么向外面那个有暴力倾向的红袍法师交待呢？"特拉维斯愁眉苦脸地看着手里的半截钢丝，"他一生气，没准会把我扔给一群食腐兽，或者用强酸把我溶成血水……

"天杀的，不说那个什么鬼结界，光看这些五花八门的机关陷阱，就是恩斯度亲自出马也得把命丢在这儿。还有这把天杀的锁，"特拉维斯越说越生气，不由得愤愤地踢了大门一脚，"我敢说，就是阿泽瑞尔也打不开它。"

"年轻人，我想你的举动实在不够礼貌，你说呢？"

"这他妈的关你什么事……什么人？！"

特拉维斯触电一样跳起来，立刻藏身进长明灯的阴影中，抽出匕首藏在斗篷里。刚才有人对我说话，在这个除了我——好吧，连我在内——没有半个活人的陵墓里，真是他妈的活见鬼。我敢肯定，这不是孟恩的声音。

"看来我吓到你了，孩子。不必紧张，和你一样，我也是来拜访大法师艾尔弗雷多的。"

声音来自身后很近的地方！特拉维斯飞快地转身，根据声音判断出对手咽喉的位置，匕首在他转身的同时迅速地刺向那个方向。

盗贼扑了个空，秘银匕首划过空气，发出不甘心的呼啸。

一击不中，特拉维斯马上转移阵地，匕首又被裹进斗篷中，使盗贼不会因为金属的反光而暴露位置。面对敌人，盗贼首先要做的永远不是进攻，而是隐蔽。

"放轻松，年轻人，我没有恶意。你看，我没有武器。"话音刚落，一个身影凭空出现在特拉维斯眼前。"我只是想给你一些有益的建议而已。如果你不愿意采纳也没关系，我们会成为很好的朋友的，你说呢？"

特拉维斯目瞪口呆地看着出现在自己面前的这个老人，老人很瘦，整个翠鸟城里恐怕也找不到比他更瘦的人了，在满是皱纹的皮肤下面可以清楚地看到骨骼的轮廓，就好像一只装了一具骷髅的皮口袋。另外，老人几乎一丝不挂，只在腰间系着一条麻布。总的来说，老人的样子会让你以为他刚刚遇上了一伙灭绝人性的强盗。

可是现在这个老人正满不在乎地看着特拉维斯，仿佛自己天生就该是这副样子。"我已经注意你很久了，年轻人。我想我们都怀有一个相同的目的，那就是把门打开，进到大法师艾尔弗雷多的墓室里去，你说呢？"老人转身走向墓室大门，盗贼万分震惊地发现老人竟然也毫无阻碍地穿过了魔法结界，"不过，你采取的方法似乎不太礼貌。不过没关系，我相信你是一个知错就改的好孩子。让我来教你：当一个有礼貌的绅士想进入一扇门的时候，他应该轻轻地敲门，然后耐心等待主人的同意。"说着，老人举起手敲了敲墓室的门，回头对特拉维斯说，"看，这很简单。你要不要也来试试？"

特拉维斯认为自己的脑袋被刚才的负界能量光束打坏了，所以出现了幻觉。但是看着老人的一脸真诚，他还是不由自主地开口说道："别开玩笑了，去敲一个死人的门，我又不是白痴。"

"谁告诉过你死人就不懂待客之道了？我可以负责任地告诉你，年轻人，在大法师艾尔弗雷多住在这里的187年里，我经常来拜访他。在我看来，他不但没有因为死亡而变得粗鄙，相反，随着时间的流逝，艾尔弗雷多的睿智与日俱增。如果你堂堂正正地敲门，我想你一定可以得到与你的身份相适合的接待。你说呢？"

"让我来告诉你，人们知道了我的身份以后会给我什么待遇吧。"特拉维斯没好气地打断了老人的话，"他们会把我全身涂上沥青，把我塞进一大袋羽毛里，然后拉着我游街三天。"反正向一个幻觉招供也没什么大不了的，我还常常去找树林里的那个树洞说心里话呢，"你难道还没看出来吗？我是个盗贼。"

自凭空出现以后，老人的脸上第一次浮现出震惊的表情。这表情还真逼真，也许我应该去无冬市当个卖梦的人，特拉维斯这样想着。接下来我应该给这个幻觉最后一击，让他别再来烦我。就在这时，一件令盗贼做梦都想不到的事情发生了。

这时，墓室大门突然发出轰隆隆的声音，扬起厚重的尘土，在目瞪口呆的盗贼面前缓缓开启了。

待尘埃落定以后，一个身影走了出来，特拉维斯几乎要跳起来逃跑，但是他很快就发现这不过是个魔像。魔像开口了，声音带着金属喉咙特有的铿锵回响："奉我的主人，大法师艾尔弗雷多的旨意，请贵客表明身份，好让我的主人安排最适合您的接待礼仪。"说着，它僵硬地鞠躬行礼，这个动作在特拉维斯看来简直就像一个农夫在锄地一样。

特拉维斯努力消化着这些让他震惊的事情，而老人显然没有与他类似的困扰："艾尔弗雷多的忠诚仆人，请代我向剑湾历史上最伟大的魔法师致意，并向他禀明，他的朋友，金星之神冯·特拉维斯卡尔潘泰库特利特来拜访。"

魔像向老人再施一礼，然后转向呆立在一旁的盗贼："如果我能知道另一位贵客的身份，我将深感荣幸！"

特拉维斯百感交集地看了身旁的老人一眼，后者正笑眯眯地看着死掉的盗贼。好吧，既然现在的游戏规则是"这事我打赌你不知道"，那我就先来扳回一局再说吧。

深吸一口气，盗贼这样说道："翠鸟城盗贼行会'秘影之刃'三级助理盗贼，'秘影之刃'驻瘸腿街、羊角街特派盗贼，特拉维斯卡尔潘泰库特利向大法师艾尔弗雷多问好，告诉你的主子，我的身份是一个盗墓贼，让他看着办吧。"说罢，他再次转向身边的老人，直视着老人的脸。

诸神啊，盗贼在心里感叹一声，我为什么没有早点发现呢？看看这个老家伙，他脸上吃惊的表情和我简直是从一个模子里刻出来的啊……

"老冯，我的好朋友，是什么风把你吹来了？"一个声音从墓室里传来，"你能来看我真好，整天只和几个魔像说话快把我闷死了。神界最近有什么新闻吗？"一个又高又瘦的身影出现在墓室门口，他的声音带有一种和魔像不同的生硬感觉。不过，当这个人看见门外的情景时，他很知趣地闭上了嘴。

特拉维斯的匕首直直地指着老人的咽喉，老人面对近在咫尺的利刃却没有任何反应，他仍然保持着惊讶的表情，直视着特拉维斯的脸。

"我一直都以为老妈是上了哪个登徒子的当，"盗贼瞪着面前的老人，眼睛里几乎要喷出火来，"我还偷偷笑话过她竟然会相信这种蹩脚的谎言，竟然会有人蠢到冒充神灵来泡妞。"特拉维斯拧起了嘴角，"现在看来我老妈还真是幸运，遇见了金星之神阁下。我应该诚惶诚恐地向你致敬吗？"

"如果你乐意，可以称呼我老冯。"老人的表情变得缓和了一些，他看特拉维斯的眼神也包含了更丰富的层次，"三年前我在死神那里见到了你母亲，但是当时她没有告诉我有关你的事情。"

"看来我痴情的老妈还真的如愿以偿，到底和她念念不忘的旧情人重逢了？"特拉维斯尖刻地说，"我猜你肯定觉得把她丢给死神更省事是吧？那样你昔日的情债就一笔勾销了。"盗贼的匕首又向前伸了一英寸，马上就要碰到老人的皮肉了。

"听我解释，我的孩子。你的母亲早已经原谅我了，经历了这么多年，时间已经足够让我们两个人把事情的前前后后想清楚了。我和你母亲其实是因误会而结合，因了解而分手……"

"好一个'因误会而结合，因了解而分手'！"

"你还要我怎么说你才能明白？"

"你什么都用不着说！"盗贼忍无可忍地爆发了，"有什么话就直接在死神面前对我老妈说吧！"秘银匕首在同一时刻发出尖利的呼啸，向老人的喉咙刺去。

一道银白的水雾瞬间包裹住了特拉维斯持匕首的右手，盗贼的匕首在水雾的包围中失去了准头，势在必得的一击堪堪擦过老人的脖子，墓道的墙壁上划出深深的痕迹，老人一屁股坐在地上。特拉维斯转头看去，是那个一直站在墓室门口观望的人出手了。

"住手，年轻人！我确信自己正在目睹一场八点档家庭伦理剧的现场直播——啊，不对，我确信你正在攻击一个神灵。你确定已经做好了弑神的准备了吗？"高瘦的人影说着，走出了墓道里长明灯投下的阴影。盗贼在他的脸上看见了两个燃烧着幽蓝火焰的空洞。"古往今来，有很多凡人曾经妄想弑神，但是他们根本就不知道会有什么样的严重后果在等待着他们。"先是燃烧着火焰的眼睛，然后是投下深深阴影的颧骨，最后是梦魇一般的漆黑长袍从阴影中显现，高瘦的巫妖艾尔弗雷多向特拉维斯步步逼近，"而你，无知的年轻人，你真的知道自己在干什么吗？"

"停下，艾尔弗雷多！"老人挣扎着从地上爬起来，想要拦在盗贼和巫妖之间，"他是我的儿子！"

"在我看来，他是个弑神者。任何一个弑神者都必须受到应有的惩罚。"巫妖根本不理会老人，向特拉维斯发射了一道负界能量光束。但是当耀眼的红光闪过，

特拉维斯仍然高举匕首站在那里，毫发无伤。

"你们都错了，什么弑神者或者狗屁儿子，我都不承认。"盗贼的目光缓缓扫过神灵和巫妖的脸，他满意地摸了摸墙壁上的刀痕，向巫妖露齿一笑，"我其实是个死人。"

巫妖显然愣了一下，他伸出只剩骸骨的手臂，将老神推开，走到特拉维斯面前，"别想耍我，年轻人。"他严正地警告说。巫妖把手在盗贼的头顶停留了几秒钟，当他再度开口时，了无生气的声音里已经明显带有了惊讶的语调，"难以置信！你真的是个死人！这真是死灵系魔法的终极杰作！"

"我早该想到的，"盗贼直视着巫妖燃烧的双眼，"连我这样的小人物死了以后都还能动弹，别说号称剑湾最伟大的魔法师了。现在，是否可以允许我先和那个负心汉算完账，然后再来和你慢慢探讨死亡带给我们的奇妙感觉？"说着，盗贼在手里掂掂匕首，把目光投向畏缩地站在远处的老神。

"对不起，我拒绝。"巫妖轻轻弹了一下手指，特拉维斯的匕首立刻像一截燃烧的蜡烛一样熔化了，盗贼急忙条件反射般地连连甩手，"看来你似乎还保留着活人时的某些习惯，年轻人。"巫妖把脸凑近盗贼，骷髅的脸上仿佛凝结着阴森的笑容，"我刚才似乎听到你声称自己是个盗墓贼，那么我想我们之间的话题，恐怕就不止是生与死那么简单了。"

"这么说，你是受人指使，来我的陵墓里偷东西？"巫妖若有所思地用指骨的尖端敲击着下颚，"戴蒙·孟恩看来是个很有潜质的魔法师，我曾经听来访的朋友说起过这个名字。"他抬起头来看着盗贼，"那么，他让你来这里拿什么呢？"

"他说是一把剑，一把封印了龙的魂魄的剑。"特拉维斯垂头丧气地回答，巫妖声称自己折磨死人的方法比孟恩更加丰富，而特拉维斯此时对此已经深信不疑，"其他的东西，他说都归我。"

"他想要那把剑？"巫妖的头在长袍的帽兜里轻轻抖动，特拉维斯随后才明白巫妖是在无声地大笑，"看来这个年轻人的野心倒是不小。喂，我说老冯，咱们干吗不猜猜孟恩要拿这把剑干什么用呢？"

"你在存心拿我开玩笑吗，艾尔弗雷多？"盗贼发现老神的神情变得非常紧张，他神经质地看着墓室的大门，好像害怕孟恩随时会从那里杀进来似的，"神界现在已经人满为患了，这个时候还有个凡人试图发动龙魂之剑，我们每个人都明白他有什么企图。"

"恐怕你应该将我排除在外，"特拉维斯看着老神一脸忧心忡忡，不知道发生了什么事，"到底发生什么事了？我是说，你们俩一个是神灵，一个是大巫妖，怎么还会担心一个凡人对你们不利呢？"

"即使是神灵，也不是不死之身。"老冯阴沉着脸说，他坐在巫妖艾尔弗雷多的石棺上面，神情烦躁地摆弄着自己腰间围的破麻布，"的确，我们神灵的生命原理和你们凡人不同，这也是为什么我可以在艾尔弗雷多的魔法结界中自由出入的原因。但是如果对神灵施以足够巨大的伤害，也同样可以破坏支撑神灵在主物质界存在的力量基础，连带着我们在神界的本体也会受到伤害，当这种伤害达到一定程度时，我们就会死——无论是在主物质界，还是在神界。"瘦削的神灵说着跳下石棺，"当然神灵的力量都很强大，面对一般的攻击我们毫不在乎。但是艾尔弗雷多的这把神兵，却是整个费伦大陆上唯一一把可以对神造成致命伤害的武器。"

"这把剑的历史还要追溯到上一次众神之战的时候，维婕尔神为了挽回败局，铸造了这把神剑，但是仍然没有挽回她失败的宿命，战争结束后，神剑被诸神投入时空的裂隙中，从此下落不明，"巫妖艾尔弗雷多站在墓室的一角，身后矗立着他制造的四个魔像。巫妖的墓室陈设和红袍法师的房间很相像，当然，巫妖的墓室里还有一座巨大的石棺，特拉维斯敢打赌这座石棺除了可以容纳高瘦的巫妖，还可以绰绰有余地装下一大堆财宝。"我在生前的一次异时空旅行中无意间发现了这把神兵，受神界的委托，我几百年来一直守护着这把神剑，不让它落入贪婪之人的手中。"巫妖挺起胸膛，颇为自豪地补充道。

"那孟恩拿这把剑是想弑神吗？他也和哪个神灵有仇？"死掉的盗贼有些迷糊，"你刚才说凡人弑神会招致严厉的惩罚，这惩罚到底是什么？"

"每个新神灵的诞生，必意味着一个旧神灵的退位。这是神灵的宿命，无法更改。"老冯皱着一张苦瓜脸，在角落里神经兮兮地嘟囔着，"想成为一个神，最直接的办法就是杀掉一个神，夺取他在神界的地位。也就是说，那个红袍法师是想成为神。"

"再直接一点说，我猜孟恩的目标十有八九是你的老爹。"巫妖的声音里隐隐有一种幸灾乐祸的味道，"即使拥有上古神兵，想和神灵正面对决也要冒极大的风险。所以，孟恩一定会选择一个比较弱小的神灵下手，而现在在神界，力量最弱的神应该就是我们可怜的老冯了。"

特拉维斯对巫妖先是怒目而视，而后也和巫妖一起坏笑起来，"哦，看来我这一趟来的还真是值呢。"盗贼恶狠狠地盯着角落里的老冯，"我现在应该立刻把剑交给孟恩，然后告诉他他想杀的那个在神界混不下去的老东西就在陵墓里。"盗贼双手一摊，"这可真是皆大欢喜，我给老妈报了仇，孟恩成了神，然后我把剑还给你，孟恩把生命还给我，然后大家大路朝天，各走一边。"

"你很乐观，年轻人。"巫妖的手指捻着长袍的边缘，转头看着盗贼，"不过

我却很怀疑这个计划的可行性。"巫妖貌似随意地用燃烧的目光上下打量着特拉维斯，"你完全可以设想一下，如果你拿回了生命，会产生什么样的后果？"

在巫妖目光的指点下，盗贼低头审视自己的身体，这才发现自己身上现在已经变得一塌糊涂，到处是魔法飞弹留下的痕迹，还有刚才在墓道里躲避陷阱留下的大量深可见骨的伤痕，以及几根断掉的肋骨。正是因为没有痛觉，所以盗贼才对这些伤势浑然不觉。"天杀的，"特拉维斯醒悟过来，"如果现在要回生命，那我岂不要被活活疼死？"

"根据我的判断，你的身体状况已经完全不适合当一个活人了。"巫妖两条只剩枯骨的手臂环抱在胸前，肯定地断言，"除了这些表面上的皮肉伤，你的内脏也受到了防腐剂的严重伤害。现在让你重获生命，其实就是让你彻底死掉的唯一途径。

"如果让你继续这样下去，当防腐剂失效以后，你的身体会腐烂，但是神智不会消失。"艾尔弗雷多继续说，"到那时候，你也会像我一样，成为一副有自由意志、会行走的骨头架子——当然，你不会魔法，而且也没有我帅。不过比起那些被死灵魔法强行复活的骷髅，你和它们的差别就好像背包客和参加了旅游团的游客的差别那样大——不必介意，这只是个我从异时空听来的冷笑话而已。"

"我大概已经猜到了，这天杀的红袍法师……"特拉维斯长叹一声，"看来他从一开始就没打算把我复活。"他冲巫妖和老神露出一个苦涩的笑容，"奇怪吗？我发现自己的神经变得强韧了许多，而且也没有一开始那么不适应死亡了。也许我真的已经习惯当一个死人了。"

"慢慢地你会发现许多当死人的好处的。没有了肉体欲望的束缚，我们可以轻而易举地洞悉世界的本原真相。我想你会喜欢这种感觉的，孩子。"巫妖说着向盗贼伸出双手，"欢迎加入到活死人的行列中来。"

"喂，我说你们两个没死利索的家伙。"老冯在角落里没好气地打断了他们，"我并不想打扰现在的融洽气氛，但是你们是不是该想想我该怎么办？毕竟现在被人满世界追杀的是我啊！"

"还能怎么办？"巫妖说着耸耸肩膀，"当然是你也加入我们两个，就藏在这里别走得了。我对自己设置的魔法结界还是有自信的，那个孟恩根本就别想进来，除非他把自己也变成巫妖。"巫妖呵呵怪笑着说，"这主意怎么样？孟恩说到底也只是个凡人，你在这里等上七八十年，等孟恩挂了以后再出去嘛。这对你来说也没什么大不了的，对吧？"

"真是个好主意，艾尔弗雷多阁下。"听了巫妖出的馊主意，特拉维斯由衷地表示钦佩，"敢问您的母亲是不是也被这个老色狼给骗了？"

"抱歉让你失望了,这只是个玩笑而已。"艾尔弗雷多用手指的关节狠狠敲了一下特拉维斯的脑袋,"我不管你们父子俩过去有什么怨仇,但是我一定不会让那个孟恩的阴谋得逞。试图弑神是破坏宇宙平衡的举动,更不用说每次神灵死去,都意味着凡间将开始一长段战乱频仍的岁月。所以听我的,特拉维斯卡尔潘泰库特利,"巫妖严肃地称呼着盗贼的全名,"呆在这里,哪儿也别去,那个胆小鬼孟恩以为你被困在了陵墓里,自己又不敢亲自进来,时间一长他会自动放弃的。那样我们每个人都会少许多麻烦。"

"如果让我说,我宁可让那个混蛋法师吃点苦头。毕竟是他把我变成现在这个样子的。另外,孟恩也不可能让我悠哉游哉地在这里等他失去耐心。"盗贼想到了什么,他从工具袋里拿出了那个小护符,"有了这个,他随时都可以把我传送回他身边。到时候他看见我还一无所获,肯定会抓狂的。"

"很有意思的小玩具。"巫妖仔细端详着黄铜打造的护符,"知道吗,特拉维斯,这个小东西正好让我想出了一个计划……"

"你还真够慢的,蠢贼。"特拉维斯走出陵墓,看见孟恩正坐在一块山石上,摊开卷轴背诵着咒语,"我要的东西你拿到了吗?"

"你要的剑在这里,孟恩。"特拉维斯大声说道,他将藏在身后的右手伸出来,一把奇形怪状的武器就握在他的手里。

"快把它给我!"孟恩见到宝剑大喜,急忙伸手去拿,但是特拉维斯的手一缩,红袍法师扑了个空。

"我要和你交换,孟恩。"盗贼退后一步,大声向法师说,"用这把剑,换我的生命。你先把我复活,我才能给你剑。"

"你学聪明了,我的特拉维斯。"孟恩愣了一下,然后脸上慢慢绽开了阴森的笑容,"不过我想你的聪明才智应该用在如何避免让我发怒上。"法师的指尖凝聚出魔法的耀眼光芒,"别跟我讲条件,把剑给我,马上。"

盗贼退缩了一下,然后他的神情马上变得坚定,"那你就用实力来拿吧,杂种!"说着,盗贼竟然向法师扑了过去。

"那我只能遗憾地宣布,我们的合作关系到此为止了。"红袍法师看着冲过来的盗贼,轻蔑地一笑,同时一道漆黑的剑光从他的指尖飞出,直取盗贼的胸口。

特拉维斯本来已经碰到法师的长袍,看到魔剑袭来,连忙就地一滚向一旁闪开,很是狼狈地躲过了法师的攻击。他的手习惯性地在腰间摸索着匕首,但是随即想起那把秘银匕首已经被巫妖熔化了。红袍法师的魔法剑却紧追不舍,一击不中立刻改换角度,准备再给盗贼致命一击。

特拉维斯转身想往陵墓里跑，但是脚下一绊摔倒在地，魔剑再次呼啸而至，避无可避之下，盗贼本能地举手阻挡，他却忘记了手里还握着那把神剑。

特拉维斯的手指无意中触动了什么东西。

下一瞬间，远古巨龙激昂的吼声响彻山谷。

宝剑在特拉维斯手中仿佛具有了生命一样，开始剧烈地挣扎扭动，同时发出震耳欲聋的怒吼。漆黑的魔剑与盗贼手中的神剑正面交锋，魔剑发出微弱的呻吟声后立刻断裂成了碎片。

盗贼已经没有感觉庆幸的勇气了，他拼命地用双手握住剑柄，却还是无法压制神兵巨大的力量。特拉维斯同时惊恐地发现，剑刃上密布的尖利锯齿也随着巨龙的怒吼开始疯狂地撕咬起来，力道之大，几乎要脱离剑刃，向自己持剑的手反噬过来。

众神之战的几百年以后，上古巨龙嗜血的魂魄终于重新苏醒了。

龙魂之剑的发动带给红袍法师的震撼丝毫不小于盗贼，尤其是看到自己有形无质的魔法剑竟然被神剑轻易击毁，孟恩也惊惶地连连后退。"马上让这可怕的武器停止！"他惊慌地举起一只手，指着特拉维斯大喊："我命令你，盗贼！快让它停下来，不然巨龙的怒火会把我们都杀了的！"

盗贼早已被吓得魂不附体，听到法师的喊叫，手不由自主地一松，神剑掉落在地。但是巨龙愤怒的咆哮根本没有停息的迹象，即使没有被人掌控在手，布满利齿的上古神兵也在地上暴跳如雷，巨龙的利齿执着地寻找着脆弱的血肉，像蛇一样扭动着向孟恩的方向爬去。红袍法师惊骇之下，施展出了魔法护罩，一个巨大的反射着波动微光的球体将法师的身体包裹住，就好像一个庞大的气泡。

但是，施展防护罩同时也意味着法师暂时失去了行动的能力，特拉维斯抓住这个机会连滚带爬地逃进了大法师的陵墓。

特拉维斯几乎是脚不沾地地跑过幽深漫长的墓道，同时不由自主地张开嘴想要大喘粗气，尽管作为死尸的他根本就没有呼吸的必要。盗贼现在只有一个念头，就是赶快逃回艾尔弗雷多的墓室去。因为慌不择路，一个又一个未被解除的陷阱在他的身后被触发，一时间，墓道里火球连爆，热闹非凡。特拉维斯将自己平素练就的逃命本事发挥到极致，在漫天飞舞的魔法攻击中闪转腾挪，竟然奇迹般地躲开了一次又一次攻击。

不过百密一疏，还是有一股酸液打中了盗贼的肩膀，险些毁掉他的半张脸。盗贼拼命奔跑，极力不去听近在耳边的酸液腐蚀身体的滋滋声。转过一个弯，盗贼纵身一跃，终于一头扑进了巫妖的墓室。

躺在墓室冰冷的石砌地板上，特拉维斯惊魂甫定，心里却只盼望自己现在可以像活着的时候那样昏迷过去。

而此时,墓道里绚烂的魔法终于停息了下来。在缺席了半分钟之久,以至于让在场的人一时间都感到有些不习惯的寂静中,红袍法师戴蒙·孟恩阴沉着脸出现在墓室门口,龙魂之剑握在他的手里,不过已经变得安安静静,不像刚才那样声势骇人了。

"投降吧,孟贼!"孟恩很明智地在墓室门外的魔法结界边缘停下了脚步,盯着瘫软在地上的盗贼,"向魔法之神起誓,我一定要让你付出代价。没人可以如此冒犯我!"孟恩说着,向墓室里扔了一枚魔法飞弹,"放聪明点,孟贼。现在就乖乖走出来投降,我保证会用你闻所未闻的仁慈方式让你从这个世界上消失。"

看着在门外耀武扬威的红袍法师,特拉维斯突然笑了起来,"别这么见外,孟恩大人。既然都来到门口了,就直接进来和大法师艾尔弗雷多问声好吧。"说着,他一扬手,把黄铜护符扔向身旁的虚空。

"你身后站着什么人?"盛怒之下的法师终于察觉到墓室里的异样。孟恩立刻举起双手,在空气中画出复杂的符号,随着魔法力的共鸣强化,一个"真实视域"的咒语眼看就要成形了。

与此同时,墓室里也有人在吟诵着另一段完全不同的咒语,特拉维斯刚才丢出的护符并没有落到地上,相反,黄铜的小护身符静静地漂浮在距地面一人高左右的空中,仿佛有什么人在用手拿着它一样。而那另一段咒语,也同样从护身符的方向传来。很快,简短的咒语念完,没有任何华丽的视觉效果,孟恩在一眨眼间被传送到了墓室里。

孟恩难以置信地环视四周,而此时"真实视域"咒语已经开始在他周围生效。当红袍法师看见自己面前的人时,他脸上掺杂着愤怒、惊讶和疯狂的表情几乎在一瞬间变成了纯粹的绝望。

巫妖艾尔弗雷多解除了施展在自己和老冯身上的隐身术,正好整以暇地看着气急败坏的法师。

"现在到了'麻烦隔离'时间,孟恩大人。"特拉维斯兴奋的声音插了进来,在法师还沉浸在惊讶中的时候,他和老冯就趁乱跑出了墓室。现在父子俩正站在魔法结界外面,幸灾乐祸地看着墓室里的红袍法师。"难道你忘记了我是个盗贼吗?"特拉维斯洋洋得意地说,"刚才在陵墓外面,我就已经把咱俩的护符调包了。"

红袍法师狂叫着向门外的两人施放了一道闪电,但是呼啸的电光行至半空,就被一个凭空出现的微型时空漩涡卷了进去。孟恩把头转向巫妖,后者心平气和地站在一旁,仿佛刚才破解法师的攻击不过是举手之劳。

"你知道规则的,红袍法师。"巫妖冷冷地说,"你可以使用任何魔法媒介,或向你信仰的任何神祇祈祷以获得力量,我们来进行一场传统的一对一魔法决斗。

"如果你胜利,作为向胜利者的致敬,我将解除墓室门外的结界,并竭尽我的所有知识和能力,满足你提出的三个愿望。"巫妖缓缓举起三根指骨,魔法的力量正在他的指尖上迅速凝集,"而如果我胜利,我要求你留在这里,成为我的奴仆。你对这样的条件有异议吗?"

孟恩的回答是如狂风骤雨一般的魔法飞弹,他同时施放出了六枚凝聚着巨大破坏力的光球,从不同的角度向艾尔弗雷多飞去。

魔法飞弹击中了巫妖,爆发出炫目的光焰。孟恩没有等光芒褪去,紧接着双掌一分,一簇尖利的冰锥喷射而出,霎时间法师正面的墙壁上都覆盖了厚厚一层冰霜。一直静静站在墓室一角的魔像们都没能幸免,在冰锥的冲击下碎成齑粉。

冰锥的微小碎屑漂浮在瞬间变得冰冷的空气中,反射着墓室里微暗的光线,发出金黄的光芒,笼罩在巫妖所站的位置周围。就好像一场微型的暴风雪。

特拉维斯和老神都看得目瞪口呆。

孟恩脸上的表情却比门外的两个看客还要严峻,待空中的冰尘散去,一个被冰霜严密覆盖的巨大球体出现在他面前。

随着一句简洁有力的咒语念过,球体上的冰雪如同被沸水冲浇,立刻融化得无影无踪,露出了闪烁着水波一样光芒的魔法屏障。巫妖艾尔弗雷多站在防护罩后面,正似笑非笑地盯着红袍法师。

没有经过念咒,一颗火球直接从巫妖的掌心飞出,落在离孟恩很近的地方,随即引发了一次规模不大但威力惊人的爆炸,热浪挟卷着炸裂的碎石向四处飞散,夷平了所过之处的任何障碍。但是凶暴的火焰浪潮随即撞上了孟恩的防护罩,就如同海浪撞击礁石,愤怒但却无奈地绕向两边。

两个魔法师站在自己的魔法屏障后面,向对手施展出一个又一个强大的法术,由严寒的冰霜、灼热的烈焰和咆哮的负界能量组成的毁灭的风暴席卷了整个墓室,将包括巫妖的石棺在内的所有东西都打得粉碎。但是却没有任何一个魔法能够突破那两道似乎永不失效的魔法护盾。

而特拉维斯和老冯早就明智地逃得无影无踪。

"艾尔弗雷多老朋友,我改天再来看你!"在逃命之前,老神没有忘记礼貌地告辞。

"现在只剩下你和我了。"巫妖弹击着手指,发出清脆的"叮叮"声,"我必须承认,你在塑能系法术上的造诣已不在我之下。而且我同样可以理解你为什么想要成为神,如果像你这样优秀的年轻人能承担神灵的职责,的确比那些昏聩的老家伙们强多了。"如果巫妖的脸上还有完整的血肉，此刻他一定在为那些"昏聩的老家伙"们不屑地撇嘴，"但是我不能让你得逞，神灵的频繁更替会打破宇宙的平衡法则，相信我，那会是一场灾难。"

孟恩对巫妖的劝说置若罔闻，他怒吼一声，发射出一股凶恶的强酸，但是酸液也同样没能穿透对手的防护罩。

"看来我们谁都没有能力打破对方的防护罩。"巫妖的脸在魔法屏障后面，仿佛隔着一层水幕一样扭曲不定，"这也难怪，历史上许多势均力敌的魔法决斗，到了最后阶段总是演变成两个人耗尽记忆中的所有魔法，只能隔着两层魔法力场，用目光来试图杀死对方。"

"很遗憾，直到现在为止，我都没能创造出一种可以突破魔法护盾的攻击法术。"巫妖的声音淡定，好像根本就不把这场决斗放在心上，他同样假装没有听见红袍法师逐渐沉重起来的呼吸声，"但是魔法护盾有它本身的缺点，所有呆在护盾里超过十分钟的人都会因为耗尽了罩内的空气而窒息——就像你现在这样。"巫妖悠闲地把双臂环抱在胸前，看着面色铁青的孟恩，"我承认在对魔法的理解上，我们难分高下。但是和你不同，我根本就不需要呼吸空气。"他仿佛漫不经心地补充道。

"所以，法师，"巫妖说着，在指尖凝聚出一个攻击魔法，耐心等待着孟恩坚持不住，主动离开防护罩，"投降吧……"

与此同时，在陵墓外面。

"孩子，你还在记恨我吗？"老冯轻轻地问特拉维斯。

"滚开，老东西。"盗贼没好气地瞪了瘦削的神灵一眼，"别指望我能原谅你。现在滚远一点，别打扰我，我该去问问到哪儿能找到食腐兽了。"盗贼说着，看了自己的左肩膀一眼，那里已经被酸液腐蚀得惨不忍睹。希望食腐兽们喜欢在晚餐里加点酸味调味汁。他悲伤地想。

"如果我告诉你，我也许有办法能帮你呢？"

盗贼转过头，漠然但是很专注地看着衰老的金星之神。

"嗯……当然，肯定没办法恢复到以前的老样子了，"老冯低头看着自己的脚尖，没有什么自信地说，"我只能按照神灵的生理构造给你重新制作一个身体。你知道，就是那种和凡人毫无差别——好吧，有一些差别——但那只局限于体能等细节方面。我可以保证，从外表看，新身体会和你用惯的这个别无二致——另外还附送一些凡人不具备的超凡能力，让我想想，永远不会感觉饥饿怎么样？"

盗贼上前一步，卡住了老神的脖子，"如果你还想再用这张嘴和我说话，那就

永远别再提有关食物的事。"特拉维斯咬紧牙关,从牙缝里挤出嘶嘶的声音,"否则,我以你还有你那些同行的名义发誓,等我得到新身体以后,第一件事就是把你给煮了。"

三天以后,在大法师艾尔弗雷多的墓室里,有两个声音正在进行着如下的对话:

"艾尔弗雷多大师,这把剑怎么突然发动,然后突然又变得无声无息了呢?"

"别问我,我也不明白——天知道那个白痴盗贼不小心碰了什么机关,把巨龙的灵魂放出来了。"

"根据记录,诸神还应该留下一份卷轴,写明了如何正确地使用这件武器。也许我们应该研读一下……"

"我已经这么做过了,上面说这种情况是因为'电锯'的能源耗尽了。"

"电……电锯?"

"别管它,也许是诸神对这把剑起的名字吧。"

"那我们为什么不想办法给这把'电锯'补充一下能量呢?"

"该死的,你以为我不想吗?可是你看看这里写的,这该死的'380V交流电'到底是他妈的什么鬼东西?!"

与此同时,在翠鸟城贫民区的"酒囊饭袋"酒馆里。

酒馆的老板艾尔弗雷多皱着眉头,盯着坐在自己面前的盗贼,后者正在以艾尔弗雷多从未见过的狂热气势啃着一只烤猪腿,在这之前,这个名叫特拉维斯的盗贼已经以惊人的速度消灭了三只烤鸡和两大碗肉汤。酒馆老板不由得产生了一种冲动,想把手里擦拭着的橡木酒杯砸到盗贼的头上,来证明自己看到的都是幻觉。

"我说,特拉维斯。"在盗贼偶尔停下咀嚼往自己的嘴里灌酸啤酒的时候,艾尔弗雷多问道,"你失踪的这几天,难道是被哪个节食瘦身教派的减肥俱乐部绑架了吗?听着,我可不想让你撑死在我的店里,就算你付清了欠我的所有账单也不行。"

听到酒馆老板的话,正在大快朵颐的盗贼真地停下了疯狂的吃喝,他抬起头来看着艾尔弗雷多,异常郑重地说:"不用,不用担心我,艾尔弗雷多。如果你说到死的话,相信我,朋友。我已经死了足够长的一段时间,而且早就习惯了。"

播种

【文】万象峰年

上│幽灵列车

"我要一个故事！给我一个故事，马上！"我拽着涛哥的袖子说。

三个小时前我也是这样拽着《柳州生活报》主编的袖子，可怜兮兮地央求："别把我的栏目撤下，我保证三天内交稿！"

我是一个靠给小报写灵异故事糊口的无业者，对外声称自由职业者，三十岁了还在混日子，房子没着，老婆没望，孔子说"三十而立"这句话的时候一定没有考虑到我的心理承受能力。靠几份地方报纸的故事专栏和一些网上的收益，我每个月刚刚可以供养一套出租房，碰到人品爆发灵感喷薄的时候还能有些余钱。但是吃这口饭就像打渔，总有旺季和淡季，如今碰上经济危机，人们的目光紧盯着财经版面，灵异小说成了可有可无的栏目，有些评论家说经济危机会使人们去远离现实的小说里寻找心灵慰藉，全是扯淡。偏偏我又连着一个月憋不出一个故事来了，灵感像一座死火山一样，现在我急需一个小小的火星，哪怕能写出一个不怎么样的故事，让我换口饭吃先。

涛哥努力想把袖子抽回去，但是我一点也不动摇。终于，他朝桌子努努嘴。我说："老规矩，你讲故事我请客。"

晚上的青云市场热闹非凡，来吃宵夜的食客络绎不绝，各个摊位上蒸汽腾腾，各种小吃的味道杂陈在一起，变成本地人最熟悉的夜生活的味道。我点了一壶罗汉果茶给涛哥倒上。

涛哥一边喝茶一边整理被扯长了的袖子，"你知道吗？"他说，"春节反扒的时候我们捉过一些老油条，能拖着你的衣袖拖过几条街，也没碰到过你这么难缠的。"

"都为找口饭吃，不容易啊。"我说，又叫了两碗螺蛳粉，给涛哥的那碗加了卤蛋和鸭脚。

"你还住那个烂房子？"涛哥低头唆着粉，辣得直吹气，用唏哩哗啦的声音问我。

我说："没换，没钱。"

涛哥哦了一声，继续低头吃粉。

我说："我是我们那帮同学里面最没出息的了吧？"

涛哥摇摇头，"你是最自在的。"

"自在个毛，坐吃等死，同学通讯录里面唯一写着'自由职业'的，就和无业一个意思。"

"别说，我就佩服你的脑袋，你写的那些神神叨叨的故事别人还写不来咧。"

涛哥抬起头来抹了一把汗,伸手想叫纸巾。我赶紧拦住他说:"我带有。"

我掏出纸巾递给涛哥,说:"上次你讲那故事我没用上,但是你讲那人物我用上了,就是那个公务员杀手。"

涛哥心不在焉地嗯了一声,"你让我到哪找那么多故事给你?我们警察又不是天天办大案的。"

"你——"我没好气地说,"你编啊!"

"编?对了,编!倒是有一个!"涛哥被我提醒了,"我听说昨天接到一个拣破烂的人报案,那老家伙特能编,硬说他看见了一列火车,呃……没有人的那种,凭空冒出来,开着开着又不见了,国外也有过这样的故事,叫什么来着?"

"幽灵列车。"我提醒道。

"对!幽灵列车。"他说完看着我半天,最后冒出两个字:"完了。"

我意识到与其等涛哥说出个名堂来还不如亲自去看看那个人。"知道他在哪里吗?"

"听说送去龙泉山医院了,还能去哪里?"涛哥嘿嘿笑着说。

第二天在龙泉山医院里我见到了那个拣破烂的阿伯。医生听说我来找他像见了亲人一样,"你认识他?快快快把他接走吧!他正常得很呢!"

阿伯把故事对我说了一遍,给我的感觉是:这个故事条理清晰、细节逼真。这个人虽然情绪激动,但是没有很强的表演欲望,他所描述的东西不会受到暗示而动摇。

他提到火车不是在铁轨上行驶,而是脱了轨,擦着地皮走,声音很大,碎石块打在他的大腿上和背上,他给我看他大腿上的淤青,我检查了他的背上,发现背上也有他不知道的淤青。

我有一种很奇怪的感觉,决定去现场看一下。

涛哥一定以为我被疯子传染了,为了一个故事打电话叫他来。他一下车就对我嚷道:"我这可是执行公务的!你要是给不出个解释你的罪名就是调戏警察!"

"你的痕迹鉴定水平怎么样?"我指着地上说。这里是铁路沿线的郊外,周围是成片的甘蔗地。

地上有一排像是被犁过的痕迹,草根和泥土被翻起来了,白花花露在外面。

涛哥摸着下巴说:"嗯,看起来像是一辆重型货车侧翻着向前滑出去造成的,时间不超过三天。"

"这里没有公路。"我提醒他。

涛哥在地上寻找撞击物的碎片，但是一无所获。"痕迹的起始点是这里。"涛哥拿起相机拍照，顺着痕迹用步幅丈量长度，在大约75米远的地方，痕迹撞开一道田坎延伸进甘蔗地里，形成一道宽约4米长约23米的压辙，在压辙的尽头连接着一个直径达18米的圆圈，圆圈里的甘蔗被连根拔走了，更外围的一圈甘蔗被某种力扭成顺时针。

"蔗田怪圈？"涛哥迷惑地望向我。

"现在可以推断的基本事实是……"

"有一个大东西被放到这里来，拖行了一段距离，然后被转移走了，然后制造了一些假象。"涛哥接过我的话说。他目测了一下泥土溅出的距离，又补充道："不，不是拖行，这个东西有很大的初速。"

我点点头，"别忘了我们有一个目击者。"

"你真相信那幽灵列车？！"涛哥叫道，"什么鬼东西！"

职业本能使他望向四周拼命寻找可以解释的东西。最近的铁路线离这里也有二百米，铁道旁的速生桉完好无损。一列火车开过去，汽笛声尖啸着传开来，仿佛这是这个世界里唯一的声音，周围的植物被风吹动，仿佛也和汽笛共鸣发出细小的颤音。

涛哥转过头来惊恐地望着我，我和他面面相觑，这真像一个让人脊背发冷的冷笑话。

晚上我们在青云市场吃宵夜，涛哥一脸沮丧地灌着啤酒。

"我写了份现场勘察记录交给领导，被臭骂了一顿。"他哭丧着脸说，"你说我没事去管这些和人民生命财产安全没有关系的事做什么？"

我碰碰他的杯子安慰他："没事，领导当到这年纪早已成佛了，哪还像我们这些老妖精？"

我叫了四串炸鱿鱼，涛哥自己要了一碗绿豆沙，他说："吃不了这些，这几天火气大。"

"对了，"涛哥说，"我照你说的查了，这里历史上没有发生过火车失踪的案件，在全国也没有。另外前几天也没有发生过火车出轨的事故。"

我嗯了一声，摇摇头说："我原以为可以用时空虫洞来解释，比如某时某处的一列火车恰巧通过虫洞出现在我们这里，不过，现在也不能排除这种可能。"

"你玩的太玄，对我们警察办案没什么指导作用。"

"废话！"我"咣"地和他碰了一下杯，"我们就不是一条道上的，我跟你讲就是鸡同鸭讲。"

"不不，挺有启发的。"涛哥连忙说，生怕我把他扔在这个光怪陆离的世界上，"我们这行嘛，也像你写东西那样，有时就走到死道上了，需要一个行外人从不同的角度打开思路。"

我知道，涛哥这人最怕的是某件事解释不了，比如他怕看魔术，以前班里面有人学了一手魔术来显摆，他硬是缠着人家要问清原理，缠了一个月，最后人家不得不教给他了，现在他最恨的就是刘谦。什么事你只要能给他一个蹩脚的解释，他就能乐呵呵地落得个心里塌实。

这件事情到这里就算告一段落了，往后几天也没有再听见什么消息，我用所见的事实作开头编了个东方快车穿越时空来到现代的推理爱情故事，并且决定把它写得啰嗦点，估计可以连载十五六期。

一天晚上，涛哥急急地打电话给我："喂！老万！你快来，出大事了，我们逮到了一个活的！"

"什么活的？"我一下懵了，以为自己掉到了皮卡丘的世界里。

"就是铁的！真的！火车！"

我哧溜一下弹起来，绊到网线把笔记本电脑甩出三米远，我顾不得这么多，乒呤乓啷奔出门。

我打的到涛哥说的地方，在一个路口外就封路了，涛哥来把我领进去。那火车一头扎在龙潭公园附近的一片树林里，几乎打了个对折，周围围着五六辆警车，车头大灯照着火车中部撕裂出的一个大口子。

火车铁皮被烧得焦黑，但还可以看出蓝白两种颜色。

"火车外壳被高温烧灼过，里面没有太大损坏。"我听见有人说。

我问涛哥："查出车的来历了吗？有没有幸存的人？"

"没有，啥都没有。"涛哥一个劲推我往里走，一边递给我一个手电筒。

我们从撕裂的大口爬进去，一瞬间像进到了另一个世界，光亮和声音都被隔离在外面。

"为什么是我和你？"我这才想起这个问题。

"因为我是第一个上报幽灵列车事件的，我跟领导说你是第一个调查幽灵列车事件的人，你手里有第一手资料。"涛哥嘿嘿一笑。

我向涛哥投去感激的目光，可惜光线太暗，他没有看见我火热的眼神。

我们往车头方向走，车厢以15度倾斜，扭曲严重，里面一片狼藉，脱落的座椅和碎玻璃挤在一侧，没有看见尸体什么的。

"好像整车的人都消失了。"涛哥说。

涛哥的话提醒了我，我猛地站住，他不解地望着我，我说："还记得上一列火车吗？如果这列火车突然消失……"

"我们也可能跟着消失！"涛哥惊叫，"那我们出去？"

我望望窗外树林的影子说："不，既然来了，就赌一把。"我继续朝着黑洞洞的车厢摸去。

爬过几节车厢，我想辨认车厢号，竟然一个都辨认不出来。进火车以来一直有一种奇怪的感觉萦绕着我，我想涛哥也有这样的感觉。

我们走到应该是乘务员车厢的地方，这里也没有人，四壁上沾着类似炭化的粉末。我挤开已经有些变形的厕所的门，厕所里湿漉漉的，脚下散落着一些白色的碎片，我捡起来查看，好像是花盆的瓷片，这里也没有任何生命的迹象。角落里一个胀鼓鼓的小包引起了我的注意，我捡起来打开，小包里塞满了手纸，显然是用来保护什么的。果然，我在里面掏出一个手机。

我按了一个按键，手机屏幕竟然亮了起来！我吓了一跳。手机屏幕上显示着一条信息，这时我明白过来那个奇怪的感觉是什么了——我们的文字认知能力被大大地降低了。我竟然看不懂手机上的方块字，还有一路走来的那些标识文字。

我把手机递给涛哥，他也摇摇头。我想了想，把自己的手机递给他，这回他能看懂了，我也能看懂了。我明白过来了，我们的文字认知能力没有被降低，而是这列火车上使用了另一种文字。

"外星人？！"我和涛哥几乎同时叫起来。我开始后悔怎么没有借一套体面的西服来参加这场载入史册的约会。

但是我很快又把自己的猜测推翻了，自从我打开手机滑盖看到键盘布局的那一刻起，我就有一个感觉：对方是和我们一样的人。

"我有了另一个想法。"我说。

"从所有物体的外型设计到功能设计，都遵循着和我们一样的人本设计理念，可以推断他们是和我们差不多的人……"我滔滔不绝地讲着。

手机当时就被封装好，送到北京请语言学、符号学专家破解，在火车残骸里找到的一些印刷文字也一并送过去作为参照。火车头被整体运走，送到哪就不知道了。我被叫去警局录了一通笔录放了出来。

"优先破译符号，这是对的，这个文明和我们有着极大的相似性，符号是一个容易的突破口，它传达的信息最直接最准确，相信过不了多久就会有结果。"

无论我说什么，涛哥都呆呆地望着面前一盘滋滋作响的烤鱼，他的眼窝深陷，好像一个沉思了一千年的思考者。

"老兄，"他终于发出声音来，"如果你今天不给我个解释，我今晚会睡不着的。"

我笑了笑，"还是老规矩，我给你解释，你请客。"

"你还记得平行世界理论吗？"我剔着牙问。

涛哥点点头，又摇摇头，"是哪个？"

"幽灵列车就是通过虫洞，从平行世界掉过来的。"

涛哥好半天才反应过来，"为什么光是火车？"

"因为虫洞刚好出现在火车道上。"

"两次都刚好出现在火车道上？"

这个概率太低了，这下我也懵了，我骂道："这鬼名堂搞的！今晚我也睡不着觉了。"

那天晚上一堆火车在我脑子里撞，撞了一个晚上也没撞出条路来，第二天它们都散去了，我也就昏昏沉沉地睡了，无业者的好处就是没有人会拖你起来干活。

中午时被叫去公安局开一个电视电话会议，据说是通报破译的结果，参加的有一堆领导还有眼睛熬得通红的涛哥。

我悄悄问涛哥："你用了什么方法让我有如此待遇？"

涛哥神秘兮兮地说："我跟领导说你是研究超自然现象的民间科学家。"

我差点没把一口茶喷出来，我强忍住掐住涛哥脖子的冲动，恶狠狠地说："下次的宵夜还是你请！"

北京的专家在电话里说："这条信息破解出来了，组成信息的符号和我们的汉字大体相同，只是把一些指形会意的部分在写法上作了改动。另外，手机上的时间也是和我们的时间同步的。"专家说完像是看恶作剧的孩子一样看着我们。

"那句话是什么意思？"公安局的领导迫不及待地问。

"意思是……"专家有点窘迫地说，"到播种的季节了。"

"什么？"几乎所有人不约而同地发出疑问。

"这是比较文学的说法，'播种'可以解释成'播撒'、'弹射'、'释放'，整句话可以解释成'到弹射的时候了'，'到释放的时候了'。"

"列车组成员接到命令弹射出去了？"有人说。

底下鸦雀无声。

"万老师，你发表一下高见。"坐在首位的领导严肃地说，听起来又像是命令。

我惊出一身冷汗，只好硬着头皮说道："我找到那个手机的时候，它显然受到

了很好的保护,像是在紧急时刻要传达什么信息。可以想像,在危急时刻,一个列车员躲进厕所里,这个狭小的空间可以更大地抵抗车体的变形,他没有笔,只能在手机上写下一段话,装进随身的腰包,用手纸作缓冲保护,这段话是他冒着生命危险也要传达给后来的人的。"说到这里我对那个不知名的列车员的敬佩之情油然而生。

会场一阵沉默,北京的专家说:"发言的同志是谁?"

又是一阵沉默,还是涛哥打圆场说:"他是我们的顾问。"

"很好,就请你们好好调查这段话的内容,我们符号学的分析到此为止,手机我们将移交电子专家做电子工程学方面的分析。"在专家挂掉电话之前,我听见一声如释重负的吐气声。

回到家里我洗了一个澡,准备把脏裤子扔进洗衣机的时候,从裤褶里掉出来几粒黑色的颗粒。我把黑色颗粒捧在手里仔细看,它们的表面上有些皱褶,像是某种植物的种子,好像是在火车里粘上的。我仔细回忆,想起来我翻开装手机的腰包的时候,曾有一些黑色的碎片散落出来,它们就是这些黑色的小东西?

我的潜意识里立即蹦出一个地方,但我搞不清楚它们究竟有什么联系,我决定跟着感觉走一次。

出租车司机载着我在市区里转了好几圈,他以为我是离乡很久的归人。"想起来了吗?"他热心地问。

"没,还差点,等等,"我努力使头脑中的画面变得清晰,"好像在一个大立交桥下。"

"好,我拉你去几个大立交桥。"他说完一踩油门。

车子开到潭中立交桥下时,我叫司机停下,我走出车门,抬头看交叉的桥面,又转头看四周的环境,感觉告诉我应该就是这个地方,但它想让我找到什么?我小时候曾在这里玩耍过,那时这儿还是一片荒草地,现在已经面目全非了。小时候的世界是简单而平面的,后来世界被压缩得更加立体、更加复杂,人们向有限的空间无限挖掘,纵向发展的居住区,空中的交通线……

花坛里微微摇摆的小花打断了我的思绪,紫色和红色的小花已经到了花期的末尾,只剩下孤零零的几朵。枝头上已经结了好些像紧收的鸟爪一样的果实,我刚一碰上去,"鸟爪"噗地弹开了,黑色的小种子弹出来落到泥土里。

我捡起一颗种子,和裤子上找到的作对比,是一样的。我的记忆里有这种东西的影子,它带我来了这里。

"这是什么花？"我问司机师傅。

司机师傅说："这？这叫指甲花！挺常见的。"

说到指甲花，我记忆里的另一根线被接通了，我小时候常爱玩指甲花，它们的籽荚成熟后，用手轻轻一捏，就会弹射出花籽来，指甲花的花还可以用来涂抹指甲，小孩子家常说的"臭美"。甚至这种花的学名我也想起来了，叫凤仙花。

指甲花的种子暗示着什么？我却一点头绪也没有。司机以为我在回忆什么，就没有打扰我，他独自点起一根烟坐在车盖上。我也坐在车盖上抬起头，桥面像层叠交错的枝条遮挡在天空，汽车像飞鸟一样穿梭而过，不同时代的背景在这幅画面上叠代变换着，达达的马匹，中世纪的战车，铁皮的轿车，未来的飞梭……然后建筑也跟着演变起来，高楼长向天空，通过管道对接，空中公路飞架南北，密集的灯光像繁星点点……

一个感觉闪了一下，我对司机喊了声："别理我！"一头钻到路中间。两辆汽车打着喇叭从我身边擦过，我闭上眼睛，汽车唰唰的声音在四周围飞过，左，右，左上，左，右上，到远处就辨不出方位了。声音连成线条，汇聚成束，旋转缠绕，越绷越紧……这个线条世界的势能变得越来越大……释放！弹射！播种！一辆车尖啸着从我身边擦过，车带起的风吹在我脸上，我慢慢睁开眼睛，看着这个世界。

司机张大嘴巴望着我，我塞给他一张一百块，这是我这么多年来少有的一次大方。

涛哥很快开了警车过来，车上下来的都是些有头有脸的领导，我不知道"民间科学家"什么时候变得这么风光了。

涛哥小声问我："你真的找到答案了？这次可不是闹着玩的。"

我点点头。这时候心虚已经来不及了，索性硬着脑壳充"砖家"，我望了望众人，清了清嗓子说道："为了便于理解，先从我们的世界讲起。纵观我们社会的发展历程，随着人口膨胀，对空间的需求越来越大，解决的途径无非就是多占地和起高楼，也就是扩张和空间的深挖掘。而交通的密度只能通过空间的深挖掘解决，比如这座立交桥。"我指指头上，领导们望望上面，点点头。

我继续说："以下的完全是假设，我们假设另一个平行于我们的世界，它和我们的世界几乎一样，空中交通技术还未发达，而他们先突破了对空间进行小规模卷曲的技术，自然而然会尝试把这种技术应用在交通上，最理想的是大型交通——铁路，于是出现了空间卷折调度技术。一张纸上的一群蚂蚁，通过卷折纸张就可以不经过纸平面而进行调度，正如现代航空调度系统大幅提高了航班密度一样，这种技术一旦系统应用，就可以大大提高铁路的交通密度，降低空轨时间……"

一个领导抬手示意我停一下，他用手摁着太阳穴沉思，另几个人的额头上也渗出了汗珠。过了一会儿，领导示意我继续。

"如果要选择一个城市作为试点，柳州无疑是最合适的地方，它是南方的铁路枢纽，又不是省和国家的政治经济中心，可以承担意外风险。现在，平行世界和我们的世界是重叠的，就像两张叠放的纸，在纸上的一个重叠点——柳州上，空间卷折调度技术出现了意外，空间承受的力场超过了临界点，就像这个指甲花的种子。"我走到花坛边，轻弹一个指甲花的籽荚，籽荚噗地挣裂开来，黑色的种子弹射出来。"于是，砰，卷曲空间中的火车被弹射出来，击穿了纸面，掉到另一张纸上。"

领导们纷纷围到花坛边捏指甲花的种子，他们猫着腰，把头凑在花丛里，解决掉一个又一个籽荚。我咳嗽两声，他们从童年的回忆中惊醒过来，严肃地挺直腰板，变回了领导的身份。

"怎么证明这个假设？"一个领头的领导问。

"我不能证明，我只能通过线索来还原一个可以解释的模型。"我忍不住想直说我是一个编故事的人，但是涛哥把我推到这个份上了。"我从火车回来后，身上粘了一些指甲花的种子，是从那个小包里掉出来的，我之前忽略了这个线索，后来它引导我来这里，得出了这个结论。我想是那个列车员察觉到灾难已经不可避免，用这种方式作为他最后的列车日志。"我忍不住插一句问道："后来在手机里面找到列车员的名字了吗？"

领导摇摇头，我心里有点失落。他想了想，说道："有必要用这种隐晦的提示吗？"

"别忘了，这种隐晦是对于我们来说的，也许在他们的世界里，关于空间卷折技术安全性的争论早已是个公众话题，'播种'这个词语已经成为一个热点词语，那个列车员在情急之下就用了他习以为常的表达方法。"

众人沉默下来，过了许久，领头的领导问道："那，这个假设有可能成立吗？"

"从常识上来讲，几乎不可能。"我坦诚地说。

"局长，从常识上讲，火车凭空飞出来的事情也不可能。"涛哥笑嘻嘻凑在那个领导耳边说道，我这才知道他是局长。

另一个人白了涛哥一眼，凑在局长耳边说："局长，那小子是个写鬼故事的。"

涛哥的脸唰地一下白了，这时我心里反而塌实了。

局长叉着手，面无表情地说："根据线索来编故事，到底还是个命题作文。"

我说道："那是我的工作，不代表我对所有事的态度。"我第一次理直气壮地说出"工作"这个词，这让我自己都感到吃惊。

局长点点头说："我了解，感谢你给我们一个新的思路。"他转身对手下说："我看可以了。"说完甩手上了车，涛哥灰溜溜地跟了上去。

晚上，涛哥一肚子郁闷地约我在青云市场吃宵夜。

我们点了一盘螺蛳坐下来，涛哥不吃东西只喝啤酒。小吃摊上的人都在议论神秘火车事件，各种版本的说法都有。有人说晚上听到了火车的汽笛声，这个说法引出了一片赞同声。其实夜深人静的时候汽笛声可以传很远，在整个城市几乎都可以听到隐隐约约的汽笛声，只是平时谁也没注意。摊子上挂着一个油腻腻的收音机，用油腻腻的声音滚动播报着火车事件的最新进展。专家组已经对火车和火车上的物品进行了分析，这是与我们的技术高度相似的产品，越来越多的声音质疑这是一场炒作。

"你被领导骂惨了吧？"我问涛哥。

"没有，局长倒没说什么……只是你以后可能不能参与调查了。"他咧嘴一笑。

"没什么，恐怕到时由不得谁了。"

"什么？"他惊讶地问。

我凑过去小声地说："我担心，正剧要上演了。"

涛哥伸长脖子等我往下说，我慢吞吞地用牙签挑着螺蛳，一副天机不可泄露的表情。涛哥说："今天我请！"

"今天本来就你请好吧，下次也是你请，谁让你是公务员呢？"

涛哥咬咬牙说："行！"

"我今天跟你们说的是简化的解释，按照平行世界的理论，平行世界很可能远远不止一个。每个平行世界中的空间卷折设计都是小于最大承载量的，但是多个平行世界在同一点上对空间进行挖掘，就引起了崩塌。如果是由多世界引起的崩塌，那么真正的总崩塌还没有到来，那将是超大规模的连锁反应。"

涛哥被啤酒呛了一口，"我靠！幸亏你只是个编故事的。有一点你说不通，为什么恰巧每个世界都发明了火车？每个世界都发明了空间卷折调度技术？每个世界都选择柳州作为试点？"

"平行世界理论中有一个'世界相似原理'，平行世界的熵流动总是趋于一致的，所以平行世界的宏观状态总是趋于一致的。科技发明、政策的决策这些都属于宏观决策，在这个尺度上它们是趋同的。"

"可我们的世界没有空间卷折技术！这不是宏观差距吗？"

我想了想，说："在这个技术爆炸的时代，一个原理从发现到应用可能只有几十年的时间，几十年的差距在大尺度上其实很小。"

"会不会这次事故就是平行世界为弥补这种差距而做的调整？"

我愣了一下，拍桌子惊叫道："涛哥你太他妈有才了！我怎么没想到！"

"算了吧，"涛哥有些醉了，摆摆手说，"我自己都不信。"

"别、别啊，你想想看，这次事故证明了，在任何地点应用空间卷折技术都是不可行的，因为一旦做出决策，别的世界也会做出相同的决策，就算用随机决策也不能确保安全。这样一来，所有世界都不能再使用这项技术，所有的筷子被截到一样长短——世界相似原理。"

涛哥愣愣地呆了一会儿，说道："好吧，我只能暂且相信这个了。要是什么时候世界末日了，我还真想看看呢。"

"等着吧，我们这是重灾区，火车会有更大的概率从空间卷曲的世界弹向空间平滑的世界。"

这时旁边的摊子上两个人因为各执一词争吵起来，吵着吵着就有凳子飞起来，一张凳子哐的一声掉在我们的桌子上，把螺蛳砸散了一地。

"争争争争你大爷！你们这帮愚民！"涛哥蹭地站起来，上去一脚把那个人扫了个嘴啃泥，然后顺手把另一个人叉起来扔了出去。

我看得目瞪口呆，趁那两个人还在地上哼哼唧唧的时候赶紧把涛哥拉走了，临走时还是我把钱偷偷塞给老板。

没想到第二天公安局长又把我叫去了，在科学家不顶用的时候，人们总会回到神棍那里寻求寄托。

局长很客气地请我坐到沙发上，给我倒了一杯茶。他的眼皮肿胀眼睛发红，看得出这几天没少费神。他望着我一时尴尬地不知道怎么开口。

我很理解他害怕什么，这是关于职业自尊心的问题。

我说："你可以不相信我，这很正常，我不会介意。"

"不，不是相不相信的问题……现在连科学界也在质疑我们炒作。"他苦笑了一下，"可是我们有什么能力在没有人知晓的情况下，把一列火车加速到时速160公里？"

我说道："我在这里只是一个说书匠，如果你愿意听故事，我可以说说。"

局长连忙点头，问道："你觉得这事会恶化？"

我知道涛哥已经对他说了，我笑了笑说："如果我编故事，我巴不得它恶化。"

"有什么办法阻止吗?"

我摇摇头,"没有办法,因为原因不在我们的世界。"

"你有什么建议?"

"制定预案,发布预警,强制撤离。"

"这不可能,制定预案需要市委、市政府操作,强制撤离需要上报国务院批准,就算能通过,执行起来经济损失也会是天文数字,这太离谱了。"

"是不可能,所以只有见机行事。所有猜想都还只是故事里的情节,没发生是正常的,如果发生了也不是谁的责任。"

局长低头不语,过了一会儿他抬头语气坚定地说:"我还是第一次跟一个连是否存在都不知道的对手作战,如果他要来,我奉陪到底。"

"你觉得它真的会来吗?"涛哥坐在车盖上,抽着一支烟,凝望着头上的立交桥。这家伙以前不抽烟的。

立交桥稳定地站立着,桥面呈现出怪异的空间感,车流像平常一样拖着空旷的嗡嗡声飞驰而过。

此刻我在想着那个不知名的列车员,他的名字到现在还没有找到,我感觉我和他之间有一种奇妙的感应、奇妙的缘分。如果我知道他的名字,说不定我会像见到老朋友一样说:"嗨!原来是你!"

我问涛哥要过烟来抽了一口。"我相信他说的话。"我说。烟在空中化成迷雾,我拿起一个指甲花的籽荚,在迷雾中挤开,小小的黑色的种子争先恐后地弹出来。

迷雾渐渐被风吹散,我裹紧了外衣说:"到播种的时候了。"

下 | 大播种

车厢里的红色警报闪烁着,烟雾弥漫在空气中,震动已经使人不能站立。列车长还在试图用无线电和调度室联系,他叫我们待在各自的铺位上用被子捂住口鼻。

外面不断传来尖啸声,车窗被映成橘红色。我向窗外看去,环绕着列车的巨大轴线圈被暗红色的气流包裹着,线圈周围产生的激波挟着滚烫的空气吹过,火车就像在一个巨大的充满火焰的风洞里,非常不巧这个风洞还是一只掉入大气层的烧鹅。火车里的杂物被吸出去,形成一条披着白鳞的长龙,长龙在靠近线圈的地方燃烧起来，瞬间化成灰烬。

激波产生的电离层在线圈周围造成了黑障，无线电联系被切断了。列车长放弃了努力，他放下电话，逐一扫视了我们一遍，说了一声"晚安"，然后回到了他的房间。

我放在桌子上的那盆指甲花一下一下敲打着车窗，籽荚被撞开来，把种子弹射出来，这一幕像闪电般映入我的眼中。我竟然有些解气——那帮不相信忠告的人终于得到了教训，但更多的还是悲哀，因为我们成为了无辜的牺牲品。播种理论是对的，播种到来了。

我从铺位上跳起来一头冲进厕所，同事惊讶地望着我，他们准在想这家伙死到临头了还有心情上厕所。我把指甲花抱在怀里，思考着，如果我就这样挂了，我得留下点什么信息，从我知道死亡的那天起，我就认为死也是一种艺术，如果我哪天还没来得及反应就被车撞没了那将是最大的悲剧。好在老天还没把坏事做绝，它给我安排了一个前无古人的死法。

手机的屏幕蓝幽幽地照着我，也反射着窗外桔红色的光芒，我呆了片刻，打开录像功能，伸到窗外拍了一圈，然后尽量稳定下声音说道："列车没有到达调度接口，空间位置出错了！这里像一个风洞，气流很强！没有信号！"这时火车像被一根橡皮筋弹了一下，向前猛窜了一段距离，旁边的墙向我迎头撞来。我昏昏沉沉爬起来，左边肩膀失去了知觉。我捡起手机，无力地补上最后一句："我是N6670次列车员万象，如果我死了，请记住我曾经活过。"

做完这些我靠着墙壁，火车又晃动了几下。地上散落着白色的碎片，这是指甲花的花盆的碎片，这些碎片提醒了我，得保护手机的存储卡。我把腰包解下来掏空，用手纸把它塞得满满的，这道工序让我想到了岁末小巷子里家家户户都会挂的腊肠，可惜我再也尝不到那种味道了。

然后我做了个小彩头，把指甲花的种子放到腰包里，把手机放进去时我在屏幕上打了一条短信："到播种的时候了。"

"到播种的时候了。"我望着窗外说道，这时候火车正穿过一个水面一样的界面，一道光线刺进我的眼睛然后扩散开来，把我拉向永恒的白昼。

我从梦中惊醒过来，已经日上三竿了，太阳从挂着一半的窗帘照进来晒在我的肩上。我坐起来喘着气，空气中仿佛还飘着刺鼻的烟雾，仿佛在那个世界真有一个列车员，他的命运和我的命运冥冥呼应着。要是在平常这会是一个好素材，可以写成一个好故事够我吃一阵子了，然而现在我担心现实比故事走得更远，这些天来发生的事情已经让我有点跟不上节奏了。

我推开堆满方便面空碗的桌子,走到洗脸池前准备洗把脸,镜子中的自己胡子拉碴,眼神疲惫,好像灾难片里幸存下来的一个小角色,而且这个电影还远远没有结束,你不知道后面还会有什么东西冒出来。

见鬼,我喜欢这样的生活,对于一个胡思乱想混吃等死的人来说,这就是他的世界。

这时门外传来敲门声,我已经来不及洗漱了,只好擦擦眼屎厚着脸皮去开门,听声音我知道这不是涛哥,这是……我从门孔望见外面站着一挂腊肠。见鬼!我打开门,包租婆笑嘻嘻地从腊肠后面伸出脸来,这个肥婆从来都提防着我,这次不知又安了什么心。

她把腊肠凑到我脸前说:"万老弟,给你。"见我不说话,她说:"怎的,不爱吃?"

我忙说:"不,不,我做梦都想着这东西。"

她堆着笑说:"嘿嘿,这就好,我在楼下晾着腊肠,你闲着没事帮我看着点。"

我明白这个女人的心思,她是怕我偷她的腊肠,先用一点好处来收买我,还可以得到一个义务看守员。我心安理得地收下了,如果我不收下她会不安心的。

我把腊肠挂到阳台上,又想起了那个小包和手机,很可能手机里会存着更多的信息,现在也应该破解出来了。我正想打电话给涛哥,涛哥的电话打来了。

"你小子还在睡觉!快来三中路!"

我冲到街上拦出租车,出租车的电台叽叽喳喳地叫着,司机一听我要去三中路都连连摇头开走了。好不容易拦下一辆愿意去的,因为那司机也想去看看。

一路上有救护车从文昌桥方向源源不断地开来,车子开进三中路没多远就停下来了,前面黑压压挤满了人,我情不自禁说了声"我操",里面就算有只哥斯拉也看不见了。

还好我比较瘦,几经努力钻进人群,终于看见了前面的情况。一列火车歪七扭八地塞在路中间,路旁的路灯和树全部被连根扫断了,地上落满了碎玻璃和碎砖。装机青年的集散地——好机汇电脑广场的当街一排门面也被铲掉了,一群人正在那里哄抢商品,一队消防队员在旁边抢救被压的人。火车这边的路面被铲得干干净净,火车那边一定堆满了大大小小的车子。一辆公交车横停在路中间充当着路障,警车闪烁着警灯。这才像发生大事的阵仗嘛,我吹了声口哨。

市里面的领导已经赶到了,大大小小的领导站了一圈。我找到涛哥说:"怎么不疏散人群?再来个火车就好看了。"

涛哥沙哑着嗓子说:"已经在疏散了,妈的这帮人都不知道大难临头了。你来

看。"他把我扯过一边说："这次的火车和上次的样子不同了，这是从火车里找到的一片报纸。"他递给我一张塑料薄膜袋装着的纸片，又拿出一张表格说："这是根据1号火车破译出来的文字对照表。"

我找到对照表上"的"字的写法，和纸片上的文字对照，没有相同的。根据纸片上的符号频率，我在手上写下两个符号，对涛哥说："这两个符号有一个是'的'字，另一个也是常用字，都没有在对照表里出现。"

涛哥和我面面相视，他说："这么说……它们……不是同一个世界。"我点点头。涛哥说："你的猜测是对的，平行世界发生了连锁反应。"

"播种开始了。"我说。

"还真像播种，前次是西南郊外，上次是城南，这次是城中，下次不知道又会是哪里……"

涛哥车上的对讲机响了，过了片刻他脸色沉重地对我说："这次是谷埠街。"

我们驱车往河南方向狂奔，车子开上柳江大桥开不动了，逆行的车辆已经占领了顺行的车道，从那边过来的人一个个都像从地狱里逃出来的，不要命地往前钻。

涛哥把车门踹开对我说："走，下车。"刚打开的车门马上被对面过来的一辆车别上了，涛哥打开警笛朝对方大骂了一通，然后在怀里揣上警戒带，从窗子爬出去，叫我跟上。

我们爬到车顶上，从一辆辆车上面跨过去，下面的司机纷纷打喇叭抗议，但是他们也只能抗议而已了。我们走到前面看见几辆车的车主已经弃车，还有几辆车已经撞坏了，车阵被卡死在桥上，还好我们及时做出了弃车的决定。

涛哥一路撞开人群，奔到出事地点拉警戒线。我在后面跟得上气不接下气，让一文青追一警察，真是要了命了。

跑到谷埠街我倒吸了一口冷气，一列火车一头撞进了国际商城的门脸里，把一层楼撞塌了一半，玻璃外墙垮了一大半，残墙上摇摇欲坠的玻璃还在往下掉。

涛哥望望这个大摊子，又望望手上的那卷警戒带，大骂了一声把警戒带扔在地上。

附近派出所和市政公司的人先后赶到了，他们把现场隔离起来，就要到大楼里面去找人。涛哥把他们拦住了："没看见天上正在下锤子和镰刀吗？切你们的脑袋就像切西瓜一样容易！等消防队来。"他转过身来小声地嘀咕："妈的我还有这儿的购物卡没花呢。"

我指着河北方向对涛哥说："警察同志，我要报案……"

河对岸升起滚滚的浓烟，夹杂着火光。涛哥对着对讲机说了几句，对我说："走吧，局长叫你跟我回去。"

他对围观的群众挥手说:"都散开都散开!每个人都回家收拾好东西等消息,不要乱走动。"

往回走时桥上的车辆已经全部变成了空壳。回到公安局,很多人正在会议室开会,我看见市长和市里的一些领导也在,涛哥带我悄悄溜了进去。

公安局长说道:"我建议,应急方案的主体参照重大突发公共事件应急预案,我还有一份补充方案……今晚就组织一部分人先撤离,剩下的全部要进入地下躲避,24小时内全城撤离完毕。现在要立刻疏通道路,确保最大运量……"

市长说:"我同意,立即启动Ⅰ级预案,正常情况24小时内撤离完没有问题,只是不知道一天之内事情会恶化到什么程度。"

局长说:"听天命,尽人力吧。"

市长阴沉地望着局长,过了一会儿才缓缓点点头。我这才注意到这个临时会场的特别之处:地点在公安局,而不是在市政府。

局长说完小声叫我过去:"你还有什么建议?"

我说:"没有了,这么迅速做出的方案已经很完美了。"

局长一笑说:"谢了,这是事先做好的预案,算是你的提醒,对付摸不透的敌人,既不能乱动,又要抢占先机。"

我突然想起了什么,对局长说:"最好协调下游水坝开闸泄流,要是火车积塞在河道就可能抬高水位。"

"你预测有那么多吗?"

"难说。"

局长点点头说:"好,我跟上头说,但那只是提议,最终决策是由市领导来做。现在做出的每个决策都是决定命运的……你说,会不会每个平行世界里都有一个不知死活的公安局长在指手划脚?"局长一扫多天的疲惫,露出一个洒脱的笑容。

我笑笑,我相信每个世界里都有一群这样的人。我想起了手机的事,问局长:"有没有从手机里破译出新的信息?"

局长一拍脑袋说:"我差点忘了这事。"他凑到我的耳朵旁小声说:"现在这事保密了不让说,我就违反一次纪律告诉你吧,在手机里破解出一段七秒钟的视频,视频太晃,看不到东西,但是录到一句话,是你一直想知道的列车员的名字。"

我的心扑扑狂跳起来,梦境真的和现实重合了?这个无数次在我脑海中出现的老朋友,我们终于要说"你好"了,也许不是"你好"……

"他叫什么?"我激动地催问。

局长嘴唇动了动，望望我，终于说道："陈晓昆。"

"什么？"我愣愣地说，这三个字没有触动我的任何一根神经，我本以为会是个很熟悉的字眼。

局长把名字的同音字写给我，"光是这三个字我们市就有同名的73个，如果加上其他同音字组合不知道有多少。"

我努力回想了一下，没有什么印象。我随即释然地一笑：一个名字本来就没有什么联系，两个世界连文字的写法都不同，那只不过是我一心的想像罢了。

我回到出租房里收拾东西，收拾了几件就实在想不起还有什么是非带走不可的了，我几乎是个一无所有的人，连一张和女孩子的合照都没有。一堆发表过文章的报纸和杂志我忍痛不要了，我把U盘、光碟收罗起来，又把电脑的硬盘拆下来揣上，这些里面有我的小说、资料，还有搜集多年的毛片。

全市已经进入紧急状态，电视里、广播里都在播送紧急通知和最新情况，手机接连不断地收到短信通知。好在除了上午的三起撞击，到现在还没有发生新的情况。没过多久街道办的人就来动员撤离了，过了一会儿又有政府的动员小组来用喇叭喊话。

临近傍晚的时候，撤离开始了。楼道里响起零乱的脚步声，包租婆抱着她的卷毛狗挤进来半个身子说："万老弟我先走了，楼下的腊肠你拿去吃吧，不过空出去的这几天房租可是照交的啊，我有什么办法，这又不是我的决定。"

我没理她，我心想到时候你的房子还指不定在不在呢。我装了几瓶水，几袋饼干，还想下去买些干粮，撩开窗帘一看，每个小卖部门前都排了几十米的长队，我只在"非典"的时候看见抢购板蓝根的人群有这个阵势。

我走到楼下，把挂着腊肠的竹竿挑起来扛在肩上，像个剑侠一样大摇大摆地走出去了。

我看见包租婆开着车被拦了下来，她不得不下车，抱着一堆东西骂骂咧咧地走到人群里。人们从院子和巷弄里走出来会合到一起，因为不知道"播种"什么时候会大爆发，所有人必须尽快赶到撤离点或避难所。人们推推挤挤，有些脸上带着恐慌，有些脸上带着好奇，有些脸上不知道该带着什么表情，毕竟好几代人都没有经历过逃难的感觉。小孩子们却兴奋地到处乱窜，我向一个抱着奥特曼的小孩子挤挤眼，教他哼起《共青团员之歌》来。一路上都有疏导员把人群引到空余的避难所里。那些小时候跑进去探险的防空洞，我以为永远见不到它们了，这时候它们又纷纷被挖掘出来，幸运的人会在里面找到我藏的弹珠。

这时候我才感觉伤感起来，这个城市带着我的全部记忆：我骑单车走过的小巷，巷口的麦芽糖，父母搬走前我度过了童年的职工宿舍，被我砍下树杈做弹弓的桃树，砖墙上长出白毛，刮下来可以配成火药，我被火药烧了眉毛，就偷偷用黑笔画上，还有青云夜市，还有指甲花……太多太多了，在必须离开的时候才想起来。

后面的人催促起来，又有人抱怨我的长竹竿，我故意把竹竿挥扫了几下，得意洋洋地大步走上前去。

涛哥的电话打过来了，他在电话里嚷道："妈的终于打通了！你快来中心广场和我会合，不知道手机信号还能维持到什么时候。"

我一路拍照一路遛达到广场，广场上集中了几万人，首尾衔接的车队正在把成批的市民撤往市外。工程队在广场的周围建筑起防护工事——一根根钢柱子组成的宽二十米的隔离带，钢柱据说是从西江造船厂赶运过来的特种钢梁。这个城市在最短的时间内接受了这个离奇的事实，并且做出了快速的反应，这是我没有想到的，也许科幻大片让人民的神经变得像小强一样强悍了，灵异小说也有一些些功劳吧，我厚脸皮地想。

广场下面的大型地下停车场成了最大的避难所，我走进去看见这里已经安置了七八千人。涛哥他们设置了一个临时岗亭维持秩序。所有的易燃易爆物都不允许带到避难所，涛哥正在把一堆野炊的炉子、气罐、烤箱拖出去，我不由得赞叹这些人的心态真是太好了。

我拒绝了涛哥先送我出城的提议，这是一次绝佳的体验，想想看，你终于看到现实追上了你的想像，在想像的屁股后面狠狠地踹一脚，简直让人激动得要大喊一声。这是那些一年写N本悬疑小说在畅销榜上久挂不下的作家也没有经历过的，以后他们只能生活在想像中，而你可以用冷酷的语气说："It's my life！"

于是我和所有抱怨不能先走的人一起留下来了，也许正是这个决定救了我一命，晚上听说有一列火车落在路上，十几辆公共汽车撞在了一起。此外一切都平安无事。

在临时避难所里恐慌的情绪似乎远去了，人们咒骂着一切不靠谱的事情，柳州方言的粗口带着睥睨一切的气势，让我感到无比塌实。在远方读大学的老乡们会说起一个共同的体验，当踏上开往家乡方向的火车，一句地地道道的"乡骂"传来，一种回家的亲切感便油然而生。

有人眉飞色舞地讲起各种传言，大家提心吊胆地耸着脑袋听，添油加醋地说，这时恐慌变成了一种酒精饮料，滋长蔓延，却让人沉醉其中。大家很快熟识起来，客气地分吃东西，入夜便有三三两两的扑克摊摆起。甚至广场上有人推车卖起小吃来，青云市场的一个小吃摊老板也在其中，他瞪大眼望着我说："怎么每天都能见到你？"

我拍了好些照片,然后坐在广场北边的草地上,把经历的一切记在手机上。高压钠灯把广场照得一片通明,一整夜车队都在把一批批的市民运往市外。城市的街灯依然流光溢彩,高楼像灯火上飘浮的云山。这个我曾经无数次想逃离的城市,在每个人都逃离的时候我又想留下来了。这天晚上我像个流浪汉一样在这个城市的灯火中睡着了。

到了第二天中午,大部分人已经撤离完毕,停车场里还剩下大约两千个年轻人。撤离行动进行得很顺利,正是因为太顺利了,使大家产生了动摇:到底还有没有必要继续撤离?也许"播种"已经结束了。

最后两千人的撤离就在一片怀疑和反对声中开始了。人们走出地下停车场,看着空荡荡的城市。空荡荡的城市使他们产生了这样一种感觉:我们是这座城市最后的守护者了,我们不能抛弃这座城市。热血沸腾的年轻人纷纷要求回家去,人群里起了不小的骚动。

突然有人喊:"听!什么声音?"人群安静下来,一串轰隆隆的雷声贴着地面传来,在这寂静无声的城市中显得特别清晰,接着是一长声尖啸,如同一只巨大的怪鸟的叫声。我明白过来,这怪鸟的叫声是钢铁撕裂的声音。更多的隆隆声和尖啸声从四面八方传来,有远有近,如同一场合奏。

"我操!"一部分人惊恐地叫起来,其他人抬头朝他们望的方向望去。龙城路方向,一个庞然大物一头撞穿前面的一座写字大楼,在十几层的高度,它后面的部分像一根钢鞭继续向前甩去,发着尖啸声扭曲缠绕在大楼上。大楼像被剥皮器削了一圈,玻璃幕墙全部被打得粉碎,哗啦啦地掉下来。这条钢铁巨蟒在空中跳着诡异的舞蹈,甩出银光闪闪的鳞片。我的脑海里闪过一句诗:"战罢玉龙三百万,败鳞残甲满天飞。"巨蟒被自身的重量扯成几截嘎吱响着坠下来,轰然落地,剩下的几节车厢悬在大楼上。

正当人们惊魂未定的时候,另一列火车向广场抛来。这次我看清楚了它出现的过程:十几米高的空中出现一个水面一样的界面,就像我梦中看到的那样,界面后面的景物像气浪一样扭曲。突然一片涟漪扩散开来,一列火车在涟漪中横着抛甩出来。

火车翻滚着直飞向我们,人群呆若木鸡。涛哥一把把我扑倒在地,大喊:"趴下!"反应敏捷的人迅速趴下了,有些是吓得瘫软下去的。广场周围的隔离带发挥了作用,火车撞在隔离带上被猝然阻挡下来,强大的动能把火车撕成碎片,撕裂的铁皮在钢柱间翻卷撕扯,发出刺耳的尖叫,像地狱的刀山里挣扎的鬼魅。火车上的玻璃撞得粉碎,像子弹一样射过来。

涛哥紧紧护在我身上。听着头上的嗖嗖声过去后,人们才纷纷爬起来,有的人满脸是血，有的人躺在地上呻吟。看到涛哥没事我松了一口气。

"大播种。"涛哥怔怔地说，然后他扯着嘶哑的嗓子大喊："大家回停车场！"

几分钟后接应撤退的车队赶到了，有几辆车的车窗玻璃已经没了，车队里混杂着公共汽车、大巴、军用卡车，还有一辆轻型装甲车。装甲车上下来几个指挥员，催着人们上车。刚刚还闹着要留下的人群现在都哭着抢着往车上挤。

涛哥拍拍我的肩膀说："走吧。"

我抱歉地摇摇头说："我不走了，对于一个写灵异小说的人来说，见证这样一件事是他的无上光荣。"

涛哥恨得抓了一把头发，他已经没有力气和我争辩了，他叹了口气说："我不管你了，但是我们不允许任何一个人留在这里，你跟我来。"

他让我藏在一根柱子后面。所有人走完后，指挥员进来检查，涛哥朝他们挥挥手说："我这边干净了！"

涛哥把他的枪扔在我的脚边，小声说："保重。"

涛哥的脚步声消失后，我轻轻说："你个死鬼也要保重，你别忘了欠我多少次夜宵。"

最后一批人也走了，我在空旷的停车场里坐下来，外面仍然传来巨大的响声，仿佛这个城市被一头犀牛放在嘴里使劲咀嚼着。我感到无能为力的孤独，这感觉我曾两次感受过，第一次是十六岁时父母搬离这个城市，我一意孤行要一个人留下来，坐在空荡荡的家里感觉仿佛亲人都离我而去了，我哭了一整天。第二次是大学毕业，我是最后离开的，在空荡荡的宿舍里想到哥们都再不相聚了，我哭了一个小时。这次是整个城市的人离开了，我坐在空荡荡的城市的中心，没有哭。

手机信号没有了，过了一阵子，停车场的灯光闪烁了一下也熄灭了。我找来一堆废材料生了一堆火，点燃这个城市唯一的文明的信号。然后我拆下几根腊肠烤来吃，我就像一个在山洞里烤食生肉的原始人，任外面霸王龙横冲直撞，翼手龙破空长鸣，我自吃我的烤肉。

兴许是自我感觉越来越好，我决定到外面去录一段录像，这将是珍贵的历史资料。

我观察了一下路线，然后以百米冲刺的速度冲到旁边的五一路上。路边停了十来辆车子，我找到一架插着钥匙的摩托车，扔在路边的不会是什么好车，事实上坐上去以后我发现这是一辆电动车。

电动车响着安静的嗡嗡声载着我驶出街口，这场景的名字应该叫"一个街道巡

视员的一天"，但是市区内四处冒起的烟尘提示着这一天并不寻常。

沿龙城路往南驶去，首先和我遭遇的是那列一半撞进大楼的火车，掉下来的一截砸在地上，铁皮车厢被挤成一堆烂铁，像一筐砸破的鸡蛋。大楼上残留着另一截。我想起了911，不敢靠近楼下。

我打开数码相机的摄像模式录了一段视频。这时后面传来一声巨响，我把画面猛转过去，这次没有看见车身，因为火车是从临街门面的后方撞过来的。三层楼的门面被撞开了一个大口，碎石像一道弹幕飞过对街，把对面的卷帘门也撕开了几个大口。被撞开的缺口上露出一个子弹头的车头，车鼻子瘪进去了一块。

继续往前开，四面八方的响声越来越密集，好像一群愤怒的兽群要冲过来，要把这座城市撞得粉碎、踩成齑粉。突然间一列火车从一幢建筑里破壳而出，我猛地刹车，火车从我前面十几米处扫过马路，撞到对面的商店里，商店的外墙整个倒塌下来。

惊魂未定，紧接着另一列火车从后面冒出来，追着我的屁股冲过来。我也顾不上录像了，赶紧加速冲出去，一块石头把车轮绊了一下，车子摇摇晃晃几乎要摔倒，我终于还是稳住了车子。火车在后面紧逼不舍，我冲过有碎石的路面，把速度加到最大，如果这时前面再冲出一列车我只能认命了。火车在往前冲的过程中斜了过来，连续扫断了五六棵树，终于慢下来，在后视镜中离远了。

我压低身子以50码的速度往前飞驰，这时我在心里狠骂提议电动车限速的人。柳江大桥桥头有一条防空洞改造的地下街，可以作为暂时躲避的地方。

驶出龙城路口，视野一下子开阔起来。地上掠过几个巨大的影子，我猛地抬头望去，仿佛进入了太空舰队空间跃迁的集结点，钢铁的"飞舰"源源不断从空中飞出，轰击着这座城市的身躯。大楼被"飞舰"击中，飞散开大片的碎石，夹杂着亮闪闪的玻璃，纷纷洒洒落下来。有些火车在地面冲行，像除草机一样铲掉地面上的花坛、行道树、灯杆，以及所有遇到的东西，一个电话亭翻滚着停在我的不远处。有两列火车在空中撞在一起，车厢被巨大的冲击能量折叠起来，发出惊心动魄的响声，然后轰然坠地变成了一堆废铁。

这仿佛一场惨烈的自杀式袭击。我一只手举着相机，捕捉着镜头，像一个责任重大的战地摄影师。驶到柳江大桥头，便见滔天的巨浪此起彼伏。一列火车一头撞入江水，如摩西投鞭一样把江水劈开，掀起十几米高、上百米长的巨浪，细小的水花甚至被风吹到我的身上。劈开的江水又轰然合拢，涌起巨大的波峰，波峰如黑色的兽脊涌到江岸上，打出白花花的浪花。

一些火车被桥墩截住，桥墩下堆积的火车形成了一个水坝，堵塞了河道。不过还好上游已经提前泄水，一定程度上抵消了抬高的水位。

播种

　　大桥已经伤痕累累，随时都可能倒塌，我没有冒险往桥上走。

　　这时一块碎石砸在我的头上，我抬头望去，一个巨大的影子正朝我的头上压来！我向前跑了几步扑身滚倒在地，一列火车轰地砸在电动车所在的地方。只差一点我就变成肉酱了。

　　我爬起来后不敢发呆，立刻向地下街跑去。旁边一幢大楼在我奔跑的同时倒下来，我刚跳进入口，大楼轰地压过来，气浪把我冲到了台阶底下，碎砖石和烟尘跟着涌进来。

　　我咳嗽着从砖头堆里爬出来，躺在地上长吐了一口气。好在防空洞有足够的抗冲击力，我暂时安全了。

　　一直躲到下午四点，外面的声音暂时消停了一些。我冒险出去看，好家伙，就算是煮一锅粥也该开锅了。我一辈子没见过这么多火车，它们用各种新奇的姿势翻在路上，卡在楼房里，挤作一团，这些火车埋葬了我记忆的城市。柳江大桥只剩下几截桥墩，水位又抬高了一些。如果不是有柳江作参照物，我差点认不出方向来。我想起个问题，这些火车捡了当废铁卖能卖多少钱呀？看着远处还在倒塌的建筑物，我没有继续想下去，这肯定不够重建这座城市的。

　　我又往广场方向返回，因为食物和水还在那里，更重要的是，那里是城市中心地带，灾后救援最可能从那里开始。这些火车残骸让最近的距离也如隔着崇山峻岭，我费了好大劲才钻过几节车厢。两个小时后我回到了停车场，太阳正落下，照在火车的残躯上仿佛是铜铸的工业雕塑。有几列火车掉到了防护栏里面，最近的一节车厢离停车场入口只有几米远。

　　我狼吞虎咽补充了食物和水，晚餐是腊肠。夜幕降临，我像一只鼹鼠从"地洞"里钻出来，停车场里黑漆漆的一片，让我觉得毛骨悚然。好在地面上月光还不错，城市没有了灯光污染，星星变得明朗起来，即使在明月的照耀下，星星也比平时多得多。

　　我打开手电走进废墟中，这片诡异的废墟如同一个远古战场，那些躺在夜色中的黢黢黑影，如同上古的大战后留下来的神兽的尸体，那些逝者的灵魂就在废墟中逡巡。这些钢铁骨架时不时发出"嘎吱嘎吱"的声音，伴着远方传来的钢铁挤压和撕裂的声音，让人直打哆嗦。

　　我爬上一栋损坏不算严重的大楼的楼顶。月光还是不足以让我看清地面上的景象，除了远远几处着火的火光。我想了个办法，架起相机长时间曝光。在照片上终于可以看到城市的面貌，没有一个方向是受灾较轻的，如果"播种"是正态分布的，那么空间卷折的中心其实就是城市的中心。

一张照片引起了我的注意，照片上有一束绿色的光线射向远处，或者从远处射过来，我又拍了几张，同样的光线还是出现在照片里。那里有什么情况，可能是一个幸存者，或是随着火车发射过来的一个信号装置？

我借着月色向那个方向行进，那束绿荧荧的光在天上越来越清晰，它以某种频率的脉冲闪烁着，像在传递什么信息。快要接近目标时我关掉了手电筒，当我走到和那道绿光只隔着一排车厢的地方，绿光突然消失了。

他发现了我？我躲在车厢后面听那边的动静，过了许久也没有听见响声。我知道深海里有一种鮟鱇鱼，用光源吸引猎物上钩，还有一种捕鸟的方法，是用亮光诱骗鸟群飞下来。也许我已经游到猎人的眼底，他正在暗处欣赏猎物最后的舞蹈？我不由得暗暗地抓住怀里的枪。

这时不远处传来一声巨响，又一列火车被抛甩出来了，它与其他火车撞在一起迸发出大朵的火花。绿光又出现了！这次它射向火车抛出的方向。我猫腰摸到车厢连接处去，只看到那束光发出的源头，其他什么也看不见。

过了一阵子绿光又消失了，我静静等待着。终于，月光下一个身影跃上车厢，像一个少年，他背着一个背包，脚步如飞，矫捷地腾挪跳跃着，不一会儿就消失在黑夜中了。

我没有追上去，因为我肯定追不上，那家伙就像在这个环境里面进化了几万年的新人类。

就在我站着发愣的当儿，又一幢大楼轰响着倒下来，碎石打在火车上如弹雨倾泻，巨大的响声在夜色中传得很远。听这座城市倒下我有一种说不出的心酸。

又一阵"播种"潮来临了，我躲回地下停车场。我想摸出几根腊肠来烤，但是我放在一根柱子下的腊肠已经不见了，我记得清清楚楚是放在这里的。我打着电筒到处找了一遍，然后确定确实是不见了，连同挂腊肠的竹竿一起不见了。这里顿觉充满了危险，我挥动手电筒四处乱扫，时不时有白色的柱子闯到视线里来，把我吓个半死。

这时我多希望涛哥在我身边，我虽然是个写灵异小说的，但是不经吓的，平时只有我吓别人的份，哪想过还有别人吓我的时候。我把涛哥的枪揣在怀里，在周围摆了一圈空易拉罐，辗转到半夜才提心吊胆地睡着了，在我的梦中不时浮现洞外怪兽的破坏声和洞中狼的窥视。

第二天十点半的时候，"播种"开始消停了一些，我走出停车场。近半数的大楼在多次撞击下都倒塌了，整个城市就像被地毯式轰炸了一遍，而且那些炸弹全是从万米高空扔下来的火车。我望望天上，一只鸟也没有，一个塑料袋孤零零地飞过天空。

我背上背包向柳侯公园一带转移，那边离我住的地方近，对那里的情况我比较熟悉。走过柳侯公园的柳侯祠，已经看不见原先的建筑了，那些没有钢筋的仿古建筑早已经被扫平了，连上百年的老柏也只留下白森森的断口，不知道无价之宝荔子碑有没有幸存下来。

柳侯公园门口，一列火车的痕迹从公园路方向冲过来，冲上台阶，撞进公园的大门，在柳宗元的瘦削的塑像前停下来。柳宗元依旧垂着长袖，背着双手，眼睛微眯，胡须微翘，和这个钢铁巨兽的头颅对视着。

我穿过公园，几列火车泡在湖里，像探头进去饮水的梁龙。湖边有一缕轻烟升起来，我走过去看，只见湖边的一块空地上摆着几张靠椅、几把钓竿，地上有一堆还没熄灭的火堆，旁边扔着几十罐啤酒，我的那一架腊肠也扔在旁边。

我不禁骂道："我操，谁这么缺德偷老子的腊肠来这休闲？"

这时我看见地上还堆着另一堆东西，有十几台笔记本电脑，几十个手机，还有数码相机、古玩、字画等等五花八门的东西。我立刻明白过来，这是一伙发灾难财的贼！

我刚要转身，一把冷嗖嗖的刀已经架到我的脖子上。怀里有枪，心里不慌，我没有轻举妄动，他们还有同伙没回巢，等情况明朗了再说。

我举起手，笑嘻嘻地说："没事，我路过，你们忙你们的。"

"少啰嗦！"后面那人一脚把我踹趴在地上。

树后面又走出来三个人，现在是四个了，四人很有经验地把我堵在中间，封锁了我的逃跑路线，看样子是准备动手了。我思考是要鸣枪警告还是要趁其不备开枪射击，也就是威慑还是突袭。威慑是达到压制效果减少伤亡的理想战术，但是我听涛哥说过，制止一名移动中的歹徒可能需要2-3发子弹，手枪有7发子弹，如果直接与歹徒交火有把握放倒3个，突袭的话效果还会更理想，反之如果鸣枪警告无效，就只剩下制服2人的弹药量了，在对方穷凶极恶的情况下风险将大大增加。

我还在思考的时候，有一个贼问同伴道："怎么弄？"

另一个说："你去，放了他。"

我松了一口气，大家都和气一点事情不是好解决了吗？却见那人在牛仔裤上擦着匕首走过来，面露凶相。

我说道："哎哎，你干嘛？不是说要放我……等等，是放人还是放血？"

来人冷笑道："废话，我们从来就没有放人这一说！"

"早说啊……"我慌忙去怀里摸枪，枪却被衣服绞住了拔不出来，而我掏东西的动作激怒了歹徒，他举刀朝我刺过来。我头脑一片空白，心想今天就死在这个低

级失误上了。

这时只见歹人把匕首一扔,跪在我面前。这个转变把我惊呆了,我叫道:"大哥,不必吧?"然后我看见一支箭尾插在他的肩窝上。

我抬头望去,一个骑在马上的年轻人正搭弓拉箭,英姿矫健。要不是他手里拿着一把现代反曲弓,我还真以为我穿越了。剩下的三个歹徒愣了一下,现代人对冷发射兵器的畏惧感已经大大降低了,他们立刻又叫骂着冲上去。追了几步他们怕是调虎离山之计,又折回来找我算账。

这时我总算掏出了枪,朝天嘣了一枪。枪声突然在这个寂静的世界炸响,三个歹徒被震住了,黑洞洞的枪口总算唤起了他们的恐惧感,他们一下子就软下来没了气焰。

年轻人好像意犹未尽,他把箭射在树上,收起弓,悻悻地走过来。我向他道谢,他把头歪着,不屑地看了我的枪一眼。我很理解,他一定是个冷兵器爱好者,平时窝在家练习,在梦中驰骋沙场,好不容易有次机会拿弓箭出来玩,还骑着马,还赶上了实战,还不犯法,没想到被我用一把枪给搅了局。

然后我意识到这样想有点不厚道,无论如何他救了我一命。

我们商量以后最终还是把四个嫌疑犯放了,我们没有精力照顾四个人,把他们绑起来他们会饿死的。我跟他们说我是留守这里维持治安的便衣巡警,这件事既往不咎,如有再犯,旧罪并罚,然后给他们照了张像。他们没想到警察和贼一样敬业,垂头丧气地走了。

我拖过一张靠椅,捡起地上的腊肠放在火堆上烤,对年轻人说:"来一根?"

年轻人摇摇头说:"这是偷来的。"

我没好气地说:"这是我的!要是我今天不找到它我就没午饭吃了。"

年轻人望了我一眼,将信将疑地接过一根放在火堆上。他从马背上解下一个背包,拿出工具,熟练地把笔记本电脑的电池拆下来,拆出里面的圆柱形电芯。

"这些是赃物。"我提醒他。

"我有重要用途。"他头也不抬地说。

我耸耸肩,说:"我叫万象,怎么称呼你?"

"写灵异小说那个万象?"

"对,"我惊讶地说,"你看过我的小说?"

他终于抬头,"看过一些——我看过你的帖子,你是最先提出'播种'解释的。"

那个帖子我只在科幻论坛发过,我问:"你也去科幻论坛?"

"去。"

我越发吃惊,"你叫什么名?"

"Adenine。"

"我没有印象。"

"因为我平时都潜水。"

我嘿嘿笑起来,"你的真名呢?"

"陈晓昆。"

"陈晓昆!"这三个字像一道闪电划过我的脑海。

他很奇怪,"你认识我?"

"没、没有……"我想,可能是个巧合。"哪三个字?"

"就是唱歌演戏然后又去唱歌的那个陈坤,中间加一个大小的小。"

我"哦"了一声。"你为什么留在这里?"

"对于一个生存主义者来说,能挑战这样的环境是他的光荣。你呢?"

我一时哑口,我的台词被他抢了,有点不爽。"我……积累素材。"

他点点头说:"现实比故事更精彩。"

他把马牵到一个地下游乐场里去,把弓箭留在马上。这里以前是一个防空洞,后来被改造成地下的游乐场,几经改头换面,现在是一个恐龙乐园。那匹马从一堆霸王龙、三角龙中间伸出头来,就像一个不安分进化的异类。

"它叫小灰,它是'播种'爆发前和我过来的,现在回不去了。"陈小坤怜爱地蹭了蹭马的脖子。

"好难听的名字。"我说。

陈小坤生气地看我一眼:"聪明人知道对一匹马好,它说不定什么时候会救你一命。"

我注意到他的腰上插着一支手电筒和一支激光电筒,昨天月光下的少年浮现在我眼前。我问:"昨天晚上在广场附近的人是你?"

"是的,你看见了?你的观察力很敏锐。"

"你的身手更敏捷,你在做什么?"我终于可以解开这个迷团。

"打招呼。"他打开激光电筒,一束绿光射出来。他切换了一下,绿光闪烁起来,像一个不断眨眼睛的绿色精灵。

"你有没有注意到,每次火车抛出之前,空间都会出现一个扰动区,抛出之后这个扰动区还会存在一段时间。"陈小坤对我说。我们回到了广场,坐在停车场旁边的一节火车上等待夜幕降临。"我发现,激光通过扰动区,亮度会衰减三分之二以上,这个过程中没有增加散射,这说明激光大部分被吸收了,至于以什么形式,

不知道。可以想像一种可能,空间打开了一扇门,一部分光子通过这扇门到了另一边的世界。"

"于是你试图通过激光来跟那边的世界打招呼?它的信息是什么?"

"我们世界的日期的二进制编码,因为不知道我们世界的平行坐标系坐标,只能传递时间信息了。"

"时间是同步的,这个已经证实了,在第一列火车里面找到了一个手机。"我忍不住觉得好笑,"他们还以为那个手机是个恶作剧,以后它将被供在博物馆里。"

"但是对方不一定知道嘛。其实传递的内容不重要,我不指望有人能收到一整列编码,重要的是形式,自然界是没有单色光的,再加上信号呈现出来的规律性,就可以确定是来自另一个文明世界的问候。"他说得有些激动。

"典型的科幻思维。"我说。

太阳向西边落下去,给这个广大无边的火车坟场镀上了一层金色。不远处的一幢高楼倒了,掀起大片尘埃,尘埃慢慢散开来飘在空中,把太阳变成一个灰蒙蒙的边界模糊的气球,像一幅抽象的画。

陈小坤钻到火车里去找可以利用的东西,他的声音从火车里传来,闷闷的,"其实你不像写灵异小说的。"

我说:"哦?是吗?"

"科幻才是你的梦想,对吗?"

我愣了一下,没有说话,心里的一个地方被击中了,好像我小时候站在那片草地中间,死党突然跑来我身后对我说:"你暗恋她,对吗?"可眼下这个人和我素不相识。

一个蓄电池从车窗扔出来,"我没见过哪个写鬼故事还要扯上量子论的,你知道那样并不能使故事更吸引人,因为你骨子里流淌着科幻的血液。"

"谢谢。"我说,泪水要在我的眼眶中溢出,但是我很快冷静下来。《城市晚报》主编的话又从我的耳旁响起:"你是要写你的东西还是要你的专栏!"从那以后我再也不是一个理想主义者。

夜幕降临后我们开始行动。陈小坤给激光电筒换了一块电路板,"这是今天的日期。"他说,然后把从笔记本电脑上取下来的电芯换上去。"激光电筒和笔记本电脑用的18650电池是一样的,但是电筒没有过放保护,这些充电电池一不小心就会变成一次性电池。800nW的激光电筒,一节电池用二十分钟就报废了。"我听不懂他说的,只能傻傻地看着他。他把激光调整成平行光,说道:"OK。"

我们坐在路口的一节车厢上等着"播种"的到来。过了一会儿远处窜起一片火花，然后传来几声轰响，陈小坤迅速点亮激光追射过去。

"太远了。"他放弃了这次机会。

过了半个小时，一次"播种"出现在大约一百米远的地方。陈小坤迅速打出激光，虽然晚上看不见空间的扰动，但是在激光的扫描下很快就能发现目标，激光在一个地方改变了路线，而且亮度锐减了一半以上。陈小坤切换到信号档，绿色的光束闪烁着传递出一列列编码，过了几十秒，扰动的区域渐渐恢复了正常。

发射信号之余，陈小坤的眼睛像猫一样搜索着火车的残骸，同时他拿出一个小收音机不断调整波段。

我问："你在找'回信'？"

他说："对，如果对方'回信'，应该会发回来一个信号发射器，用电波、声、光同时发出信号，如果对方发回一张纸条，我们就没办法了。"

可是夜色下什么也没有，除了火车电线短路偶尔迸出的火花。我们坐在一圈车厢中间生了一堆火，我拿出腊肠来烤。在这个彻底黑暗的城市里，一处火光就成了稀有资源，无数飞虫都往这里撞。

我说："这些飞虫让我想起一个惨烈的画面。你吃过雪鸟吧？"

陈小坤摇摇头。

雪鸟是我们这儿的大山里出产的一种珍稀野味，通常要托人才买得到。"我看过捕捉雪鸟的情景，有一年我在元宝山，跟山民进山去参加季节性的捕鸟。入冬的时候，鸟群会迁徙过境，山民们在世代相传的几个山坳口布下捕鸟网，晚上用氙气灯照亮，鸟群看见亮光就会往那里飞去。"我深吸了一口气，回忆着那个景象，"上千只鸟，像箭雨一样射过来，撞在地上、岩石上、树上，大多数立即毙命了，更多的撞在捕鸟网上，跳着白色的死亡之舞。鸟群过后，现场像被金属风暴扫过一样，到处都留下斑斑的血迹。从西伯利亚到日本岛，它们是伟大的飞行家，却死于这个卑劣的骗术。有些鸟的脚上还带着鸟类研究的脚环，上面写着日文。后来我把脚环拿给懂日文的朋友看，他说脚环的一面写着编号、采样地，另一面写着'祝你平安'。都说鸟为食亡，其实鸟也会为了追寻光明而死。"

陈小坤在火光中低头不语。

我自嘲道："好吧，这是文青的坏毛病，其实没那么复杂，那只是雪鸟的本能，人赋予了想像的意义。"

"人的天赋就是能赋予世界意义，赋予自己力量。"陈小坤说。

我心想，妈的这人比我还文青？

我说："昨天夜里我被你的激光吸引过去的时候，就想到了这个情景。"

"但你还是过去了。"

"好奇心害死猫。"

"什么让猫宁愿留在危险的森林里？不仅仅是好奇心吧？"陈小坤微微一笑，表情又有几分认真，"猫在创造自己的故事，它就是故事的主角。在我看来，这是一个写作者最大的骄傲。"

我说："别寒碜我了，狗屁骄傲，混口饭都难。"

"不，不。"陈小坤高深地摇摇头，"你知道这样的生活很艰难，你还是选择了这种生活方式。一个写作者的骄傲，不在于他的文字有多高明，而在于他怎样对待现实，他像他的文字所具有的灵魂那样去生活，他为文字创造的命运，也是他为自己创造的命运，这就是他最高的荣耀。"

如果不是这个人活生生地摆在我面前，我真以为他是我故事里的一个人物，他把我的文字后面潜伏的自尊和自负一一释放出来，像魔术师甩扑克牌一样甩在我面前。有一瞬间我把他当成了另一个世界的我。

腊肠烤好了，我用小刀分成两人份。这就像是一次穿梭异世界的郊游，仿佛回去后一切又会恢复正常。但我知道再也不会了，世界将从此进入一个新的时代，"世界"从此是复数。

陈小坤在车厢上手舞足蹈起来，但是他嘴里塞着一截腊肠，只能发出呜呜的声音。我爬上去看，他一把抓住我的手，像个发现了宝藏的大盗贼指着前面喊道："信号！信号！"

前面的车厢残骸里有一个东西闪着白光，像一只萤火虫。

我说："你看像什么编码？"

陈小坤说："不像二进制。"

"莫尔斯电码？"我观察了一下，"也不像，这种编码模式要复杂得多，有点像古罗马传递情报的一种字母分解法。"

我们分析了半天，得出一个结论：最简单的方法是过去把那东西捡起来。

我们花了二十分钟走到那里，我真想对全世界宣称这件事没有发生过，我们到了那里才发现，我们所以为的信号发射器，只是火车上一个没断电的灯管在闪。

一整个晚上也没有发现回信，陈小坤很失望。晚上他在停车场里架起一套照明设备，这是用火车上的灯管和蓄电池组成的。在他来之前我还处在史前时代，他的到来把我的生活水平提高到了现代社会，这让我对自己的生存能力感到羞愧。

这是我睡得最安稳的一夜，虽然夜里风大得有点出奇。第二天清晨我走出停车场，太阳从身后照过来，把我的影子长长地投在金色的地面上。我看着前面好像有什么不对劲，突然我大叫起来。

"有几列火车不见了!"我对陈小坤说,"昨天外面明明有几列火车,现在空了。"

陈小坤摸摸下巴说:"唔,的确。"

我说:"不会有贼连火车都偷吧?"

他耸耸肩。我走到空地上查看,那里干净得出奇,连碎玻璃和碎屑都没有,像被人用考古刷仔细扫过一样。

我问陈小坤:"你有没有感觉到昨晚的风很大?"

陈小坤说:"是的,可能是龙卷风,局部气压变化造成的超强龙卷。"

我说:"好吧,我们又要多一样小心了。"

一个上午都没有看见"播种",也许"播种"已经接近尾声了。毫无疑问中国是今年世界上火车产量最高的国家。

中午陈小坤把水从一节车厢顶上的水箱引下来,我们终于洗了这些天来的第一次澡。洗完澡陈小坤躺在车厢顶上晒干,他对我说:"你也来晒吧,难得的好太阳。"

我犹豫了一下,要是被人看到两个男人光着身子躺在一起就有嘴也说不清了。我四下看了一下,没什么人烟。我爬上车顶,看到陈小坤结实硬朗的肌肉在太阳下闪着铜光,他朝我眨巴一下眼睛。我纠结地躺下,摊开小胳膊小腿开始晒太阳。

我眯着眼睛,太阳照在睫毛上,像闪亮摇弋的野草,草地铺展开来,猫在草丛里潜行,巨大沉默的石像驻守在荒草里。

陈小坤说:"我在想,有一天擎天柱会降落在这里,对火车们说:'兄弟们,出发!'"

我的眼前出现那个钢铁大哥的身影,阳光从他的肩膀上照下来,他的右膝上还打着补丁,那是我在学校门口和小流氓争夺它时留下的伤痕,但那一点没有影响他的身手。他把宽大的手掌伸到我面前,用记忆中一点没变的声音说:"我没有忘记,我们回来了。"

我两眼含着泪花,躺在他的手掌上,他在大地上奔跑起来,风声在我耳边呼啸,吹得我脸上一阵凉意。

凉意越来越明显,风声也越来越大,我转头对陈小坤说:"你有没有觉得……"我愣住了,大喊一声:"快跑!"

一条龙卷风扭动着吞噬过来,大概有五六十米的直径,几百米高。但是这不是一般的龙卷风,它的上头连接着一个"黑洞",吞没的一切都被吸到"黑洞"里没了踪影,就像倒悬在天空的、游泳池底的一个泄水口。

我和陈小坤跳下车顶,车厢已经被吹得"哐哐"响起来。我想去拿衣服,衣服

瞬间被卷走了，我感觉脚下一轻，也被吹离了地面。我心想这次完了。

陈小坤一把抓住了我，把我拉进车厢，他在我去拿衣服的时候已经钻进了车厢，一个生存主义者和一个文艺青年的思维是完全不同的。

我说："你又救我一命。"

他说："还没，跑！"

我们向车尾跑去，尖厉的气流声像一个老巫婆的尖叫，火车像一个感染了重伤寒的病人，剧烈地抖动着。

突然车厢被拖着横倒下来，我们被甩在角落里，一块玻璃刺在我的膝盖上钻心地疼。陈小坤果断地说："出去！"他起身跃起抓住窗沿，一个反身翻上去，然后递下手来把我拉了上去。

我们刚离开火车，火车就被龙卷风吸进去了，像吸一根面条那样利索。我们用尽吃奶的力气往停车场跑，顾不得碎石刺脚，就像两个光屁股的原始人在森林里狂奔。

我们离停车场有二百多米，龙卷风刚好直追着我们逃跑的方向而来，更严重的是前面还有几列火车挡着。我膝盖作痛跑得稍慢，风已经追到我的屁股后面凉嗖嗖的。

按照这个速度我们不可能跑回停车场，我在大风中上气不接下气地说："风太快了，我跑不过……"

陈小坤一把把我拽到岔路上，向另一个方向跑去。那里有一幢还剩下半个三层楼的商场。

这时我看见了魔鬼降临般的景象：天上悬浮着几个小黑点，像一颗颗种子。"种子"渐渐扩大，吸聚着周围的气流，发出尖啸声。地上的尘土舞动起来，像被惊醒的魔鬼猛然窜上天空，描绘出龙卷风的形貌。

我看得发愣，一阵狂风吹得我猛地一惊，陈小坤大声催促，我这才醒过来跑进商场。跑过满是碎砖石和碎玻璃的地面，陈小坤说："去地下。"我们这才发现通往地下一层的通道在坍塌的那边，全都被堵住了。

我们找到一个厕所作为暂时的藏身之地。生存主义者最大的优势在于装备，现在陈小坤和我一样一无所有了，我想看他是怎么应对这种局面的。

在我抓紧时间休息的时候，陈小坤没有闲着，他到各个柜台去寻找可能用作工具的东西。我也想找一套衣服，最不济也该有条裤子，可是没有，卖服装的在三楼，竟然一件也没掉下来。

过了一会儿陈小坤抱回来一堆五花八门的东西：钢管、剪刀、菜刀、电筒、火机、几卷尼龙绳，还有两个头盔，陈小坤分给我一个叫我戴上。这一大堆东西让我有了不切实际的安全感。

窗外的风声咆哮着,我爬到窗口往外看,外面的景象把我震惊了:天地间扭动着几十个巨大的龙卷风,吞噬着捕捉到的一切物质。这些龙卷风不知缘何而来,和以往见过的不同的是,这些龙卷风下宽上窄,像被拉长的倒置的漏斗,又像一个疯狂的舞者的长裙。几十吨重的火车在强风里就像印度舞蛇人手里的长蛇,被乖乖地驯服,随意舞动,然后忽地收进袋中。袋口就是黑洞洞的"黑洞",它们像更大的蛇的大口,饥不择食地吞入到口的一切。我想拿起相机拍照,才想起我现在是一穷二白。

"龙卷风是由那些'黑洞'引发的。"我对陈小坤说。

陈小坤正在把绳子编成绳套,他说:"像一个出水口。"

"什么?"我好像有了一点灵感,"你说那些'黑洞'会不会一直扩大,直到把整个世界吞食掉?"

陈小坤摇摇头,"它们似乎只是为了恢复平衡。"

我的脑袋还没转过弯来,我的注意力被另一样东西打断了。外面的一列火车被龙卷风甩起来,在一个连接处突然断开,断开的火车像甩出的链球,向我们这边飞来。

我从窗户上摔下来,大惊失色地对陈小坤喊:"小心火车!"

陈小坤立刻明白了,迅速滚到墙边。我刚照着他做,就感觉地面一震,前面的墙冒起一片白灰,一节车身从墙里面冒出来,像跃出水面的虎鲸。我紧紧贴在墙脚,紧接着一声巨响,旁边的墙和天花板塌了下来。

我醒过来后花了几秒钟时间来确定自己死没死,结论是我还活着,而且没晕过去多久,因为我看见陈小坤刚刚从地上爬起来。他一点事没有,而我被一块水泥板压得动弹不得。

我的下半个身子都被压住了,受力的是我的右腿,我的大脑向右腿发送了一个评估伤情的指令,神经没传回来任何反馈。

陈小坤跑过来和我努力了一番,水泥板根本纹丝不动。这时候风声越来越近,两个龙卷风闯进了商场上空。它们像两只巨大的汽轮机在废墟里翻搅着,任何东西一经它们触碰,立刻像被施了咒语一样失去了重力,滑向天空。我眼巴巴地看着一群衣服飞上去了。天空中的砖石像一堆麻将一样被搓得哗哗作响,风声尖厉像切割锯的声音,我想起了某个音乐人制造的噪音音乐也是这样的,心想被压在石头下的应该是那些音乐家。

龙卷风像个高效的拆迁机器,毫不费力地掀开楼板,拧成粉碎。其中一个一点点朝我们这边压过来。

我对还在使劲顶水泥板的陈小坤说:"来不及了,你走吧。"

陈小坤说:"我有数,风一进危险距离我就走。"

想不到这小子还真准备走,我慌忙改口说:"别别,别丢下我!"

陈小坤没好气地说:"你能不能不搞笑?等等,我有了个办法。"

他把所有绳子都用上,一头缠在水泥板上,一头绑在好几个不锈钢的货架上,那些货架都推到龙卷风过来的路上。利用风力把水泥板拉开是一个好办法,但是绳子不够长,这就像个手艺不好的魔术师在玩逃生魔术,等解好锁火焰已经烧到了。

陈小坤拍拍我的肩膀说:"能做的都做了,看你的人品了,石板一松开你立刻爬出来,我在后面接应你。"

陈小坤退到了墙外面,我的安全感顿时消失了一大半。

龙卷风渐渐逼近过来,堆在前面的货架哐啷哐啷地摇动起来。虽然有十几米的距离,但是龙卷风的巨大显得它就像是在眼前一样。它像一只从地下冒出来的头上点着一盏黑灯的蛇颈龙,咆哮着喷着鼻息。我看见断墙上的砖石被一块块拔掉,扔进一个巨大的倒悬的深潭。

货架进入了风力强劲的范围,像纸制品一样被瞬间吸入风里,绳子被猛地绷直了。

我试了一下,还抽不动身子。龙卷风继续靠近,紧绷的绳子和地面之间的夹角越来越大,终于,水泥板抬起了一条缝,我手脚并用地爬了出来。

看电影的时候我总是对那些一到紧急关头就患上四肢官能失调症的角色恨之入骨,现在轮到我了,我发现自己并不比他们利索多少。我拖着一条没有知觉的腿,在乱石堆中拼命往外爬,没爬几米后面的水泥板就被卷到风里了。

我感觉身子一轻,手脚都使不上力了。地上的砂石噼哩啪啦地往上窜,打得我睁不开眼睛,眼泪趁机稀里哗啦涌出来。我抬头看了一眼前面,发现陈小坤已经不在了。

"不讲义气!"我在心里暗骂。绝望和无助像根细钢丝把我悬吊在空中,晃悠,晃悠,然后拽离了地面。

我像一只被扔到太空中的大闸蟹,四肢乱舞,无计可施,眼泪顺着额头往上飞去。眼看我就要被吸到强风圈里去了。

这时我听见陈小坤喊:"抓住!"

我抬头看,他正骑着马飞奔过来。这个桥段很熟悉,这是标准的千钧一发情节,接下来我只要等待被救的情节发生就可以了,我期待地闭上眼睛。狂风把我吹醒了,吹走不切实际的幻想,上帝不是地摊小说作者,我必须靠自己!陈小坤射出一支箭,箭尾上连着一根绳子,正从我的腋下穿过去。我像抓住了一根救命稻草,死命抓住绳子，在手臂上缠了几圈，恨不得往脖子上再缠几圈。

我被拉出了风圈，地心引力突然恢复，我掉在地上翻滚起来，拼命蜷着身子。我看过某个类似的新闻，知道第一要紧的是护住下身，死了也不能当太监。

终于我停了下来，陈小坤一把把我拉上马，向停车场跑去。

小灰的马蹄疾疾敲打着地面，我浑身像散了架一样，死人一样趴在马背上。我无力地说："你再晚一步我就死翘了。"

陈小坤说："你得感谢小灰，我说过它会救你一命的。"

不知道它是怎么找来这里的，我感激地拍拍小灰的背，它毫不谦虚地喷了个响鼻。我全身伤痕累累，血沾在小灰的毛上，我看到它也浑身是伤，伤痛让我们有了共同的感觉。

小灰背着我们穿过龙卷风交织成的通天森林，沿着被风扫干净的路面一路跑回了停车场。

回到停车场，我们都累趴在地上，我的右腿恢复了一下竟然可以走路了。现在终于有时间思考眼下的情况。

我说："搞什么飞机，扔出来的火车还要回收的？"

陈小坤正捧一掬水给小灰喝，他说："你还记得你说过的平行世界的熵流动一致猜想吗？"

我很快也想到了，"平行世界的熵流动总是趋于一致的，'播种'打破了平衡，这就形成了一个'水位差'，我们的世界已经达到饱胀状态，为了回复熵平衡，就会产生回吸！"

"不是回吸。"

"不是回吸，确切地说是压回去，我们的世界在做功。"

陈小坤弹了弹手上的水说："对，现在是回收的时候了。"

"妈的，抠门！"我狠狠骂了一句。

外面的风声震耳欲聋，像上帝打开了几百台吸尘气，打扫他那从来没有清洁工去清扫的后院，接近傍晚的时候才渐渐消歇。可以吸卷的物体越来越少，因摩擦产生的声音渐渐减少，只留下气流的空啸，如旷野上的风声。

陈小坤坐在一面墙前，直直地望着前方，心事重重。世界正在凝固，我感觉得到他的内心的躁动不安，他是一个不愿停止奔跑的人。

傍晚的时候，陈小坤对我说："我想好了，我要到风那边去。"

我大吃一惊："你没看老天爷开着吸尘气猛吸？你想变成垃圾？"

"对，不，你才垃圾，我要进入风洞。"

要是平时我会说:"你个贱人。"但是这时我只能说出:"你开什么玩笑!"

"没开玩笑。"

"为什么?"

"机会难得,这可能是人类历史上第一次跨世界接触。"

"你傻啊?你又不是不知道,生命体是不能穿过屏障的!火车过来的时候人都被分解了,我们至今没见过幸存者吧?连一个尸体都没有。"

"你忘了,生命体无时无刻不处在熵减的过程,这将使熵平衡产生突变,而现在是回复熵平衡,物理定律应该更欢迎我过去才对。"

我愣住了,他说的没错,这个可能性是存在的,虽然更大程度上是胡扯,无论如何可能和事实不是一回事。我只好尽力劝道:"就算你通过风洞能活下来?你不知道会从什么地方抛出去,有可能是十字路口上的百米高空,就算没死,熵平衡恢复后你的生命也许就会停止!"

"不管怎么样,值得试一试,最后的门就要关闭了,以后可能再也不会有机会。"他笑一笑,"如果你还记得我,以后在你的小说里给我留一个角色吧。"

我很伤心,又有点恨他,他那么固执地不听我的劝告,一种荣耀感已经填满了他的内心,这种荣耀感创造奇迹,也使人疯狂,我不知是对还是错。

终于我陪他走出停车场,外面接近尾声的景象还是给我无与伦比的震撼。被龙卷风扫过的建筑只残留扭曲的钢筋,天地间还余留着十几个龙卷风,一个龙卷风正席卷过一幢大楼的残体。这幢大楼还有十多层幸运地立在地面,龙卷风卷过时大楼就像被拆散的积木一样,散开的砖石像鸦群盘旋飞上天空,那些乌鸦的羽翼磨擦着发出尖厉的啸鸣声。鸦群汇聚成巨龙,巨龙汇聚成森林,森林的树冠上悬浮着十几个——在视野之外还悬浮着几百个黑幽幽的"黑洞",在残阳的照射下闪着幽深而诡异的光。

陈小坤望了我一眼,跟我说:"再见了,兄弟,替我照顾小灰。"然后他迈步走向最近的一个龙卷风。他赤条条的样子让我想起终结者T800,他们的使命感让他们即使粉身碎骨也要一往无前。他在演绎着自己的传奇,他才是最好的作者。我意识到我终究是一个俗人,没有把生命变成标枪投向狂风的勇气。

我看着他的背影投向龙卷风里,撞向灯光的雪鸟群又一次在我的脑海里闪过,他像一片影子一样立刻被卷走了。我愣了好一阵子,不知道这个人是不是真实存在过,或者他就像火车里的陈晓昆一样,是我梦里的一个幻影。

我默默说道:"兄弟,保重。"

我坐在停车场出口望着外面,小灰沉默地站在我旁边。天空的云霞渐渐被黑暗笼罩了，一道绿光从天空中射出来，像一架绿色的马车通过天河。

我站起来激动地喊道："回信！回信！陈小坤，有回信了！你……"我突然想起来他已经走了，我靠在小灰身上，安静地望着那道光，它没有闪烁，而是坚定地、笔直地射向前方，在这个黑暗的森林里就像连通神经元的一列电光。我忽然微笑起来，"是你吗？"不管是不是你，你都成功了。

我走下漆黑的停车场时心想，人类将从此进入一个跨世界交流的新纪元。我打开陈小坤做的灯，一根根柱子像一个个世界在黑暗中显现出来。

第二天早上，龙卷风全部消失了，想必熵已经恢复了平衡，整个城市被清扫得干干净净。中午，一架直升机降落在广场上。

涛哥走下来对我说："你小子还活着！你可真牛逼。"

我披着一身编织袋，被冻了一夜，哆哆嗦嗦地对涛哥说："快，借我几件衣服穿。"

我坐在直升机上最后看了一眼这个城市，然而我不想用任何词语来形容它。我靠在涛哥的肩头说："以后我要写科幻。"

"什么这幻那幻的，不都一样？"

"不一样，它是这个世界的未来。"

涛哥说："你去写回忆录吧！你现在是名人了。"

"什么？"

涛哥拿出一张打印的新闻网页，说："'播种'发生后美帝就向我们提供了灾区的卫星图片，你们在网上被称为'火车侠'。"

那是CNN的首页，一幅大大的卫星照片上，以上帝的视角看见我举着枪、陈小坤举着弓箭指着一伙歹徒。新闻标题是"火车双侠制服飞天大盗"。

"天哪……"我捂着脸叹道。

"还有更劲爆的……"涛哥拿出另一张纸，但是他不马上给我看，而是神秘兮兮地说："这是今天的新闻，你要挺住，不过你放心，加了码的。"

他把正面翻过来，一个大标题首先映入我的眼中："灾难中的友谊"。

"不！！"我真真正正地惨叫起来。

社撰真实
记载荒谬

天启都市报

寻桶简讯

九月底,一个关于九州幻想全国高校社团巡回活动的策划案摆在了潘海天的办公桌上,此时桌后的老板椅上只挂着一副耳机,与前一天的位置一般无二。嗯,老板没来上班。

策划者带着忐忑的心情,极度不安地过了国庆长假。

几乎是节日刚过,网上出现了一篇帖子《寻桶记·寻找科幻奇幻之旅》,落款是"潘海天"。出于对此人一贯不靠谱作风的了解,此帖也在第二天便没了声息,这说明群众的眼睛是雪亮的。然而就在大家以为这是个不值得在意的玩笑时,"寻桶记"的活动流程却张而皇之地公布了出来,潘海天的那篇帖子则更是成为了整个活动的序言。

"幻想,就是我们用以对付这个世界的木桶。我们是木桶骑士,我们是木桶隐者,我们用木桶抵御寒冷,我们用飞翔逃避现实的残酷。"这无疑是对卡夫卡与第欧根尼的桶的最好演绎。

除去活动的前期策划、筹备环节,光活动主体时间跨度就将近40天,从11月5日于北京航空航天大学启程,依次到北京大学、南开大学、西安交通大学、西北政法大学、中山大学(珠海)、北京师范大学(珠海),直至最后一站于12月11日在中国地质大学(武汉)结束。

吴岩、韩松、严蓬、马伯庸、万象峰年、夏笳、张进步、唐风、飞氘、苏学军、唐缺、糖果(42工作组)、张旺、林晨(南开大学中文系)、小姬(科学松鼠会)、孙阳(西北大学文学院)、李亮、戈城、七月、妲拉、舒飞廉、横刀、吴帆(《今古传奇·奇幻》主编)、苏琳(《今古传奇·武侠》副主编)、阿豚、骑桶人、今何在、潘海天……本次的嘉宾阵容无疑是豪华的,幻想文学界前辈和知名人士在各分站陆续出现,惊喜频现,此外,圈外认识比如高校老师的加入也为我们的巡讲带来了理论支持,让我们觉得,原来幻想并非一钱不值。

本次活动得以成功举办,少不了感谢各地的主办方和各位兴趣相投的嘉宾(马屁来了),当然最该感谢的还是跟随我们各地来回奔波的读者,没有你们的参与,我们的活动会毫无意义,我们不知道该把话说给谁听,我们不知道原来我们做的事情还有这么多人关注着,有时候,我们会突然想关起门来自个儿玩,是你们让我们打消了这个愚蠢的念头,有了继续开门迎客的勇气;是你们的提醒,我们能够清晰地认识到,我们也可以稍微高尚一点不纯为一己私利。肩上有责任的感觉,真的很好。

今年的"寻桶记"完结了,五座城市八所学校,嗯,今年的完结,仅仅是整个寻桶之旅的开始,寻觅的路很长,我们会一直走下去,2011、2012以及更远。

老妖出没之明信片

这一次"寻桶记"我们收到了好多读者的明信片，本期老妖出没将不做任何问答，纯为展示。

◆1. 科幻是未来的科学，是当代的哲学。希望中国能找到自己的科幻之路。

◆2. 引用大角的一句话：让一部分人先疯起来。

◆3. 九州啊，你什么时候能出完啊。

◆4. 从"九州"看中国的科幻，觉得未来还是有的，只是欠缺些努力与发现，那么就靠我们这一代人了。

◆5. 高三二模时，还会写"九州体"的作文来，让语文老师大跌眼镜。

◆6. 对科幻有了新的认识，以前不看科幻的，你们的目的达到啦~

◆7. 我一直认为，猴子和罗森是中国最好的两个幻想作家。（丁榕）

◆8. 猴子，我是北航那个穿紫色上衣的你的fans!（李慈应）

◆9. 没错，我是不靠谱历史老师&班主任。（周老师）

◆10. 现场各种表白各种睿智各种萌，祝愿下一站的同学们也能体会得到。（虞色）

◆11. 我们在反抗现实，我们改变不了现实，却不停地改变自己磨圆自己，很难想象二十年后的我们会不会继续有机会看到台上的你们，二十年后的我们会被改变成什么样呢？（舒璇）

◆12. 作为一个混迹ACG N年的淫类，九州是否可以漫画化？（面瘫绝不呆君）

◆13. 在奇幻里找到一个真正属于自己的空间，让心曲流浪，终有一天我能为自己的梦想找到故乡。（ばか）

◆14. 好吧，就这样吧……从1840年之后我们都很幸福，也祝福你们。

◆15. 当您看到这封信的时候，我们刚刚作出了一个艰难的决定：万年宅男们，要出门了！未来日子里，期待与您继续同行！（潘海天）

◆16. Good good study! Day day up!（神仙姐姐）

◆17. 做爱做的九州。（万象峰年）

◆18. 九州是一种话语体系，是我们生活的某种真相。（胤祥）

◆19. 替我向你的姐姐妹妹带个好！哈哈哈!（Ocemy）

◆20. 希望帝都的萝莉能够越来越美丽，男女搭配，幻想不累！（巫妖）

◆21. 让我发泄一下：这次活动他爷爷的累死老子了！（贺涛）

◆22. 我的理想是做一个最好的九州社团，里面有很多美女！（天天）

◆23. 天气懒洋洋，吃饭要喝汤，醉卧红尘里，沙场解刀枪。（阿豚）

◆24. 幻想人永远年轻！（今何在）

◆25. 让幻想开启我们的另一个世界。（鱼博琰）

◆26. 我想总有些人喜欢幻想，需要在黑暗中寻找火光。（Sea Smile）

◆27. 等待你们带着我们偏离现实哦！（丽霞&珊珊）

◆28. 生命中总有些东西是值得永远铭记的，值得用生命捍卫的。（胡迪）

◆29. 九州经历过风风雨雨，至今依旧倔强地站在这片幻想贫瘠的土地——她依旧会走下去，看！对面已经闪现了亮光！（龙肉泡馍）

◆30. 我们一直在"被"改编着，期待着梦想照进现实的那天，却一求而不得，还好，当我们走得太远太累时，回头看看，九州还在。于是，梦还在。（小孔）

◆31. 不用寻桶，它已被我悄然带走。（拜月狐）

◆32. 你们把幻想误解化了，如果幻想仅是一种毫无根基的、意识的浮动，它肯定不是九州的幻想，不是真正理解"幻想"的人，因为：现实与幻想是一体的。（岚在溪）

◆33. 虽然你们这群不靠谱的人，办着一本不靠谱的杂志，可我们就是喜欢它，喜欢你们。做"务实的理想主义者"吧！希望九幻能一直办下去!（桑儿）

【文】加菲

冬季宅男宅女居家攻略

每到冬天,那些没有长长绒毛保护的低等动物就会冷得嗷嗷叫蹦蹦跳,在我蔑视的目光中跟老鼠一样窜来窜去取暖,前两天大角来上班,他在我眼中就像一个玉米棒,当然,玉米是他的衣服们,他本体是那根棍子。

这么一群宅男宅女冬天怎么活过来成为了我最近正在研究的课题,后来我惊奇地发现,这种动物虽然不耐热也不耐寒,但是有一个优点——他们会发明一些东西来让自己不那么难受。

比如这个毛毯。

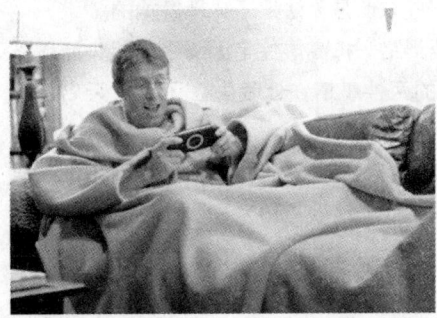

这种带袖子的毛毯可以让那些人类一边裹着厚厚的毛毯一边继续一切需要用他们的前爪的工作,这倒是不错,因为我们猫们对躺在毛毯上还是很有兴趣的。

然后是这个。

这种沙发跟普通沙发的不同点在于,它有一个可以自由收放的工作台——其实这东西倒不新鲜,很多大学貌似都有。

不过无论如何,他们至少是可以披着有袖子的毛毯斜靠在沙发上操作电脑了。

据说那些宅男宅女有个特征,夏天不会热死,冬天不会冻死,但是没有电脑,就会无聊而死!

关于冬天他们还需要些什么,我随机调查了很多人,他们的答案各不相同,有人说需要带USB线的暖手暖脚工具,有人说需要一个足够大的暖水壶,有人说需要男/女朋友,有人说需要点卡,有人说需要零食。最后有个人总结道——需要钱!

好吧,好吧,对于这种卑微的弱小的三俗的种族,我推荐一种可以造成心里错觉而产生温暖感的卧室。

我们为什么不敢面对现实
【文】加菲

做了两年《天启都市报》，一共十几则新闻，偶尔会有被毙掉的稿子，偶尔会有索然无味的中庸稿子应急上刊，临到岁末，一边在做明年的栏目改版文案，一边不由自主地想问自己一个问题，关于"天启都市报"这个栏目的问题。

我们为什么不敢面对现实。

这两年来，我们写了九州世界背景的体育新闻、娱乐新闻，吐槽过九州门、讽刺过郭敬明，但是也错过了很多很多新闻事件，而那些事情可能更为有力；我们可以在天启都市报里怒骂燹朝天驱军团的堕落、嘲笑《莘莘大端》这部主旋律电影的虚伪、感慨天启城就业压力的巨大，但是我们却只能止步于此。

《九州幻想》已经是最勇敢地走进现实中去的幻想杂志了，但是我们依然仅仅是幻想杂志，"现实比一切想象力更奇幻"，我们发现了这个规律，却不敢大声喊出来。

有的时候，我们也得面对现实，明白一些东西是无法娱乐化地解构的。

2010年11月15日14时，上海余姚路胶州路一栋高层住宅因脚手架起火而最终导致整栋大楼被彻底点燃，这场灾难之后的两件事情，让我失去了用《天启都市报》来解构它的动力。

上海市民自发在火灾现场献上鲜花祭奠死者，在要求彻查事故原因、指证工程承包猫腻等等的声音之中，有这么一群人只是默默地献花和哀思。

如右页图所示，据说这是火灾现场找到的一张纸，我尝试搜索这本书的名字，但是没有成功，只知道是大概是一本讲述赛博朋克的资料类书籍。这张纸让火灾的巨大灾难、死伤人数的具体数字、各种嘈杂的声音一下子变成了非常实际的一个指向——人。在这个灾难之中，也许有一位科幻的爱好者，他或许会看《科幻世界》，或许很喜欢威廉·吉布森，又或者他甚至知道《九州幻想》，在这张图面前，我们好象清晰地看到了一场灾难下的一个个人。

为此我们也应该仅仅如实地记录这件事，并寄托哀思，而不是为此去如何游戏文字。

而有的时候，我们仅仅是面对太多事情，忽然有些麻木了。

好比我曾想过，做一个年终新闻事件盘点，但最终还是放弃了，我无意于刻画今年又是怎样的太平盛世，东陆生产总值上涨了多少，无翼民的生活多么美满幸福，不靠谱的男人们办公室越来越大；这些显得空泛而不真实，但是如果想要真实，我们要不要戏谑地给一个天启的纵马行凶的少年编撰一个叫做牧云刚的爹？或者嘲笑《火环城大地震》这部电影根本就忘记了那场灾难的本质，而只是纯粹地煽情？

这也许很好玩，但是不知道为什么，我却越写越疲惫，越写越失落。

好像我们改变不了什么，我们依旧只是在幻想，不仅仅是幻想小说的作者们在幻想，看到这句话的你，你，和你……你们都在幻想，因为现实没有被你改变。

其实，或许只是写累了，或许我一个人还是太狭隘，看不到更多的角度，没有更多的思路，也许我忽略了一些更好的想法，那种可以让你会心一笑、smilence，而后看着现实、更清晰却也更勇敢的一些想法。

所以，2011年，天启都市报，正式对外征稿。

我们要有更多的人，一起来对这个现实的冷酷的世界，拼命地想像，用大脑的温度来点燃现实世界。有一天也许生活真的如我们所想的一般美好了；也可能有一天现实更加沉重，但是也没关系，至少每一个《天启都市报》的记者们，依然是你，你，和你……你们已经有了正视它并碾过去的勇气。

《天启都市报》征稿启事见下页。

2011年
《九州幻想》
栏目约稿启事

《天启都市报》栏目约稿函

用九州世界背景讲述现实世界的新闻

嬉笑怒骂针砭时弊。

要求：以新闻稿的模式写作，字数在三百字以上、一千字以内。所选用的背景事件最好是读者比较了解的近期的热点事件，一些过于冷僻的事件用这种形式撰写将难以代入。将所选择的新闻事件以九州世界的背景代入，不生硬，能让人看完会心一笑。所撰写的新闻稿件中能够有自己对这个新闻事件的独立思考，清晰表达自己的观点，建立自己的观察角度。新闻稿形式随意，可以自拟采访稿、相关阅读链接等花絮。

稿酬：每篇两百元。

投稿邮箱：lbfqiahao@live.cn

"2050年的语文课本"栏目约稿函

鲁迅、余华、金庸、韩寒……谁该入选语本课本？谁有权评判选择？谁来决定中国的孩子们看什么读什么学什么想什么？让我们自己来编一本语文课本，为了将来的孩子。《2050年的语文课本》编选计划启动。请推荐你认为值得入选的文章片段。从没有什么教育家，也不靠机构教授，要决定我们的未来，全靠我们自己。

栏目要求：

自行选择一篇文章或者节选，效仿语文课本的模式，以课文模式进行编写。所用文章片段可以选用现有的作品片段，譬如《三体》、《三重门》等，也可以自己撰写一个片段并为其配讲义和习题，鼓励自行编写。所选文章或者片段不得超过五千字，围绕着所选段落的讲义、提示、习题、注解等不得少于五百字。所选的文章和自己对其理解角度将决定是否被本刊采用。

稿酬：摘录已有文章配题，两百一篇；自行创作并配题，五百一篇。

投稿邮箱：lbfqiahao@live.cn

吵毛啊!

老妖大爆炸之多事的斧子

【文】水泡

为了显示自己的匪气，多事总在腰里挂把斧头，自己觉得很酷。别人却不这样想。

每次七个家伙在会议室讨论设定，起初是心平气和，然后声音逐渐高亢，再后会有拍桌子摔板凳的声响，最后也总有一套固定的结束模式：

会议室的门一下子被撞开，一个披头散发的家伙（从今何在、江南、大角、水泡、斩鞍、遥控六人中随机产生）以迅雷不及掩耳盗铃之势窜了出去，剩下五个家伙呈叠罗汉状，死死按住最底下的多事。

匪首挣扎着挥动自己手里的斧头，咬牙切齿道："居然敢废掉我的设定，砍死你……"

因为经常感到生命没有保障，六个家伙背着多事开了个小会。今何在拍拍胸脯说："小事一桩，包在我身上。"

然后今何在去找了多事。"多事桑，大楼管理处接到很多投诉，说我们办公室有人带危险物品，如果不改正，就取消我们的承租权。"

多事问："什么危险物品？"

今何在指了指多事腰里的斧头。多事恍然大悟，一边依依不舍地摸着斧头，一边皱着眉朝外走去。

办公室里的其他人都松了口气，纷纷表示请今何在吃工作午餐。

一群人还没走到楼梯口，多事拽着某个家伙飞奔过来。"搞定了。这是大楼的保安经理。"

保安经理一个劲哆嗦，"没有，真的没有人来投诉过……"

多事冷冷地哼了一声，用斧头背拍了拍保安经理的脖子。

对方快要哭出来，说："我们公司聘请多事先生作为大楼兼职保安，保障大家的安全。所以，所以我们公司准备配发多事先生一些必须的防身工具，当然是必须的，必须的……"

九州大手

[图] 冥灵

九州大手

大角：声明，我叼的烟没有点燃，那只是道具！我没有教坏小孩子！

阿豚：不要废话！我们平民英雄联盟正在维持正义！没看到我把脸都蒙上了吗？！

猴子：阿豚，你真的认为维持正义要像这样紧挨着大角吗？……

老鱼：这样，嗯，温暖。

恰好：你们这群废柴啊，看我的新能力——双眼电筒！

这是一张复活节的庆祝图，庆祝猴子的归来以及骑桶人和神仙姐姐的加入，现在，我们的成员已经多得九指神丐洪七公用两只手都数不过来了！这是多么值得庆贺的事情啊！

不过，呃，既然大家都明白这张图是冥灵为复活节而画，那么大家一定也就知道了，我们拖期很久了……

（加菲被乱棍打下）

刘洋：跟那群爷们挤在一起相比，我现在就在用实际行动诠释什么叫做成功人士！

微微：虽然你在中间，但是我的帽子和项链肯定比你抢眼！

神仙姐姐：为什么我和桶要隔着这么远？

骑桶人：我要骑着桶随时起飞，然后大角他们才能去寻桶啊。

可可欠：我这个古装扮相和凄婉的表情是为什么啊为什么啊？！

允文允武

【文】苏冰

某次群里议论莫雨笙的种种"傲娇",我很有些意外,因为他在我面前始终是一副温文的样子。苏离弦一语点破:"在你面前他当然正经了,你怎么说也是长辈。"

想想也是。随着犬马齿渐长,我越来越习惯于将年纪比我小的人归入"孩子"的范畴,不要说李多和恰好这种85后,就算是成名已久的唐缺和黑小猫,在我看来也是"还太年轻"。于是我很自恋地推想,再磨练两年,我大概就能进化出贾府老太太的气度。

在80后的作者里,只有两个人不会被我当做"孩子"看。一个是燕然,面对这种在唱K的地方都能用手机照明一小时看完一本书且过目不忘的同学,我还生不出倚老卖老的气场;另一个是塔巴塔巴,据莫雨笙掐算,塔巴将来必成大器,所以每次看到他我都会不自觉地脑补出塔巴身居要职垂衣而治的场景,顿觉肃然起敬。

我认识塔巴是在04年,我刚刚开始混9z论坛,常看到他在"九州作品投稿区"的高论,和戒指一唱一和的时候尤其多。那时在我心里,新人往往赖在"瑶池"灌水吐泡,只有资深拥趸才敢在投稿区和设定区出没;直到数年后经塔巴指出,我才知道原来我们俩是同一天在论坛上注册的。说起来我们两个都不是最早的那批粉丝(如小角、Nicolas、榕二),但世易时移,在陪九州走到今天的人中,我们不觉间也已忝列前辈。

作为中国人民解放军海军的现役军官,塔巴身上有一种强大的气场,或曰男子气。秀才和兵,大约就代表着男性中的阴阳两种特质,固然不能说文人都阴柔,但儒雅的风度总让他们显得缺少勇悍之气。相形之下塔巴的军人特性就显得格外突出,虽然他大学学的也是文绉绉的外语,但在一个充满阳刚之气的环境中混迹,身上那种爽利和激烈殊非一众闷在网上打游戏看动漫的宅男可比。他的胡须稍有些络腮,也使得他的外形平增了几分的粗线条味道,想来穿起作训服也会很搭调。其实我对男性的观感一向稀里糊涂,所以很多男作者在我心目中都是不长胡子的,因为他们爱惜形象,凡我能看到的时候他们总把颜面整理得很光鲜,故而我也会因惊异"你怎么还有胡子"而遭遇白眼。当然也有些人颔下的一部美髯会由于非常个性而让我过目不忘,比如凤凰,单看胡子,联想到的第一个词定然是"仙风道骨"或者"张真人"——这是题外话了。

相信有很多读者羡慕我们的工作，但实际上，九州的编辑不是个好答对的差使。除了和别的编辑一样要看稿校对，还得熟悉设定，并且留心尽量让发表的作品彼此不出现矛盾，于是我们有很多精力要花在和作者沟通协调上，有时一个细微的设定要磨很久才能让几种相关作品都解释得通。在所有由我责编的作者当中，被我抓住讨论构思和细节的人很多，但发生"争执不下"的情况很少，回想一下，有限的几次多数都出在塔巴身上。并非他脾气有多不好，只是与多数人相比他更较真，有时候寸步都不让。比如他笔下的羽族，官职的名称是很西化的，我希望能够与其他作品的命名风格大致统一，但在他看来这样的名称更多地体现他赋予羽族的特色。沟通未果，最后还是按照他的意见保留了下来。这种时候我常常能感觉到塔巴的那种"激烈"，一来一往的争执中，我对着电脑的屏幕常可想见他在网线那一头的金刚怒目。但塔巴的行文从不激烈，相反全是另一种路数——他笔下的战争，只是平实的文字推进着紧张的情节，没有激烈的情感交锋，纵然豁出性命，也只是男人或曰军人正常的归宿。悲慨之气起于读者自身，种种纠结全在各人想象，对塔巴而言，似乎只是不经意地讲了一个故事而已。或许在他心目中，"煽情"就不是男人应当做的事吧。

在我印象里，塔巴是个很自信的人，那是一种因成竹在胸而生出的从容。军人的收入算不上高，但房和车，塔巴一样样都置办起来了，可见他对发展做好了规划，不像很多宅男，一把年纪了还今朝无酒也要今朝醉，活得一团浆糊。有时候跟塔巴聊天，总感觉他在忙忙碌碌，不是随部队拉练，就是到大学征兵，但凡有空闲，写稿子就可以答应得慷慨。这种忙碌让你觉得他的生活充满活力。他喜欢踢球，据说可以胜任两个边路的任何一个位置，尤擅右前卫。有很长一段时间他在论坛的头像就是一新一旧两只球鞋，旧的那只穿了不过一年，从磨损的惨烈程度便可见使用的频繁。他还是个户外运动爱好者，而且在外出旅游途中遇到了心上人。他的MSN签名曾常年叫作"郎木寺汉子"，山南水北的两个人便是在那里千里来相会。遇到了就去追，即使异地，即使身为军人有诸多身不由己，但他做到了。每每想来，总觉得这也算是一件颇有英雄气的举动。

前几天我去南京出差，见过冰牙之后，晚上回到酒店忽然有些感慨。当年活跃在9z论坛上的那些人，即使已经淡出的，彼此间仍然有一种异样的亲近，仿佛相见时就能明白，我们仍在呵护着那段共同的欢悦，尽管可能只字不提。

我很久没有去北京了。明年再去时我一定会再约上塔巴，而且要选他穿着海军夏常服的日子，好一睹他平日的英武。让他开着那辆神气的高尔带我和天九去吃烤鸭，追念当年戒指大嗔"你们三个显然是嫉妒"——和朋友在一起肴馔大纵横，在我这个年纪，已经是最可期待的事了吧。

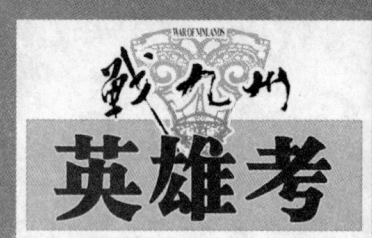

随着《战九州》市场热销，相信很多读者已经购买到了这套九州幻想世界背景下首款桌面游戏了，从这一期开始，我们将会逐期介绍《战九州》的特色卡牌，增进玩家对这套桌游的理解，并分享大家的游戏经验和乐趣。

欢迎所有读者将自己的游戏心得与经验发至：oldfish9@live.cn，与所有读者一起分享驰骋九州的快意。

角色卡

梦火者：铁锤敲起来！炉火鼓起来！创造之神庇佑劳动者！

海语者：海洋可以给你更大的力量，为此你要付出更大的代价。

天驱武士：不要问我的正义是什么，我会用我的牺牲渲染我的战旗。

《战九州》的九大角色卡，除了第一顺位的虚魅属于介入者，第六顺位的兽魂战士属于防御者之外，以兽魂战士为分野，二三四五顺位的天罗、影者、辰月、鹤雪技能偏重于针对人或者角色，而七八九顺位的梦火者、海语者、天驱武士的技能则偏重于针对城市。

梦火者是《战九州》行动阶段第七顺位激活的角色，此角色可以升级自己的城市，并无视升级目标是否有人占据，河络的愣劲儿将会摆平眼前一切阻碍，只要给他仅仅一个河络族的佣兵。

梦火者能力：接牌期间如果已占据河络族城市，则可多接一张；游戏过程中可打出一张河络佣兵，使自己一座现有城市升高一级，如果升级目标城市有人占据，则视为互换。

海语者是《战九州》行动阶段第八顺位激活的角色，海语者为整个游戏中唯一一个可以单回合行使两次占城行为的角色，他可以加快游戏结束的进程，并在将军棋上占据优势。

海语者能力：接牌期间如果已占据鲛族族城市，则可多接一张；游戏回合中可以行使两次占城行为，即本回合可以用出两枚将军棋。

天驱武士是《战九州》行动阶段第九顺位激活的角色，天驱武士在《战九州》中就如同他们在九州世界中一样,是悲剧般的英雄,他们的每一次攻城行为都伴随着放弃自己一座人族城市的代价。

天驱武士能力:接牌期间如果已占据人族城市据点,则可多接一张;游戏回合中,可以放弃自己一座人族城市,然后打出N-1张同族佣兵牌,攻占地图上任何一个已经被占据了的N级城市据点,所打出的佣兵牌与所要攻占的城市不需要同族。

二到五位的角色可以让每一局游戏变得更加激烈刺激,但是引导着游戏积分变化的,往往是后三位的这三个角色,这三个角色的能力各有偏重,但是往往造成相同的效果——选择他们的人忽然从积分榜的后几位一举跃升到前列。

海语者这个角色往往在《战九州》游戏过程中的前几个回合会被频繁用到,因为早期手牌充足,没有被人为消耗或者被陷害损耗,而且早期地图上一片低级别城市等你占领,这时候哪怕手里只有一张人族用兵一张羽族佣兵,说不定也可以用海语者占据两座城市,要知道,虽然分值依旧是两分,但是率先结束游戏的加分也是不容忽视的呀。

在这三个角色中,梦火者看似最为温和,实际上往往是游戏最后一个回合最关键的角色,众所周知,《战九州》积分规则中,关于五族占齐的加分是很高的,而率先用完棋子结束游戏的人,天驱武士无法攻打,那么想要把他拉下王座,唯一的方式大概就是梦火了,与对方交换城池据点,让对方原本占齐的五族城市宣告瓦解,而对方已经结束了游戏,只能眼睁睁看着,这样的感觉,一定是很棒的!

而天驱,这个最为暴力、强硬的职业,可能出现在游戏的任何时候,他们蛮横且果决地放弃掉自己的人族城市,把你辛苦积攒数轮手牌而占据的四级甚至五级城市攻下,并且让你在地图上的将军棋又少了一枚,让游戏看起来更加漫长,对付他们唯一的办法,估计就是选择天罗杀天驱,或者选择兽魂战士,接受防御的祝福了。

由此可以看出,上述三个角色也是在整个游戏过程中极大地拉动仇恨的职业,在游戏的早期,天罗往往会选择刺杀海语者,而在游戏末期,占据优势的玩家如果选到了天罗,则往往会对梦火者下刀,而天驱武士,他们跟他们千百年的传统一样,任何时候、任何环境,他们都可能成为天罗的刀下亡魂,唉,默哀。

关于天驱武士和鹰旗军的八卦:

大概善于观察的玩家已经注意到了,我们在制作《战九州》的时候,已经把天驱武士和鹰旗军绑在了一起,当年的九原易帜在《战九州》中重现,天驱武士团无法坚持的正义,将有鹰旗来维护。

游戏中,当天驱放弃自己一座M级人族城,并以N-1张同族牌的代价,攻占一座N级城市时,鹰旗的持有者将可以选择行使自己的权力,打出任意一张佣兵牌,并占据一座N-M级的空城。

什么?你没听懂?那就去玩吧~

●周边部二三事●

周边部的成员一共有三人,包括酷爱冷笑话的老鱼,美术总好刘洋,和东北硬汉大宽,有歌诀方便大家记忆:"老鱼不花钱,刘洋爱抽烟,大宽吃拉面,仨人搞周边。"

关于周边部的工作模式

幻想时他们有如孩童,但是每当砍价时,他们就会坚硬如铁。老鱼将发挥他处女座与生俱来的优秀传统,刘洋将展现他艺术工作者的迷人气质,大宽将保持他高大身躯的震慑作用,三人一起,无往不利。

老鱼:"老板我们要做一千张海报给个报价吧……大宽你站的太近了这样人家老板压力多大啊来再站远一点……老板你看刘洋跟你家秘书聊得多开心啊,这价格是不是能再便宜点啊……"三个小时后。"……老板我的意思你听懂了吧?这价格不行?唉你还是没听懂嘛,来我再给你讲一遍……"

关于周边部的笔记本

大家都拿到了一本九幻主题的小本子,体积袖珍方便随身携带,于是上面被众人随手记录了各种东西。

大角的本子上每一页都画了没人能看得懂的图案,各种奇形怪状,令人充分感受到了幻想作家与建筑大师合体者的强大。

阿豚的本子上只在第一页有一行字:"这个人太懒了,什么都没有留下。"堪称无字天书。

猴子准备在本子上记录下他所有需要填的坑,一页一个坑。猴子现在已经用掉一箱的本子了,让周边部觉得供应压力很大。

老鱼的本子上记录了他认为好笑的笑话。他警告大家不要妄自动他的本子,直到有一天小欠终于按捺不住自己的好奇心悄悄地翻开了老鱼的本子……然后小欠被冷笑死了,再然后我们迎来了多少多少年以来最冷的一个冬天,很快全球气候变暖的趋势得到了充分的遏制,南极冰川开始停止融化,北极熊回到了自己的故乡,它们在冰面上一会儿排成"老"字一会儿排成"鱼"字,表达着对老鱼的感激之情。

关于周边部的徽章

"我们来找12个人,拍12星辰硬装照吧,什么大角猴子阿豚的都弄上去。"老鱼建议。

"正好你可以和猴子两人分别来明月和暗月的了。"大家建议。老鱼和猴子长得很像,都是万年正太脸……

"毛,明月和暗月大家都分不清好不好!而且还要两份钱!找个人拍明月然后他倒立就可以拍暗月了!"老鱼建议。明月和暗月的图案就是个倒立……

其实事实是,周边部三人包括编辑部所有人至今没人能完全区分开所有的徽章图案,包括设计者刘洋。

关于周边部的情人节

"情人节,这是个多么美好浪漫的节日啊,我们来做情人节特别纪念品吧,拿我们的特别纪念品去送给姑娘,姑娘一定特别开心,一定非常感动,一定爱不释手,一定瞬间倾倒。"大宽大部分时候侠骨,偶尔也是会柔情一下的。

"一定把玩一个月然后3月14号就给还回去。"老鱼说。

而就在两个人纠缠不清的时候,刘洋已经拿着打样回来了:"情人节套装,过来看看效果怎么样。"实干家刘洋永远都对"情人"相关字眼充满着令人惊悚的热情。

"我们给套装起个名字吧。'男版'和'女版'是不是太普通了?"刘洋说。

"是。叫'凹版'和'凸版'吧。"老鱼说,然后接受了周边部人员对他进行的反三俗再教育。

正在纠结时,骑桶人路过……"好办嘛,就一款叫第欧根尼,一款叫卡夫卡嘛。"他毫不犹豫地说,仿佛根本没意识到两个男的的名字放在一起有什么不对……

最后,情人节套装两款的名字分别被定为"阿芙罗迪的诱惑"和"瓦伦丁的裁决",而关于这背后的故事,就留待大家去发现吧。

九州幻想官方淘宝店
最新上架
TOP

《0000年的母系氏族》

　　潘海天，李多，骆灵左，七月，长铗，舒飞廉，裴晓庆，呼呼，骑桶人。
　　男性负责幻想，女性统治世界。
　　最出色的幻想作家的集体狂欢，最大胆的想象力下的井喷创作。

《九州·龙渊》

　　唐缺中篇小说集。
　　天驱、辰月、天罗、龙渊，传统九州的非传统演绎。
　　悬疑、风物、推理、侠义，给你不一样的奇幻小说。

《九州·海潮三十年》

　　尾指银戒中篇集。
　　《夏阳》，关于热血，理想与友情。
　　《双瞳》，关于战争，自由与飞翔。

《九州·澜州战争》

　　塔巴塔巴"澜州战争"系列小说集。
　　羽族和人族最惨烈的战争，羽族历史上最黑暗的一夜。
　　九州硬汉塔巴塔巴，带给你最真实的九州战争。

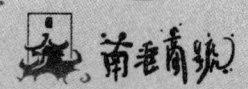

NUM-HWAI FIRM, A NINLANDS SHOP
NUM-HWAII, UWAN LAND, NINLANDS.

	产品类别	产品名称	备注
周边	《战九州》	《战九州》桌游	九折，送封测激活码
		战九州TEEs	九折，有四个码可选
		《战九州OL》封测码	免费
	明信片 Postcards	九州幻想系列	共8张，2元/张
	海报 Posters	机械女神	尺寸：84cm*57cm 送专用海报筒 10张立减10元
		西安吉祥	
		安睡湾	
	笔记本 Note books	九州之星速写本	共六种颜色，可单册购买，套装九折
		寻桶记笔记本	寻桶记笔记本+书签+徽章
	徽章 Emblems	星轮之徽	共12枚，直径4.5cm 上有潘海天题诗
		寻桶奇缘	共3款：阿芙罗狄的诱惑，瓦伦丁的裁决，情人节特别纪念版 尺寸：大版4.5cm 小版3.2cm
	指环 Rings	天驱指环	非卖品，仅赠送
	搪瓷杯 Enamel Cups	河络主题	高13cm，直径10cm
新品	兽人狼骑兵 Warcraft		材质：树脂（宝丽石） 高度25厘米左右 由奥格瑞玛工作室制作

属性	代理人	地址	联系方式
个人	失控	北京朝阳区团结湖	13811089381 QQ692874016
高校	阿奔	西安外国语大学	15129291470 QQ420346675
实体店	Zaki Zawa 杂物店	哈尔滨市道里区中央大街原宿春天商城	QQ：431794816
网店	星之所在淘宝店	http://sfway.taobao.com	QQ：940856031

加盟方式请进入http://bbs.9zfun.com/thread-4868-1-1.html查看

	书名	作者	备注
单行本	《鱼·小岛惊魂》	冥灵	均为折扣价 部分为作者签名本 部分赠作者签名明信片
	《绿林记》	舒飞廉	
	《百味胭脂弄》	冥灵	
	《赋名师》	七月	
	《2050年的母系氏族》	群星	
	《九州·轮回之悸》	唐缺	
	《我的征途是星辰大海》	今何在	
	《九州·海潮三十年》	尾指银戒	
	《九州·龙渊》	唐缺	
	《0000年的母系氏族》	群星	
	《逝鸿传》全本	碎石	
	《杯雪》全本	小椴	
	《长安古意》全本	小椴	
杂志	2006年		可直接购买套装，可单本购买
	2007年		2007年缺《暑期合刊》
	2008年		2008年缺《八月槎》 现购买套装立减10元
	2009年		
	2010年		同步更新中
备注	1、在淘宝店购买以上产品，均可要求加盖"暗月纪印章"； 2、满足一定的消费额度可获赠天驱指环、T恤、徽章； 3、价格折扣可询问掌柜； 4、运费疑问请询问掌柜修改； 5、网店地址：http://ninlands.taobao.com； 6、论坛讨论区：http://bbs.9zfun.com【南淮商号】板块； 7、周边讨论Q群：106455993		

近期优惠

★即日起于3月14日前在本店消费满21.4元，赠"情人节纪念版徽章"一枚，大小任选；

★满58元，送天驱指环一枚；

★满89元，立减10元；

★满157元，减20元；

★买杂志套装，每套减10元。

以上优惠不同时生效。

九州幻想读者俱乐部
回馈单

读者信息

姓名_____ 网名_____ 邮箱_____ 性别_____ 年龄_____

联系方式_____

从事职业/就读专业_____

本期评点

最喜欢的文章或栏目：

最不喜欢的文章或栏目：

意见建议：

兴趣调查：

喜欢的周边类型（如纸制品、服装、卡牌等等）：

希望九州上出现的作者、题材：

对九州幻想书名方案、封面方案、赠品方案、栏目方案等细节的点子：

回馈单邮寄地址：上海市邮政信箱060-006

2010年《九州幻想》总目录

九州幻想2010年共出版10本，分别为：《九州幻想·赍书铁券》、《九州幻想·铁三角》、《九州幻想·鱼人节》、《九州幻想·悟空号》、《九州幻想·飞屋号》、《九州幻想·在希望的田野上》、《九州幻想·太阳照常升起》、《九州幻想·天空之城》、《九州幻想·风与花的秋天》、《九州幻想·一意之行》。

刊首语

未来将至	今何在·赍书铁券
蚯蚓是好人	斩鞍·铁三角
愚人之王	阿豚·鱼人节
仰望天空	今何在·悟空号
孩子之外全部消失	水泡·飞屋号
九州"编"年史	唐缺·在希望的田野上
我们脚下的星空	阿豚·太阳照常升起
故事开始的地方	夏笳·天空之城
寻桶记—2010中国科幻奇幻之旅	潘海天·风与花的秋天
兔子洞里到底是什么	阿豚·一意之行

九州

【羽族】

暗月之痕	公子木·赍书铁券/038
青石风情故事·羽人蛊	贾焚客·天空之城/049
凤归云	莫雨笙·风与花的秋天/049
千帆·冬末之卷	塔巴塔巴·一意之行/040

【河络】

最后的夏日幻想	潘海天·铁三角/001
魂印与河络	塔巴塔巴·鱼人节/001
净水清渠	多事·鱼人节/034

【夸父】

夸父野·逆	伊尔·太阳照常升起/045
夸父纪行	狙击王·太阳照常升起/095
海祭	多事·铁三角/040

【魅】

童谣	唐缺·赍书铁券/001
尸舞者	十方·悟空号/039
七瓣莲	燕然·在希望的田野上/061

【人族及其他】

沉睡之森	斩鞍·铁三角/065
铁三角	今何在/水泡/遥控·铁三角/075
召亡游戏	唐缺·飞屋号/001
秘术师志异·莲子	windlau·飞屋号/054
逑鹩·瘴雨蛮烟	闪木·一意之行/088

【长篇连载】

星光大盗（上）	冥灵·悟空号/001
星光大盗（下）	冥灵·飞屋号/060
丧乱之瞳（一）	唐缺·在希望的田野上/001
丧乱之瞳（二）	唐缺·太阳照常升起/001
丧乱之瞳（三）	唐缺·天空之城/001
丧乱之瞳（四）	唐缺·风与花的秋天/001
丧乱之瞳（最终章）	唐缺·一意之行/001

【龙渊大典】

九州生物志·耳鼠

耳鼠设定	水泡·鱼人节/068
宠物收编	傅临春·鱼人节/069
一只耳鼠的生活意见	玖河络·鱼人节/075

九州生物志·专犁

专犁设定	九州幻想工作室·悟空号/060
白色巨塔	斩鞍·悟空号/063
青之战	巫妖·悟空号/075

九州风物志·夸父地画

夸父地画设定	九州幻想工作室·太阳照常升起/109
冰魂	良牙·太阳照常升起/110

九州生物志·美人鸢

美人鸢设定	燕然·天空之城/075
美人鸢	苏梨·天空之城/080

九州风物志·风翔典

风翔典设定	苏冰·风与花的秋天/070
星翔赛	mad·风与花的秋天/077

【专题】

思云村介绍	思云村·贲书铁券/098
贲朝年表	贲朝工作组·贲书铁券/076
地裂天贲	塔巴塔巴·贲书铁券/083
唐缺《英雄》系列作品解析	九州幻想工作室·飞屋号/044
羽族贲朝军制考	塔巴塔巴·一意之行/078

幻想

【看不见的城市】

北方之城	杨贵福·鱼人节/131

月葬河	檀涩·悟空号/157
如果房子会跳舞	井上三尺·飞屋号/137
西安之梦	impp·在希望的田野上/157
宫城记	杨叛·太阳照常升起/150
石家庄的庄	花布·天空之城/144
平湖之水	白亚·风与花的秋天/160

【城市毁灭】

太原之恋	刘慈欣·贲书铁券/100
Biu的一声消失	七月·贲书铁券/110
纸上海	陈茜·贲书铁券/126
播种	万象峰年·一意之行/222

【玲珑】

刻漏	蔡骏·贲书铁券/190
艾倍缇布熊	人形胃·贲书铁券/200
春雨之前	於意云·铁三角/139
东海珍珠	八角纨·铁三角/151
高楼	骆灵左·铁三角/169
林白调查报告	澈丹寒·鱼人节/153
钟表匠（外一篇）	白亚·鱼人节/160
赋名师（试阅）	七月·鱼人节/165
我的外公是雷神	骑桶人·悟空号/145
红领巾	雷电·飞屋号/149
秋水天	燃灯·飞屋号/153
真理在上	猫小雷·在希望的田野上/124
夜行者	罗赛迩·在希望的田野上/168
梦俱	Kazuki·天空之城/126
返魂香	赖尔·天空之城/155
荒唐二记	荒唐·风与花的秋天/147
在你朝南看的那个上午	星河·一意之行/152
四叶草	迟卉·一意之行/165
契约	利亚特·铜须·一意之行/182
盗贼特拉维斯卡尔潘泰库特利的其他故事	崔鹏志·一意之行/196

【梦幻】

神仙眷侣	王新禧·太阳照常升起/172

【纵横】

十亿光年前传·挫败	今何在·贲书铁券/141
铜镜记（上）	E伯爵·贲书铁券/158
铜镜记（下）	E伯爵·贲书铁券/107
一刀一日月	李多·鱼人节/080
李多访谈	豆角·鱼人节/128
十亿光年前传·涅槃	今何在·悟空号/084

解毒今何在/今何在访谈 ……………………… 九州幻想工作室·悟空号/130
八月风灯 ……………………………………… 糖匪·风与花的秋天/096

【未央】

24格每秒天堂[大结局] ………………………… 潘海天·贲书铁券/208
周天·桫椤城（一）……………………………… 碎石·飞屋号/095
周天系列介绍 ………………………… 九州幻想工作室·飞屋号/134
周天·桫椤城（二）…………………… 碎石·在希望的田野上/089
周天·桫椤城（三）……………………… 碎石·太阳照常升起/110
周天·桫椤城（四）………………………… 碎石·天空之城/086
周天档案 ……………………………… 周天工作室·风与花的秋天/175

【寒武纪】

九州·乐章 ……………………………………… 木马·贲书铁券/089
没有虫子的房间 ………………………………… 蓝涂·铁三角/176
九州·杜大田 …………………………………… kickupp·鱼人节/062
九州·画堂春 …………………………………… 玫瑰·悟空号/051
小小世界 ………………………………………… 夙夜·飞屋号/170
九州·云烟风物 ………………………… 良牙·在希望的田野上/079
金口玉言 ………………………………… lefty·太阳照常升起/165
九州·风雪歌 …………………………………… 岳然·天空之城/062
九州·夏时花 …………………………………… 沉歌·风与花的秋天/083
九州·入寐 ……………………………………… 夜雨千灯·一意之行/142

【一片冰心照九州】

大角共和国的独裁者 …………………………… 苏冰·贲书铁券/251
警察故事 ………………………………………… 苏冰·铁三角/189
匪老大的江湖 …………………………………… 苏冰·鱼人节/191
齐天大圣悠嘻猴 ………………………………… 苏冰·悟空号/189
一只可敬可爱的猪 ……………………………… 苏冰·飞屋号/186
燕百科档案 ……………………………… 苏冰·在希望的田野上/190
爱国宅隐养熊猫 ………………………… 苏冰·太阳照常升起/190
如果不宅 ………………………………………… 苏冰·天空之城/186
天教懒慢带疏狂 ………………………… 苏冰·风与花的秋天/189
允文允武 ………………………………………… 苏冰·一意之行/270

"天启都市报"栏目每期均有。